古典文敥研究輯刊

十四編

曾永義 主編

第6冊

李維楨研究（上）

魯茜 著

國家圖書館出版品預行編目資料

李維楨研究（上）／魯茜 著—初版—新北市：花木蘭文化
出版社，2016〔民 105〕
序 10+ 目 4+238 面；19×26 公分
（古典文學研究輯刊 十四編；第 6 冊）
ISBN 978-986-404-806-9（精裝）
1.（明）李維楨 2.明代文學 3.文學評論
820.8   105014953

古典文學研究輯刊
十四編 第 六 冊   ISBN：978-986-404-806-9

李維楨研究（上）

作　者　魯茜
主　編　曾永義
總 編 輯　杜潔祥
副總編輯　楊嘉樂
編　輯　許郁翎、王筑　美術編輯　陳逸婷
出　版　花木蘭文化出版社
社　長　高小娟
聯絡地址　235 新北市中和區中安街七二號十三樓
　　　　　電話：02-2923-1455／傳眞：02-2923-1452
網　址　http://www.huamulan.tw 信箱 hml810518@gmail.com
印　刷　普羅文化出版廣告事業
初　版　2016 年 9 月
全書字數　451175 字
定　價　十四編 21 冊（精裝）新台幣 36,000 元

李維楨研究（上）

魯茜　著

作者簡介

魯茜，1976 年生，湖南株洲人。畢業於湖南師範大學漢語言文學教育專業。暨南大學中國古代文學專業文學碩士，師從程國賦教授。2013 年 6 月獲上海師範大學中國古代文學專業文學博士學位，師從李時人教授。2014 年 6 月，進入復旦大學中國語言文學博士後流動站，師從陳廣宏教授，研習中國古代文學。2004 年 7 月就職於湖南科技大學人文學院，師從陶敏教授，2010 年 11 月評爲副教授，現爲中國古代文學專業碩士生導師。主要研究領域爲明代詩文與文獻研究、古籍整理。

提　　要

　　李維楨作爲嘉、萬間重要文化人物，著名官員、學者、文學家，在當時享有隆廣聲譽，其政治遭際與思想、性格形成、演變皆極具代表性，可據以把捉那個時代的精神脈搏；在文壇上，雖被歸入後七子陣營中堅，實爲萬曆間藝文領袖，影響遍及兩都、吳越、湖廣、江右、閩中，以之爲焦點重新考察中晚明文學之流衍，可突破歷來明代文學史論前後七子、公安、竟陵紛爭遞變格局，在明代文學與文化研究上，具有較高觀察視角價值，能豐富明代文學尤其是明代詩文研究的內涵。

　　對此，擬分爲《李維楨研究》、《李維楨全集》、《李維楨文學交遊與晚明詩歌演變》、《李維楨年譜》四題展開。本文爲起點篇，採取傳統的作家研究框架，對其思想、性格、心態、文學創作、文學理論及其影響詳細論述，以期加深對李維楨在具體時代背景下的心路歷程、政治文學作爲的理解，體現他在明末士人中的普遍意義與代表價值。本文著力全面深細，文獻力圖求全存眞，詩文挖掘個性特色，詩論見明後期詩壇演進之跡，冀質樸還原作家心性遭際與身份地位，爲後續推進打下紮實基礎。

本書獲湖南科技大學博士科研啟動基金、湖南科技大學古代文學與社會文化研究基地資助，為國家社會科學基金重大項目（13ZD116）、中國博士後第 58 批面上項目（2015M581504）、復旦大學中國語言文學博士後科研課題、湖南省高校創新平臺開放基金（12K097）階段性成果。

魯茜《李維楨研究》序言

李時人

從 1996 年 8 月接受中華書局的約稿開始，十幾年的時間內我一直默默地從事《中國文學家大辭典・明代卷》的撰寫工作。至去年終於完成交稿的這本工具書，共爲有明一代 2949 位作家撰寫了小傳，其中爲萬曆、天啓年間著名作家李維楨所寫的小傳如下：

李維楨（1547－1626）字本寧，號翼軒、士安，自署角陵里人、大泌山人。湖廣承天府京山（今屬湖北）人，廣西右布政使李淑子。嘉靖四十三年（1564）舉於鄉，隆慶二年（1568）進士，選翰林院庶吉士，授編修。萬曆三年（1575）進修撰，坐蜚語，出爲陝西右參議，五年遷副使，提督學政，九年升河南左參政，旋守制家居。十七年再赴河南任，十九年補江西右參政，抱病，尋以坐謗免官。二十六年起四川參政，次年晉浙江按察使。二十九年上計京師，以坐不稱職，守潁川兵備道，同年遇喪歸里。三十三年起補陝西按察副使，分巡河西道，駐廓州。三十四年轉山西參政，次年升按察使，三十七年晉陝西右布政使，以病辭官，客揚州。天啓元年（1621）詔爲南太僕寺卿，改太常，皆未赴。四年四月召爲禮部右侍郎，八月進南禮部尚書，五年正月辭官歸，六年卒，年八十，崇禎時贈太子少保。維楨爲人樂易闊達，雅好交友。少習舉子業，未諳文藝。科考順遂，二十二歲入翰林，得以殷士儋、趙貞吉爲師，于愼行、羅虞臣等爲友，又結識王世貞、王世懋、汪道昆等，詩文因得大進，不數年即以文思敏捷稱。錢謙益《列朝詩集小傳》記云：「本寧在史館，博聞強記，與新安許文穆（許國）齊名，同館爲之語曰：『記不

得，問老許。做不得，問小李。』」後更「負重名垂四十年」。王世貞將其與胡應麟、屠隆、魏允中、趙用賢併入「末五子」。世貞逝，維楨與吳國倫、汪道昆稱雄文壇，吳、汪卒後，更「獨居齊州，爲時盟主」（鄒迪光《石語齋集》卷三五《與李本寧》）。平生著述甚多，現存明季單刻詩文集有徐善生刻《新刻楚郢大泌山人四遊集》二十二卷等。詩文總輯爲《大泌山房集》一百三十四卷，集中有詩六卷，計一千餘首（内有詞三首），餘爲諸體文，現存萬曆三十九年京山李氏刊本，蓋爲其生前所刊。清黃虞稷《千頃堂書目》另著錄其《庚申紀事》一卷、《韓范經畧西夏始末記》一卷、《南北史小識》十卷、《國朝進士列卿表》二卷、《鎮遠侯世家》一傳、《黃帝祠頟解》一卷。又《四庫全書總目》著錄其《史通評釋》二十卷（現存明刻本）。然與其在世之盛名較，後世對其詩文頗多貶抑。陳濟生《天啓崇禎兩朝遺詩》卷四錄其詩二十首。錢謙益《列朝詩集》丁集錄其詩九首，小傳云：「自詞林左遷，海内謁文者如市，洪裁豔詞，援筆揮灑，又能骩骳曲隨，以屬厭求者之意。其詩文聲價騰湧，而品格漸下。」清朱彝尊《明詩綜》卷四七錄其詩四首，「詩話」謂其詩文「如官廚宿饌，麤鹿肥麛，雖脤膴具陳，蠱蠹雜進，無當於味」。《四庫全書總目》著錄《大泌山房集》，《提要》謂其「文多率意應酬，品格不能高也」。實維楨據文壇數十年，好學思進，爲詩主「緣機觸變，各適其宜」（《唐詩紀序》）、「各得其性之所近，成其才之所宜」（《滄浪生集序》）、「師古可以從心，師心可以作古」（《董元仲集序》），並不特別固守一端。初崇李夢陽、何景明，尚格調，「後七子」之後竟成一時復古派之中堅，待「公安」、「竟陵」起，於堅持格調同時，對「性靈」之說多有襃賞（《郭原性詩序》），其詩亦有變化，從中可見中晚明文壇演進之跡。惟應酬之文太多，集中序文達二十六卷，一千餘篇，墓誌、墓表、神道碑、祭文亦有四十四卷六百餘篇，即昌黎亦恐瞠目，故其弘肆才氣也淹於其間也。詩文流播甚廣。清廖元度《楚風補》卷二三錄其詩十四首。清乾隆高士熙《湖北詩錄》錄其詩五首。清道光熊士鵬《竟陵詩選》錄其詩三十一首、《竟陵文選》錄其文三篇。光緒間朱緒曾《金陵詩徵》卷三八「寓賢」錄其詩二首。清末陳田《明詩紀事》己簽卷六錄其詩二首，按語云：「本寧詩，

選詞徵典，不善持擇，多陳因之言，而披沙採金，時復遇寶。」陸雲龍《皇明十六名家小品》選《李本寧先生小品》二卷。黃宗義《明文海》錄其文十八篇，評語云：「大泌之文以堆積爲工，以多爲貴，然不染做作扭捏之習，百一之中亦有佳文，惜爲多所掩耳。」署名陳繼儒編《樂府先春》有散曲套數一套署其名，未知是否託名。生平見錢謙益《李公墓誌銘》（《牧齋初學集》卷五一）、清鄒漪《啓禎野乘》卷七、清張廷玉《明史》卷二八八。

　　根據這部工具書的體例和篇幅要求，這則小傳主要是對李維楨生平、著述的客觀介紹，不僅文字簡要，也基本未對其進行評價。但其中有一段話：「維楨據文壇數十年，好學思進，爲詩主『緣機觸變，各適其宜』（《唐詩紀序》）、『各得其性之所近，成其才之所宜』（《滄浪生集序》）、『師古可以從心，師心可以作古』（《董元仲集序》），並不特別固守一端。初崇李夢陽、何景明，尙格調，『後七子』之後竟成一時復古派之中堅，待『公安』、『竟陵』起，於堅持『格調』同時，對『性靈』之說多有褒賞（《郭原性詩序》），其詩亦有變化，從中可見中晚明文壇演進之跡。」多少表達了我對李維楨的一些看法。也就是說，我並沒有將李維楨簡單看成是「前後七子」的追隨者，認爲不僅其本人的詩歌創作前後有變化，而且這種變化與晚明詩壇的變化亦有一定關係。

　　在本來規定客觀介紹的工具書中自覺不自覺地加上了這麼幾句帶有一定評價性的話，其實透露了我撰寫這則小傳時對明代詩文研究的一些看法。在我看來，20 世紀以來的明代文學研究存在不少問題，其中有一個問題尤其值得注意，那就是偏重小說、戲曲研究，詩文研究開展的不充分。而在詩文研究方面，首先是作家考察和文獻資料整理方面差強人意。雖然這種情況從 20 世紀的最後十年開始，陸續有所改善，但直到 2013 年還有一位研究明詩的學者這樣說：「相對於其他朝代的詩歌文獻整理，明代可能是最不能令人滿意的。至今爲止不僅沒有《全明詩》的出版，也沒有明代詩文別集的目錄出版，甚至不知明代究竟有多少詩文作家與詩文別集，學界目前能夠使用的還是錢謙益《列朝詩集》與朱彝尊《明詩綜》所記載的詩人數量。」

　　這種情況對明代文學研究的深入開展顯然是不利的。例如，2012 年出版的一部《明代詩文發展史》，應是近些年同類著作寫得比較好的一本，至少不是東抄西拼的一本書，但其中仍有不少因資料問題而產生的瑕疵。姑且不論該書所涉及的明代詩文作家數量有限，不足以概括明代詩文發展的歷史，即

使書中談到的作家，不少也都有文獻資料上的問題。如該書第五章第二節《景泰十才子》中談到蘇正、王淮、沈愚、蔣主忠等，就統統認定諸人生卒年不詳，有集已佚，所引各人之詩均未出《列朝詩集》、《明詩綜》所錄，實際上情況並不完全是這樣。如蘇正（1411－1469）卒於成化五年（1469），年五十九（卒後其弟子張寧曾爲其作《雲壑先生蘇公墓碣》，見《方洲集》卷二三），天順間刊《士林詩選》二卷（懷悅輯）曾錄其詩 54 首。《士林詩選》亦錄王淮詩 20 首、沈愚詩 81 首。而蔣主忠的《慎齋集》現存清刊《宛委別藏》本四卷（各地不少圖書館都有藏），計收詩 260 餘首。同時本節還漏了蔣主孝（1395－1472），因爲「景泰十才子」本是一個不確定的「詩人群體」的稱謂，或云蔣主孝亦在其列。主孝的《務本齋詩集》、《樵林摘稿》，雖未見傳，但曹學佺《石倉歷代詩選》據《樵林摘稿》錄其詩 68 首，末附成化八年（1472）其子蔣誼跋語。該書緊接著第三節《江南布衣文人與理學家們的詩歌創作》，所論共九人，除被作者稱爲「理學家詩人」的薛瑄、吳與弼，其餘七人，在資料使用上均有問題。如本節首論杜瓊云：「曾著有《東原集》六卷，今已佚。」實其鄉人張習鈔本《東原集》七卷，現藏於（北京）國家圖書館，收其所作五七言古近體詩 380 餘首。次論丘吉，所論則僅據《列朝詩集》（錄其詩 13 首），實天順間刊《士林詩選》二卷（懷悅輯）錄其詩 179 首，爲 29 人中入選最多者，清光緒陸心源輯《吳興詩存》四集卷四錄其詩亦達 33 首。再次論張淵，亦謂其有集散佚，實天啓六年（1626）其曾孫張鳳墀所刻張淵《一舫齋詩》一卷（收詩 110 首）亦藏於（北京）國家圖書館。第四論劉績，所據亦未出《列朝詩集》、《明詩綜》所錄，實徐泰《皇明風雅》、李騰鵬《皇明詩統》均錄其詩 33 首，曹學佺《石倉歷代詩選》錄其詩超過 50 首。正是因爲對資料掌握的不夠，大大影響了該書的學術品質。

另外，值得一說的還有一個研究中的思想方法問題。明代文學有幾個不同於其他歷史時期的特點，我在《中國文學家大辭典・明代卷》的「前言」中曾經簡單概括過這幾個特點：

　　　　「明代文學有幾個比較顯著的特點：一是詩歌、散文、小說、戲曲（戲劇文學）同時發展，雅俗交融，並行不悖，同時文學人口（作者和讀者）大量增加，呈現出一種不同於往古、帶有一定『近代氣息』的文學景觀；二是各種文學創作突出表現出與時代社會生活、社會思潮、社會心理同步的態勢，在社會文化體系中所占份額

增大，成爲時代『文化生態』的重要組成部分，更多地體現出了文學的職能、價值和意義；三是明代出現了文學創作與文學理論探討齊頭並進、相互影響的局面，流派紛出，文學創作的地域性也較爲明顯，從而更多地表現出文學的自覺和主體意識；四是在中國文學的進程中，明代文學在很大程度上表現出古代文學『終結期』的特色，龐雜卻並非無序，陳陳相因卻又充滿了創造性和指向未來的張力。」

在這其中，「流派紛出」應該說是明代文學，特別是明代詩文發展的一個重要特點，所以許多研究者都將其看作是明代詩文研究的一個「抓手」，不僅有不少直接研究某一流派的著作，即使是文學史、詩歌史著作也有一些直接以「前七子」、「後七子」、「公安派」、「竟陵派」等作爲章節的題目，以此彰顯全書的架構。本來這應是無可厚非的作法，然而在這類著作中，有一個值得注意的問題，那就是不少研究者不僅先驗地將這些「流派」看成是有穩固成員的「作家群體」，而且先假定每一個「流派」都有一套相對完整的創作理論，其成員的創作也大體以這些理論爲指導並因此呈現出大體相同或相近的風格。這種情況在鄭振鐸先生 1932 年首版的《插圖本中國文學史》中就已出現，後來就在一定程度上形成一種明代文學史、詩歌史著作的「模式」，不少這類著作因此成爲了「流派更替史」：前一章介紹一個「流派」，拿出幾個代表作家談一談，下一章再介紹一個「流派」，再拿出幾個代表作家談一談……這類著述不僅看起來頭頭是道，而且易於操作，但實際掩蓋了一個明代詩文研究的巨大不足，那就是我們並沒有對明代詩文作家及其創作進行過全面的考察研究。

明代詩文作家眾多，在我編撰的《中國文學家大辭典・明代卷》所收的 2949 位作家中，除去以小說、戲曲創作爲主的作家 158 人，以詩文創作爲主的作家達 2791 人。後人公認的幾個詩文「流派」顯然不能完全囊括這樣多的詩文作家。而且即使我們可以將這麼多的作家排排隊，分別納入不同的詩歌流派，也不能保證各個流派的全體成員都有著相同的或相近的創作思想和創作風格。鄭振鐸先生在《插圖本中國文學史》第六十一章《擬古運動第二期》談及「後七子」（李攀龍、王世貞、謝榛、宗臣、梁有譽、徐中行、吳國倫）時，先是斷言 「其執論大率同『前七子』，文不讀《西京》以下所作，詩不讀中唐人集，而獨盛推李夢陽。他們所自作，古樂府往往割剝字句、剽竊古

作；文則聲牙戟口，讀者至不能終篇」。而後則將所謂「後五子」、「續五子」、「廣五子」、「末五子」及「四十子」計 59 人（內一人重複）皆列入「後七子派」之名單。

鄭先生對「後七子派」的簡單化批評，無疑是受了陳獨秀、胡適之所宣導的「文學革命」的影響——早在「文學革命」之初，陳獨秀就判定「明之前後『七子』及八家文派之歸、方、劉、姚」為中國文學史上的「妖魔」（1917 年 2 月《新青年》第二卷 6 號陳獨秀《文學革命論》）——而這個「後七子派」人員的名單則是以張廷玉等《明史》卷二八七「王世貞傳」為根據的。實際上「王世貞傳」中的說法又源於王世貞自己的著述：世貞《弇州四部稿》卷一四有《後五子篇》、《廣五子篇》、《續五子篇》；《弇州四部稿續稿》卷三又有《末五子篇》（內一人與「續五子」重複）及《四十詠》。根據世貞的前後著述，這 59 人的全部名單如下：

> 「後五子」：余曰德、魏裳、汪道昆、張佳胤、張九一。「廣五子」：俞允文、盧柟、李先芳、吳維岳、歐大任。「續五子」：王道行、石星、黎民表、朱多煃、趙用賢。「末五子」：李維楨、屠隆、魏允中、胡應麟、趙用賢（與續五子重複）。「四十子」：皇甫汸、莫如忠、許邦才、周天球、沈明臣、王祖嫡、劉鳳、張鳳翼、朱多煃、顧孟林、殷都、穆文熙、劉黃裳、張獻翼、王穉登、王叔承、周弘禴、沈思孝、魏允貞、喻均、鄒迪光、佘翔、張元凱、張鳴鳳、邢侗、鄒觀光、曹昌先、徐益孫、瞿汝稷、顧紹芳、朱器封、黃廷綬、徐桂、王伯稠、王衡、汪道貫、華善繼、張九二、梅鼎祚、吳稼𥲅。

王世貞在《四十詠》組詩前有一則短序：「諸賢操觚而與余交，遠者垂三紀，邇者將十年。不必一一同調，而臭味則略等矣。屈指得四十人，人各數語以志區區。大約德均以年，才均以行，非有所軒輊也。」強調的是自己的交遊，並未強調「一一同調」，實際上不同作家之經歷、個性、學養、才識不盡相同，對於詩歌的認識和呈現於作品中的風格特徵亦不可能完全趨於一致，更何況數十年間，年齡相差很大的眾多作家在文學思想和創作上基本一致，也是不可能的。這一點 1947 年出版的郭紹虞先生《中國文學批評史》下冊就已經注意到，郭先生在該書的第三篇第三章《前後七子與其流派》就已經談到屠隆、胡應麟、李維楨等人與王世貞等「強調格調」的不同，如稱屠隆「詩文瑰奇橫逸，全以才氣見長，因此有時又能不為『格調』所束縛，而

轉有折入『公安』的傾向。」又提出胡應麟爲「格調派的轉變者」、「修正者」；李維楨的詩論實爲「格調說」與「性靈說」的「折衷調和」等等。我在《中國文學家大辭典・明代卷》中爲這 59 人中的 49 人撰寫了小傳（朱多煃、許邦才、顧孟林、周弘禴、張鳴鳳、曹昌先、徐益孫、朱器封、黃廷綬、張九二等 10 人未收），也注意到這些人對詩歌的認識以及創作風格與王世貞並非完全一致，如其中有以下兩段文字：

> 「趙用賢」條：「錢謙益謂其『爲文章博達詳贍。少年頗訾謷弇州（王世貞），晚而北面稱弟子』（《列朝詩集小傳》）。實世貞以後文壇諸人已倡新變，用賢論詩即提出『師心獨運』（《答吳明卿》），又云『聲詩之道，其本在性情』（《吳少卿續詩集序》），所作亦不再全襲復古格調之舊路。」

> 「屠隆」條：「世貞集中與屠隆書，謂其：『詩語秀逸，有天造之致，的然大曆以前人；文尤瑰奇，橫逸諸子、《兩都》。』（《弇州山人續稿》卷二〇〇）實屠隆非學步之徒，其爲詩重性情，常謂『詩由性情生』（《唐詩品匯選釋斷序》），『詩之變隨事遞遷……至我明之詩，則不患其不雅，而患其太襲。』（《鴻苞論詩文》一七）」

通過對所謂「末五子」的考察，可以看出，隆、萬以來，許多作家對詩文的看法都在發生變化，即使是原先曾追隨王世貞的作家也不同程度地揚棄了「七子派」規摹古人格調的主張。在我看來，連平生十分服膺其兄王世貞的王世懋也未固守「格調」一端，故我寫的《明代卷》「王世懋」條有「晚歲論詩，旨趣漸移，頗厭模擬剽竊之風」等語。根據這種情況，我們的明代詩文研究僅僅是分分派顯然是不夠的，要想推進明代的詩文研究，還是應該在更爲寬廣的範圍內，從最基本的作家、作品的考察、研究做起。否則，我們得到的只能是那種內容上「大而空」、思想上「形而上」的著作。當然，這樣做確實有很大的難度。據我的考察，明代有詩文別集傳世的作家約 3300 人，沒有詩文別集傳世，僅在各種總集、選集或其他文獻中保存部分作品的詩文作家則遠遠超過 10000 人。面對這樣的情況，我們所能做的只有踏踏實實地工作。

以上關於明代詩文研究的一些看法，在我與碩、博士研究生交流時曾或詳或略地談到過。從 2003 年開始，在我所指導的「明清文學」研究方向的碩士、博士研究生，有不少人在「明代作家和明代文學考察研究」的範圍內選

題撰寫學位論文。在已經通過答辯的二十餘篇博士學位論文和四十餘篇碩士論文中，大多數是按地域劃分（分省或分府、分縣）的明代作家研究（如《明代山東作家研究》、《明代浙江作家研究》、《江蘇明代作家研究》、《明代福建作家研究》、《明代興化府作家研究》、《明代青州府作家研究》、《明代無錫作家研究》等），但也有一些作家的個案研究和詩文總集（選集）研究、結社研究、詩文理論研究等。魯茜的博士學位論文《李維楨研究》便是其中作家個案研究中的一篇。

魯茜 2010 年以優異的成績考入上海師範大學攻讀博士學位。對於她選擇「李維楨研究」作爲研究課題，我是十分讚賞的。李維楨從隆慶二年（1568）二十二歲以二甲二十四名考中進士，選爲庶吉士進入翰林院開始，至天啓五年（1625）以南禮部尚書致仕，六年以八十歲高齡逝世，近六十年間，歷仕於南、北二京及河南、江西、四川、浙江、山西等地。其不僅有官員的身份，而且以作家的身份置身於文壇，在不同時期扮演了不同的角色。其父李淑與吳國倫、徐中行、梁有譽、張佳胤、張九一等同榜進士，與「後七子」往來密切，李維楨自己也很早得與王世貞、王世懋結識，成爲「七子派」的追隨者；中、晚年以後，李維楨又逐漸成爲「格調派」的中堅及與袁宏道、鍾惺等直接交集的人物，不僅是「格調派」與「公安」、「竟陵」詩學思想論戰的重要代表，也不免受到「公安」、「竟陵」的影響。因此，對這樣一位作家的考察、研究，對我們瞭解晚明詩壇及詩學思想的發展演變應該是有價值的。

魯茜的「李維楨研究」是一個較大的課題，計畫分爲「李維楨研究」、「李維楨全集整理」、「李維楨年譜」、「李維楨文學交遊與晚明詩歌演變」四個部分。2013 年其第一部分研究基本完成，並提交了以《李維楨與晚明詩壇研究》爲題的博士學位論文。其內容主要是對李維楨生平、著述、文學交遊、詩文創作及其詩學思想的論述。復旦大學的黃霖教授、陳廣宏教授，華東師範大學的陳大康教授、譚帆教授，上海師範大學的翁敏華教授組成的答辯委員會對她的論文進行了審議，並給出了「優秀」的成績。其答辯決議如下：

> 本文以明代後期著名文學家李維楨爲研究對象，特別注意了李維楨與明後期文學演進關係的考察研究。論文首先從李維楨的生平、著述、文學交遊、詩文創作、詩學批評五個方面對李維楨進行了詳細的考察；然後比較全面地梳理了李維楨與全國各地域不同年齡段詩人的交遊，與公安派、竟陵派在詩歌創作及詩歌理論上的交

流互動，並通過李維楨對後七子派詩學理論的堅守及修正，以及對公安派、竟陵派詩學理論的批評與吸收，在一定程度上揭示了明代後期詩壇的演進情況。本論文材料翔實，條理清晰，論證規範，不僅是一篇完整的文學家個案研究，而且對文學史研究也有一定啟示作用，是一篇優秀的博士學位論文。

這一決議也基本代表了我對魯茜論文的看法。另外值得一說的是，我個人對魯茜在攻讀博士學位期間的學習態度和誠懇求實的治學精神也十分滿意。魯茜來信說她將抽出論文的一部分，以《李維楨研究》為題出版，要我寫一篇序，我自然無法推諉，但關於李維楨和晚明文學，我沒有深入的研究，因此說不出更多的話，在此除了對她的著作出版表示祝賀外，還有就是希望這一課題研究的其他成果能早日完成出版。

2016 年 8 月 16 日於上海寓所

目

次

緒　論

第一節　研究現狀

　　李維楨（1547～1626），字本寧，號翼軒、士安，自署角陵里人、大泌山人，湖廣承天府京山人。作爲明後期的重要作家，他的文學創作及文學地位，在其生前就已受到人們的關注。楚人吳國倫在《過郢寄懷李本寧二首》中敘「子昔遊帝京，斐然號良史」〔註1〕，讚揚其史才。王世貞譽他「足下青年鼎貴，天縱以才，出則衣被一世，處則映帶千古，綽有餘地」〔註2〕，「讀行狀將數千萬言，其文筆古勁，敘致詳委」〔註3〕，認爲天才馳騁，成就傑出，文勝於詩。他同時輩與後輩人，胡應麟評「兩司馬相繼脩文，嘉隆遺老靡子遺者，惟執事靈光獨峙，砥柱江河，一代千秋，大統攸集，茫茫震旦，不遂淪爲長夜，以明公在也」〔註4〕，贊他是繼王世貞、汪道昆後復古事業的中流砥柱。其知己鄒迪光評「弇州、新安既去，門下獨踞齊州，爲時盟主」〔註5〕，

〔註1〕明・吳國倫《過郢寄懷李本寧二首》其二，《甔甀洞稿》卷七，臺灣偉文圖書出版公司，1976年，第518頁。

〔註2〕明・王世貞《李本寧參政》其五，《弇州續稿》卷一百九十五，《景印文淵閣四庫全書》第1284冊，第777頁。

〔註3〕明・王世貞《李本寧參政》其六，《弇州續稿》卷一百九十五，《景印文淵閣四庫全書》第1284冊，第777頁。

〔註4〕明・胡應麟《報李本寧觀察》其一，《少室山房集》卷一百十七，《景印文淵閣四庫全書》第1290冊，第859頁。

〔註5〕明・鄒迪光《與李本寧》，《調象菴稿》卷三十五，《四庫全書存目叢書》集160，第43頁。

指明在王世貞 1590 年、吳國倫與汪道昆在 1593 年逝世後，李維楨獨操天下文柄。

公安、竟陵興起，袁宏道評「不肖未弱冠，已知有本寧先生。……先生道高而位不稱，才豐而遇嗇」〔註6〕，贊其德行才學，傷其不遇。鍾惺早年推崇李維楨，請其爲第一部詩稿《玄對齋集》作序，復致書：「明興三李，濟南、北郡，近於仲舉性峻，先生近於太丘道廣」〔註7〕，贊李維楨文學成就與李夢陽、李攀龍同，而性寬厚，獎掖後進。李維楨的門人張惟任在《太史公李本寧先生全集序》敘道：

> 蓋有三弊焉，有五宗焉。粤在國初尚有沿襲因循之弊，遠之而末宋之迂陳腐朽，近之而胡元之綺靡淫哇。雖以劉文成、宋文憲、王忠文、方正學數公離立其間，僅僅障之，而未能迴也。直至空同氏崛起，而文章歸然，始有開創掃除之功，此其一宗也。歷山氏繼之，始有總持堅固之功，此又一宗也。因此而遂有模擬剽竊之弊，損益今事，以傳古語，火爛左馬，生剝檀莊，餖飣雖羅，土苴旋棄。弇山氏始有張皇桓撥之功，此又一宗也。黃山氏始有袪練陶鎔之功，此又一宗也，因此而遂有矯枉吊詭之弊。繆以空同似錐，歷山似棘，弇山似放，黃山似拘，徑欲凌駕其上，別出一人間世，而孤騫超詣品外，真如之說昌矣……
>
> 公於汪王兩公稍後一輩，而兩公齊推轂之，以爲將來定踞吾二人上。蓋公弱冠高第，選讀中秘書中，忌者出督吾關中，學陸沉於藩臬者，三十餘年手不停披，筆多退家，著作之富，埒於弇山。余窺一斑，可知全豹，竊謂文章至空同而始正，至歷山而始高，至弇山而始大，至黃山而始精，公則卓卓乎正矣，巍巍乎高矣，恢恢乎大矣，鑿鑿乎精矣，有具體集成之功，而非微非小不允矣。四宗之後，而獨稱京山之一宗乎？余不敏，竊以爲至公而始全矣。〔註8〕

張惟任指出明文學有沿襲因循、末宋之迂陳腐朽、胡元之綺靡淫哇三弊，

〔註6〕明・袁宏道《答李本寧》，錢伯城《袁宏道集箋校》卷五十五，上海古籍出版社，2008 年，第 1610 頁。

〔註7〕明・李維楨《玄對齋集序》，《大泌山房集》卷二十一，《四庫全書存目叢書》集 150，第 756 頁。

〔註8〕明・張惟任《太史公李本寧先生全集序》，《大泌山房集》卷首，《四庫全書存目叢書》集 150，第 267～268 頁。

李夢陽有開創掃除之功，李攀龍有總持堅固之功，王世貞有張皇桓撥之功，汪道昆有祛練陶鎔之功，李維楨有具體集成之功，文至李夢陽始正，至李攀龍始高，至王世貞始大，至汪道昆始精，至李維楨始正、高、大、精全具，四宗之後始李維楨一宗。三弊五宗說，可作為七子派對李維楨的代表性評價之一。

錢謙益《南京禮部尚書贈太子少保李公墓誌銘》著其生平事功〔註9〕。入清後，略輯菁華成《李尚書維楨》小傳，一方面，贊其在史館博聞強記，有「記不得，問老許。做不得，問小李」美譽，江陵敗，終不以其死市利自贊的長者風範；另一方面，對其門下謁文者如市，洪裁豔詞，援筆揮灑，骫骳曲隨，以屬厭求者，評其「詩文聲價騰涌，而品格漸下」、「公之文章固已崇重于當代矣，後世當有知而論之者」〔註10〕，皆屬微詞；後者基本奠定清代對李維楨文學成就評價的基調。

鄒漪《李宗伯傳》錄李維楨生平事跡多尊錢說，但增加了李維楨匡正「俚俗諢諧」、「矜神奇」、「厭常喜新」、「病在詩，繼乃及文」時弊的堅守與作用。李維楨於詩持論：

> 三百篇刪自仲尼，材高而不炫奇，學富而不務華，漢魏肖古什二三，六朝厭為卑近，而求勝於字與句，然才相萬矣。故博傷雅，巧傷質。唐人監六朝之敝，而劇濯其字句，以當於溫柔敦厚，然學相萬矣。故變而不化，近而易窺。要其盛衰，律體情勝則俚，才盛則離，法嚴而韻諧，意貫而語秀，初盛奪千古幟，後無來者。絕句不必長才而可以情勝，初盛饒焉，中晚亦無讓也。歌行伸縮由人，即才情俱勝不失體，中晚議論多而敦琢疎，無取焉。初盛諸子啜六朝餘瀝為古選，子昂應物，復失之形迹之內，李杜一二大家，故自濯濯，要唐調，不敢目以漢魏，況三百乎？

> 今之詩，不患不學唐，而患其太過，即事對物，情與景合而有言，幹以風骨，文以丹采，唐詩如是，止爾事物情景，必求唐人所未道而稱之，過也。山木晏遊，則興寄清遠。朝享侍從，則制存壯

〔註 9〕　清・錢謙益《南京禮部尚書贈太子少保李公墓誌銘》，《牧齋初學集》卷五十一，《續修四庫全書》第 1390 冊，第 124～126 頁。

〔註10〕　清・錢謙益《李尚書維楨》，《列朝詩集小傳》丁集上，上海古籍出版社，2008年，第 444 頁。

麗。邊塞征戍，則淒惋悲壯。睽離患難，則沉痛感慨。緣機觸變，各適其宜。唐人妙以此，今懼其格之卑，而偏之悲壯感慨，過也。律體出而才下者襲爲應酬之具，才偏者騁爲誇詡之資，選古幾廢矣。好大者復譁其短強所未至，而務兼收並撮，攬擷以減菁華，摹擬以減本眞，皆不善學唐者也。〔註11〕

提煉出李維楨論唐詩各體得失與今時學唐太過、失眞本，尤其「緣機觸變，各適其宜」的詩論核心觀點，頗有見地，惜清朝未往此方向繼續深入研究。

朱彝尊《靜居志詩話》評李維楨：「如官廚宿饌，麤鹿肥麋，雖腒臘具陳，鱻薨親進，無當于味」〔註12〕。

《明史‧李維楨傳》詳述其晚年不獲修《神宗實錄》始末，贊其文章「弘肆有才氣」、「碑版之文，照耀四裔」、「負重名垂四十年」，然惜其爲人「樂易闊達，賓客雜進」、其爲文「能屈曲以副其所望」、「應之無倦」，故「文多率意應酬，品格不能高也」〔註13〕。

《四庫全書總目提要》著錄《大泌山房集》詩六卷，雜文一百二十八卷，其中世家、傳誌、碑表、行狀、金石之文，「獨居六十卷，記載之富，無逾於是」，批其「然牽率之作過多，不特文格卑冗，並事實亦未可徵信」，對其品格不高，引用《明史‧文苑傳》與朱彝尊二說爲證，且「核是集，知非故爲詆毀矣」〔註14〕。

陳田《明詩紀事》引用《列朝詩集》「品格漸下」與《明詩綜》「無當於味」兩說後，評「本寧詩，選詞徵典，不善持擇，多陳因之言，而披沙採金，時復遇寶」〔註15〕。從清初錢謙益到清末陳田，多落足在貶抑其詩文多應酬蕪雜，品格卑冗。

明清目錄著錄，黃虞稷《千頃堂書目》著錄其有《四遊集》二十二卷、《大泌山人全集》一百三十四卷、《庚申紀錄事》一卷、《韓范經畧西夏始末記》

〔註11〕 清‧鄒漪《李宗伯傳》，《啓禎野乘》卷七，《四庫禁燬書叢刊》史部 40，第 483～484 頁。
〔註12〕 清‧朱彝尊《靜志居詩話》卷十四，人民文學出版社，1990 年，第 397 頁。
〔註13〕 清‧張廷玉等《李維楨》，《明史》卷二百八十八，中華書局，1974 年，第 7385～7386 頁。
〔註14〕 清‧四庫館臣《大泌山房集一百三十四卷》，《欽定四庫全書總目》卷一百七十九，《景印文淵閣四庫全書》第 4 冊，第 788 頁。
〔註15〕 清‧陳田《李維楨》，《明詩紀事》己簽卷六，上海古籍出版社，1993 年，第 1970 頁。

一卷、《南北史小識》十卷、《國朝進士列卿表》二卷、《鎭遠侯世家》一傳、《黃帝祠額解》一卷；《四庫全書總目》著錄其有《史通評釋》二十卷。生平著述列史、子、集三部，宏富博贍。

　　明清詩文選本，陳濟生《天啓崇禎兩朝遺詩》卷四錄其詩二十首，錢謙益《列朝詩集》丁集第六錄其詩九首，康熙朱彝尊《明詩綜》卷五十二錄其詩四首，廖元度《楚風補》卷二十三錄其詩十四首，乾隆高士熙輯《湖北詩錄》錄其詩五首，道光熊士鵬輯《竟陵詩選》錄其詩三十一首，清末陳田《明詩紀事》己籤卷六錄其詩二首，與其詩六卷一千餘首較，選集性總集呈明收入多，清收入少，楚地選集收入多特點。陸雲龍《皇明十六名家小品》選《李本寧先生小品》二卷四十七篇，清黃宗羲《明文海》錄其文十八篇，熊士鵬輯《竟陵文選》錄其文三篇，其詩文流播在明清較廣，但較其文數量二千餘篇，選錄亦有限。

　　民國時期，宋佩韋《明文學史》述李維楨「爲人樂易闊達，文章宏肆有奇氣，然多率意應酬，體格不高；詩亦選詞徵曲，不善持擇，多陳因之言」〔註16〕，基本不出清代評論樊籬。

　　鄭振鐸《插圖本中國文學史》在「擬古運動的第二期」介紹後七子興起始末中，將李維楨名字列末五子之首，且對後七子等人「割剝字句」、「剽竊古作」、「聱牙戟口」〔註17〕，以前後「五子」等名目標榜於世評價不高。

　　建國後，對李維楨的研究積累漸多。郭紹虞《中國文學批評史》上接鄒漪，從詩歌理論評述李維楨：「他覺得詩道至廣，未可偏主一端。偏主一端，過則爲病」、「他又覺得詩才互異，未可兼併古人。兼併古人，合則兩傷」，他本於七子來折衷調和師古師心各自的流弊「取材于古而不以摹擬傷質；緣情于今而不以率易病格」，他從法古者未得其道來修正格調說，仍本於七子，從才法交相爲用來糾正性靈說，於性靈、格調兼收並取來集大成〔註18〕。

　　王運熙、顧易生主編《中國文學批評通史・明代卷》指出隆萬之際是後七子一派文學批評發生重大轉折變化時期，年歲較晚者如王世懋、屠隆、李維楨、胡應麟等很大程度上揚棄了七子派規摹古人格調的主張，使用「性靈」一詞，開了性靈說的先聲。評李維楨「其文學活動實與萬曆朝相始終，故其

〔註16〕宋佩韋《明文學史》，商務印書館，1934年，第147頁。
〔註17〕鄭振鐸《插圖本中國文學史》，人民文學出版社，1957年，第932頁。
〔註18〕郭紹虞《中國文學批評史》（下），商務印書館，2010年，第231～236頁。

批評亦與七子派舊說迥異」，要之，他「繼承了王世貞兼『劑』的思想方法，善於包融眾說，對李、何以來七子派的觀點，他一一加以探討批評，雖不如公安派那樣尖銳，但也較少偏頗之病；對公安派的理論他也有所吸取，並能比較客觀地作出批評」〔註19〕，該著集中論他的「情景事理」對格調弊端的針貶、及他「本於性靈，歸於自然」與公安「性靈」不同的實質兩點，但李維楨詩文批評的學術價值由此可窺，值得全面梳理總結。

專著方面，廖可斌《明代文學復古運動研究》評浪漫文學思潮狂飆突起下，李維楨等代表著「仍然堅持復古派一系列理論主張」〔註20〕的一部分人。蕭華榮《中國詩學思想史》對復古派重要創作原則「擬議變化」，李維楨特拈出「適」，既反「蔑棄古法，信心信腕」，又反對「拘泥古法」，法應當「適」於不同的才、情、境、時；他還一再申述「化臭腐為神奇」，包含兩方面，一是在被古人寫盡寫濫的情景中挖掘出新意，二是自運用新法而另寫出一種新的面目〔註21〕。陳文新《明代詩學的邏輯進程與主要理論問題》指出信古論與信心論的融合在屠隆、李維楨和袁中道的詩論中已露端倪，他們既已感到前後七子的模擬之弊，又意識到公安派對文體規範的蔑視過於偏激，合則兩合，離則兩傷，李維貞提出兼顧「情」與「格」的主張，其論詩，側重於「破」，既指責師古者「非情實」、「傷天趣」，又指責師心者「取里巷語，不加修飾潤色」，倡「師心」與「師古」的融合〔註22〕。

較早的研究論文，見一和刻本收錄的《京山李維楨傳考》，此文附跋「有法國女士 Dolleang 者，名教授 Pelliot 之高足，以交換職員在平館服務，日前來索閱大泌山房集，云得其師指示，欲考李維楨事蹟，……橋川時雄先生，先生以集中初無李傳，特就研究所典藏諸書，撮取為此紀略以報之」〔註23〕，《傳考》所用書籍有《明史》本傳、王元美《西遊集序》、《小草三集自序》、張繼任序〔註24〕、大泌山房文集，透露出法國與日本學者 20 世紀初研究信息，

〔註19〕袁震宇、劉明今《中國文學批評通史》（明代卷），上海古籍出版社，1996 年，第 314 頁。
〔註20〕廖可斌《明代文學復古運動研究》，上海古籍出版社，1994 年，第 239 頁。
〔註21〕蕭華榮《中國詩學思想史》，華東師範大學出版社，第 272、274 頁。
〔註22〕陳文新《明代詩學的邏輯進程與主要理論問題》，武漢大學出版社，2007 年，第 203、204 頁。
〔註23〕（日）橋川時雄《京山李維楨傳考》，《北平近代科學圖書館館刊》（創刊號），石倉善一發行印刷，北平近代科學圖書館，昭和十二年九月二十二日印，第 37 頁。
〔註24〕係《四遊集序》錯訛，係「張惟任」錯訛。

可視作李維楨最早的生平考略研究。

　　史學方面，集中在李維楨評《史通》上。楊豔秋《劉知幾〈史通〉與明代史學》，指出明中期起出現陸深《史通會要》、李維楨、郭延年《史通評釋》、王維儉《史通訓詁》代表性著作，使《史通》在明中後期得以普遍傳行，對明代史學產生深遠影響〔註25〕。王嘉川《李維楨〈史通評〉編纂考》，梳理《四庫全書總目》與學界當前的錯誤，指出李郭二人是各自撰寫自己評論《史通》的著作的，郭孔延寫作在前，李維楨反在其後，郭孔延依據李維楨提供的張之象校刻足本《史通》修訂其書的，李維楨也應該是依據這一刻本來撰寫其書，二人著作的合刊本出自第三者〔註26〕，本文係作者「《史通》文獻集成與研究」成果，對廓清《史通評釋》的版本源流與古籍整理，提供有價值考證成果。港臺地區，傅范維《明代〈史通〉學研究——以陸深、李維楨與郭孔延父子爲中心》詳細拓展爲四人與「明代史通學」的關係，《史通》與史館纂修實錄、編修紀傳體國史的關係，明代《史通》學諸子與「江右王門」的交流與地域關係，明代史通學的版本學的源流情況〔註27〕，前兩點啓示李維楨史學學術根砥、史才高於文才、與郭子章等王學交遊對文學都有深刻影響。吳兆龍、徐彬《李維楨譜序研究——兼論李成梁籍貫》研究《大泌山房集》中李維楨的譜學觀點與家譜評價思想、淵源，推論李成梁的籍貫〔註28〕。

　　文學方面，徐利英《李維楨詩學研究》從生平思想、詩學思想、詩歌研究三方面對其論述，詩學主要從「適才」、「適情」、「適體」、「適時」來論「緣機觸變，各適其宜」，並編製《李維楨年譜》、《李維楨集評》〔註29〕。查清華《李維楨對明代格調論的突破與創新》論受萬曆年間興起的性靈思潮影響，李維楨對格調理論進行的深入反思，豐富和發展了明代的格調論〔註30〕。李

〔註25〕楊豔秋《劉知幾〈史通〉與明代史學》，《史學史研究》2002 年第 4 期，第 48～55 頁。

〔註26〕王嘉川《李維楨〈史通評〉編纂考》，《首都師範大學學報》2014 年第 5 期，第 10～18 頁。

〔註27〕（臺灣）傅范維《明代〈史通〉學研究——以陸深、李維楨與郭孔延父子爲中心》，碩士學位論文，佛光大學，2009 年。

〔註28〕吳兆龍、徐彬《李維楨譜序研究——兼論李成梁籍貫》，《合肥學院學報》2011 年第 3 期，第 100 頁。

〔註29〕徐利英《李維楨詩學研究》，碩士學位論文，江西師範大學，2005 年。

〔註30〕查清華《李維楨對明代格調論的突破與創新》，《中國韻文學刊》2000 年第 1 期，第 69～73 頁。

聖華《鍾惺與李維楨詩歌之比較研究》從兩人交行事跡、詩歌理論比較、詩歌創作比較三方面，考察兩人詩論與詩歌的複雜關係〔註31〕。李玉栓《李維楨〈大泌山房集〉中的詩社》考查出海岱詩社等十個詩社〔註32〕，見其交流範圍廣泛。王遜、周群《論李維楨詩論的「折衷」特色》引述張伯偉先生觀點：在「師古」與「師心」之爭發生後，必有一種總結性的意見出現，從而形成折衷、辯證的思想；對李維楨折衷融通「集大成」詩論意義的闡發，頗具價值〔註33〕。此外，還有張銀飛闡述李維楨詩學思想的論文。〔註34〕港臺有兩篇，分別是《李維楨文學思想研究》〔註35〕、《晚明文人的應酬書寫——以李維楨為例》〔註36〕。前者從晚明文壇有兩個可再思考問題入手：第一，論述常常陷入一種過度簡單二分的框架當中——亦即「復古」與「反覆古」的對局——，其立場多半是將復古派認定為落後、保守的一端，而反覆古則是創新、進步；第二，文學史的論述，久而久之，累積出所謂「重要的」作家。如此雖無可厚非，但是學術上的「重點」一旦確立、強化，細部很容易就被掩蓋了。若對此重新思考，那麼，李維楨這種具有鮮明的折衷色彩、處於流派過度之間，在當時具有文名，卻在後世較少為人所注意的論者，似乎有再重新衡定的必要。他的論點儘管未必多強悍偉大，但是他參與了晚明文壇的轉變，他既指出晚明文人的時代議題，也代表復古派後期文學觀念的轉向。故作者論李維楨文學思想的三個部分：文學歷史意義、創作論、批評論，所拈出議論，都不是單純的拆解李維楨的寫作文本，而是期望以此作為考察晚明文壇的切入點之一，並提供晚明文學研究的參照與輔助。〔註37〕後者主

<hr/>

〔註31〕 李聖華《鍾惺與李維楨詩歌之比較研究》，《鄭州大學學報》2004年第1期，第126～130頁。

〔註32〕 李玉栓《李維楨〈大泌山房集〉中的詩社》，《中國文學研究》2010年第4期，第25～28頁。

〔註33〕 王遜、周群《論李維楨詩論的「折衷」特色》，《長江論壇》2009年第4期，第76～80頁。

〔註34〕 張銀飛《李維楨詩學辨體理論探討》，《淮北師範大學學報》2014年第1期，第85～88頁；《論李維楨詩體「正變」發展觀》，《銅陵學院學報》2013年第4期，第85～88頁。

〔註35〕 （臺灣）謝旻琪《李維楨文學思想研究》，花木蘭文化出版社，2012年。

〔註36〕 （臺灣）黃湘雲《晚明文人的應酬書寫——以李維楨為例》，碩士學位論文，暨南國際大學，2011年。

〔註37〕 （臺灣）謝旻琪《李維楨文學思想研究‧提要》，花木蘭文化出版社，2012年。

要從書序、壽序、墓誌銘、家傳來考其與晚明文人部分交遊活動。二文是對李維楨較詳細的專題研究。

建築方面，李久太、王麗方《臺面上的遐想空間——深讀李維楨（明）〈素園記〉中關於臺的描述》，以李維楨園林記為範例，闡釋臺在獨特的空間感營造中所具備的優勢，以及對現代建築與空間設計的啓迪意義〔註38〕。

綜上所述，明代對李維楨研究處在發軔，是同時代或稍後的人對他復古貢獻、文學成就與地位的記錄，相對較客觀眞實，評價甚高，但缺乏深入。清代爲起步時期，對他的生平和詩文進行了傳記、評價、目錄解題、選本輯錄等研究，但錢謙益觀點影響甚深，「賓客雜進」、「品格不高」、「無當於味」等負面評判終成定論，與其在世盛名較，對其詩文頗多貶抑，李維楨遂爲文壇忽視。民國後，文學史對其著錄亦少，或僅列在末五子之名，或簡要引述清人觀點。建國後，詩學批評對其關注始多，逐漸匡清李維楨在隆萬時期對七子、公安、竟陵三派詩學理論的兼收並取與調劑集成作用，但尚未進行全面的詩文理論梳理總結。21世紀後，李維楨的文學成就與地位開始受到重視，文學、史學成果累積漸多，開始對其文學思想、交遊、詩歌進行分析，但還缺乏全面系統的研究。

總之，李維楨經歷了一個文名斐盛、忽視冷落、恢復關注的曲線過程，成果不多，其中存在的可研究空間不少。第一，對李維楨的交遊活動還未進行全面的考辨，即使已有與晚明部分文人交遊的成果，但未繼續深入到他這一生的文學活動，他對明後期文學變化發展歷程的記錄與影響，缺乏史料的耙梳整理；第二，對李維楨著述的研究尙未納入研究者視野；第三，對李維楨文學創作的研究集中於應酬文和詩歌，對遊記、小品、書信等其它文體尙少涉及，這種狀況不利於對李維楨文學成就的全面認識；第四，對李維楨堅守七子派，與公安竟陵兩派論爭融合的詩歌理論，尤其對李維楨詩論的變化，從中可見中晚明詩壇演進之跡尙未得到重視，缺乏系統全面的梳理總結，這不利於對明後期詩歌演變的深入認識。因此，本文將以《李維楨研究》爲選題，對他進行較綜合全面的作家研究。

〔註38〕李久太、王麗方《臺面上的遐想空間——深讀李維楨（明）〈素園記〉中關於臺的描述》，《建築技藝》2011年第6期，第254～255頁。

第二節　研究意義及方法

本書的學術價值，概括而言，主要有以下幾點：

1、具有文學史研究的意義。

李維楨是明後期著名的詩文作家、文學批評家，他的文學創作及觀念有著較爲豐富的內涵，其本身值得認眞研究。他作爲七子派後期的復古中堅，在明後期七子派的演變與發展中發揮著重要作用。同時，李維楨所處的明後期文壇是多個文學流派相繼興起、相互影響的時期。通過對李維楨與當時文人的聯繫，可反映出明後期詩壇的發展趨勢。

2、具有文學批評史研究的意義。

李維楨是個切入明後期詩歌理論較佳的視角。他與七子派復古領袖李夢陽、李攀龍、王世貞、汪道昆，並稱「五宗」（張惟任《太史公李本寧先生全集序》），是七子派後期的文壇盟主。從文學陣營來看，他父親李淑與吳國倫、徐中行、梁有譽、張佳胤、張九一同榜進士，與後七子往來密切，李維楨十二歲讀張九一著作，在青年時期即與王世懋、王世貞結識，書信往來，受前後七子影響深刻。從仕宦經歷來看，五十八年間宦京師七年，秦中七年，河南兩年八個月，江西、四川各數月，浙江約三年，壽春和潁州數月、秦中三年、山西兩年八個月、南京八個月，仕宦約二十八年，家居約三十年，歷任高官與外藩大員，影響交遊非布衣可比，對兩都朝政與各地域詩風深有體會。從文學影響來看，《大泌山房集》一三四卷，詩學理論廣有建樹，被視爲後七子派的復古中堅；楚地籍貫，既使其成爲吳國倫、袁宏道、鍾惺「楚風」銜接的重要人物，其復古中堅身份與詩論，又使其成爲與公安竟陵兩派論爭的後七子派主要代表，經歷楚風大熾、明後期詩壇三變；他年壽八十，從嘉靖二十六年到天啓六年，幾貫穿明後期詩重大變革的全過程。研究李維楨對後七子派、公安派、竟陵派詩論的調劑集成與堅守反對，可爲明後期詩歌批評的發展演變，展現後七子派的視點。

3、具有知識分子心態史研究的意義。

誠如章培恒先生《全明詩·前言》指出的三層意義，明詩是中國民族心靈史、知識精英心靈史重要的構成部分，是寶貴的第一手資料，尤其明後期詩，《明詩紀事》列詩人四千餘家，明後期詩人占一半，詩歌詩論比例更大，二者提供了豐富多樣的內容與形態。同時，明後期，創立一代明詩的文學意識高漲，各流派都在爲「明自有詩」、「人自有詩」（鍾惺《白雲先生傳》）吶

喊。明後期知識分子，面對政治軍事矛盾日益尖銳衰亂，國家危機重重，城市與商業經濟日益興起，世風侈靡，紛雜萬象，在最傳統的抒情詩領域抒寫一代知識分子的心靈變幻歷程，如何寫作明詩的理論爭鳴。李維楨作為明後期復古派文人中的代表人物之一，對其心態的個案研究有典型意義。通過對李維楨心態的研究，可以瞭解到明後期相當一部分文人心態變化的軌跡與內涵。

　　本文在研究方法上，主要有文本細讀、考證考辨結合、比較研究等方法。為了研究李維楨的生平與詩文創作，對其主要文本進行了細讀；通過查閱各種書目文獻，輯錄各類著述，並進行了考辨；為說明李維楨對七子派、公安派、竟陵派的詩歌批評，採用了比較研究的方法；另外，還運用了士人心態的研究方法，文學批評與鑒賞的方法。

第一章　李維楨的生平

　　李維楨（1547～1626），字本寧，湖廣承天府京山人，依古地名，自署雲杜、南新市人、角陵里人、大泌山人〔註1〕、又署翼軒、士安，室名「大泌山房」，鈐印有「雲中君」、「杜多居士」等，時人稱「明公」。他生於明嘉靖二十六年，二十二歲成進士，選庶吉士，授史館編修，博聞強記，與許國齊名，有「記不得，問老許。做不得，問小李」美譽。二十九歲出陝西參議，從此浮沉外僚，同時故人多在臺閣帝城，流滯自如，勤於吏事，讀書著文，廣交

〔註1〕《漢書》卷二十八《地理志八上》「江夏郡　雲杜　應邵曰：《左傳》「若敖取于𢠸，今𢠸亭是也。師古曰：𢠸音云。」《後漢書》志第二十二《郡國四》：「江夏郡　雲杜　杜預曰：縣東南有𢠸城，故國。」《明一統志》（文淵閣四庫第473冊第255頁）卷六十《興都》：「承天府　建置沿革：《禹貢》荊州之域，天文翼軫分野，春秋戰國時屬楚，秦屬南郡，漢爲雲杜縣，地屬江夏郡，宋齊並爲竟陵郡地，……隋廢溫州入安陸郡，廢𢠸州入竟陵郡。唐復立𢠸州，治長壽，及置溫州，治京山，……本朝洪武中改爲州，以附郭長壽縣，……嘉靖初陞爲承天府，改沔陽、荊門二州縣屬焉，領州二縣五」。因知雲杜是明承天府之古名。《輿地廣記》卷八《京西南路》：「下京山縣：晉置新陽縣，梁置新州梁寧郡，西魏改縣爲角陵，隋開皇初郡廢，大業初州廢，改角陵曰京山，屬安陸郡，唐武德四年置溫州，貞觀十七年州廢，屬𢠸州。富水鎮本後漢南新市縣地，屬江夏郡，晉因之。西魏改爲富水，置富人郡，隋開皇初郡廢，屬安陵郡，唐屬溫州，貞觀十七年來屬。」因知京山縣，後漢稱「南新市」，西魏稱「角陵」，隋稱「京山」。《水經注》卷三十一《溳水》：「……又東南流而右會富水，水出竟陵郡新市縣東北大陽山，水有二源，大富水出山之陽，南流而左合小富水，水出山之東，而南逕三王城東。……大富水俗謂之大泌水也，又西南流逕杜城西新市縣治也，《郡國志》以爲南新市也。」（清）沈炳巽《水經注集釋訂訛》卷三十一「大富水俗謂之大泌水也，又西南流逕杜城西」下注「《漢志》：江夏郡有雲杜縣，疑漏雲字」。

好遊，四方薦紳學士徵文，昏夜叩門必與，碑版之文，照耀四裔，負重名垂四十年，遂成隆萬間藝文領袖。天啟四年四月，以七十八高齡出仕南京太常寺卿，翼修《神宗實錄》，館中諸臣憚以前輩壓己，遷南京禮部右侍郎、禮部尚書，不令與史事，明年正月力乞骸骨，六年閏六月八日卒於家，年八十。崇禎四年，長男太學生營易，詣闕請卹於朝，贈太子少保，十二月葬遊山之原。

第一節　家世與童年

　　李維楨述其先世出西平忠武王晟之裔。《舊唐書》卷一百三十三有《李晟傳》，《新唐書》卷一百五十四亦有本傳，所敘甚詳。李晟字良器，隴右臨洮人，以軍功累封為國家重臣，貞元九年八月薨，德宗冊贈太師，謚曰忠武，元和四年詔配饗德宗廟庭。唐功臣配享，德宗廟三人，贈太師西平忠武王李晟，贈太尉忠烈公段秀實，並元和四年八月敕，贈太師忠武公渾瑊，元和四年九月四日敕〔註2〕，見晟勳業之高重。

　　李晟墓地說法不一。一說見於《四庫全書》中《甘肅通志》卷二十五「唐西平忠武王李晟墓」條：「在狄道縣西二十里，地名西平莊蘭家灣。按西安府高陵縣亦有李晟墓」〔註3〕，卷二十二「西平故里」條：「在衛西七十里，唐西平忠武王李晟生處，李氏世以武功顯，晟以備羌居臨潭，因家焉」〔註4〕。一說見《四庫全書》中《陝西通志》卷七十「唐忠武王李晟墓」條：「在高陵縣西南十里，有柳公權楷書碑」（《馬志》）；「公以貞元九年薨，葬於高陵縣奉正原，鄭國夫人杜氏祔焉」（裴度撰《神道碑》）；「唐西平忠武王葬渭橋北高阜上地，隸陽陵，其前故廟存焉。明萬曆間陝西巡撫李日宣輦千緡為王葺塋及廟，今提學許孫荃臨部池陽，捐俸修墓及廟」（李因篤撰《重修西平王塋廟記》）〔註5〕。又《陝西通志》卷九十八「西平忠武李晟碑在高陵縣，王墓前

〔註2〕元・馬端臨《文獻通考》卷一百三《宗廟十三》，中華書局，1986年，考936頁。

〔註3〕《甘肅通志》卷二十五「唐西平忠武王李晟墓」條，《景印文淵閣四庫全書》第557冊，第657頁。

〔註4〕《甘肅通志》卷二十二「西平故里」條，《景印文淵閣四庫全書》第557冊，第580頁。

〔註5〕《陝西通志》卷七十「唐忠武王李晟墓」條，《景印文淵閣四庫全書》第555冊，第233頁。

裴晉公撰，柳誠懸書，已磨泐不可讀，都元敬錄其文，止缺數字」〔註6〕，故當以高陵縣西南十里奉正原渭橋北高阜上地墓與廟為真。

趙明誠記「右唐李晟碑，裴度撰。碑載西平子十二人，愿、聰、總、慇、憑、怒、憲、愬、懿、聽、恭、慇，《唐史‧宰相世系表》所書亦同。而新舊史列傳皆云晟有十五子，舊史云伺仙偕無祿蚤世，豈以伺等早世，故碑不載歟？又李石撰《李聽碑》云西平有子十六人，疑更有未名而卒者爾？《元和姓纂》載西平子十人，以碑校之，《姓纂》缺聰、總、憑、懿四人，而怘、應二子，墓碑、舊史皆無之，又其倫次差謬，亦當以碑為正。」〔註7〕《舊唐書》本傳：「晟十五子：伺、仙、偕，無祿早世；次愿、聰、總、慇、憑、怒、憲、愬、懿、聽、恭、慇，聰、總官卑而卒，而愿、愬、聽最知名。」〔註8〕《新唐書》本傳：「有十五子，其聞者愿、憲、愬、聽云。」〔註9〕明人趙崡用裴度碑辨新舊史列傳李晟行實多處異訛甚詳，可參看，末述「晟之碑作於當時，而史成於後代，要當以碑為是。又碑所記公子十二人，史云十五人，亦當從碑。」〔註10〕

其中，兩《唐書‧李晟傳》後附《李愿傳》、《李愬傳》、《李聽傳》中，均未記三子有仕江西行跡，《舊唐書‧李憲傳》中記「穆宗即位，以太和公主降迴鶻，命金吾大將軍胡証充送公主使，命憲副之，……。出為洪州刺史、江西觀察使。大和二年，轉嶺南節度使。……大和三年八月卒，時年五十六。」〔註11〕《新唐書‧李憲傳》中略記「大和初，繇江西觀察使遷嶺南節度使。」〔註12〕西平後裔中有李係見於史冊，「時兗州節度使李係者，西平王晟之孫，以其家世將才，奏用為都統都押衙，兼湘南團練使。時黃巢在嶺南，鐸悉以精甲付係，令分兵扼嶺路。係無將略，微有口才，軍政不理。廣明初，賊自嶺南寇湖南諸郡，係守城自固，不敢出戰。賊編木為栿，沿湘而下，急攻潭

〔註6〕《陝西通志》卷七十「郭敬之家廟碑」條，《景印文淵閣四庫全書》第556冊，第691頁。

〔註7〕《唐西平王李晟碑》，趙明誠《金石錄》卷二十九，《景印文淵閣四庫全書》第681冊，第364頁。

〔註8〕《舊唐書》卷一百三十三《李晟傳》，中華書局，1975年，第3676頁。

〔註9〕《新唐書》卷一百五十四《李晟傳》，中華書局，1975年，第4873頁。

〔註10〕明‧趙崡《石墨鐫華》卷三《唐西平忠武王李晟碑》，《景印文淵閣四庫全書》第683冊，第483頁。

〔註11〕《舊唐書》卷一百三十三《李憲傳》，中華書局，1975年，第3685頁。

〔註12〕《新唐書》卷一百五十四《李憲傳》，中華書局，1975年，第4874頁。

州，陷之。係甲兵五萬，皆爲賊所殺，投屍於江。」〔註13〕李係駐湘南，不在豫章。李維楨敘「余與故吏部司務珍默公同出西平王之裔，又同家谷村。國初，余先人始徙京山」〔註14〕「余先世吉水，與安福同吉安郡，後徙景陵京山」〔註15〕、「余初以李鎮西請序家乘，……又十年，始得其宗系，知爲唐西平忠武王後。西平七子宜春侯憲公五傳爲唐公，六傳爲光□□□，十三代爲謙公，宋德祐間使虜留之，居遼。傳辛公，因元亂遷禿魯江，不事元，亦不事朝鮮。七傳爲膺俌公，自江西南昌遷，以洪武十五年率七十五戶千餘人歸附，授鐵嶺衛總旗。傳英公以首虜擢副千戶，傳子文彬公，孫春美公，曾孫涇公，文彬以隱德稱，春美以武畧顯官至守備，今配食狼山功臣廟，涇以孝友著，三公皆封如寧遠，寧遠開國，諸子承家勳，……余家自谷村徙，唐公爲谷村始遷祖。祖曾太父嘗書於庭之楹曰：『道宗東魯宣尼，父系出西平忠武王，寧遠實吾宗人，……余名位才情，晚年衰落，殊有隴西家聲之慚，幸寧遠復始，是以論其世也。』」〔註16〕，因知谷村李氏係李憲發脈，後不知所自徙，五傳至唐公始徙至江西吉水，爲豫章吉水人，家谷村，數十傳，偶有仕宦武功，遷至京山李氏，屬寒門。

一、寒家累世，立德立行

明初，高祖九淵洞淵公徙楚竟陵，家皀角鎮。九淵公生朋玉公李玨，李玨生南臺公景瑞，景瑞生李淑，淑是爲李維楨的父親。維楨十歲時，祖景瑞將家遷入邑城京山，父淑置田，是爲京山李氏。

李淑，字師孟，以家五華山旁，自號五華山人。李淑生於正德丁丑（1517）年，自九淵江右來，世悉單傳，急需多生子嗣，傳宗接代。所以嘉靖癸巳（1533），王夫人來歸。又七年，庚子（1540）南臺公夫婦爲李淑納匡氏爲妾。癸卿（1543），王夫人病卒，第二年，續弦陳夫人，庚戌年（1550）再納梁氏爲妾。至嘉靖丁未（1547），匡氏生李維楨。其間李淑曾有過一個男孩：「母梁孺人以庚戌年歸事先君，是時不肖楨生三歲矣。尚有一兄一弟，皆弱劣，

〔註13〕《舊唐書》卷一百六十四《王鐸傳》，中華書局，1975年，第4283頁。

〔註14〕明·李維楨《宗老郡幕郭孺人壽序》，《大泌山房集》卷三十七，《四庫全書存目叢書》集151，第295頁。

〔註15〕明·李維楨《鄒仲子墓誌銘》，《大泌山房集》卷八十九，《四庫全書存目叢書》集152，第568頁。

〔註16〕明·李維楨《李家乘後序》，《大泌山房集》卷十七，《四庫全書存目叢書》集150，第670～671頁。

先王父母以爲憂。」〔註17〕據李維楨《四遊集》卷十七《先母匡孺人行狀》知，王夫人數舉子，數不育，後竟以舉子病卒，而陳夫人終生未舉子，李維楨三歲時，其兄尙在成長，但年幼夭折，故李維楨爲長子，是爲大參君。嘉靖丁未（1547）九月，李維楨出生，是這個家庭的第二個男孩，對於他的降生，應是舉家都很高興的事。後來，二弟維極、三弟維柱，四弟維標，五弟維楫相繼出生，京山李家不再只傳人單。

李淑還在更重要方面改變了京山李氏的寒家累世。在淑前，京山李氏曠僚也，他通過苦讀成材，嘉靖丁酉二十一歲中舉，五上春官，終於在庚戌三十四歲那年南宮進士及第，並以二甲第二十名高中，見其才學非凡。在隨後的官宦生涯中，他爲家庭置辦了一些田產，雖不算豐厚，但家人生活亦是無憂。以獨不謁嚴嵩相，銓選得工部虞衡司主事，尋司榷杭州，廉明聲大起。癸丑秩滿擢工部員外郎都水郎中，大計，以廉出浙江按察司事，調任山東，以母楊恭人喪，疾馳歸。服闋後二年，以舊官觀察山東，擢河南左參議，戊辰遷山西安察司副使，寅午監試，承三歲遷浙江左參政，壬申晉山東按察使，之山東平亭，修迦口河，半年後升廣西右布政使，癸酉五十七歲時堅請歸家侍父，己卯年末景瑞安樂病卒，淑在墓旁築廬守制，因大雨雪，天氣極寒冷，旋得病，久之亦卒，是日在辛巳（1581）正月二十九日，享年六十五歲。死時，適逢年節臘月，長子任外，喪後得訊歸。

李淑是對李維楨影響最大的人。據李維楨《明通奉大夫廣西布政使司右布政使顯考五華李公行狀》〔註18〕可知，李淑生平端謹，重修飾儀容，即使盛暑，也不裸袒，覡巫俳優不入於門，五木博塞不設於庭。三十一歲後始得維楨諸子，內心極愛，但未嘗表於形而稍顯愛昵情狀，幾個兒子也不敢言行輕浮、穿鮮亮華服見父，鄉里都誇讚李淑戒子端謹，嚴於治家。王世貞評「布政公以經明行修」〔註19〕，此點是李淑恪守的人生信條與治家訓戒。

有個小細事，可窺見李淑家訓對李維楨影響至深。嘉靖四十四年，李淑官河南左參議，每公事畢，親治繕。二十四年後，李維楨在大梁以河南左參

〔註17〕明・李維楨《乞言》，《大泌山房集》卷一百二十六，《四庫全書存目叢書》集153，第568頁。

〔註18〕明・李維楨《新刻楚郢大泌山人四遊集二十二卷》卷十七，明刻本，南京圖書館藏。

〔註19〕明・王世貞《李母匡孺人墓誌銘》，《弇州續稿》卷一百十七，《景印文淵閣四庫全書》第1283冊，第647頁。

政承乏大梁，主其父舊職，居其故署時，曾深情追憶到：

> 嘉靖乙丑歲，先大夫以左參議督儲，奉先王父居署中，楨兄弟
> 從。自公退舍，率而承懽膝下，衎衎如也。始署門東向，先大夫易
> 南向而繕治，斧藻其敝陋者。居嘗謂楨：「吾聞叔孫所舍，雖一日必
> 葺牆屋，去之日如始至，吾安能苟簡自恣，以貽後人煩費乎？」其
> 勤事類此。〔註20〕

他真正感慨與深省的是：

> 先大夫守大梁四載，宣其德行，順其憲則，梁人去後見思，迄
> 于今不衰。而楨不能保任其父之勞，荷析薪而肯堂構，梁人猥以先
> 大夫故優容之，內愧避席，身無處所矣。夫食先德，則何可以負親？
> 徼主恩，則何可以負國？《禮》曰：君子一舉足出言，而不忘父母。
> 思其居處，笑語志意，所樂所嗜，況親之故署，所以受國寵靈，垂
> 裕後昆者，實在斯乎？斯邱孟之所重也。敬記其事，勒石堂之東隅，
> 比于座右之警焉。〔註21〕

儒家講究修身、齊家、治國、平天下，始於修身齊家，立德立行，衍而
為治國平天下。李維楨將食先德、徼主恩一以貫之，不可以負親恩，不可以
負國恩，君子一舉足出言，皆事關禮俗風儀。李維楨終生對其子營易、營室、
營國管束嚴厲，重其儒學文藝、君子風範。大兒營易，字宗衍，萬曆戊子生，
太學生，學《書》，多侍維楨側，居晉時，為父整理脫誤《小草三集》，寓金
陵廣陵時，常陪父出遊，維楨逝後，於崇禎四年為父詣闕請恤於朝，贈太子
少保，為梓《四六啟》前集。次兒營室，習《禮》，遊學南國子，給事大理署
中。鄒迪光嘗曰：「郎君瑛瑛邵令，大兒孔文舉，小兒楊德祖，真令人羨殺！」
〔註22〕李維楨曾內省：「竊自循省，楨不能為善，而極每以善相勸，楨不敢為
惡，而極每以惡相規，髫卅迨老，曾無間言。自極選官後，楨代理家事，其
家奴未嘗有一人入公門、片言在爰書者，此闉邑之人與宦于楚中諸公可質問
也。」〔註23〕李維楨端謹自守，與李淑何其相似，李維楨嚴守家訓，治家理

〔註20〕 明・李維楨《分署大梁道官署記》，《大泌山房集》卷五十四下，《四庫全書存
目叢書》集151，第664～665頁。

〔註21〕 明・李維楨《分署大梁道官署記》，《大泌山房集》卷五十四下，《四庫全書存
目叢書》集151，第665頁。

〔註22〕 明・鄒迪光《復李本寧》，《調象庵稿》卷三十八，《四庫全書存目叢書》集160，
第95頁。

〔註23〕 明・李維楨《急難》，《大泌山房集》卷一百二十六，《四庫全書存目叢書》集

身又與李淑何其相像！

李淑以經明德行修爲，才學很高，品行兼備。廷試射策被太宰夏邦謨奇而力薦爲鼎甲，當在前三名，嚴嵩以進士榜時聞楚有才士李某者，表繫江右，傳人通話欲招致門下士，卻被李淑婉言謝拒，不肯謁，故被嚴嵩絀落在二甲第二十名，不得翰選，僅入工部虞衡。張居正任相時，於淑是楚人，且通家，淑亦自愛，不肯通一姓名箚刺，故先後輾轉外藩，沉浮多年，但性淡泊自如，精明幹練，端肅勤勉，有膽有識，治績有聲。他治杭時，日坐堂上，別出納，庭無候人，外面尺刺請託不得入內，家人童子履不踐門外，以政事之緩急重輕爲務，所以，越在其治理期間，商旅擁車闐道不得發，士大夫日觴相屬，商業繁華，百姓安居樂業，士紳交口稱頌。性好施卻不苟取，尤其不肯賂賄逢迎權貴，以謀仕進。當時官場慣例是謁嚴相必先謁其子世蕃，世蕃愛財，許多官吏借各種名目干謁，謁必厚禮重寶，而後得志，李淑供職東南最富的江浙地區，卻以兩吳縑往見，說僅小別於空手而已，被嚴世蕃唾而卻之。他任山西按察副使時，入賀萬壽，臺司已爲其治裝，亦不肯帶去京師打點各司屬同僚，所以多年爲郎、爲參政、按察使等，治聲斐然，卻不獲提拔。

但李淑卻不是迂儒腐吏，治理地方政務，當斷則斷，明晰嚴明，對人情練達，嚴守操行。他任越憲僉事時，嘉靖倭寇禍亂東南地區最劇，入浙靡所不罹，甚至深入徽州內地。適來犯，臺告急，他以一介書生，卻有西平後裔的血性，督府檄，提輕兵，埋伏於弔崩山，生摛寇首數十百人，溺死者無數，杭城大捷。他又體恤夥聚徽州山中的礦盜是貧寒百姓，反對官府圍剿，其與嚴加約法，撫而入兵籍，恩威並施，不用一兵刃一糧錢，賊盡降散去，後頗收其用。

幸臣趙文華，督浙師，讒死兩大帥，氣焰囂張，浙藩臬長吏皆郊迎禮拜，唯恐落於人後，獨李淑不肯參與。李淑修慈谿城才半，外城居者賄文華請藉此機會擴城，將其納入城內，在城外山上置酒請文華，借機派人群發利箭射修城者，李淑則不懼不忍，針鋒相對，令人從別的山頭射置酒之處，文華爲之色變罷酒。故弔崩山大捷，趙文華抑李淑不得獲上功，後屢遭其中傷。李淑早在進士及第，獨不爲謁時即言「使某忘先人，則不可；使某爲丞相鄉人，則不敢」〔註24〕。在京爲郎時，不畏權相嚴嵩父子，在王宗茂參奏嚴嵩的風

153，第 569 頁。

〔註24〕明・李維楨《明通奉大夫廣西布政使司右布政使顯考五華李公行狀》，《新刻

口浪尖，迎宗茂父方伯公王橋居其京中家裏，飲食起居親視如家人，嚴嵩相與其子世蕃聞之，極忌恨，謀竄通趙文華削李淑官職，而淑已歸家，文華以他罪服毒自盡。後更爲長子李維楨迎娶王宗茂次女，結爲姻親。這種不事干謁，不畏強權，厚交忠良，不借名謀利，勤習吏治，唯直德忠孝行事的品德，對李維楨仕宦行事原則影響很深。

李維楨二十二歲中進士，選翰林院庶吉士，除編修，考績最，同館爲之側目，年紀輕輕，即與史館老臣許文穆公齊名，才學亦高。同樣以忤當路，明升暗貶出京，在自翰林出者普遍鄙夷外任，不肯習吏事慣例下，他能於秦晉梁蜀江淮，歷任參議、參政、按察使，以至右布政使，三十餘年流寓外蕃，精強治理，不以文壇功業稍爲懈怠，這種務實勤政、政聲卓著，不畏達官，敢於直言強諫的品質，實淵承其父李淑。且戊辰榜一科七相，位公卿者七十餘人，以李維楨交遊之廣，知己故交多在臺閣，卻流滯自如，始終不一通殷勤、謀入帝城，這種淡泊名利、安貧恥進的君子風範，亦源於其父，成爲他終生的爲政原則。故他廣交於人，既不爲名，更不求利，悉心學術文藝，是爲不卑不亢，立行立言的正人君子。

李淑爲政端嚴不苟，生活中待人卻極爲仁厚慈善。首先，對父是爲孝。自歸家養親，「三時視瀡潃必眣，暮則布席於榻傍，中夜候喘息，稍失度則彷徨走醫藥，既病，口唅飯餔之」〔註25〕，讓南臺公安樂終老。其次，對友人是爲忠。里中同年高岱卒於景相，無子，里中有欺侮幾構大獄其家者，全賴李淑遏力護持其周全。他待同鄉王宗茂，在嚴嵩父子忌恨異常時，侍其父、結其親，是對朋友、姻親的無聲慰藉。再次，對後輩惡人是仁慈寬厚，謙遜禮讓。對欲謀其廬室，糾集惡少數百人來踢其家，掀磚揭瓦，親族裏謀倍其眾以相報復，李淑卻是以善報惡，息事寧人。他少時即以藝文著，以經明德行修爲，弟子挾經請教者恒滿，有後來貴而背叛者，不欲將李淑的經學思想發揚光大，李淑都不與之計較。中丞趙汝賢、高岱行扁其門「孝廉」，李淑稱謝不敢當，庋置之室而已。

李維楨行事原則，一如其父。其一身傲骨，仕宦困厄，從無一請託知交；孝悌親友，爲救仲弟維極出獄，立即病免陝西右布政使，急赴徐州，四方奔

楚郢大泌山人四遊集》卷十七，明刻本，南京圖書館藏。

〔註25〕明·王世貞《中奉大夫廣西等處承宣布政使司右布政使致仕五華李公墓誌銘》，《弇州續稿》卷九十七，《景印文淵閣四庫全書》第 1283 冊，第 388 頁。

走營救。人取其銜登、卷軸、碑板爲美，流俗好諛，少涉忌諱，屬其再三更易不厭，人無賢愚貴賤，事無大小，有求必應，無所受謝。對於文壇後輩，李維楨諸多愛護提攜，厚交禮遇，撰寫眾多題辭詩序，助其爲人所知；對不同詩論的公安，多有交遊，對改弦換轍的鍾惺，一笑應之；論詩上卻及時吸取各流派各詩壇新出現的合理因素，修正七子理論，爲復古陣營堅守吶喊。

但李維楨也有與李淑不同之處。一是他性格樂易闊達，善言辭戲謔，與其父端莊自守迥異。李維楨遊宦生涯中，多有上司同僚請託他作壽辭書序。他博學多才，常旁徵博引，多取典章故實，張口即來。如他爲好友徐成位所作艾辭：

> 曰：「艾服官政，蓋言歷也，閱習久而通於當世之故也。惟得歔歷中外，於朝於野，民之情僞，蓋知之矣。上以東西多警，孜孜蒐佚，才如不及，一旦玄纁在門，起而服官政，可運於掌。請以是祝。」諸大夫曰：「善。」不佞曰：「未也。《春秋傳》有之，大勞未艾，不可以爭，蓋言息也。天之道，不翕聚，則不發散，而況於人乎？惟得歸十有二年，養由基之善息，不是過矣。道冲而用之，或不盈，是以能敝不新成。請以是祝。」諸大夫曰：「善。」不佞曰：「未也。《書》有之。從作艾，蓋言治也。治天下者，未有不先治其身者也。惟得當官，必行其志，志有不合，退無慍色，挫銳解紛，以游於閭閈之間。自其弱年，傍絕媵侍。昔賢無季女孌童之好者，何以尚茲晚，而學養生家言，自治益力。請以是祝。」諸大夫曰：「善。」不佞曰：「是三者，惟得自爲祝耳。非吾曹所以爲惟得祝也。《晉語》有之曰：樹於有禮，必有艾，蓋言報也。邑之薦紳學士家有慶事，惟得未嘗不修禮焉。其它睦鄰厚族，不可一二。其詳今日之事，能無報乎？」諸大夫曰：「善。」以告惟得。惟得避席謝曰：「李生過譽我，竊有志也，而未之逮焉。請書其語座右，以代韋弦之佩。」
> 〔註26〕

就一個簡單艾禮，卻講得頭頭是道，既有排山倒海之勢，信服於眾，又能「左氏一舉筆而肖」，曲賓主之歡，見思維敏捷，善於言辭。《大泌山房集》多有他即席祝辭，賓主滿座皆曰「然」、或以爲「善」、或爲之「大噱」；司理聞之

〔註26〕明・李維楨《憲副徐公壽序》，《大泌山房集》卷三十，《四庫全書存目叢書》集 151，第 155～156 頁。

莞爾曰：「李生洵善於辭」〔註27〕；孝廉曰：「善。請書諸策，異日《廣陵耆舊傳》將取徵焉」〔註28〕。他還能講得老人開心，「李翁聞余言，爲一粲而別」〔註29〕；「最後不佞兄弟往，太君亦謝不納，孚如具述不佞言以進，太君色喜：『是庶幾知我者』，屬孚如蕭客，而入爲加康爵」〔註30〕。他在給好友胡宗洵的祭文中追憶：「公爲郎歸，里戚黨每有燕會，無余不歡，伯兄常嘲余：『足下得阿仲，不家食矣。』其綢繆若此」〔註31〕。雖然常調得滿場氣氛歡樂，卻易給人浮誇不實，巧言辭令印象。李維楨曾說「君子言不浮行，貌不違心，實不求名，守不狥俗」〔註32〕，後三條他都做到了，前一條「言不浮行」，實在的「行」他其實做得很好，但「言」之過多、過歡、過浮了，犯了儒家訥言敏行之訓，這成爲他屢次被彈劾根由之一。

二是他率易雜進，張揚文事。錢謙益《李公墓誌銘》曾評到：「其生平俶儻好士，輕財重氣，坐客嘗滿，干謁請求，貧者以爲橐，而黠者以爲市，其或假竿牘，竊名姓，恣爲奸利者，窮而來歸，遇之反益厚。交遊猥雜，咎譽錯互，頗以此受人誣染，終不以介意也。」〔註33〕又評：「自詞林左遷，海內謁文者如市，洪裁豔詞，援筆揮灑，又能骫骳曲隨，以屬厭求者之意。其詩文聲價騰涌，而品格漸下。余誌其墓云：『公之文章固已崇重于當代矣，後世當有知而論之者。』亦微詞也。」〔註34〕承此而來，《啓禎野乘‧李宗伯傳》、《明詩綜》、《明史‧李維楨傳》、《四庫全書總目‧大泌山房集》、《明詩紀事》或批其一，或多承兩點，李維楨爲人賓客雜進、爲文附會曲隨、以屬厭求者，

〔註27〕 明‧李維楨《鄧太公壽序》，《大泌山房集》卷三十三，《四庫全書存目叢書》集151，第208頁。

〔註28〕 明‧李維楨《新泰令李公壽序》，《大泌山房集》卷三十一，《四庫全書存目叢書》集151，第169頁。

〔註29〕 明‧李維楨《李翁壽序》，《大泌山房集》卷三十五，《四庫全書存目叢書》集151，第250頁。

〔註30〕 明‧李維楨《鄒太君壽序》，《大泌山房集》卷三十九，《四庫全書存目叢書》集151，第332頁。

〔註31〕 明‧李維楨《祭胡憲副》，《大泌山房集》卷一百十六，《四庫全書存目叢書》集153，第355頁。

〔註32〕 明‧李維楨《歐陽明府去思記》，《大泌山房集》卷五十五，《四庫全書存目叢書》集151，第695頁。

〔註33〕 清‧錢謙益《南京禮部尚書贈太子少保李公墓誌銘》，《牧齋初學集》卷五十一，《續修四庫全書》第1390冊，第125～126頁。

〔註34〕 清‧錢謙益《李尚書維楨》，《列朝詩集小傳》下冊丁集上，上海古籍出版社，2008年，第444頁。

兩者皆品格不能高。此評關係重大，與其在世盛名較，清代承錢氏觀點而來，對李維楨負面評判終成定論，因對其詩文頗多貶抑，李維楨遂爲文壇忽視，其文學史地位與價值不復眞面目矣。

　　此處應對評李維楨爲人與爲文作因果關係的辨析。對清代評李維楨爲人「謁文者如市」、「附會曲隨」，實與其「性多可鮮否，人無賢愚貴賤，事無大小，有求必應，無所受謝」〔註35〕有關。他秉承乃父以經明德修之學，大者如江陵因李維楨幾句偶言貶他出史館，改變其前程與命運，他終不恨，亦不肯抗論自白，反而教人：「江陵惜我才，欲以吏事練我，彼未嘗阨我，我忍利其死，以爲贅乎？」〔註36〕且高度讚賞江陵爲明朝賢相，「張江陵爲天下口實，至今未已，江陵救時之相也，憐才最亟，所錄用多儁傑」〔註37〕。此一事，見張居正細事必報，積威之重，與李維楨寬厚仁善，德行修爲迥異。張居正功高至偉，卻不束自身與家人生活，而李淑僅一布政使，卻訓教家人子弟若此，此一高一下，不言自明。明後期友人、後輩多對李維楨節操讚譽有加。所以，細者，李維楨對借他名頭來謀利討生活的山人布衣，不但不會惜自我之名，反以幫助提攜居多，更加次第應之無倦色，否則以他之文壇聲名、經濟條件，實無必要於文從無拒絕，叛己窮歸者遇之反友益厚了。清人評李維楨借海內謁文者如市，來獲詩文聲價騰湧，是與李維楨終生品行與持論不相符合，評反了因果關係的。錢謙益在江陵事後，隨即言「揚忠列，唱移宮之議，權倖交嫉，嘖有煩言，奮筆爲《庚申記事》，人或咻之，公曰：『吾老矣，舊待罪末史，不惜以餘年，爲國家別白此事。聖朝不以文字罪人，非所患也。』人知公樂易博達，修長者之行，不知其所期待持擇如此」〔註38〕，此則史料，恰可見李維楨於大節與虛名之持擇。但他這樣明明與人爲善，寬容仁厚，客觀上卻給自己帶來了率易雜進，詩文夥多，品格漸下的負面影響，他亦自知之，卻無悔不改，是爲君子者，取實行，棄虛名。

　　李維楨家庭有兩類性格因子，一是端毅嚴厲，如其祖母楊恭人、父李淑、

〔註35〕明・李維楨《小草三集自序》，《大泌山房集》卷首，《四庫全書存目叢書》集150，第269頁。

〔註36〕清・錢謙益《南京禮部尚書贈太子少保李公墓誌銘》，《牧齋初學集》卷五十一，《續修四庫全書》第1390冊，第126頁。

〔註37〕明・李維楨《南康守顧公施孺人墓誌銘》，《大泌山房集》卷九十三，《四庫全書存目叢書》集152，第643頁。

〔註38〕清・錢謙益《南京禮部尚書贈太子少保李公墓誌銘》，《牧齋初學集》卷五十一，《續修四庫全書》第1390冊，第126頁。

親母匡孺人，「先王母性奇嚴，家人稟稟救過，日不暇給」〔註39〕，「先大夫操之嚴，間室之內，儼若朝典。母嚴，與父等節」〔註40〕；另一類是性寬樂，如其曾祖李玨，「長情有思，多所關百家言，又好倜儻大節。不幸中道喪明，衡門反瑣，嘯咏晏如也」〔註41〕，其祖父「豁達大度，好振人之急」〔註42〕。故維楨持父「以經明行修」終生，嚴於治身理家，大節高風，仁恕待人，身正情深承其父；不從者，有隨曾祖、祖輕財好士，倜儻交遊，善言辭戲謔，張揚文事因子。

李維楨一生酷愛文學，孜孜求學深思。錢謙益評到：「文人才子不得志于仕宦，則往往耆聲色，縱飲博，以耗雄心而遣暇日。公自讀書而外，泊然無所嗜好，簾閣據几，焚膏秉燭，捃摭舊聞，鑽穴故紙，古所謂老而好學者，無以逾公也。」〔註43〕這其實是李維楨終生好讀書求學問的寫照。守父母喪家居八年，校讎不輟；在軍務吏事繁忙的秦藩任上，專門治小書齋以讀書；居晉，獨力主持修《萬曆山西通志》；晚年更是淡泊外務，致力學問文學。

但他致力於文學事業這面，卻是外向張揚：「公初在館閣，有重名。碑版之文，炤耀四裔。晚僑居白門、廣陵間，洪裁豔辭，既足以沾丐衣被，而又能敧觖曲隨，以屬厭求者之意。海內謁文者趨走如市，門下士爭招要富人大賈，受取其所奉金錢，而籍記其目以請。公栖毫閣，筆次弟應之，一無倦色也。」〔註44〕這便與一般文人行遊吟詠、結黨營社不同，也與有德文人不以吟詠為人所知，文集亦秘不示人不同，成為文人「無行」、「浮躁」的代表，而且他與吳國倫、汪道昆同執文柄，在二人去世後，獨掌文壇，文學事功影響很大，便成為當時朝中流行的「文人無用」論打擊棄用的代表。

他的父親李淑，也愛好讀書文苑，家藏書萬卷，手校讎若新居，不恒作詩

〔註39〕 明·李維楨《乞言》，《大泌山房集》卷一百二十六，《四庫全書存目叢書》集153，第 568 頁。

〔註40〕 明·李維楨《先母匡孺人行狀》，《新刻楚郢大泌山人四遊集》卷十七，明刻本，南京圖書館藏本。

〔註41〕 明·李維楨《明通奉大夫廣西布政使司右布政使顯考五華李公行狀》，《新刻楚郢大泌山人四遊集》卷十七，明刻本，南京圖書館藏本。

〔註42〕 明·李維楨《先母匡孺人行狀》，《新刻楚郢大泌山人四遊集》卷十七，明刻本，南京圖書館藏本。

〔註43〕 清·錢謙益《南京禮部尚書贈太子少保李公墓誌銘》，《牧齋初學集》卷五十一，《續修四庫全書》第 1390 冊，第 125 頁。

〔註44〕 清·錢謙益《南京禮部尚書贈太子少保李公墓誌銘》，《牧齋初學集》卷五十一，《續修四庫全書》第 1390 冊，第 125 頁。

文，有所作必清腴合度，但他卻屬於得集若干卷而秘之，對客若不嘗御觚墨者的有德文人之列。故李淑以學者廉吏行世，對訪求於門者多授以經明行修，終生不入文人無用之列。他也有性情縱放的時候，王世貞曾記「余與李公於郎署，時以文字通，云監晉試而幸偕公。公又代余浙西事，相慕也。最後訪公里，與觴空山女岩洞間，北眺漢江，南挹三湘而樂之，酒酣，指顧韓山道」〔註45〕。他與七子三甫多交遊通好，但七子派文集中少有與其吟詠唱和的詩作，更無其雜進應酬、開門若市的記載，所以李淑亦無輕浮躁進之譏。但他少有交遊於文學，文學便不及李維楨所觸所思之深廣，也無此事跡功業。李維楨性格與父不同，所經歷的家族境況與擔負責任也不同，雖都愛好學問文學，卻決定了兩人選擇的方式不同，得之失之，正是事物一體兩面。但「以經明行修」卻是兩人終生不易的基本思想，貫穿在父子倆各自立德立行的生命體驗當中。

二、致力舉業，文學並行

李淑起於田間，京山李氏自他始顯，深知讀書改變家族命運的重要，對李維楨及諸弟的課業抓得極嚴。「方伯課子嚴，即長公本寧先生，夙慧早達，不免與杖，……嘉靖甲子，本寧舉於鄉之歲也。明日，登舟赴省試矣，偶以小嬉，方伯怒，夜抽園籬笞之」〔註46〕。李維楨生母亦從夫教，「獨其御諸子及婦嚴至，不廢夏楚，曰：『美疢之毒，不如惡石之生也，吾從其生者。』以是大參君工於官，而諸子皆次第用，文學有一時名」〔註47〕。加之他入學早，天分又高，「生而夙惠，讀書能記他生之所習」〔註48〕，從他壽序常見的當席旁徵博引可知，其記憶力超強，讀過的書極嫻熟，多年不忘，加之李淑家中藏書萬卷，他遇到好書又且暮誦之不離手，所以，年紀雖小，實學術涵養已高。故李維楨早貴成進士，授庶吉士，入史館，其家季弟維標成進士、少弟維楫為中秘書〔註49〕。仲弟維極己卯（1579）舉亞魁，先後官太學錄、太倉

〔註45〕明・王世貞《中奉大夫廣西等處承宣布政使司右布政使致仕五華李公墓誌銘》，《弇州續稿》卷九十七，《景印文淵閣四庫全書》第1283冊，第389頁。

〔註46〕明・鍾惺《家傳》，《隱秀軒集》卷二二，上海古籍出版社1992年，第370～371頁。

〔註47〕明・王世貞《李母匡孺人墓誌銘》，《弇州續稿》卷一百十七，《景印文淵閣四庫全書》第1283冊，第648頁。

〔註48〕清・錢謙益《南京禮部尚書贈太子少保李公墓誌銘》，《牧齋初學集》卷五一，《續修四庫全書》第1390冊，第125頁。

〔註49〕明・鍾惺《李母曾孺人墓誌銘》：「李氏之貴，自方伯五華先生成庚戌進士始。

博士與學正、晉吏、蕭令、南國子博士；叔弟維柱丙子（1574）成舉人，授國子助教、常熟海虞廣文與博士、南國子博士、夔州丞；季弟維標丙戌（1586）成進士，爲內史、民部郎，謫國子簿，再謫趙縣學簿等；少弟維楫以太學生授中書舍人，值文華殿，擢光祿丞；李氏一門兄弟五人，皆忝仕籍，他們子女走的亦讀書治學、習詩文的道路，這個家庭開始轉變爲書香門第，官宦家庭。

嘉靖丙辰（1556年），李淑將全家從竟陵皂角鎮，搬入邑城京山，李維楨跟隨祖父母入了城，第二年正式啓蒙，師從資令田徵卿、危嶽課習五經，修舉子文：

余十歲，明年，同學於資令田先生所。〔註50〕

某從里中師受經者兩人，其一田先生，其一危先生。兩先生俱以明經待詔公車。〔註51〕

田先生，字徵卿，爲四川資縣丞令，稍得行其志；嘉靖四十三年左右，嘗與郝惟順等人結城南社，田徵卿年長，爲城南社之長，大家「朝夕相切劘甚至，久之不無狎戲作綴」〔註52〕。知田先生性較活潑，易近喜謔，在完成李維楨幼年啓蒙授業後，與十八歲的李維楨成爲亦師亦友朋友關係，愛好文學。他應該是繼李淑之後，引導李維楨走上文學道路的第二位啓蒙老師。

危嶽（1527～1592），字伯瞻，別號雲臺。先世江西金溪人，避亂徙京山。他是王宗茂高足弟子，才學品行俱高，屢困危科場，終末獲一第。李維楨祖、父將其聘入家塾，爲子弟授明經。危先生能將深奧枯燥的儒家典籍，用很多形象比喻舉例，妙趣橫生，取之不竭，幼學童們聽得津津有味，獲益非淺，所作時義取旨各不相同，卻各自成趣，文風立意不相雜糅。他執教時期，李氏家塾稚幼幾十張課桌，有上下坐，有左右行，俱列序有進退，容止有禮度，聞名當地。但危先生性嚴肅端整，面對調皮犯錯的李維楨，危先生數操大杖

方伯有五子，成進士者二，舉孝廉者二，爲中祕者一，貴甚矣！」（李先耕、崔重慶標校《隱秀軒集》，上海古籍出版社，1992年，第543～544頁。）

〔註50〕明·李維楨《謝光祿壽序》，《大泌山房集》卷三十四，《四庫全書存目叢書》集151，第216頁。

〔註51〕明·李維楨《明經危先生易孺人墓志銘》，《大泌山房集》卷九十六，《四庫全書存目叢書》集152，第711頁。

〔註52〕明·李維楨《虞城令胡公行狀》，《大泌山房集》卷一百十四，《四庫全書存目叢書》集153，第311頁。

鞭撻他幾十、一百大板不等，使得性極嚴厲的祖母數乞求打少一些，危先生置若罔聞，懲戒依舊。他對李維楨以經明修行與制舉時義的影響，應該比田先生大。李維楨「憶先生末年，詔某除師學之禮，酌酒切肺，約為朋友，則何得以不文辭，令先生沒沒也」〔註53〕，其有情有德的長者風範，亦成為李維楨晚年行儀的榜樣。

　　田危二先生，俱普通士子，但教授明經制義時，或繼續鼓勵了李維楨的文學興趣，或強化了德性修養，是對他今後文學事業與持論起潛移默化影響的老師。

　　十一二歲，於年幼李維楨是重要兩年，對其終生走向產生決定性影響。嘉靖三十六年，袁履善來汴陽督學。袁履善，名福徵，號太沖，華亭人，缺王府長史，有《袁履善集》行世。與李攀龍、王世貞、吳維岳等同時任刑部比部郎，王世貞曾記到：「吳峻伯、王新甫、袁履善進余於社。吳時稱前輩，名文章家」〔註54〕，指吳維岳、王宗沐、袁福徵引王世貞入李先芳等最先結的刑部詩社，由李先芳引介認識李攀龍，攀龍邀世貞結社宗黨，後稱為「七子」。袁福徵持論復古，《滄溟集》、《弇州四部稿》、《四溟集》、《薛荔園詩集》、《少室山房集》等集中都多有詩文敘紀。李維楨敘初見袁福徵情景：

> 雲間袁履善先生舉進士三年，某始生，又十年，以比部郎謫守
> 汴督學使，按荊門校士，諸大夫咸集，七校之士無不指目袁先生者。
> 先生美如玉，濯濯如春月柳，翩翩如飛仙。某歸而告先大夫，先大
> 夫曰：「是江南才人也。」授以所為古文辭，再三讀，不通曉，而心
> 竊異之。比某舉童子第，先生為黃郡丞，得侍函丈幸甚。〔註55〕

　　袁福徵所為詩文宏麗新奇，若先民典刑，懵懂的小維楨，對其美姿容美風儀，是何等傾心仰慕，再聽是江南才人，更心嚮往之，期望成為他這樣風度文才兼備的才子，對其古文辭反覆細讀都不通曉，更打開眼界，驚訝之。七年後，袁履善為黃郡丞，李維楨得以相從學習古文辭。後維楨祝其八十作《袁先生壽序》。

〔註53〕明・李維楨《明經危先生易孺人墓誌銘》，《大泌山房集》卷九十六，《四庫全書存目叢書》集152，第711頁。
〔註54〕明・王世貞《藝苑卮言》卷七，陸潔棟、周明初批註，鳳凰出版社，2009年，第117頁。
〔註55〕明・李維楨《袁先生壽序》，《大泌山房集》卷三十一，《四庫全書存目叢書》集151，第159頁。

十二歲，從父親同年高岱習舉子業。高岱，字伯宗，京山人，景王府長史，《千頃堂書目》著錄有《鴻猷錄》八卷（一本十六卷）、《楚漢餘談》一卷、《西曹集》九卷，他初與李先芳等結社京師，進世貞於社中後，旋即左遷，不復與七子同列。《列朝詩集小傳》高岱詩體略與李先芳相似，而時多矜擿語，李攀龍以爲有篳路藍縷之功，岱自論詩則以爲近孟浩然。高岱對小維楨不僅是詩風與詩論上影響，他亟稱瞿景淳舉子文，對其影響巨深：

> 不佞髫時從里人高伯宗談舉子業，先生蓋亟稱瞿文懿公，云是其文若玉然淵然光而蒼然色，君子所比德也，徑寸照乘之珠不足寶矣。比長而受詩，則以爲詩之教，在乎溫柔敦厚，使人咏嘆淫泆，默化其忿戾躁進之氣，而歸之於中和，非夫比德於玉者，烏能說詩哉？執先生之說，而求世之以詩爲舉子業者，亦無若文懿公合也。〔註56〕

瞿景淳是嘉靖甲辰科榜眼，時文寫得好，高岱認同瞿景淳的溫柔敦厚乃詩教也，以比德教化爲宗旨，詩與舉子業相合等詩論文風已影響到李維楨終生持論，成爲其文學教化的重要觀點。

這一年，他也讀到了張九一的古文辭，「余髫年屬文，父執高右史伯宗謬許，是可希張助甫。余因請先生所撰著讀之，欣若有會者」〔註57〕，反映出李維楨開始有了主動學習古文辭的自覺意識，並習有所心得。更重要反映出，李淑對李維楨文學道路的指導與支持。李淑有個習慣，不管是誰的德行高尚或才學優良，都會向李維楨稱賞，並引領李維楨學習提高。如他在京爲官時，讓南臺公攜李維楨入京，路上遇到少年蹇汝上，蹇達軒軒霞舉，揖遜應對如成人，給六歲的小維楨留下深刻印象，京城生活自然打開李維楨思維與眼界不少。他稱賞張九一文的同時，亦持鄉秀才郝承健舉子文供李維楨學習，維楨口誦而心識之。當李維楨請迎郝承健同上春官時，他贊維楨能近正人。他指點門徑，一語中的的教育方法，使李維楨從小養成了好學深思意識，有自己的持論，並不人云亦云，拘守成見。所以，當十五歲的李維楨從李淑案頭讀到茅坤《白華樓藏稿》，愛不釋手時，李淑會自動上門詰問：「你有什麼心

〔註56〕明·李維楨《詩經文簡草序》，《大泌山房集》卷二十六，《四庫全書存目叢書》集151，第75～76頁。
〔註57〕明·李維楨《張中丞集序》，《大泌山房集》卷十一，《四庫全書存目叢書》集150，第530頁。

得嗎？茅先生之文，有何精髓？」李維楨回答在氣勝，並用一連串利劍善舞的比喻，點出要害，李淑聽了莞爾而笑。而李淑對維楨更深刻的影響，還在其治《詩》崇經思想，與閣師趙貞吉的治《詩》重《詩》思想，成爲李維楨終生持論的詩學思想。

受父親與岳父家族、數位師者薰陶，自小喜愛古文辭，文學與舉子時義並行，比德於君子立德立行，以詩教合時義取士治國，相得益彰，在青少年時期便已成爲李維楨終生持論的思想根坻，成爲他在明後期堅守復古的理論根源，亦是他與後七子派契合的內在原因。李淑與後七子派同年和鄉邦的良好關係，爲李維楨順利成爲後七子派核心成員起促化作用，使他在文學與政治思想層面對復古信念更加深刻明晰。

十八歲，對李維楨也是充實而愉快的一年，友人郝承健結城南社，郡里同志者田徵卿、胡宗淳、胡宗洵、董良遂、王時善、李維楨等八九人，朝夕切磋詩文。胡氏兄弟恒至深夜方睡，雞三啼便披衣而起，入社攻讀討論。這年秋，同鄉共中舉四人，城南社居三，分別爲胡宗洵、王時善與李維楨，胡宗淳與郝承健早已中舉。見其社對制義古文辭的促進作用，其間的活動愉快有益。

又經過了四年的學術積累，李維楨一舉進士及第，高中戊辰榜第二甲第二十四名。雖然年輕，但早已飽讀家中萬卷藏書的李維楨，是學問淵博之士，不可小窺。京師光明的政治仕途即將爲這位對政治與文學充滿理想的青年打開。

第二節 京師修史與結友習文

青年的李維楨，在嚴厲卻愛他善待他的親友里戚身邊成長，在以經明修行、立德立行大原則下，天性與生活沒有被過份束縛，童年「某甚佻，數逬蕩」〔註58〕的性格因子，與太過一帆風順的早貴履歷，使他的才學與實幹繼續在京師散發光芒，小荷尖角初露，但同時也潛伏著失敗的危機。

一、師友名宦，仕途順利

李維楨中進士前後的朝政背景，正是明王朝一要革除嘉靖四十五年來所積的種種弊政，二是要輔佐隆慶的守成之業，保持國家繁榮穩定，從新帝到

〔註58〕明・李維楨《明經危先生易孺人墓誌銘》，《大泌山房集》卷九十六，《四庫全書存目叢書》集152，第711頁。

朝臣都有整肅一新的政治意願。戊辰年（1568）是穆宗承祚來首度開科取士，對國家選拔人材重視和嚴格，精良之士多入彀中，李維楨文集中屢屢言到此榜：「隆慶戊辰榜中多名世臣」〔註59〕，「隆慶戊辰進士四百人，後爲執政八座九列開府近百，蓋明興以來所未有」〔註60〕，「吾榜四百人，而位公卿者至七十餘人，德行功業表著相望，明興以來諸科未有也」〔註61〕，這既是所錄人選的實際情況，也是李維楨的感受。在「以清議治其失也」的朝政大新變中環境，新科進士們意氣風發，理想昂揚，李維楨以人中龍魚，選中秘書，授史館。他記到：「嘗聞江陵、歷下、蒲州及壬戌、乙丑館閣諸公皆言：同館相睦未有如隆慶戊辰榜者，……至丁丑而翰林以諫奪情、被嚴譴遠謫，吾榜遂有七人」〔註62〕、「吾榜諸君子執牛耳樹赤幟者，不乏人」〔註63〕，且是並驅故無讓的風尚，而當時「諸進士爲翰林庶吉士凡三十人」〔註64〕，同館合及第者才三十三人，「余同榜中及第與庶吉士之爲史官者，十有八人，自七相外，皆三品以上」〔註65〕，選入庶吉士與史館的更優秀，堪稱全國士人中最翹楚的宰輔培養人材，這給弱冠才俊李維楨當時感受是如魚得水，盡得騁其才，從他一生中給同榜進士及家族寫的許多壽辭祭文書序可知，無論騰達沉鬱，公卿閣相者不阿諛，爲郎拓落者不貶踏，與同年交誼很好，其中不乏李維楨仕途文學上的良師益友。

戊辰年，李維楨選爲庶吉士後，老師有李春芳、趙貞吉、殷士儋等：

> 吾師李文定先生舉進士，奉廷對，肅皇帝器其材識，擢第一，久之拜相。〔註66〕

〔註59〕 明·李維楨《吳母李宜人墓志銘》，《大泌山房集》卷九十九，《四庫全書存目叢書》集153，第15頁。

〔註60〕 明·李維楨《湖廣按察司僉事方公墓志銘》，《大泌山房集》卷八十一，《四庫全書存目叢書》集152，第420頁。

〔註61〕 明·李維楨《祭鄭督府》，《大泌山房集》卷一百十五，《四庫全書存目叢書》集153，第339頁。

〔註62〕 明·李維楨《徐少宰集序》，《大泌山房集》卷十一，《四庫全書存目叢書》集150，第539頁。

〔註63〕 明·李維楨《徐少宰集序》，《大泌山房集》卷十一，《四庫全書存目叢書》集150，第539頁。

〔註64〕 明·李維楨《徐少宰集序》，《大泌山房集》卷十一，《四庫全書存目叢書》集150，第539頁。

〔註65〕 明·李維楨《祭沈少司成》，《大泌山房集》卷一百十五，《四庫全書存目叢書》集153，第344頁。

〔註66〕 明·李維楨《昭陽李氏家譜序》，《大泌山房集》卷十七，《四庫全書存目叢書》

隆慶己巳，不佞爲庶吉士，師事殷文通、趙文肅兩先生，兩先
生相繼拜相。〔註67〕

李春芳（1510～1584），字子實，號石麓，揚州興化人，嘉靖丁未狀元，
隆慶初爲首輔，進吏部尙書，贈太師，諡文定。著《井陘縣志》、增輯《殷棠
川士途監懲錄》、《詒安堂稿》十卷。他對李維楨影響主要在理學與文學：「不
佞弱冠，偕計吏之闕下。于時，學士大夫盛談理學，而徐文貞、李文定實爲
盟主，其豎義發難，則金谿王觀察、南城羅郡守、吳興司馬尙書郎錢南離三
先生」〔註68〕李維楨在爲王紹元寫的《家傳》中記到此次學術辯論：「其後偕
計，徐文貞、李文定、毛司寇、宋司空集諸名勝會靈濟宮，以定性，書豎義，
四座默然，無所可否。先生論難往覆，莫不斂袵讚述焉。」〔註69〕徐階、李
春芳、趙貞吉皆王門弟子，嘉靖二十六年後，隨著徐階入閣，春芳、貞吉等
王門弟子在朝中漸據高位，王學在朝廷取得優勢地位，著名的靈濟宮講學便
是徐階發起，邀鐸觀官、陪赴會試舉人講學，當嘉靖帝逝後，陽明重得恤典，
陽明心學在隆慶元年左右眞正達到鼎盛，徐階、李春芳實爲主持者〔註70〕。
李維楨曾記：「嘉靖末，某舉童子第，至京師，而徐文貞、李文定兩先生招延
四方學徒，集顯靈道宮。先方伯時謁選人，使某通名於將命者。是日，坐千
餘人，獨羅近溪、錢南離、王白崖三先生善談名理，混混有雅致。某椎不能
舉其辭，歸，而先方伯責之」〔註71〕。他又追述：「不佞性故跅弛，不復記先
生語」〔註72〕，按李維楨對感興趣學問書籍手不釋卷性格，見其對陽明心學
涉獵不深，雖尊敬有加，但不太感冒。到文學，則不一樣，他給李春芳仲子
祖修的序中寫到：「仲子組修际余詩，有賦，有選，有近體，有長篇，以精心
按往格，出之有自，而合之無迹。至於賦選，則今末學縮朒不能爲也。大槩溫

集 150，第 656 頁。
〔註67〕明‧李維楨《顧孺人墓志銘》，《大泌山房集》卷一百，《四庫全書存目叢書》
集 153，第 30 頁。
〔註68〕明‧李維楨《錢南離先生壽序》，《大泌山房集》卷二十九，《四庫全書存目叢
書》集 151，第 138 頁。
〔註69〕明‧李維楨《王大參家傳》，《大泌山房集》卷六十七，《四庫全書存目叢書》
集 152，第 161 頁。
〔註70〕左東嶺《王學與中晚明士人心態》，人民文學出版社，2000 年，第 330 頁。
〔註71〕明‧李維楨《兵部武選郎中錢公墓表》，《大泌山房集》卷之一百四，《四庫全
書存目叢書》集 153，第 105 頁。
〔註72〕明‧李維楨《錢南離先生壽序》，《大泌山房集》卷二十九，《四庫全書存目叢
書》集 151，第 138 頁。

厚清遠，樸茂雅馴，一遵文定家法。聲音之道與政通，文定以其政爲詩，相業爛焉。」〔註73〕可知李春芳給維楨文學上的影響多於心學，春芳持溫柔敦厚詩教、以其政爲詩等特點，「聲音之道與政通」，亦深入到維楨的思想裏。

趙貞吉（1508～1576），字孟靜，號大洲，成都府內江人，官任太子太保、禮部尙書，直文淵閣，贈太保，諡文肅。著有《進講錄》、《趙文肅公集》二十三卷。他與春芳同時爲相。錢謙益對他評價很高，《列朝詩集小傳》說他「剛忠英偉，稱其氣貌，議論慷慨，有孔文舉、蘇子瞻之風。……爲詩駿發，突兀自放，一洗臺閣嬋媛鋪陳之習。其文章尤爲雄快，殆千古豪傑之士，讀之猶想見其眉宇云」〔註74〕。《列朝詩集小傳》記：「庚戌秋，虜薄都城，嫚書要貢。集百官會議，日中莫敢發一言，公獨奮袖大言曰：『城下之盟，春秋所恥。且既許貢，虜必入城，入城而要索不已，即內外夾攻，胡以禦之？爲今日計，請上出御正殿，下詔罪己，錄周尙文之功，以屬邊帥，釋沈鍊之獄，以開言路。勅文武有司，嚴飭城守，遣官宣諭諸將，監督力戰，虜可一鼓而退也。』」〔註75〕謝榛《王主簿樂三歸自昌平，賦此誌感》、《哀哉行四首》（庚戌歲八月十六日虜犯京師）即以詩筆眞實反映出俺答給京郊百姓家破人亡的深重災難。趙貞吉的氣節勁直，敢於任事緣於他的「信」與「實」，當他與首輔高拱不合，受拱門生韓楫彈劾時，憤然辭職，家居著述以終。他直言忠諫，不遇則隱居治學立說，對李維楨起到了良好的影響，李維楨文集中曾記載到：「戊子，偕文肅舉於鄉，明年入太學，見士講王文成良知之學者，文肅曰：『此學如江淮河漢，無不灌注，吾邑何沒沒也？』公曰：『時至氣化，當自有之。』文肅曰：『舍我其誰？』……公曰：『學不貴言，貴精一，實到耳。』」〔註76〕此是趙貞吉第一次見到陽明心學學者，深爲相慕，用事之心強烈，與摯友馬升階思想同，倡「實」，得王陽明最初倡旨眞正的精髓。趙貞吉爲其館師時，罷去一切詞賦，日以《大學》相督誨（《大泌山房集》卷六十四《馬武陵家傳》）。三十年後，李維楨曾嚴厲批評當時學風崇尙空談，給明後期的政治與世風帶

〔註73〕 明・李維楨《李組修集序》，《大泌山房集》卷二十三，《四庫全書存目叢書》集 151，第 10 頁。

〔註74〕 清・錢謙益《趙宮保貞吉》，《列朝詩集小傳》丁集中，上海古籍出版社，2008年，第 539 頁。

〔註75〕 清・錢謙益《趙宮保貞吉》，《列朝詩集小傳》丁集中，上海古籍出版社，2008年，第 538 頁。

〔註76〕 明・李維楨《馬武陵家傳》，《大泌山房集》卷之六十四，《四庫全書存目叢書》集 152，第 98 頁。

來的嚴重危害：

> 隆慶初載，余承乏爲吉士，師事蜀趙文肅先生。先生嘗言鄒衍論
> 五德之運，理固有之。昔者孔子言仁，孟子言義，荀卿言禮，宋儒言
> 格致，而王文成言良知，今當言信乎？余不識信所謂，先生曰：在尚
> 行。蓋去先生三十餘年，而學術益散矣。虞廷之危，微精一孔門之博
> 約克復，且以爲事障理障而去之。希心妙悟，合契自然，當體便是動
> 用。即乖枉桔倫常，芻狗名物，互標法門，爭誇證聖，其說洸洋，傲
> 之以所不知，而莫得其端其趨，操苟簡自便。愚不肖者易合，而莫覺
> 其非。其名尊美，使人羶悅，而莫摘其瑕游。談作而周衰，清言兢而
> 晉亡，今學術不幸似之。以此爲文學，則廢經史之大義，黜傳注之成
> 說，離章句之本指，五尺童子拾二氏唾餘以自奇，師心用智，跅藉前
> 人而出其上，以此爲言語，則博名託於効忠修怨，附於嫉惡，冥冥決
> 事，而或以事外之人，掣肘匆匆逐聲，而或以忌成之口譁眾。以此爲
> 政事，則上下相蒙，利害相仗，毀譽相錯，名實相詭，膠序未聞揖讓，
> 而賢豪舉郡縣，不問疾苦而尚擊斷，新進喜凌屬，而老成務優容，長
> 吏失操柄，而下官逞胸臆，區黨橫分，體統衡決，蓋學術不尚行，而
> 馳騖於空談虛聲，生心害政，流禍若斯之烈也。〔註77〕

趙貞吉「言信」、「尚行」對李維楨影響也是終生持論的，且本身即與李淑、
李維楨「以經明行修」立德立行的務實不言相扣合。李維楨對萬曆之後明王
朝學術吏治國體弊敗，衰亡亂象橫流是憂患極深的。他曾一針見血指出嘉靖、
隆慶、萬曆三朝的頑痼所在：

> 余自有知，所見世變凡三。嘉靖末，官邪興於寵賂。隆慶，以清
> 議治其失也，浮僞而多冒。萬曆，以綜覈治其失也，慘礉而少恩。至
> 於今，地天不交泰，宮府不一體，多口爲政，各行其意，或喜事徼功，
> 或矯枉過當，或疾惡已甚，或刻覈太至，或執一無權，勢重則反，物
> 窮則變，一旦決裂，遂不可復收，蓋東北失於倭，西北失於夏，西南
> 失於播，國家之元氣，大體所傷多矣。方其鼎新革故，豈不快人視聽，
> 少不得其平而末流弊至，此則未講於五六疇之義也。〔註78〕

〔註77〕明・李維楨《尚行書院記》，《大泌山房集》卷五十三，《四庫全書存目叢書》
　　　　集 151，第 621 頁。

〔註78〕明・李維楨《憲使李公壽序》，《大泌山房集》卷三十，《四庫全書存目叢書》
　　　　集 151，第 145 頁。

他指出隆慶朝以清議治嘉靖弊政的初衷，卻導致趙用賢等在奪情事件後埋下的黨爭之禍端與清議清談之政風學風世風，學術空疏、人心不古、吏治腐敗弊亂，士臣在朝在野煌議紛爭不休。陽明心學正是在隆慶一朝達到鼎盛，卻棄除了王陽明創立心學致良知之本而取了自適清議之末。而張居正因奪情事件承擔極大的心理壓力，又不幸因腹痛爲庸醫所誤英年早逝，他所力主的爲明王府積累國庫糧庫、清查全國田地等改革舉措再無堅持的鐵腕人物與可能性。神宗皇帝因立太子等事以怠政與群臣抗爭、萬曆三大征、神宗派中官全國搜刮錢財的涸澤而漁、忽視努爾哈赤的興起等做法。到萬曆末年，明王朝在內外因交相作用下，已是敗象早現，只等最後導火事件的滅國滅朝了。李維楨是良史，對歷史上各朝衰敗洞若觀火，他在明後期堅守儒學道德，堅持舉業詩教，匡正儒道，實有深刻的政治現實與思想理論根源，既符合他一以貫之的家庭訓導，也符合他所結交的良師益友的政治道德選擇。這其實與嘉靖「大禮議」時楊廷和等與張璁等鬥爭實質源於一理學一心學，一祖宗家法，一人性自然的出發點不同性質一樣，只是此一時彼一時，到明末，於政治道德，以李維楨所代表的知識分子無疑是正確的，而以李贄、徐渭、袁宏道所代表的人性解放於文藝於生活無疑也有其進步意義，但是他們由於思想基礎的不同，導致兩派都政治道德與文藝生活的一統，各爲其學說搖旗赤幟，這是歷史的必然，也是當時發展階段士人無可迴避與調和兼容的選擇。反映到外部的文學層面，就是復古派與公安竟陵的論爭表象。

殷士儋（1522～1582），字正甫，號棠川，山東歷城人，嘉靖二十六年進士，選庶吉士，隆慶元年擢侍讀學士，掌翰林院事，先後進禮部右侍郎、吏部、禮部尚書，官至武英殿大學士，贈太保，諡文通，久改諡文莊。著有《經筵經史直解》六卷，《金輿山房稿》十四卷。李攀龍同里相知好友一是許邦才，一即殷士儋，他撰寫的《明故嘉議大夫河南按察司按察使李公墓誌銘》對歷下繼北地之後復古大雅評價很高，《四庫全書總目》評其詩文「蓋直以鄉曲之誼相周旋耳，其投契不在文章也」〔註79〕。李維楨文集中提到殷士儋不多，但其門人于慎行與維楨同科進士，又出同一師門，于慎行成爲維楨在京交遊的好友。

此三位老師在隆慶時期都入閣大學士，貴爲首輔次輔，門生故舊也多，

〔註79〕清・四庫館臣《金輿山房稿》，《欽定四庫全書總目》卷一百七十七，《景印文淵閣四庫全書》第 4 冊，第 753 頁。

有援引提攜之資。翰林院是培養與提拔大學士所在，有「非進士不入翰林，非翰林不入內閣。南、北禮部尚書、侍郎及吏部右侍郎，非翰林不任。而庶吉士始進之時，已羣目爲儲相。」〔註80〕李維楨才學又高，機敏務實，史館期間，考績最，使大母王夫人和陳夫人都得受封。主持禮部會試，所錄皆人才之選。也作了不少應用或代筆文章，如《兵部車駕司題名記》、《宣大武舉錄序代》等，仁聖皇太后修胡良巨馬橋，詞臣撰碑呈進，張居正獨取李維楨之文，同館皆爲側目，在史館，與新安許國齊名，顯見其解決各種文史史事的才幹。萬曆三年，《穆宗實錄》修成，他晉升爲修撰。加之他選庶吉士時，嘗觀政大司馬省中，所觀之政是兵政，所司之地是京畿重鎮山海關兵政邊防：「不佞文墨吏耳，承乏大司馬署有年，嘗司管鑰於山海關兵政邊防耳，而目之至熟，寧渠能有加于諸士，竊臆度之」〔註81〕，所作《宣大武舉錄序代》論御虜之道要狹路相逢勇者勝，忠直慷慨等等，以他的才學與年輕，以他的成績與可能獲得的垂青，似乎機遇對這個二十九歲卻正日益成熟、年富力強的年輕人來說，更大的提升與通向坦途是極有可能。

二、交遊浮行，定性文人

但他有弱點。他熱愛文學，張揚文事，在京師他與三批人交遊，以學習古文辭爲主。通過比較張居正，就可知在明後期相才與文人的區別。江陵對權相嚴嵩執政政策與朝政很不認同，卻小心謹愼將政治主張深藏，僅把直擊要害的精明幹練與雷厲風行呈現，獲得嚴嵩信任；他對座主徐階治國的平庸混亂其實失望與不滿，但他對其師轟轟烈烈的靈濟宮講學，卻能在縱觀學術發展大勢後對心學作出認眞選擇〔註82〕，向其師直言意見不獲其咨（《謝病別徐存齋相公》）；利用高拱的自視甚高與疏忽大意，聯手馮保將其逐出京城，掃除一切障礙後，即於萬曆二年向神宗奏疏：省議論，振綱紀，重詔令，核名實，固邦本，飭武備，強力執行新政。嚴嵩、徐階、張居正走的都是藏身待時的路，但張居正更是平時深藏匣中，適時出鞘精光四射的寶劍，絕不是浮浪囂鬧的文人，更不會在改革時期，重用文人。如他與王世貞屬同年，卻

〔註80〕 明・張廷玉等《選舉》（二），《明史》卷七十，中華書局，1974 年，第 1702 頁。
〔註81〕 明・李維楨《宣大武舉錄序代》，《大泌山房集》卷二十五，《四庫全書存目叢書》集 151，第 56 頁。
〔註82〕 左東嶺《王學與中晚明士人心態》，人民文學出版社，2000 年，第 497 頁。

棄置王世貞，並不是王世貞眞沒有吏治才幹，也不盡然是重重複雜的個人矛盾，王世貞定性爲文壇魁首，是重要原因。汪道昆受江陵重用，有與戚繼光友相輔治倭治兵的原因，後因報銷邊防公款文章的華美不實，也被張居正「芝蘭當路，不得不鋤」被迫辭職；而李攀龍、吳國倫、李維楨便再無例外。從更廣的時代因素來講，後七子集中多次提到當時朝廷與官員中普遍持「文人無用」的評判定位，其實是自三楊後文學與朝議已由臺閣下放到郎官的深刻內因，郎官在朝議上與閣臣屬對立兩支，一旦被定性爲文人，便很難在政治上據高位。這一點，對隆慶年間正桃李春風的青年才俊李維楨來說，並沒有看到文學與政治的衝突，或者以文交遊、詠吟宴飲屬文人浮言浪行，與實吏絕不相屬。機遇是偶然與必然的融合，一瞬即逝，從後來履歷看，人生絕無再給他重宦燕京機會。

　　李維楨工作之餘，把熱情與精力都放在興趣愛好上。他交遊的第一撥友人，是于愼行、羅虞臣、朱維京等進士圈子，遍遊京城，詩酒賡和。于愼行（1545～1608），字可遠，更字無垢，東阿人，戊辰榜進士，官至禮部尙書，入直東閣，卒贈太子太保，諡文定。著《經筵講章》、《筆塵》十八卷、《讀史漫錄》十四卷、《兗州府志》五十二卷、《於氏家乘》二卷、《谷城山館文集》四十二卷。從《列朝詩集小傳》可知李維楨與他契合所在：「公在史館，窮年矻矻，以讀書爲事，每進講唐史，至成敗得失之際，反覆論說，上爲悚聽」、「講罷分題賦詠」、「于詩文，春容弘麗，一時推大手筆」，其論詩「唐人不爲古樂府，是知古樂府也。……近世一二名家，至乃逐句形模，以追遺響，則唐人所吐棄矣。……取其章節稍近者，倣其一二，謂之本調，至近體歌行，如唐人所假者，不曰樂府，則詩之而已矣」、「不能舍魏晉者，取其可以藏拙，且適所便，非能逐似之也」〔註83〕。錢謙益評「其所論著，皆箴歷下之膏肓，對病而發藥。夫惟大雅，卓爾不群，其是之謂乎。近代館閣，莫盛於戊辰，公與雲杜李本寧，才名相併，以詩言之，則大泌瞠乎其後矣」〔註84〕。李維楨與愼行、虞臣、可大等切磋學問古文辭，漫遊京城，生活愜意快暢，于愼行有首詩是這批新晉進士心境寫照：「春盡看春興未窮，還陪仙侶叩禪宮。香臺路入烟雲轉，石竇泉從薜荔通。花落諸天渾是雨，松臨午日不聞風。當歌

〔註83〕 清·錢謙益《於閣學愼行》，《列朝詩集小傳》丁集中，上海古籍出版社，2008年，第547頁。

〔註84〕 清·錢謙益《於閣學愼行》，《列朝詩集小傳》丁集中，上海古籍出版社，2008年，第548頁。

一醉愁無賴，回首紅塵綺陌東。」〔註85〕

他交遊的第二撥友人，是七子派為主體的詩人，王世懋、王世貞、黎惟敬、歐大任、汪道昆、周天球、朱正則等皆在其中，對其一生文學功業產生決定性影響。隆慶四年初，王世懋北上赴任禮部儀制曹郎，曹昌先陪遊，李維楨終於得以結識鳳麟之一。他曾披露初睹世懋狂喜的崇敬與悵然而失的遺憾：「公長於余十二歲，余弱冠登朝，而公已負海內重名，談者目吳中二美如祥麟威鳳，冀幸一見不可必得。至隆慶庚午，始會公京師，公尋以請急歸，未遑深語也」〔註86〕，但畢竟是結識了這位領引他入文學核心圈子最重要的前輩。隆慶四年，他借其父李淑分省吳興，七月王世貞有詩《答李大參師孟，時分省吳興》酬答的契機，寫信王世貞，十二月得與鳳洲始通：「自庚午辱與本寧之尊人方伯公游，其明年辱與本寧通」〔註87〕，對文學的熱愛與上進是真誠而汲汲渴求的。所以，當隆慶六年王世懋母喪服除再入京，十月補祠部員外郎後，李維楨得與其密切相交。他對不足明晰在心：「余少不嚮學，即治舉子業，膚受耳，何論古文辭？適承人乏，入中秘，領史局，始強為之」〔註88〕。認真謙遜使王世懋對這位致力復古事業的通家後輩悉心指導，「其後公再官祠部，貪與周旋日密。余楚之鄙人也，學鮮師承，公時引而教之，大有開悟。余所賦咏，每就正於公，公不為虛美，而獨向人稱余不置已」〔註89〕。李維楨所受啟發很大，有始入門徑之感，世懋屢屢向友人稱賞李維楨，也為這位青年在京城文學界漸獲聲名。王世懋還使李維楨得以與七子成員和其他親近的官員從遊，成為詩社正式成員：「居閒無事，益以其間致力古文辭。而故人黎惟敬在東披，李本寧在玉堂，歐楨伯在成均，丘齊之、沈純甫在郎署，李惟寅在環衛，劉子大、史元秉在緹帥，日相與徵逐詩酒之社，而弟時時握牛耳」〔註90〕。李維楨曾記到

〔註85〕 明·于慎行《春日同羅虞臣同卿、李本寧太史、朱可大進士遊摩訶菴，得冬字》，《谷城山館詩集》卷十一，《景印文淵閣四庫全書》第1291冊，第99頁。
〔註86〕 明·李維楨《祭王敬美》，《大泌山房集》卷一百十五，《四庫全書存目叢書》集153，第343頁。
〔註87〕 明·王世貞《答胡元瑞》，《弇州續稿》卷二百六，《景印文淵閣四庫全書》第1284冊，第893～894頁。
〔註88〕 明·李維楨《小草三集自序》，《大泌山房集》卷首，《四庫全書存目叢書》集150，第269頁。
〔註89〕 明·李維楨《祭王敬美》，《大泌山房集》卷一百十五，《四庫全書存目叢書》集153，第343頁。
〔註90〕 明·王世貞《亡弟中順大夫太常寺少卿敬美行狀》，《弇州續稿》卷一百四十，《景印文淵閣四庫全書》第1284冊，第52頁。

詩社成員集會情狀：「萬曆初元，余與公定交，同酬往者爲太倉王太常、麻城劉金吾、丘郡守，獨余儗捨距公步武，過從更密，諸君子才藻蔚茂，意氣激昂，不敢以貲郎目公，公自諸君子外殊鮮所許可」〔註91〕，於諸君子之外，鮮少許可，是詩社成員結社以區別他人的所在，但辭蒸霞蔚、意氣風發的囂張熱鬧，也給定性爲浮薄無實的文人身份，予人口實。萬曆元年三月，王世貞抵京，上任太僕寺卿，八月，李維楨與王世貞、黎民表、習孔教遊處，在王世貞的指導下，李維楨益「得窺大方家藩籬」〔註92〕，於詩有撥開雲霧，茅塞頓開之悟。萬曆二年十月，汪道昆升兵部左侍郎，時世貞等居在京師，其弟道貫也到京，伯玉到萬曆三年六月回鄉前，李維楨結識了道昆兄弟，與之從遊。隆曆年間，這位致力於古文辭的青年，便獲得了諸多汲引他入文學最重要的良師益友，尤受王汪提攜以成名，成爲七子派核心成員之一。

他交遊的第三撥友人，是同鄉或同郡的友人，如徐成位、周用馨、劉子大、丘齊雲等。「越三年，戊辰，不佞通籍，守著作之庭。又二年，庚午，用馨徵入爲給事中。方是時，郡有六七大夫者同朝，以次過從，月蓋三之一，相得歡甚，亡厭也。」〔註93〕「慶曆之際，余官史局，徐惟得官儀部，周明卿官民部，徐則今汪恭人，周則今蕭淑人，余則王淑人，皆從京師，余齒在二君子後，而王淑人視兩夫人少長，榛栗棗脯之贄，歲時無間，婦順母儀，交相勖也，凡五年別去」〔註94〕，兒時好友定期聚會，親厚異常，相得甚歡，自然少了許多顧忌與間隔，談詩論道，評議時事朝政可能也是免不了的私人話題了。

萬曆三年，《穆宗實錄》修成，李維楨晉升修撰，不久內計，出爲陝西參議。這對於少年得志，史才文名甚高的李維楨，不能不說是出人意料之外。他對此次遭貶，屢有提及：「萬曆乙亥，不佞由史館出，分守隴右」〔註95〕、

〔註91〕明・李維楨《祭朱光祿》，《大泌山房集》卷一百十六，《四庫全書存目叢書》集153，第367頁。

〔註92〕明・李維楨《祭王敬美》，《大泌山房集》卷一百十五，《四庫全書存目叢書》集153，第343頁。

〔註93〕明・李維楨《贈福建參議周公序》，《大泌山房集》卷四十六，《四庫全書存目叢書》集151，第477頁。

〔註94〕明・李維楨《蕭淑人壽序》，《大泌山房集》卷三十八，《四庫全書存目叢書》集151，第306頁。

〔註95〕明・李維楨《靈州所正千戶孟君高宜人墓表》，《大泌山房集》卷一百七，《四庫全書存目叢書》集153，第177頁。

「至三年，余以忤當路，從史館外補隴阪」〔註96〕，但對改變命運的轉折事件，他只議不才，卻不評議真正原因，點到即止，《明史·劉臺傳》所敘甚明：

> 四年正月，臺上疏劾輔臣張居正，曰：……編修李維楨偶談及其豪富，不旋踵即外斥矣。蓋居正之貪，不在文吏而在武臣，不在內地而在邊鄙。不然，輔政未幾，即富甲全楚，何由致之？宮室輿馬姬妾，奉御同於王者，又何由致之？
>
> 在朝臣工，莫不憤歎，而無敢為陛下明言者，積威之劫也。〔註97〕

萬曆二三年，正是張居正大力推行新政時期，為此出臺了多條具體措施，行考成法，丈量田地，一條鞭法等，這從根本觸動了大官僚大地主集團的政治經濟利益，尤其是他強權改變文官機構的作風令人難以忍受。張居正為了加強行政效率，用限時限額責成各地官員將轄內稅收按規定繳足，作為考績依據，且他把所有的文官擺在他個人的嚴格監視之下，並且憑個人標準陞降罷貶，嚴重威脅他們的安全感與為官方式，他這套偏激的做法，得罪的是各派系及他們的後臺老闆，是和全國的讀書人作對〔註98〕。所以，反對他的彈劾奏章迭起，早年最著名的就是萬曆四年御史劉臺的奏章。張居正是劉臺的座主，又提撥劉臺御史一職，劉臺這樣當朝彈劾老師，在明二百年歷史上是第一次，見其認為所執禮的正義性。他彈劾張居正，正是從以大學士執政及方式於祖宗法制的不符，張居正任人唯親，挾私報復打擊、任意作威作福、他及家人豪富奢侈等依據。編修李維楨偶然談到張居正的豪富，不多時便被調外任職，只是觸犯了張居正的利益，犯忌諱，被報復貶黜青年官員代表的一個事例。但於李維楨來說，這卻成為徹底改變他人生前程與命運的轉折事件，但是，李維楨「肝腸在舌，口不擇言」的不檢點，浮薄倨傲、謔浪人短的性格，被貶出京，也是必然，何況他致力於詩文創作，結社交遊，不是篤實儒學經籍，被劃入大言無實文人行列，不是培養宰輔的合適人選。但李維楨不會敏行訥言，不張揚文學，因其文學觀念與張居正等實吏或學者並不一樣。

李維楨折戟離京，七子詩社成員作詩有送，或有慰藉，如王世懋作《古意》二篇，隱其名，不欲令讒口知，以作送行。他移陝前，嘗返家一趟，「乙

〔註96〕明·李維楨《祭朱光祿》，《大泌山房集》卷一百十六，《四庫全書存目叢書》集153，第367頁。

〔註97〕清·張廷玉等《劉臺傳》《明史》卷二百二十九，中華書局，1974年，第5989～5992頁。

〔註98〕黃仁宇《萬曆十五年》，三聯書店，1997年，第72頁。

亥，不俟移官，過里，則曾司馬稱山甫詩久之」〔註 99〕。赴陝途中，拜見了
耿定向：

> 其後，自史館外補，乃得拜先生于逆旅中。望之儼然，即之溫
> 然。其教本乎人倫日用，而其功歸乎力行無倦，乃知先生之學非直
> 得之文成，即吾儒日所誦法孔孟顏曾四書與五經中精蘊也。又十許
> 年，有大梁之役，及病免歸田，與先生書疏往返稍密。〔註 100〕

耿定向的「本乎人倫日用，力行無倦」、即「孔孟四書五經精蘊」的思想，
更堅定了他以經明行修，文學也是本乎人倫日用，可感鬼神、美風俗、厚人
倫的文學思想。

第三節　坎坷藩臣與藝文領袖

自萬曆三年（1575）外放，到天啓六年（1626）辭世，李維楨經歷了三
仕三出，足跡踏遍了陝西、寧夏、山西等西北地區，蜀夔等西南地區，江西
吳越徽等東南地區，二十七年留滯參政官職。與他同選庶吉士的二十九位進
士，多未出史館，七人先後拜相，但李維楨在文學上取得了類似成就。

一、三仕三出，宦情漸淡

按政治文學行實，其「三仕三出」可劃分爲：

（一）隆慶二年至萬曆八年（1568～1580），十三年。分兩期，前期自南
宮進士及第，選翰林庶吉士，讀書中秘，觀政大司馬，領史局，致力古文辭，
共七年；後期萬曆三年進修撰，忤張居正，出陝西右參議，四年任提調，遷
副使、督學使，共六年。此爲京師任職與貶謫外臣的轉折期，爲北遊西遊之
「第一仕」，從京師修史、結友習文向刑名錢穀俗務轉變，見隆慶前後朝政變
化，表面仕宦順利卻已定性文人、不符合相臣培養、坎坷藩臣人生軌跡；

（二）萬曆九年至十六年（1581～1588），八年。九年初遷河南左參政，
旋以父喪居家守制，以讀書、校讎、結社爲事；十二年春赴匡廬、新安、眞
州、吳越等地漫遊，仲冬返家，是爲東遊。此爲「第一出」隱居時期，見以

〔註 99〕明・李維楨《任山甫詩跋》，《大泌山房集》卷一百三十一，《四庫全書存目叢
　　　　書》集 153，第 669 頁。
〔註 100〕明・李維楨《祭耿司徒》，《大泌山房集》卷一百十五，《四庫全書存目叢書》
　　　　集 153，第 334。

文會友，深耕文壇，走文人立言不朽的傳統道路；

（三）萬曆十七年至二十六年（1589～1598），十年。分兩期，前期十七年初急難起故官河南左參政，考績最，十九年八月補江西右參政，共三年；後期二十年初以梁事坐謗免官，居家，共七年。其間，二十一年吳國倫、汪道昆逝世，成為獨掌文壇的盟主，二十二年袁宏道任吳地縣令，二十三、二十四年袁中道公安結社，二十四年中郎在吳縣作《敘小修詩》，公安走向全盛。此為「第二仕」與「第二出」轉變期，見其對官場疲倦、致力文責，卻文柄易逝，英雄遲暮隔代的心路歷程。

（四）萬曆二十七年至三十七年（1599～1609），十一年。二十七年春，起家川西督木，先後任四川參政、浙江按察、貶壽春右參政、潁川兵備道、陝西提調、升按察副使、貶山西參政、升按察使，三十七年八月升陝西右布政使，旋以仲弟急難，辭官奔救。此為「第三仕」，見其心路再變，直面與堅守，仕宦文學心境老練成熟，猶懷「老驥伏櫪」壯心，以經明行修、行實與信，碑版之文，照耀四裔，在政事與文事上精光內斂、收穫漸順，卻因承擔家難責任，政治理想折戟沉沙的悲劇命運。

（五）萬曆三十八年至天啟六年（1610～1626），十七年。三十八年秋仲弟出獄後，僑寓廣陵金陵，主盟淮南社，參與金陵詩壇盛事，享受文山詞海與酬唱社集，先後結集校刊《大泌山房集》、《大泌山人四遊集》，撰對明季末世批判匡救的新文入兩集；四十四年九月壽七十前歸家，其後鄉居，雖曾在天啟四年四月起南京太僕寺卿、升禮部右侍郎、禮部尚書，但修史救世俱不可為，五年正月力乞歸隱，六年閏六月八日卒，共十七年。此為「第三出」，經歷了有志於時到宦情淡薄，以七十八歲高齡出仕，翼履為國修史之志責，仍以才名遭妒不得入史館的人生悲劇，見其專注文學畢生功業，將其推到高峰的心路歷程與正確選擇。

第一仕，隆慶二年（1568）至萬曆八年（1580），二十二歲至三十四歲。前已述在京為官八年，本節從入陝始勾勒主要事件與心態變化。

在品階上，參議是從四品，修撰是從六品，但翰林院較藩臣貴重清顯，涇渭分明。而兩幼兒赴陝途中皆夭折，「余失當路意，出守隴右，至保定，叔子曆元夭。至南陽而血暴下，誤服乳醫藥，產季子，名之曰『南陽』，一日而夭」〔註101〕，保定屬河北，南陽屬河南，說明幼兒孕婦皆不適應長途旅行的

〔註101〕明‧李維楨《嬪王孺人行狀》，《新刻楚郢大泌山人四遊集》卷十七，明刻本，

辛苦，歷元死於生病，南陽死於提前生產，如果沒有貶謫外任，這本是不會發生的人倫慘狀，幾百里的路程，短暫的時間間隔，李維楨接連痛失兩子。時王王夫已生育了四男二女，伯子汴戊辰（1568）三歲夭，仲子孟壬申（1572）兩月夭，長女順癸酉（1573）五歲夭，叔子歷元和季子南陽癸酉（1573）夭，實際是這年春天維楨痛失三孩子，獨己巳（1569）生的仲女燕存活，王夫人「懼重余憂，破涕為咲，然宛氣深矣」，維楨「復不小忍，而遽歸」〔註102〕，汲取京山親人的溫暖後赴任。

但李維楨並沒因政治與生活的雙重打擊放棄政治信念，在當時自翰林出為外吏者，多鄙夷其官不肯習吏事，或文人才子不得志，則多縱情酒色中以耗雄心兩種方式面前，他皆不取，而是身體力行，行信、行實，以儒家德性明行修，虛心省俗觀政，實實在在投入到刑名錢穀、版築甲兵的煩瑣吏事中。督陝學政，即著手理順陝西儒生，督習舉子業。有兩文記此事：「往某承乏，督學西秦，見孔廟禮樂不備，歌工舞佾，率以市人，或羽流具員，諸生恥與伍，稍擇童子中知屬文善為容者充之，復其身家，得輒就學使試，凡十三四為諸生，已為諸生，仍與童子比肩執事，于是民秀樂從。又疏請于朝下宗伯，議郡學，備孔廟樂。而余尋徙官，復遭喪去，未竟所欲行，迄今念之媿負」〔註103〕；他對本省儒生宣講的學政公移，「受事以來，夙夜惟不效是懼，歷觀往牒，率布新章。顧申令雖嚴，而奉行無實，何以災木？為今與諸官師弟子約，卑卑法家，語亡奇也，要在必行耳……」〔註104〕，對學風、為學為師的不正處皆有指斥，有糾偏立正的舉措落實。他實地奔赴偏遠寧夏督學，為寧夏優等諸生謀得廩食，解決生計問題，勤勉做了許多實事善事。

第一出，萬曆九年（1581）至十六年（1588），三十五歲至四十二歲。

萬曆九年初，他以關西督學使升河南左參政，時已外補七年。父因廬墓得疾，正月二十九日卒，李維楨歸家守制。這時，距他進士及第已十三年，青年孟浪的長安生活，恍若南柯隔塵，塞外關霜的淒緊邊僻，對覊旅已久的

南京圖書館藏。

〔註102〕明·李維楨《嬪王孺人行狀》，《新刻楚郢大泌山人四遊集》卷十七，明刻本，南京圖書館藏。

〔註103〕明·李維楨《孔廟禮樂考序》，《大泌山房集》卷九，《四庫全書存目叢書》集150，第481～482頁。

〔註104〕明·李維楨《陝西學政》，《大泌山房集》卷一百三十四，《四庫全書存目叢書》集153，第731頁。

詩人，能過上平靜簡單的家庭生活，與和睦熟悉的夥伴從遊，不啻心靈的休息與回歸。他計劃效師趙貞吉，治學讀書，著書立說：「既居父母喪，取所藏書校讐諷誦，期以十季不出戶，庶幾小有得，可成一家言。」〔註105〕

萬曆十二年春，他買船遊匡廬、新安、杭州、蘇州、海陽、真州等地數月，是爲東遊。他與何宇度同遊匡山白嶽，同行數月，入豫章，拜訪寧獻朱藩，與朱謀㙔、朱多熲、朱多㷴等定交。取道無錫江陰，晤黃氏諸君；過海陽，從丁元父處聞吳叔承，見其詩，禮黃山白嶽，遇鄔佐卿，與龍膺白嶽晤；入新安，訪汪道昆，住其家三月，與新安汪氏、潘氏、方氏家族交遊，與潘景升遊真州，交遊名才子李季宣，在新安，朱多㷴忽踵至，與多㷴、道貫等同遊武林、姑蘇。避暑西湖兩月，在杭，修刺訪卓明卿。八月中秋，過婁江，訪王世貞、世懋，二十日返金閶，過周天球別墅，宿其家，遊太湖，同遊者朱多㷴、馮時可、汪道貫、道貫婦弟蔣茂弘、侄子汪聖修等六人，俞安期先寄詩候之吳門，伺其遊後於虎丘餞行，與俞安期遊靖江，訪朱在明。因遊吳門，結識「三張」之鳳翼、獻翼、燕翼兄弟，與王叔承定交；因遊太湖，識從元美兄弟學詩的程福生。直到仲冬，乘舟至金陵，何震來訪，飲甚歡，何主臣爲刻私印三。遂從吳還越，晤任城王公黃鵠樓，旋歸家。此次東遊，是李維楨外任以來，最爲愜意暢快的人生經歷，與志同道合、持論契合的友人切磋交流文學，以文會友，深耕文壇，期從學術與文學走立言不朽的人生道路，當時的文壇領袖王世貞對其繼承復古文學事業寄予厚望。

十四年九月，母匡孺人過世，第二年七月落葬，這年秋，李維楨大病了一場：「余時病困驚悼，欲絕同心，幾何堪此長別」〔註106〕。他的好友懷慶守朱期至秋時還來信訴江遊何等歡快，冬十月即逝（《祭朱懷慶》），令他感到生命的脆弱與不可預知。但此期他尚四十一二歲，屬壯年，開出藥方是「好學」：

> 不佞曰：「……昔者師曠謂晉平公少而好學，如日出之光，壯而好學，如日中之光，老而好學，如炳燭之明。炳燭之明，孰與昧行乎？是以平公謀帥於趙衰，而衰薦卻縠。縠年五十矣，說禮樂，而敦詩書，

〔註105〕明·李維楨《小草三集自序》，《大泌山房集》卷首，《四庫全書存目叢書》集150，第269頁。
〔註106〕明·李維楨《祭朱懷慶》，《大泌山房集》卷一百十六，《四庫全書存目叢書》集153，第357頁。

守學彌惇，光輔晉室。荀卿五十，遊學於齊，惡臥而焠其掌，推儒墨道德之行事，興壞序列，著數萬言。齊修子大夫之缺，而卿三爲祭酒，最稱老師。大夫好學，不以艾自廢，其猶行古之道也。疏神達思，怡情理性，清明在躬，膚革充盈，不導引而壽，此不朽之業，而太上之所營也。」大夫聞之憮然，曰：「吾乃今知學之可以養生也。」

不佞則又因諸君子而告大夫：「昔者蘧伯玉行年五十，而知四十九年之非，六十而後能化。夫安知今之所謂是，非昔之所謂非乎？周公仲尼，大聖人也，然而周公朝讀書百篇，夕見七十五士。仲尼末年學《易》，韋編三絕，鐵摘三折，漆書三滅，其次睿聖。衛武公九十有五矣，爲抑詩，自儆史不失書，矇不失誦，以訓御之，在輿倚几位，寧居寢，莫不有先王之法志焉。故學者，身存俱存者也。楚之先有申公子亹者，老楚國，而欲自安，史老左執鬼，中右執殤，宮導其君，以拒諫，則倚相，子張患之，爲大夫計者，引而至於百年，猶夫今日之事而已矣。」大夫聞之，曰：「善。吾乃今知學之不可以已也，敬謝諸君子之規。」〔註107〕

可知李維楨此期，雖居家守制，但兼濟儒修之心強烈，他是把讀書著述作爲治世救療的思考與內修方式，他需要這樣一段不爲俗吏事務所煩擾的學術積累時期，也喜歡以葛巾野服方式，漫遊於婁江與錢中爲中心的東南文壇，瞭解文學最新動態，擴展新的交遊。這八年中，他的祖父、父親、母親、友人開始辭世，使他對人生的形式有了新的理思，但他用「好學」來調適人生無常、仕隱關係，心態進取而有爲。

第二仕與第二出，萬曆十七年（1589）至二十六年（1598），四十三至五十二歲。

萬曆十七年，李維楨被迫起家，「己丑，服竟，會有急難，強起入都，除故官」〔註108〕。急難原因，遍檢其文集，似只一處可對號入座：

余仲維極爲學錄，李寧遠子都督者，騎而過文廟門不下，捉而扶之。須臾李家奴百數蹋邸門思逞，而都督懇公，公曰：「得無

〔註107〕明·李維楨《藩伯周公壽序》，《大泌山房集》卷三十，《四庫全書存目叢書》集151，第156～157頁。
〔註108〕明·李維楨《恩綸特錫後語》，《大泌山房集》卷一百二十八，《四庫全書存目叢書》集153，第602頁。

微服行耶？」曰：「然。」公曰：「白龍魚服，困于豫，且又何怪焉？」曰：「吾家封券，子孫得免一死，願以抵學錄。」公曰：『朝廷有公法：不下廟門，罪。固不當死。公侯嗣入太學，尊事先師，禮與凡民俊秀同。今以先師扶若，非以學錄扶若也。』已而徐魏國至，色殊不平，公曰：『勳戚臣，公爲長，文學臣，我爲長，各平其心，即事平矣。』魏國色稍定，曰：『治行，杖人不可乎？』公曰：『何言之下也！行杖人乃足對都督耶？吾持平，不如是明日令詣門交相謝而罷。』〔註109〕

維極性剛直，時仕太學錄，此事鬧得京師聲響甚大，以至「辛丑余入都，見四明相，猶向余曰：『阿弟少年蟲氣乃爾，寧遠家公子馴謹，那得作如許態若。』猶以公訛法云」。這次幸得江夏郭正域出手解救，但似乎維極並不領維楨情，錢謙益《墓誌銘》沒點明急難是什麼時期什麼事，給出的評價是：「天性孝友，遇其諸弟患難，緩急異面，而一身其傲，弟不見德，反輘轢之。家居懼禍，衰晚避地。屬有急難，未嘗不手援也」〔註110〕，依維楨行實，「家居懼禍」不符第二次急難後僑寓金陵廣陵，也與「比仲弟官博士，主其猶子別駕家，……余客金陵，亦以別駕爲居停主人」〔註111〕，兩兄弟關係友好不符，故前半段指第一次急難，「屬有急難，未嘗不手援也」，指維楨解救第二次急難。維楨一身其傲，終生不爲自己的仕宦求人，爲親母弟事起家營救，卻被仲弟踐踏欺壓，第二出居家時懼禍避面。

此次出仕，李維楨的心境也是很不好的。但一旦入職，傳統的兼濟天下儒者修養便成職責，他作爲糧食督備主管的左參議，到任就全力投入到因黃河決堤河南大饑大疫的開倉賑災、救民活人繁忙事務中去了。其府曹是 24 年前父親李淑任河南左參議時所治舊址，寫下了感慨深沉的《分守大梁道官署記》，立下了思親報國的座右銘，其實在深深懷舊之情中，又何嘗沒有兄弟蕭牆的感傷辛酸呢？在梁，他除了入部開封、歸德兩郡，還重視文教工作，校刊了毛澄《三江集》，修建信陵君祠，作《魏信陵君祠碑》、《祭信陵君文》。

〔註109〕明·李維楨《禮部右侍郎兼翰林院侍讀學士郭公神道碑》，《大泌山房集》卷一百九，《四庫全書存目叢書》集 153，第 211～212 頁。
〔註110〕清·錢謙益《南京禮部尚書贈太子少保李公墓誌銘》，《牧齋初學集》卷五十一，《續修四庫全書》第 1390 冊，第 126 頁。
〔註111〕明·李維楨《黃典客壽序》，《大泌山房集》卷三十四，《四庫全書存目叢書》集 151，第 220 頁。

第一章　李維楨的生平

－45－

考績最，其母匡孺人始得冊封，使他多年孝母之心如願。十九年三月，長妾劉氏逝，七月幼子祥符夭，八月，補江西右參議，秋，平調移贛州，是有虔州之役，抱病，程大中自云杜返新安，使人邀入虔，留治藥石〔註112〕。尋以梁事中白簡，坐謗免官歸。這種朝升夕降，才寫完《恩綸特錫後語》，考績最，不但不陞遷，反以梁事中污謗，使他對官場與仕宦感到疲憊，家庭親人離去與個人身體的病痛，加重了消沉之感。

如果說第二仕是短暫多事的波折之旅，第二出則是初掌文壇、致力文責，卻文柄易逝、英雄遲暮隔代之曲折心路。萬曆十八年，王世貞逝，同年李贄《焚書》刊成，時汪道昆、吳國倫尚在，李維楨與汪吳二前輩共同主盟文壇。二十年初，以梁事罷免歸，改卜居東門，宅室傍隙地築「甫栢臺」，作《甫栢臺記》，四方友人，如汪道昆、吳國倫、費尚伊、俞安期、寇巨源等，或訪或箋，多慰之，訪者多有詠《甫栢臺詩》，代友人和自作顧大猷花燭詩，與大猷定交；同年袁宏道登第，未兩月，與宗道同請假歸省公安，時中道與兩叔蘭澤、雲澤及堂兄袁論道在公安結文社。二十一年，爲吳國倫七十作《吳明卿先生壽序》，四月，汪道昆逝，六月，吳國倫逝，作《河南左參政吳公舒恭人墓誌銘》，成爲獨執天下文柄之盟主；五月，袁宗道、宏道、中道、王輅、龔仲安訪李贄於麻城龍湖。二十二年，爲吳國倫叔子吳士良作《吳皋倩詩序》和《又》，評其詩「豪爽有餘勁，穠郁有餘態，微婉有餘情，博洽有餘蓄，豈不誠才士哉」〔註113〕，持七子派詩論；袁宏道在公安作《答李子髯》詩，評論時下詩風，反對擬古，謂「當代無文字，閭巷有眞詩」，爲後來情眞說、性靈說濫觴，同年至京，候選，自秋徂冬，友朋過從遊處有湯顯祖、王圖、曹學佺、董其昌、王一鳴等，皆一時俊彥；李維楨則正月、三月分別舉子，七月妻王孺人喪，葬珠山之原，長妾劉氏附葬，作《嬪王孺人行狀》、《長妾壙誌銘》。二十三年，二月六日，袁宏道、江盈科同出京，赴吳縣令與長洲令，三月抵任，兩人同城而治，一在城東，一在城西，隔一錦帆涇，過從唱和甚密，陶望齡予告返紹興，便道吳縣訪宏道，訂太湖之約；四月，袁中道應大同巡撫梅國楨邀，遊塞上，九月返吳縣署中，後歸公安結社，市肆鼎沸；維

〔註112〕明・李維楨《程叟墓志銘》，《大泌山房集》卷八十七，《四庫全書存目叢書》集152，第536頁。

〔註113〕明・李維楨《吳皋倩詩序》，《大泌山房集》卷二十四，《四庫全書存目叢書》集151，第43頁。

楨居家，作《雀巢樓記》，評曰「客之言，可以博物，觀察之言，可以勸忠」，書而識之。二十四年，袁中道復作越、皖遊，三月歸吳；袁宏道在吳縣作《諸大家時文序》、《序小修詩》、《丘長孺》，反擬古，倡「獨抒性靈，不拘格套，非從自己胸臆流出，不肯下筆」，力斥前後七子剽襲模擬之弊，公安之幟，楚風之氣，雖醞釀有日，實自此始樹；九月，陶望齡、陶奭齡兄弟至吳縣訪宏道倡，年底，宏道解吳令，遊蘇州；「三袁」父、叔及諸舅在鄉結酒社；是年春，何白來訪，維楨送至武昌以別，方日升《古今韻會小補》初成，李維楨作《韻會小補序》。二十五年，袁中道居家應考，鄉結敦仁會；是年，宏道正式得准解官，與陶望齡、奭齡等歷杭州、蘇州、無錫、會稽、諸暨、於潛、天目山、桐廬、歙縣、休寧、儀徵、上元、金陵、揚州等地，廣作吳越遊，在儀徵、揚州時已二十六年；維楨家居，是年八月，爲摯友朱正初作祭文，中有「余齒諸君子末，固應後死，然遭家多難，極有優生之嗟，亦安能久爲世」〔註114〕，見其心境垂暮傷感。

　　此期歸家，李維楨避地維極，另卜他居，生活上雖安逸，「王延評入沔，乃謂：『明公雖杜門謝客，諸姬日魚鱗左右，呼盧賭勝。』則又妬明公之快也。昨丁元甫有書抵生，詢及明公起居，云：『明公鑿坏踰垣，其思良苦。』生苔書謂：『李先生雖苦心，然不廢人倫之樂。有狂客至，當抉雀羅而入，但恐美人從樓上笑客耳』」〔註115〕，但仕宦上卻顏面盡失，「余自梁移虔，尋以梁事中白簡，則與山人交往，蓋其一端云。既病免，杜門却掃，密戚莫覿其面」〔註116〕，稍可安慰是，致力學術與文學，「弇州山頹，新都川逝，寥寥海內而定一尊，非先生其誰」〔註117〕、「弇州、新安既去，門下獨踞齊州，爲時盟主」〔註118〕。恰此時公安派在湖廣與吳地、京師風頭激健，奪幟勢在必得，而觀李維楨此期所寫之文，儒道純正思想與持論變化不大，與宏道新銳清新主張宛若隔世，

〔註114〕明・李維楨《祭朱光祿》，《大泌山房集》卷一百十六，《四庫全書存目叢書》集153，第367頁。

〔註115〕明・費尚伊《寄李本寧先生書七首》之一，《市隱園集選》卷二十二，《四庫未收書輯刊》第05輯第23冊，第797頁。

〔註116〕明・李維楨《寇巨源詩序》，《大泌山房集》卷二十一，《四庫全書存目叢書》集150，第765頁。

〔註117〕明・黃汝亨《與李本寧先生》，《寓林集》卷二十四，《續修四庫全書》第1369冊，第397頁。

〔註118〕明・鄒迪光《與李本寧》，《調象菴稿》卷三十五，《四庫全書存目叢書》集160，第43頁。

內心壓力與無力感可想而知，此期他的愛妻王孺人、賢妾劉氏俱辭世，內闈真正可交流宣泄渠道無多。二十五年（1597），正是他為周用馨寫作五十壽序後的第十年，他驚訝於用馨精力容貌與己差別之大，請教養生之道，此次用馨給維楨藥方是「無欲」：「是故學以無欲為本，……吾惟寡欲，故知名者，實之賓也。……吾惟寡欲，故知利者，怨之府也。……吾惟寡欲，故不伎不求，邑無賢愚貴賤眾寡少長，未嘗以惡聲相加。……吾惟寡欲，故內無所引，而泄外無所伐，而傷神定氣，完年加於昔，而更若嬰兒示之，其齒之堅也，無相靡也」，使維楨起而謝曰：「命之矣，以告通國學士大夫，使人人知使君好學在寡欲。使人人知使君寡欲之學，可以却老引年」〔註119〕，以此為題旨撰寫周用馨六十壽序。與其說他獲得了學「無欲」來調適所持之「為學」，以應對開始裂變的時代，不如說反映了他內心困頓與苦悶的真實狀態，且維楨此期追求的並不是「養生」與「却老引年」，還是立「德」、「功」、「言」之三不朽。他自幼所受的嚴格家教與以經明行修的信仰，使他並不存在對新的文學思潮繳械投降或抵死抗拒可能，行實、行信思想根砥，反會使他及時吸收新文學思潮的有益因子，融入到後七子詩論的改造並進中。新文學流派高歌猛進時期，他作為後七子派的中堅與第三期領袖人物，卻蟄伏家鄉，久難作為，亟需再次出仕，來迎接政治與文學的新變了。在經歷較長期曲折的思考與隱居後，他將以更睿智與積極的作為來出仕，以切實的為官為文之道，解決內心與現實中的仕宦文學困局。

第三仕，萬曆二十七年（1599）至三十七年（1610），五十三歲至六十三歲。

七年的鄉居，李維楨已是五十三歲的老人，這是他年紀還允許做點實政的最後機會。《論語・為政》曰：「五十而知天命」，此次出仕他已等待與思考得太久，他的心態既不同於京官時期的輕狂簡單，也不同於中年時期既認真為職，又頗感厭倦，此次，他是「老驥伏櫪，壯心不已」，回覆到了以經明行修，行實與信的平靜卻精光內斂境界。

所以，二十七年春他起家參政，走遍四川全境，從事督木，除了氣性尚高，各方面事務始漸能平靜堅定應之。適右播酋叛亂，破綦江，「川東震恐，民皆奔竄，而夔臨江，城門災于火，守令以事如成都瞿塘，諸武弁故隸楚，

〔註119〕明・李維楨《藩伯周公壽序又》，《大泌山房集》卷三十，《四庫全書存目叢書》集 151，第 157～158 頁。

不爲蜀用。余下令以大木截江，率民具矢石江岸，爲守禦計。會偵四方兵集巴郡，度賊不能東下乃已，蓋未嘗不嘆守夔之難也」〔註120〕，在民皆懼散，臺府急，夔難守不利情況下，他下令以大木截江，親率百姓具矢石守江岸，防禦夔門，彷彿令人看到其父李淑弔崩山役的身影。工作之外，與閩人李叔玄同遊峨嵋。閏四月，升爲浙江按察使，過蘭溪看望老朋友胡應麟。爲袁履善寫作壽序，遊吳興，訪友人。這年他患瘧疾，病半月，幾死，「而不佞不善攝生，行年五十有四，始爲瘧鬼所陵，摩頂放踵，無所不受害，生死不卒者半月，甫蘇」〔註121〕。大難不死，他對生活與生命參得更透，對宦情看得積極而淡泊，對友情與生活更爲珍視，適意自由。他爲兒時崇敬的茅坤九十大壽寫作《茅鹿門先生壽序》，因潘景升而交遊武林芝雲社友，作《芝雲社稿序》；入計過吳，去看望友人張獻翼；過盱眙，探望馮應京的後人；過東阿，看望摯友于慎行；在京，看望首輔沈一貫，爲友人寫作《題籌邊筆記》；平妖有大功，卻以「浮躁」降一級貶壽春，也能平靜承受不公，精心爲兒子擇師受好的教育，「而又十餘年，謫居壽春，屬廬江守擇茂才高等者爲塾師，守以黃生儒一應，則德卿伯兄子也」〔註122〕；七月，左遷潁州兵備道，抗中貴人，行河治巢，政績顯著，十一月，以母陳夫人喪，旋即守制，居家，好書不綴，續補雷禮《國朝進士列卿表》二卷。這是一個久經風波老年人，看透仕宦世情，他對老友坦言：「會余有武林之役，南仲攜景升過我，余顚毛種種，向衰矣，而南仲慷慨任俠如故」〔註123〕，他不再有文人慷慨任俠、輕狂浮躁心態，對官場污濁厭倦疲憊，身在其位，即謀其職，坦然平靜面對出處行藏，進不奪其才，退不奪其志。

三十年服除，年末接陝西提調任，雖是二十七年前舊官，三十一年初，他作《郊郢舟雪》五首、《舟雪》五首，依然大雪天起程。入陝後，人際關係上，他爲同僚朋友寫作各類應酬文字，大力提攜文學後進，寫作題辭、集序，幫助他們獲得時名。工作上，他爲國家優選人材，作出感慨深沉的《陝

〔註120〕明·李維楨《贈憲副徐公序》，《大泌山房集》卷四十五，《四庫全書存目叢書》
　　　　集 151，第 454 頁。
〔註121〕明·李維楨《祭王參知》，《大泌山房集》卷一百十六，《四庫全書存目叢書》
　　　　集 153，第 347 頁。
〔註122〕明·李維楨《黃生制義序》，《大泌山房集》卷二十六，《四庫全書存目叢書》
　　　　集 151，第 79 頁。
〔註123〕明·李維楨《潘長公壽序》，《大泌山房集》卷三十四，《四庫全書存目叢書》
　　　　集 151，第 223 頁。

西癸西同年錄序代》；入鄜入延，不畏艱苦，親自巡視河西榆林、綏德、延安各部，勤勉職守，刺問威名將，手記心識，欲爲三大衛大將的行實立傳，讓這批眞正爲國家盡職盡忠甚至犧牲的武將留名青史。生活上，手不廢書，以官邸狹小，另購民居，建小書齋，取名「先事」，閑暇時，專心讀書治學。先事，謂先行其事，《禮記・坊記》：「禮之先幣帛也，欲民之先事而後祿也。」孔穎達疏：「欲民之先事而後祿也者，先相見是先事，而後幣帛是後祿也。」〔註124〕《左傳・襄公二十八年》：「先事後賄，禮也。」杜預注：「事大國當先從其政事，而後薦賄以副己心。」先事，從儒家禮法來講，是讓民以事業爲先而以俸祿爲後，藏富於民。而放諸個人來說，則有先從其政事，事前先行的涵義。李維楨在《先事齋記》提到取名緣由正是《禮記》：「盖《禮・學記》有之：官先事，士先志，夫官與士非異，人事與志非二道也。」〔註125〕見他爲官重實政、爲士重志行，官、士皆需養志，實政與志行俱行修的思想。另「先事」一詞，還見《周易注疏》卷四：「六四裕，父之蠱，往見吝」，王弼注：「體柔當位，幹不以剛，而以柔和，能裕先事者也。然无其應往，必不合，故曰往見吝。象曰：裕父之蠱，往未得也」，孔穎達疏曰：「裕父之蠱者，體柔當位，幹不以剛而以柔和，能容裕父之事也。往見吝者，以其无應所往之處，見其鄙吝，故往未得也」〔註126〕。所以，先事，還有以柔和來裕先事這層意思。先行其事，柔和這兩層，李維楨確實付諸於這階段的各方面的言行事務中。

丙午冬，他轉山西參政，居晉日，四方薦紳學士徵文日彌，「復濫名啓事，起家有秦晉之役。而四方薦紳學士過聽道路言，徵文日彌眾，辭之不可」〔註127〕，「人無賢愚貴賤，事無大小，有求必應，無所受謝。或慢令致期，昏夜扣門必與。以故役益塡委幾類，收責事竟，都不省記爲何語」〔註128〕，此時期，他較

〔註124〕漢・鄭氏注，唐・孔穎達疏《禮記注疏》卷五十一，《景印文淵閣四庫全書》第 116 冊，第 343 頁。

〔註125〕明・李維楨《先事齋記》，《大泌山房集》卷五十八，《四庫全書存目叢書》集 151，第 758 頁。

〔註126〕魏・王弼注，唐・孔穎達疏《周易注疏》卷四，《景印文淵閣四庫全書》第 7 冊，第 382～383 頁。

〔註127〕明・李維楨《小草三集自序》，《大泌山房集》卷首，《四庫全書存目叢書》集 150，第 270 頁。

〔註128〕明・李維楨《小草三集自序》，《大泌山房集》卷首，《四庫全書存目叢書》集 150，第 269 頁。

年輕時承父李淑仁厚慈善之外，還多了一層與人為善、先事柔和的人生境界在其中。所以，儘管「間有遺草，每覽之，其言猶糞土也，內愧沚頮」〔註129〕，也是會滿足各方友人、山人、後進、素不相識登門為先人求墓誌碑狀者的請求，至夥雜折損聲名，也是他以經明行修、立德立行、務實求信具體體現之一。當他的兒子請求將其極為鄙倍的申紙、信腕整理結集時，他欣然同意：

> 會兒稍長有知，請曰：「大人每自菲薄，其文不欲傳，然業已播在四方，受彈射，顧令兒子輩不得見乎？」而余季過六十，念所綴屬，誠無當作者，然未嘗不覃心力，頭鬢為白。兒既整齊脫誤，集以問名，名之曰《小草》。云：「處則遠志，出則小草，取晉人語自嘲爾。」其讔故自非指文字。蓋所志者遠，即草亦良不惡。而余雕蟲之技，壯夫羞為，比其小者，判若薰蕕，況其遠者乎？一行作吏，此事便廢，古之人尚然，何有于余？何待于三？其曰「三集」，為最後出。力不勝欹劂，費虛一二，有待也。暨王元美先生為余序《四游集》，余老矣，游不得四，而所至又汨沒，簿領奔走，期會俗吏，轉墮惡道，安所得清綺語而稱之？居恒恨悔，學不及時，身不堅隱，而益信：文人不易為也。兒子輩自是牛衣馬褐中物，有如妄希立言，以余為覆轍可矣。
>
> 余出山者三，以三出時作，故名《小草三集》。兒校刻未及半，而投劾還山矣。坐急難，罷滯廣陵、金陵間，遂及三年，友人以金陵刻工便，強余悉索舊草，僅有存者，附載此序，囅然而哂：「草自小耳，不出山與出山何異？」李維楨又識。〔註130〕

這是揭示李維楨晚年心境的重要文獻，上段是兒子為其整齊脫誤晉邸中所積申紙、信腕的文章後，請求出集，問序求名時李維楨所作《序》，作於萬曆三十五年奉臺檄修《萬曆山西通志》從事文事的兩年間，下段是以仲弟急難，留寓廣陵、金陵，萬曆三十九年，友人為其刻《大泌山房集》時索舊草，此時《小草三集》整理文稿多有散佚，僅有部分存稿和《小草三集序》，李維楨又補記了此段。

〔註129〕明·李維楨《小草三集自序》，《大泌山房集》卷首，《四庫全書存目叢書》集150，第269頁。

〔註130〕明·李維楨《小草三集自序》，《大泌山房集》卷首，《四庫全書存目叢書》集150，第270頁。

從兩段資料中，可瞭解到：其一，作為文壇盟主之一，李維楨文名影響很大，詩文播在四方，遭受彈射忌嫉甚多，但李維楨仍致力為文學事業，覃心竭力，頭髮為白。其二，「小草」源於《世說新語》「排調第二十五」：「處則遠志，出則小草」，他自悔「學不及時，身不堅隱」，蓋所志者遠，即小草亦有其良好不惡的品質。但他命名為《小草三集》，「三」為自己規定的最後出仕的次數，「三集」，為「最後出」，自愧又明知不可而為之的堅持出仕之心。其三，相較於壯夫所為的「立德立功」，他最後只能走的是文人之路，比其小者，實是香草臭草迥別，何況還是身隱不堅，違志出仕呢？而一行作吏，立言為文即廢，自古皆然，而他在作吏的期間，為官所在皆是被埋沒的偏僻荒涼邊塞之處，簿領奔走，期會俗吏，轉墮惡道，哪能安心為文發清綺之語，他力不勝梓，卻勉強為之，是為有待也。「有待」，語出《逍遙遊》：「夫列子御風而行，泠然善也，旬有五日而後反。彼於致福者，未數數然也。此雖免乎行，猶有所待者也」（《莊子》卷一），指需要依賴一定的條件，莊子認為世俗生活是有待不自由的，而絕對的精神自由則是無待的，李維楨這裏指有所期待，期待什麼呢？李維楨已指明，「兒子輩自是牛衣馬褐中物，有如妄希立言，以余為覆轍可矣」，他的兒子猶子輩們結詩社，習文學，希望父親能「立言」以成不朽。李維楨給出的答案是：「文人不易為也」，「以余為覆轍可矣」。但他持的仍是「立德、立功、立言」三不朽的態度，認為「文章乃經國治世之大業」，翼立言，讓《小草三集》付梓刊刻。

山西參政任上，他奉臺檄，在艱苦環境下獨力主持修《晉志》，地方官吏或「苦簿書期，會刑名錢穀，日不暇給，或視為迂闊事，不復省記，或有增益改作，令胥史檢舊牘，錄以塞白而已。事不贍核，文不雅馴，安所取裁。今再踰歲，譬之書空。獨二三賢者以文獻取徵，當官重務，孜孜討論，脩飾義例，筆削故實華藻」〔註131〕，兩年全力做這工作，無定局，無定人，《大清一統志》評價他：「明斷如神，不事苛刻，纂修《山西通志》，考核精詳，當時號為信書」〔註132〕。閏六月，他升按察使，其間，與公安派領袖袁宏道通書信〔註133〕。萬曆三十七年八月，他由山西按察使再升為陝西右布政使，九

〔註131〕明‧李維楨《澤州志序》，《大泌山房集》卷十五，《四庫全書存目叢書》集150，第615～616頁。
〔註132〕清‧《大清一統志》卷九十五《山西省》，《景印文淵閣四庫全書》第475冊，第874頁。
〔註133〕錢伯城《袁宏道集箋校》（上海古籍出版社，2008年版）卷五十五有《答李

月九日他與友人同遊五臺山。陝西承宣布政使司領府八,屬州二十一,縣九十五,所轄東至華陰,南至紫陽,北至河套,西至肅州,萬曆六年編戶三十九萬四千四百二十三口四百五十萬二千六十七,這是他自 1575 年被謫出京、「一官二十七年過」〔註134〕參政生涯後,第一次開始掌管省級行政事務,如果沒有家庭急難,被迫中斷,三十四年來眞正開始獲得陞遷重用,走過艱難仕宦與文學低谷,堅守理想與情懷的老詩人,各方面第一次都在向良好方向發展了。

第三出,萬曆三十八年(1610)至天啓六年(1626),六十四歲至八十歲。

時不予人,命也。這次又是親母弟維極出事,李維楨立即以病請辭,奔赴徐州,營救仲弟。他文集中,一共提到兩次急難,都是仲弟惹的災禍,第一次急難,第二仕中所述甚詳;第二次急難,是在萬曆三十七年秋,他剛升陝西右布政使後:

> 蓋余有母弟,爲徐屬邑令,亦以墨者索薦賄,不滿所願,而中之以大獄。余自晉遷秦,上書解組,爲仲氏周旋,因知李氏兄弟母子事。〔註135〕

明朝官員俸祿低,到後期官場腐敗,索賂送禮也屬常見現象,如李維楨的季弟維標以國學簿「謫簿趙城,謀改作」〔註136〕,活動請託自是難免。而維極此次因被索薦賄,送禮少了,反被羅織了罪名,但賄賂甚至其他可中以大獄的罪名,於公於官必會有不占理的地方。李維楨爲了從獄中救出弟弟,在廣陵、金陵百方奔走,曾返楚求助,「某嘗以急難走武昌,謁公,公侃侃持論不回,心知其君子」〔註137〕、「而不佞里中爲最,屬以急難來江夏,過懋之,則汝衡躃屣蹣跚來,數爲好飲食相貽」〔註138〕,他還因憂心忡忡,在是秋病

本寧》,錢箋:「萬曆三十五年(一六〇七)丁未在北京作」,第 1610 頁。

〔註134〕明·李維楨《答費國聘》,《大泌山房集》卷一,《四庫全書存目叢書》集 150,第 337 頁。

〔註135〕明·李維楨《李母陳孺人壽序》,《大泌山房集》卷四十,《四庫全書存目叢書》集 151,第 369 頁。

〔註136〕明·李維楨《趙城縣儒學記》,《大泌山房集》卷五十三,《四庫全書存目叢書》集 151,第 614 頁。

〔註137〕明·李維楨《陳太公翁恭人壽序》,《大泌山房集》卷三十七,《四庫全書存目叢書》集 151,第 278 頁。

〔註138〕明·李維楨《贈李汝衡序》,《大泌山房集》卷四十八,《四庫全書存目叢書》集 151,第 521 頁。

痘兩月〔註139〕，幾死。萬曆三十八年，他以事再入泗，「余領潁州節入泗，先生已久沒……又十年，以事再入泗」〔註140〕，泗州隸屬鳳陽府，可能也與其仲弟事有關，或他事。但到萬曆三十九年，似仲弟事已得到解決，李維楨有《仲氏入淮對簿，悵然有寄》，知被解救出獄在是年秋，而且在維楨僑寓廣陵、金陵六年多時間裏，還被授為國子博士，「聘余仲弟國子博士維極女」〔註141〕，「比仲弟官博士，主其猶子別駕家，因與翁往還，每為余言翁長者。余客金陵，亦以別駕為居停主人」〔註142〕，李維楨開始了以宴集、讀書、著述為主的歸隱生活。

此期歸隱，一是他早在萬曆三十四年《小草三集序》裏就為自己規定了最後出仕的次數，「一行作吏，此事便廢，古之人尚然，何有於余？何待于三？其曰『三集』，為最後出。」〔註143〕二是他為解救仲弟，自感於德行有虧。他有篇《急難》，披露當時心境：

> 寒家累世，單傳先方伯公。生維楨兄弟五人，皆忝仕籍，無一似穀負薪者，齟齬屯邅，自貽伊戚。仲弟蕭縣尹維極四任儒官，被謫，稍遷蕭令。頻年中，水沉竈產蛙，桔桔良苦，數叨上官薦獎，庶幾苟延三年。今以墨中白簡，點世辱親，極自矢，天日必垂鑒察，非楨所得辯，辯復何益？弟謂極欺兄，則楨萬難隱忍。極惟有楨一兄，兄而可欺，楨為何如人？兄不受欺，被弟欺兄之名，楨又為何如人？竊自循省，楨不能為善，而極每以善相勸，楨不敢為惡，而極每以惡相規，髧丱迄老，曾無間言。自極選官後，楨代理家事，其家奴未嘗有一人入公門、片言在爰書者，此闈邑之人與宦于楚中諸公可質問也。法行于家奴，不欺其主之兄，極可知矣！我思古人，

〔註139〕李維楨《祭周太學》：余病痘兩月，患與公同，幸而後死，瑣尾流離，憂懼攻中，伏枕口占，授兒書之，走一力告公几筵，意滿咽塞，公靈有知，其垂聽焉。（《大泌山房集》卷一百十八，《四庫全書存目叢書》集153，第393頁。）

〔註140〕明‧李維楨《同安簿謝公墓志銘》，《大泌山房集》卷八十五，《四庫全書存目叢書》集152，第503頁。

〔註141〕明‧李維楨《知徐州事夏公墓志銘》，《大泌山房集》卷八十三，《四庫全書存目叢書》集152，第466頁。

〔註142〕明‧李維楨《黃典客壽序》，《大泌山房集》卷三十四，《四庫全書存目叢書》集151，第220頁。

〔註143〕明‧李維楨《小草三集自序》，《大泌山房集》卷首，《四庫全書存目叢書》集150，第270頁。

兄之於弟，若孔褒以罪坐所由，免融匿亡，許武以普、晏未顯，析產自污。極奉職無狀，實楨之教不先，極爲兄受惡，在楨之罪滋大。官何足惜！不得爲官，有先人田廬在，至欺兄，即不得爲人焉。有使其弟無辜而不得爲人者，乃尚靦顏官次乎？歸何以解於鄉黨？死何以見先人地下？故特以弟不欺兄之實，具白大人君子，如半字相欺，神明殛之！涕泣哽咽，不知所云。〔註144〕

蕭縣，隸屬徐州，正合「蓋余有母弟，爲徐屬邑令，亦以墨者索薦賄，不滿所願，而中之以大獄。余自晉遷秦，上書解組，爲仲氏周旋」（《李母陳孺人壽序》）。維楨訴維極奉職無狀，他不教罪先，但出於忠愛友悌，不得不救，甘願棄官歸田。維楨以病辭官，赴揚州金陵來營救仲弟，爲此遭受白簡〔註145〕，作爲文壇盟主之一，一身傲骨清名，受損無疑，但他又不得不爲之，實不得已。仲弟解救出來了，於他以經明行修，務實言信，是自打嘴巴，感到於德有沾染。經此一難，他既自主選擇也實是不得已，以遊宴、讀書、著述的隱退方式來打發其後歲月。

但李維楨很了不起，仕宦雖隱退，卻仍專注文學畢生功業，僑寓晚明文壇中心，主盟淮南社，參與金陵詩壇盛事，享受文山詞海與酬唱社集，先後結集校刊《大泌山房集》、《大泌山人四遊集》，撰對明季末世批判匡救的新文入兩集，是他詩學批評與社會批評高峰時期；四十四年七十壽辰，海內名公碩卿，布衣山人，多方有文辭祝賀，評其一生功業。最後十年，李維楨在寧靜鄉居中度過，以七十八高齡出仕，翼履爲國修史之志責，仍以才名遭妒，志願不得實現，遂力乞辭歸，一年半後卒於家，走完了他八十年坎坷不遇卻文史輝煌的一生。

二、文播四方，平生功業

他的文學活動與文學創作很多，略評兩點：一，他與胡應麟被王世貞寄予厚望，但其文學地位與輻射能量遠大於胡應麟，1593 年吳、汪逝後，李維楨成爲後七子派第三期領袖，交遊甚巨，影響較大；二，1594 年，袁宏道在吳縣發表《敍小修詩》，公安開始走向全盛，1610 年，袁宏道逝世，中道無力

〔註144〕明・李維楨《急難》，《大泌山房集》卷一百二十六，《四庫全書存目叢書》集153，第 568～569 頁。

〔註145〕李維楨《觀察朱公壽序》：既共事晉，相得益深，余以急難投劾歸，而白簡更彈治之。（《大泌山房集》卷二十八，《四庫全書存目叢書》集 151，第 113 頁。）

獨撐公安，竟陵派開始執柄文壇，但支撐復古的士大夫大有人在，李維楨作
爲復古中堅，開展了對公安竟陵詩論的合理吸取爲我所用、與公安竟陵的論
爭，其一生持論的變化，正好體現了持溫柔敦厚詩教的知識分子對詩歌理論
與人生信仰的自我修正、堅守過程。

　　下面總結其功業、特點、原因及評價。縱觀李維楨一生，他精明強幹，務
實勤勉，既是文史良才，又有佐政能力。錢謙益將他政績主要歸結爲：討虜於
鄜衍，征番於洮岷，行河於潁，平妖於淛，採木於蜀。行河於潁，屬民事，其
他皆兵事，李維楨文集有四處反映其治理鄜延的軍事才華，「明年仲春，入長
安，季春入鄜。……既以秋防駐節延安，火酋聲言入犯，人情詢懼，久之甫定」
〔註146〕，他的《鄜城春望》「西來山勢劇縱橫，殘雪流澌試火耕。一逕寒烟通
古戍，幾枝衰柳帶春城。彎弓月倚闌干上，結陣雲扶睥睨行。怪殺黃蛇鄜衍口，
餘腥猶染曼胡纓」〔註147〕，反映出當時火酋入侵的血腥場景。他甫定的方法
是：「重馭輕，中馭外，延安中而鄜外，府重而州輕，州事多，下府相距二百
里，呼吸不即應，宜治延安便」〔註148〕，「明年夏，小休」〔註149〕，僅歷時
一年，就解決了長期難治的難題，使火酋不敢再犯。這緣於他對鄜延兵禍根源
的透闢認識：

> 國初設鎮西將軍禦虜，而後有中丞出撫，皆以延安府爲治所，于
> 時分巡河西，實同城而處，即綏德，亦秋防若歲時，行部至耳。所以
> 稱河西者，與晉地以河爲界，晉河東，秦河西云，所部千里而遠，其
> 後鎮撫徙榆林，仍稱延綏。而會有狁夷亂，分巡徙治鄜州，惟防秋居
> 延安舊所，隸延安、慶陽二府，官吏、士民、錢穀、甲兵、訟獄無所
> 不得問。而晚乃設東西三路觀察使飭兵備，割延安爲四，慶陽則守道，
> 亦專隸之，而河西若虛號矣，獨甄別吏治，尚兼總如故。
>
> ……

〔註146〕明‧李維楨《先事齋記》，《大泌山房集》卷五十八，《四庫全書存目叢書》集
　　　　151，第758頁。
〔註147〕明‧李維楨《鄜城春望》，《大泌山房集》卷三，《四庫全書存目叢書》集150，
　　　　第359頁。
〔註148〕明‧李維楨《先事齋記》，《大泌山房集》卷五十八，《四庫全書存目叢書》集
　　　　151，第758頁。
〔註149〕明‧李維楨《方外史墓誌銘》，《大泌山房集》卷八十七，《四庫全書存目叢書》
　　　　集152，第530頁。

　　夫廊延，非無事之地也。斗絕萬山中，磽确而瘠，旱與潦皆不可耐，民羯羠不均，士悍而漓有司，有司鄙夷邊郡官，不擇人事，叢脞不振，東鄰于晉，爲逋逃藪，而狃夷種類，實繁漵惡，民負固爲囊橐挺而走險，莫可誰何？西安潼關防守之卒，如兒戲耳。自三路分，而敢戰，士悉趨塞下，貂蟬出于兜鍪，比比而是。內地益虛無備，武弁率具員棶點者，蔑棄紀法，倉庾空虛，兵木無刃，三路虜各有心，叛服不常，一旦渝盟，騎窮日力可薄郡城，胡以應之？上郡所由來遠古，今有事茲土者，成敗得失，判若蒼素。或似是而非，或似非而是，或以安成危，或以危成安。語曰：不習爲吏，視已成事，必讀書，乃可考鏡。〔註150〕

　　他打破常規，不再防秋鄜州在延安舊治所，而是親駐鄜州，有事便宜而治。這緣於他既讀書，明史爲鑒，又能勘查實地民情，洞穿鄜延秋防的癥結所在。由此，他得出：於迂闊書生與文人是「凡此病，在以讀書與當官爲二，所讀書不合於官，官所行事，不在于書，仕學胥，失矣」，真正讀通了書的應該是「以聖賢爲法者，深于讀書，得其精蘊，揆事決策，因時制宜，庶幾不愧爲士，不愧爲官，如第以訓詁辭章爲事，而謬爲名曰『吏事緣飾經術』，非不佞所敢知矣。老而好學，如燈燭之明；日暮途遠，倒行逆施，此兩者固不可同年語。不佞學老身長子，而與愚者若一，事不副志，仕與學，官與士，無一可者，書此以比于座右之警焉。」〔註151〕此思想與他「第一出」《藩伯周公壽序》中「好學」、「第二出」《藩伯周公壽序又》中「爲學」思想一脈相承，見好學讀書乃爲「士」爲「官」經世濟用源泉。征番於洮岷也是史鑒與實地結合，對症下藥的勝利。平妖於浙，反映出他足智多謀，有節有度。採木於蜀，反映他有乃父弔崩山之風。行河於潁，既是他從父親水部郎中耳濡目染，也是他從多年對漢江實地觀察思考與大梁治河地方經驗的實施，反映出卓異的地方執政能力。

　　他其實還有第二個政績，就是知賢選能。從李維楨撰寫的眾多壽辭碑狀可知，他能寫得神似，不只在善言，更重要在知人，從別人進呈的行狀中或聽聞的事跡中，他具有抓問題本質，慧眼明斷的能力。在他多次主持的省試中，爲國家選拔出許多棟梁之材，且延綿不斷。《萬曆野獲編》記載其門生之

〔註150〕明・李維楨《先事齋記》，《大泌山房集》卷五十八，《四庫全書存目叢書》集151，第758～759頁。
〔註151〕明・李維楨《先事齋記》，《大泌山房集》卷五十八，《四庫全書存目叢書》集151，第759頁。

才，《李京山門生》：

> 古人以門生門下見門生，爲絕盛奇事。本朝固時有之，然如近
> 日京山李翼軒則異極矣。辛未科，李以編修分考，得陳大參培所。
> 陳之門生爲癸未葉相國，葉之門生爲戊戌顧榜眼鄰初，顧之門生爲
> 甲辰楊狀元崑阜，一時同列禁近，無在家者。至癸丑會試，葉以首
> 揆主考，得周延儒等一榜，尤爲極盛。李尚以右轄起家，仕途中最
> 爲積薪，而衣缽之傳，則向來未有綿遠如此公者。〔註152〕

明制「必九年方陞二級」〔註153〕，李維楨卻仕宦連蹇，從1575年至1609年，
34年間一直在參政職務間停滯不前，自1581年升河南左參政一年後，1589
年以故官河南左參政起，任職三年，1591年平調江西右參政數月，1598年又
以故官起四川參政數月，1601年又以浙江按察副使降右參政，謫壽春，1606
年又轉山西參政，所謂「一官二十七年過」（《答費國聘》），被調侃爲「千斤
符鎮，厭不可動」。他不得提撥，主要有三方面原因：

一、性傲難忍，易起齟齬。

> 時余參蜀藩部川西，總督木事，而有播酋之變，督府少傅魏李
> 公興問罪之師，制許便宜從事，更置諸郡邑。有司少傅與余舊僚稱
> 知己，又以余周行蜀境，諸有司無人不延接遴察，則以所去留咨決
> 余。而墊江當孔道，其令足蹣跚，少傅已注當去矣。先是譚中丞薦，
> 猝而不薦令，令業鞅鞅出不平語，余因白少傅：「令雖不良，行其政
> 無疵也。徙之僻邑，何難卧治。」公爲曲從，與某令更調，得無赴
> 部。而令大恚，以公中渠于余，余中渠于李公，不以爲德，反以爲
> 怨。是時，陳臬者任未一月，頗自用，而少傅意獨鄉余，其人不平。
> 余知公與令不相中，檄之先於所徙，集諸當路人，徒以待大木之至。
> 而故事，木出疆則督者，以其殿最，上兩臺，兩臺以聞。於是殿者
> 與墊江令合謀螫余，而嫁禍公。會大計，陳臬者先中公，爲余左驗
> 而後入，余以難忍之，過少傅與直指，使不信。又喋之南北臺余奉
> 職無狀，即薄罰猶倖，而公佐邑一年，遠遊萬里，薦墨未乾，削籍
> 忽下，彼讒人者亦大甚矣。〔註154〕

〔註152〕明·沈德符《萬曆野獲編》卷十五，中華書局，1595年，第385頁。
〔註153〕明·沈德符《萬曆野獲編》卷十，中華書局，1959年，第259頁。
〔註154〕明·李維楨《王長公壽序》，《大泌山房集》卷三十一，《四庫全書存目叢書》

在官場複雜的人事關係中，李維楨以德行厚交君子，善待朋友，重義氣情誼，憑政績獲得升職，這在拉幫結派、傾軋報復的官場中本就極吃虧，他還氣傲耿介，不能忍別人對他和友人的陷害，屢屢針鋒相對，而不是用柔和手腕調解，這繼承了李淑為官的原則，也是他個性使然，故被合謀螫害是必然之事。如關中正學書院，「執政家宰悉從停罷，直指使更為厲，禁渭南薦紳家私置精舍，幾中白簡，余爭之乃已，會遭喪去，不能修復為恨」〔註155〕，工作中不是圓滑靈巧的方法處理問題，因公事矛盾起衝突得罪人不可避免。這是他得不到陞遷的重要原因。

二、清忠正直，與奸對立。

李維楨在他最後一仕階段，已回覆到以經明修行，行實與信的老成平淡卻精光內斂境界，此時再遇政治齟齬，他多不會正面衝突，心境與為人處世於官於文都已漸臻佳境。《己庚衣袽錄序》詳細記錄了他平浙妖始末，也敘明了他被貶原因：一是當諸僚俱言嚴巡道禁民元宵觀光，李維楨力排群議，主以觀燈為名，果誘捕天寵歸案。二是當司獄藩司吏，日數十曹來，備厚禮，伺察緩急，加緊活動謀救，造成收了厚禮的士紳口中天寵非妖的輿論，使李維楨受中傷，但他喜得徐州郭公移文證天寵罪證，杜絕群口。三是好事者為邀功，亂捕數人皆稱一平，而李維楨讓杭郡守一一頌繫之，卻秘密捕得真凶，使其走卒保捨舟子不再追罪，他以人命公正為重，使好事者不得順便擴大事端邀功領賞。此三者，犯了「想其初排群議，而不顧自謀，何拙也」〔註156〕之罪。其實他被貶還有更深一層的原因，就是站在不恤民生的貪官污吏對立面：「浙貢賦甲諸藩，自倭亂，特選橫調，徵發如雨，災沴頻仍，地財耗斁矣，三中貴人以織造采礦権商至，翼奸十九，浙人虎視蠶食民其餘幾，公持三尺不為動，或姑餌而掣曳之，剪其爪，距眾不匡懼。而妖人挾左道嘯聚，將逞其渠率藩掾曹也，諸臺名捕投鼠忌器。余以白公，公艴然：『此豈小過可曲貸』！」〔註157〕第二年大計，奪爵一級，被謫壽春。這一點，他第一出時就已洞明於心，「余無似，具官瑣

〔註155〕明·李維楨《關中書院置田記》，《大泌山房集》卷五十三，《四庫全書存目叢書》集151，第627頁。

〔註156〕明·李維楨《己庚衣袽錄序》，《大泌山房集》卷十五，《四庫全書存目叢書》集150，第627頁。

〔註157〕明·李維楨《南京戶部右侍郎贈戶部尚書趙公墓志銘》，《大泌山房集》卷七十八，《四庫全書存目叢書》集152，第343頁。

閣，不善事貴人，奪爵里居，錮之考功令者十許年」。但當他第二出被起用河
南左參議時，「余朝獻謀，公夕報可，公朝指示，余夕下令，彌縫余闕，匡救
其不及，即余薦弋蠱之獲，公必降心相從也」，勤勉精幹，一心為公，在最難
治的中州，「上不病國計，下不胘民生，遠不憎多口，近不淆名實，恩不以惠
姦，法不以茹柔」，使得「宗人和于藩，工作和于役，細民和于野，百官有司
和于位」〔註158〕，中州稱治。他不為私利，與姦佞迥異，他心有戚戚，「所不
可筆於書者，徒約結胸臆中」，「令任怨勞者解體，世有賈生能不痛哭流涕長太
息耶」〔註159〕，此是心繫國計民生的歡惋憂憤之聲。

三、才高名大，率易雜進。

他在史館時，「斐然號良史」〔註160〕，張居正獨取其所撰文，引同館側
目。他仕宦坎壈，卻文名高蹈，這使得他文「播在四方，受彈射」（《小草三
集自序》），屢中白簡，口實是浮躁無行：

> 至今上辛丑外察。延津李太宰、三原溫御史為政，乃建議：「外
> 吏亦豈無負才而輕佻者，亦宜增入浮躁，為不謹之次。其降級亦視
> 罪之大小為輕重。」上允之。今遂遵用之。或云是年有才士被妒，
> 難處以不及，故立此例，未知信否。其年拾遺，即以浮躁處李本寧
> 憲使，降一級矣。〔註161〕

維楨對此有記：「公既為太宰，不佞以按察使上計，橫被口語。是時少宰
馮公用韞與公覆疏，云不佞過人所時有，而謬許以才為難得已，慮言者將求
勝不已，請以浮躁格降一等。蓋公愛人以德而曲全之類如此」〔註162〕，馮琦
亦有記：「浙江按察使李維禎當其少年不羈，已來多口，但其高才絕學，實鮮
其儔，臣等以維禎之過，人所常有，而維禎之才，一時所難，故暫擬存留，
以俟公論。今既屢經指摘，展布亦難相應，亦照浮躁例，降一級調用」〔註163〕，

〔註158〕明・李維楨《侍御毛公壽序代》，《大泌山房集》卷二十九，《四庫全書存目叢
書》集151，第135～136頁。
〔註159〕明・李維楨《己庚衣衻錄序》，《大泌山房集》卷十五，《四庫全書存目叢書》
集150，第628頁。
〔註160〕明・吳國倫《過郢寄懷李本寧二首》其二，吳國倫《甔甀洞稿》卷七，臺灣
偉文圖書出版公司，1976年，第518頁。
〔註161〕明・沈德符《萬曆野獲編》補遺卷二，中華書局1959年，第841頁。
〔註162〕明・李維楨《端揆堂詩序》，《大泌山房集》卷十九，《四庫全書存目叢書》集
150，第719、720頁。
〔註163〕明・馮琦《為糾拾方面遺奸以禆計典疏》，《馮用韞先生北海集》卷三十六，

維護他的友人因彈射無法壓制，曲全以浮躁格降他一級。李維楨此次被貶原因，其實是在浙憲任上，妨礙了當地盤根錯節借徵稅採礦名目發財陞官和收受惡勢力賄賂的利益集團，但能予的名實只能是浮躁，亦可見李維楨是多年朝廷官員們浮躁輕狂的反面典型。而他樂易闊達、率易雜進的狀態終生未變，「余自梁移虔，尋以梁事中白簡，則與山人交往，蓋其一端云。既病免，杜門卻掃，密戚莫覿其面，而下雉吳先生及沔二三君子以寇山人巨源來」，既免官杜門，推不開的師友派使慰問，四方人士隨之雜進，維楨惜才，所以他說「至速官謗而懲余者，且視山人若鶹鶹，能不祥人，余過矣……其以山人速官謗也，將必然之數耶？……以此無憾耳」〔註 164〕，這便難以改觀他多年給人的積習成見。他的妻子多次勸他：「君與人交淺而言深，葛伏簡易，猜防絕疏，屬有所思，或廢揖讓」〔註 165〕，同入庶吉士先後拜相的陳於陛勸他「慎言寡交」，執手叮嚀：「幸毋忘陳生言」（《祭陳文憲》），于慎行坐他床勸慰他「世有兩賢負俗之議，每用扼掔，君與子愿是也。君肝腸在舌，口不擇言，雜以謔浪人短，君浮薄倨傲，無妨大致」（《祭邢子愿》），他不是「恌不省記」，而是心性使然，難以改變。但根本原因還是在才高名大，木秀於林易風摧折之，他無心記於墨池的「惟寂惟莫，自投于閣，爰清爰靜，無作符命」，也被人關注，「乃與當時意見不合，後竟入彈章」，曹學佺評其事「不但賢者被誣，即代辨誣之人亦被禍矣，可一嘅歎」〔註 166〕。李維楨對此體會深切，「讀足下書，用王司冦相比許詢，虛名滿天下，足下復逐臭乃爾？僕之拙宦正坐此不虞之譽，非所願聞於足下也」〔註 167〕。他居家歸隱，讀書著述，亦文名在外，其受忌憚之深，見錢謙益評晚年不得修《神宗實錄》即知：

> 天啓初，纂修《神宗顯皇帝實錄》，朝議歙然，以謂舊史官京山李公起家隆慶中，早入史館四十餘年，朝嘗國故，皆能貯之篋笥，編諸譜牒，且又老于文學，諳識吏事，誠非新進少年所可幾及。昔

上海圖書館藏。

〔註 164〕明・李維楨《寇巨源詩序》，《大泌山房集》卷二十一，《四庫全書存目叢書》集 150，第 765、766 頁。

〔註 165〕明・李維楨《孀王孺人行狀》，《新刻楚郢大泌山人四遊集》卷十七，明刻本，南京圖書館藏。

〔註 166〕明・曹學佺《蜀中廣記》卷一百一，《景印文淵閣四庫全書》第 592 冊，第 624 頁。

〔註 167〕明・李維楨《復徐惟得使君》，《新刻楚郢大泌山人四遊集》卷十三，明刻本，南京圖書館藏。

馬融三入東觀，張華再典史官，竝取博聞，咸資舊德，誠令得專領
史局，早蕆厥事，於國史有光焉。當國者，格其議，不果行。久之，
起南京大嘗寺卿，稍遷南京禮部右侍郎，陞尚書，名曰錄用，實不
令與史事。而公遂以年至，移疾致仕。天啓六年閏六月卒于家，春
秋八十。公卒之五年，而《神廟實錄》始告成事。嗟乎！蕉園之削
薫，久閟人間，芸閣之署名，未知誰某？羣公之金紫已陳，作者之
墓木將拱，顧欲執鉛墨以相稽，撫汗青而流涕，豈不迂哉！此吾于
李公之葬爲之徬徨三歎而不能自己也。〔註168〕

　　錢謙益《墓誌銘》開篇即以《神宗實錄》敘議，李維楨於朝議，有資歷，
有多年史料的收藏準備工作，有多年的譜牒方志編撰經驗，又老於文學，地
方實政經驗豐富，閱歷老道深闊，是領局撰修的最佳人選。李維楨以七十八
高齡起家，天啓四年四月赴任南京太常寺卿，未始不是給自己最後一個機會
修史。有一條材料可見他爲何赴南都：「而會上以修神宗、光宗實錄，下南京
諸司各志其故實，則屬吳中翁生逢春供草創之役，而手討論修飭潤色之，廼
成今志。其目有八，曰《詔命》，曰《建官》，曰《公署》，曰《儀注》，曰《奏
疏》，曰《年表》，曰《列傳》，曰《藝文》，二百餘年文獻足徵矣。……執此
以往，引伸觸類，將無不可效之官，無不可盡之心矣。余特表之，以立臣鵠
云，其詳在元性自敘及凡例中，不具論」〔註169〕，但終不遂志願。禮部尚書
任命八月下達後，天啓五年正月，他力乞致仕。他有一篇《萬曆疏抄序》，對
嘉、隆、曆「四十年中情僞微暖，事勢鼎革」與天啓朝「頹波不可挽、藥物
不可投」評論透闢，永久的官場傾軋終使他「乞賜骸骨歸田，竊比於隱居放
言之義」、「論其概畧如此，老憊妄發，知我罪我，敢不唯命」，天啓六年閏六
月卒於家，春秋八十。錢謙益爲其到生命終點都不得展眞正才學——良史之
才，彷徨歎息不能自己，的確是多少才高遭忌文人的悲劇命運。

　　而他悲劇命運更深刻的原因，還有一層，他想走修史入相道路，與他同
入選翰林院庶吉士的一共三十人選，七人拜相，同榜四百人，位列公卿者七
十餘人，李維楨是他們中才華極爲突出者，「今相臣率起家史官，學必閎深，

〔註168〕清・錢謙益《南京禮部尚書贈太子少保李公墓誌銘》，《牧齋初學集》卷五十
　　　　　一，《續修四庫全書》第 1390 冊，第 124～125 頁。

〔註169〕明・李維楨《南京行人司志序》，《大泌山房集》卷十五，《四庫全書存目叢書》
　　　　　集 150，第 633～634 頁。

才必茂敏，識必精微，即宰天下寧復有他道」〔註170〕，由史館入閣是明後期慣例。可是他熱愛文學，早年即被定性為文人之列，他自覺選擇了文學，他的性格弱點，也把他推向立言的事功道路。他像王世貞，作為文壇領袖，只能在文壇國度開疆闢土，稱相稱侯；他又不像王世貞，終生不向友人門生汲求援引，執柄文壇在要與公安竟陵論爭的時期。他畢生命運與功業所在，鄒迪光講得準確，堪稱定評：

> 楚李本寧先生十九成進士，選入翰苑，稱早貴，人以為宰輔可望，而未幾參藩矣。其參藩掌臬，人以為牧伯常伯可望，而未幾被劾矣，劾且歸矣。歸而起，起而再劾再罷矣。此其乍顯乍晦，時塞時通，早發中謝，若天故厄之，使不得一日秉鈞執軸於廟廊之上，而非故厄之實成之也。民社之日少，而林泉之日多，走轂奔蹄之日少，而枕流漱石之日多。先生因得以其餘日而貫餘氣，蒐墳典獵丘索，咀秦嚼漢，厭飫六朝，旁餐諸史百家之為書，出入上下左韋班馬、董賈屈宋、韓柳歐蘇之為文，摸寫擬議曹劉阮謝、江鮑陰何、沈宋李杜之為有韻之文，而實自秉一機軸，自言一門戶，自立一宗派，不信陽，不成都，不大梁，不華州，不歷下，不毘陵，不晉江，又不北地弇州，又不退之子瞻，而渾金純璧，瀏然粹然。其詩與文出，而穢者稟潔，拙者就巧，樸者師妍，薾者取勁，譎者規正，疏者劾密，殽者企整，人人宗如泰岱，奉如斗杓，信如蓍蔡，重如彝呂。
>
> 即近歲有某氏者出，倡為非古自師之說，以簧鼓後進，後進之士翕然狂奔。而先生白旄一揮，狼燧頓自，小有蠱惑，流毒未甚，如世尊說法，叨利而波旬，外道之屬，相與退避十舍。亡論斯世，一褒而往哲生榮，一貶而地下奪魄，決數千載，未決之議論，定數千載，未定之人品，操觚之輩遂不得恣胸臆，以肆雌黃，是先生之功誠大矣！先生之功誠大矣！
>
> 先生即不得一日秉鈞執軸于廟廊之上，而羣醜諸魔一不敢橫，詞壇文苑，雲蒸霞麗，夫誰之力也？昔人舉三不朽，而以立言為次。若先生之言，實兼功德而有之，非濆濆者。且先生悼伐木，恥角弓，慎燕翼，束修至行，肝腸粹白，已有其德，所勘歷周秦燕越，句宣

〔註170〕明・李維楨《丘庶子集敘》，《大泌山房集》卷十二，《四庫全書存目叢書》集150，第548頁。

屏翰，卵翼黔首，江陵柄政，招之不入，不事搏擊，以投時好，亦有其功，若先生者，實兼三不朽而有之，非澧澧立言者。先生既兼三不朽，而造物者寧靳百斯齡耶？則其所操於文章之權，又何窮已時也！

夫自古居官而壽者，莫如彭祖，說者謂其徒精黃白，而文采末備，以予味於夫子之言，述而不作，信而好古，竊比於我老彭，則彭祖豈闇闇無文者？獨當六經，大明之日，所爲文章之權，不自彼收之耳。先生未必無其壽，而先有其文，又能收彼所未收之權，則先生其彭鏗乎？其彭鏗而過之乎？假令李先生身極華朧，秉鈞執軸於廟廊之上，而不得長有丘壑，寧能日漸日磨，日砥日礪，操文章之權，而以千秋人作千秋事哉？吾知先生之不以彼易此也。〔註171〕

鄒彥吉評李維楨文學功業有四：一是自秉一機軸，自言一門戶，自立一宗派，其詩文樹雅正典範；二是對明後期公安、竟陵末流有匡正之功；三是立德立功立言，實兼三不朽；四是不以彼易此，操文章之權，對明文學有貢獻。本章著重敘了立德立功，下文將從另三點展開。

本章第一節論述李維楨青少年時期形成的思想性格及其原因，著重論述了其先世出西平忠武王晟之裔，以武功顯對李維楨重兵事政績的影響；其父李淑「以經明行修」對李維楨仕宦和交友原則的影響，父子倆由於性格和觀念的不同，對共同愛好的學術文學選擇方式與成就的異同；受父親與岳父家庭、師友薰陶，自小喜愛文學，古文辭與制舉時文並重，比德君子立德立行，以詩教合時義取士治國，在青少年時期便已成爲李維楨終生持論的思想根坻，亦是他與後七子派契合的內在根源，他在明後期對復古理念的堅守，既源於自身的政治文學思想，也源於對後七子派文學理論的自覺意識。第二節探討李維楨不得入相，只能走文學功業的原因，著重論述了李維楨中進士前後的朝政背景與對相臣的要求，勾勒李維楨在京行跡與交遊特點，見李維楨不符合相臣培養人選的具體原因，被貶出京的必然性。第三節描述李維楨三仕三出的歷程，重在勾勒重要事件、心境對其仕宦與生活方式的影響，他思想心態的變化過程，決定貫穿他終生的宗經重儒家溫柔敦厚詩教在立德立行

〔註171〕明・鄒迪光《壽李本寧太史先生七十序》，《始青閣稿》卷十三，《四庫禁燬書叢刊》集 103，第 311～312 頁。

立言三方面不同階段的具體表徵。辨析清了錢謙益奠定清代對李維楨評價基調的「借海內謁文者如市」來獲「詩文聲價騰湧、品格漸下」的眞實情況。

第二章　李維楨的著述考述

　　李維楨博學多才，酷愛讀書，著作遍及四部。但由於他三仕三出，著述刊刻不多，《小草三集》刊刻未竟，導致大量詩文散佚，現存集部係部分詩文，加之他在清代聲名貶低，文名不顯，較少翻刻再版，他的著述多但版本情況不複雜。本章從文獻學角度，對其著述、結集、刊刻、版本、館藏等，作考述說明，對亡佚著述考辨與輯佚，他所校刊編纂他人著述的文事活動，一併簡要著錄，以還李維楨著述的歷史原貌。

第一節　集類著述

　　除了詩文別集外，李維楨的著述還被選刻在他人所編選本或叢書中，李維楨對他人著述也有評點、校刊、注釋等。故其集類著述，按刊刻類型，可分爲別集本、選集本與李維楨評點校注本三類。

一、別集本

1、《大泌山房集》一百三十四卷

　　《千頃堂書目》作《大泌山人全集》一百三十四卷，《四庫全書總目》、《中國古籍善本書目》、《中國古籍總目》著錄。

　　查閱海內外公藏書目〔註1〕，《大泌山房集》現存館藏有國圖、江西省圖、

―――――――――――――――――

〔註 1〕本文所考作品，以海內外公目錄爲主，有《叢書綜錄》、《中國古籍善本書目》、《中國古籍總目》、《中國善本書提要》及《補編》、《明別集版本志》、《中南西南地區省市圖書館館藏古籍稿本提要》、《國立中央圖書館善本書目》、《增

安徽省博、浙江、南大、山東省圖、天水、吉大、天津、華東師大、上圖、社科院歷史所、中科院、北師大、北大，臺北國圖、故宮、臺大，日本京大人文研東方、前田育德會、國會東京、公文書館、國會東京、京大人文研東方、宮內廳書陵部。

　　新出《中國古籍總目》集20210343著錄是書「明萬曆三十九京山李氏金陵刻本，上海」、「明萬曆間刻本，國圖、北大、天津、山東、浙江」、「明刻本，北大」三種版刻，實非。筆者目驗國圖、華東師大、上圖、社科院歷史所、中科院、北師大、北大七處藏本，發現《大泌山房集》分兩個版本系統：

　　一是京山李氏金陵初刊本。即《四庫全書存目叢書》集第150至153影印北師大藏本版式，此系統有國圖、華東師大、上圖、社科院歷史所、北大等，全帙應為五序〔註2〕，依次王世貞《四遊集序》、張惟任《太史公李本寧先生全集序》、李維楨《小草三集自序》、李維楨《重訂小草引》、方日升《大泌山房集小引》，華東師大藏本存前四序（王序殘損），上圖藏本存前四序，國圖藏本無序，北大藏本存前四序，北師大藏本存張序、李維楨《自序》，社科院藏本存前四序。其中上圖藏本張序下有鈐印「陽湖陶氏涉園所有書籍之記」，書末亦有此印。

　　二是京山李營室金陵修補本。最有力內證是卷八十二第八篇，《四庫全書存目叢書》集152作《工部郎中鄒公墓志銘》，正文作「光宗踐祚，詔錄諸官守言責，得罪諸臣未及施行，今上始以次敘用，而臨川華岡鄒公從田間拜南京工部屯田司主事，三年遷營繕郎中，會皇子生，覃恩天下，公自郎為大夫甫數月而卒，公子德清輩屬年家子帥丞以志墓請。余先世家吉水，于公為同鄉，仲弟同公舉，稱世好，公令鍾祥，則京山比鄰，受波及之澤焉，稔知公

訂日本現存明人文集目錄》、《日藏漢籍善本書錄》、《日本現藏稀見元明文集考證與提要》、《美國哈佛大學哈佛燕京圖書館中文善本書志》、《普林斯頓大學葛斯德東方圖書館中文善本書志》等，依公私目錄列收藏機構簡稱，下述李維楨著述，查閱範圍同。

〔註2〕筆者目驗六館藏本皆無方日升第五序，但據《明別集版本志》著錄《大泌山房集》一百三十四卷目錄二卷，明萬曆刻本卷首有王世貞《四遊集序》、萬曆辛亥張惟任《太史公李本寧先生全集序》、李維楨《小草三集自序》、《重訂小草引》、方日升《大泌山房集小引》五序，《明別集版本志》無著錄李營易、營室兄弟二序，前四序順序與上圖、華東師大、北大、社科院藏本同，因知《明別集版本志》所見為初刊本，待目驗江西省圖、安徽省博、浙江、南大、山東省圖、天水、吉大、天津八館藏本。

生平，按其狀爲之志。曰：公名光弼，字道甫。先世在唐宋至本朝，宗室胤緒，代有名位，詳朱給諫」〔註3〕，但細讀下頁，即會發現下頁起乃董邦禮墓誌銘，版心內第三十四頁與三十五頁存篇目錯訛，中科院藏本第三十四頁此半頁上篇文字最末行作「五十非夭，郎非賤，琢磨嘉石，銘爾善，附太史公循吏傳」〔註4〕，與存目本版心內三十四半頁上篇文字最末行同，下接標題作《戶部主事董公墓誌銘》，正文作「合江戶部郎董公與余同舉進士，不數月除廣平府推官，三年擢戶部，越一年復以使還，尋卒矣。余起家入蜀，藩伯郭公士吉、劉公一相者，皆詞林所宗，亟言合江有三董生，年兄弟也，材兄弟也，問之，知爲公子。已有事合江，三子來謁，容止應對有度，善爲舉子業，余不勝喜：『董公不亡矣。』是時，公葬已二十餘年，墓未有志，三子當公卒時年少，不盡悉公生平，狀大略，請余志，曰：『先君子之治命也。』三子久而不忘其親，必以待余，余何可辭？憶公」〔註5〕，下接三十五頁半頁「理廣平，在畿輔，四方賢士大夫入京師者寄徑焉。……嘗坐濬縣，覽訊牒，至文某摑殺韓女」，與存目本版心第三十五此半頁文字全同，且至全篇末文字同，正是一篇完整文章。因知初刊本目錄卷八十二原刻有《工部郎中鄒公墓志銘》、《戶部主事董公墓志銘》兩篇，但初刊本漏刻致兩篇均有脫頁，李營易主持修補時，將《工部郎中鄒公墓志銘》標題和篇首文字易爲《戶部主事董公墓誌銘》標題和篇首文字，修補本糾正了錯誤，補全了《戶部主事董公墓誌銘》，但也導致《工部郎中鄒公墓志銘》不再見於《大泌山房集》修補本中。同樣的修補法，還發現在中科院本卷九十，存目本目錄卷九十第三、四篇爲《贈工部郎中鄒公墓志銘》、《贈刑部主事熊公墓志銘》，但細讀《贈工部郎中鄒公墓志銘》正文起首「余入金陵，鄒繕部執手相勞苦，且言曰：『往以先人未傲』」〔註6〕，與下頁「聞人，養直先生其一也。……」全文不類，通讀此頁起，知實爲熊登之墓誌銘，即下篇《贈刑部主事熊公墓志銘》文字。中科

〔註3〕 明・李維楨《工部郎中鄒公墓志銘》，《大泌山房集》卷八十二，《四庫全書存
　　　 目叢書》集152，第448頁。

〔註4〕 明・李維楨《刑部郎中祝公墓志銘》，《大泌山房集》卷八十二，中國科學院
　　　 縮微膠捲，第34頁。

〔註5〕 明・李維楨《戶部主事董公墓誌銘》，《大泌山房集》卷八十二，中國科學院
　　　 縮微膠捲，第34頁。

〔註6〕 明・李維楨《贈工部郎中鄒公墓志銘》，《大泌山房集》卷九十，《四庫全書存
　　　 目叢書》集152，第579頁。

院本版心第七半頁，標題已改正爲《贈刑部主事熊公墓志銘》，篇首文字爲「南昌郡城中大姓之聚處者有四，熊其一也。熊氏代有」〔註7〕，下接八左半頁「聞人，養直先生其一也。……」，上篇末句爲「……游魂爲變，無若杜宇，候往候來于蜀于楚，縱衡萬里，上下千古」〔註8〕，皆與存目本上下文同，因知初刊本漏刻致兩篇均有脫頁，《贈工部郎中鄒公墓志銘》標題加起首正文爲當頁最後兩行，李營易修補本將此兩行，改刻爲《贈刑部主事熊公墓志銘》標題加起首正文當頁最後兩行，使此文無誤，但《贈工部郎中鄒公墓志銘》一文便被刪掉了。

內證之二，初刊本系統有五序，修補本系統有六序，依次爲王世貞《四遊集序》、張惟任《太史公李本寧先生全集序》、李維楨《小草三集自序》、李營易序、李營室序、方日升《大泌山房集小引》，李營室序可證其主持修補雕版事宜。因考論刊刻時間、結集情況，兼版本源流，故將不易見到之四序，分列如下：

上圖藏本第四序（華東師大、北大、社科院藏本同）爲《重訂小草引》：

> 集始於壬子，訖於戊午。校者兩人物故，因以身任，心力幾殫矣。五家爲政，無所勾校，紙多濫惡，印復苟簡，以致板有遺失。今卜日還楚，勢難遙制，將板盡歸兪宅。重復編次修補，紙價印工均倍于昔，有識者辨之。大泌山人識。〔註9〕

中科院藏本第四序爲：

> 大人未冠登賢書，先王父辭命及慶弔之文，一切屬之，自是馳聲秕苑五十餘年矣。丙午以前，多逸其草，易所錄，皆近作也。項者，友人請全集授梓，歸檢篋中，尚得十一。惟在史館時，詔、誥、表、箋、騷、賦、詩、歌，無存者；啓、牘、小說，既不勝載；嘗撰《帝紀》諸編，則未敢示人，俟他日續成之。李營易謹識。

第五序爲：

> 集五年力詘未就，贋作贋本雜出，大人懷歸意，且中輟。小子別召匠，授梓，共成之，用辨眞偽。諸慶弔之文，大人必知其人，

〔註7〕明・李維楨《贈工部郎中鄒公墓志銘》，《大泌山房集》卷八十二，中國科學院縮微膠捲，第7頁。

〔註8〕明・李維楨《封監察御史謝公墓誌銘》，《大泌山房集》卷八十二，中國科學院縮微膠捲，第7頁。

〔註9〕明・李維楨《大泌山房集》卷首《重訂小草引》，上海圖書館藏明刻本。

或知其友，或名家已有論撰可據，非是不作覽者，當自得焉。工畢，
板付首事家印行。李營室謹識。〔註10〕

第六序爲《大泌山房集小引》：

> 李先生請告，以急難入淮徐，留滯廣陵、金陵間，長君宗衍哀
> 其新藝付梓，友人因請併行舊作，有資助者，有督刻者，謝少廉與
> 不佞校之。未一月，少廉病去，不佞一手一足之力不能卒辦，又以
> 遣女歸，邁末疾踰年。先生以不佞從遊久，素苦心六書，招致不已，
> 復扶病來，閉戶六閱月，校就緒者十七，病未即愈，思歸，難再留
> 矣。謹述受事之實，與曠日之故。如此，不佞于集，莫贊一辭，先
> 生猶以多應酬文字，爲歎生平窮經、脩史不朽大業。竊窺一二，假
> 我數年，及殺青時，尚欲效筆札役耳。永嘉方日升識。

依序內容，知所作時間較早者乃「李營易序」、「方日升序」。約萬曆三十
五年（1607），維楨居晉修《（萬曆）山西通志》時，營易整理其文稿，整齊
脫誤，集以問名，維楨取名《小草三集》，校刻未及半，因萬曆三十七年（1609）
秋維極急難，維楨赴救，此集刊刻事宜遂中止。故萬曆三十九年（1611），友
人以金陵刻工便，悉索李維楨舊稿，營易作爲主編《小草三集》者，再結集
《大泌山房集》，「李營易序」記「頃者，友人請全集授梓」即指三十九年結
集《大泌山房集》事，序疑作於三十九年、四十年左右，據序知《大泌山房
集》所收以丙午後居多，之前作品多亡佚，啓、牘、小說不收，《帝紀》「未
敢示人，俟他日續成之」，疑是《十二帝紀》，後被收入《大泌山房集》卷一
百二十一，見是書在三十九年後有補入，符合是書不少作品繫年在三十九年
後的情況；「方日升序」中「長君宗衍哀其新藝付梓，友人因請併行舊作」，
即指營易結集《大泌山房集》事，方日升校集不久即別去，邁疾踰年，再來
金陵，繫年最早上限在萬曆四十年（1612），下限在四十一年（1613）左右，
校書半年後作序，故方日升序約作於四十一至四十二年左右，翼集殺青，再
爲維楨校書，可證時《大泌山房集》尚未定稿和印行。

李維楨《重訂小草引》「集始於壬子，迄於戊午」，壬子是萬曆四十年
（1612），戊午是萬曆四十六年（1618），「今卜日還楚」，李維楨萬曆三十九
年後還楚，可考者有兩次，一是萬曆四十四年（1616），攜家還楚，可考者清
明李汝藩小侯瓜圃餞送，維楨有：「今年，李小侯邀詞人爲會於瓜圃，……余

〔註10〕注：「李營室謹識」下一行，即當頁末行首起有「小序畢」三字。

七十老翁幸附英游殊暢，復不勝年運時徃之感，計小侯同此懷也。是用集而傳之，爲侯家子孫作談柄。」〔註11〕俞安期有《李本寧太史携家還楚，李汝藩故侯移席瓜圃，邀諸同社餞之，分得遲字》：「瓜圃故筵移席早，花津榜婦挂帆遲。別逢垂老能無痛，會想重來未有期」〔註12〕，爲七十壽還楚，歸後鄉居；二是天啓五年（1625）正月力乞骸骨歸，本序當作於此年，因七十壽還楚在萬曆四十四年（1616），不可能會出現晚於四十四年的「戊午」（1618）紀年事情，既符合「校者兩人物故，因以身任，心力幾殫矣」，時李維楨已年七十九高齡，再校讎自己文集已力不從心；也符合「重復編次修補，紙價印工均倍于昔」，天啓國家財政較萬曆間更窘，物價漲甚；因序知初刊本乃「五家爲政，無所勾校」、「紙多濫惡，印復苟簡，以致板有遺失」、「還楚，勢難遙制」等不理想情況，「將板盡歸俞宅」，疑指金陵友人俞彥家。

今檢《四庫全書存目叢書》影印北師大圖書館藏《大泌山房集》，有不少爲萬曆三十九年後作，如《江北武舉錄序代》（卷二十五「今天子御萬曆之歷甫四十」這篇）、《汪仲公壽序》（卷三十五）作於萬曆四十一年，（《牛首游記》（卷六十一）作於萬曆四十二年，《汲古堂集序》（卷十三）作於萬曆四十三年〔註13〕，《陸文彥制私題辭》（卷一百二十九）作於萬曆四十六年，前面著錄的卷八十二《工部郎中鄒公墓志銘》有「光宗踐祚，……今上始以次敘用，而臨川華岡鄒公從田間拜南京工部屯田司主事，三年遷營繕郎中，會皇子生，覃恩天下，公自郎爲大夫甫數月而卒」，當在天啓三四年左右，天啓四年《南京行人司志序》（卷十五）〔註14〕，初刊本有李維楨《重訂小草引》，可考作於天啓五年金陵歸家前，故初刊本最早到天啓五年（1624）或之後，歷來據張惟任序著錄《大泌山房集》乃萬曆三十九年刊本，是不準確的。

「李營室序」有「集五年力詘未就，贗作贗本雜出，大人懷歸意，且中輟」，有兩種可能性：一指萬曆四十四年（1616），隨父親九月七十壽近歸家

〔註11〕 明・李維楨《清明會詩題辭》，《大泌山房集》卷一百三十二，《四庫全書存目叢書》，集153，第708頁。

〔註12〕 明・俞安期《李本寧太史携家還楚，李汝藩故侯移席瓜圃，邀諸同社餞之，分得遲字》，《翏翏閣全集》卷三十三，《四庫全書存目叢書》集143，第317頁。

〔註13〕 明・何白《汲古堂集》卷首《汲古堂集序》（《四庫禁燬書叢刊集》177，第3頁）：「萬曆歲在乙卯大泌山人李維楨撰。」

〔註14〕 李維楨《南京行人司志序》：「而會上以修神宗光宗實錄，下南京諸司各志其故實，則屬吳中翁生逢春供草創之役。」（《大泌山房集》卷十五，《四庫全書存目叢書》集150，第633頁。）修神宗光宗實錄在天啓四年。

前作，距萬曆三十九年營易結集，正好五年，尚刊刻未竟，營室別召工匠刊刻，工畢，「板付首事家印行」，但因知初刊本最早刊於天啓五年或之後，故李營室此次召刻工乃趕了段進度，但仍未最後定稿與印行；二「大人懷歸意」，知此序必作於維楨天啓六年在世前，指天啓五年，「集五年力訕未就」，指自天啓元年（1621）起，《明史‧李維楨》：「天啓初，以布政使家居，年七十餘矣。會朝議者登用耆舊，召爲南京太僕卿，旋改太常，未赴。聞諫官有言，辭不就。時方修《神宗實錄》，給事中薛大中特疏薦之，未及用。」此次維楨可能未赴官，亦可能赴南京爲太僕卿，未赴與辭不就太常，具體哪種尚不可考，可能因此關心過《大泌山房集》刊刻情況，《明史》本傳又曰：「四年四月，太常卿董其昌復薦之，乃召爲禮部右侍郎，甫三月進尚書，並在南京。」〔註15〕自天啓元年，至天啓五年，正是五年左右，李營易另召刻工，因時間短，將錯訛如前兩例作了簡單置換性修補，故很快工畢，板付首事家印行，營易作了修補本之小序。經比對，以萬曆四十四年七十壽歸爲界，作於之前的《牛首游記》、《汲古堂集序》、《清明會詩題辭》，中科院本皆有，作於之後的《陸文彥制秇題辭》、《南京行人司志序》（參本書 72 頁上述作品的繫年），中科院本皆無，前文存日本當頁續版雕印，後文存日本另頁刊刻，且版心內頁碼用黑框塗抹。但遵常理，當是李營室主持修補錯誤，在初刊本後，如前述卷八十二《工部郎中鄒公墓志銘》、卷九十《贈工部郎中鄒公墓志銘》，修補成《戶部主事董公墓誌銘》、《贈刑部主事熊公墓志銘》二文，而不當發生將正確篇目專門修補爲錯誤的雕版；後金陵初刊本又經雕版增補，補入如《陸文彥制秇題辭》、《南京行人司志序》等文，而不當是李營室本遺漏了增補之文（因存本日本《陸文彥制秇題辭》是當頁續刻），是沒有在李營室修補本上增補，可能與「王家爲政」、「無所勾校」、「板有遺失」等紛亂因素有關。總之，見《大泌山房集》版刻的複雜，還待整理時二版本的細加比對。此序論據不夠，只能作推測，無法作定論。由《重訂小草引》「集始於壬子，訖於戊午」，晚於李維楨萬曆四十四年還楚，是李維楨此序作於天啓五年「還楚」前較強有力支撐論據；因而可解決初刊本最早刊於天啓五年，亦或更晚，李營室修補本當晚於初刊本，在金陵初刊、修補兩本印行前，市面已有贗作贗本雜出的結論。

〔註15〕清‧張廷玉等《李維楨》，《明史》卷二百八十八，中華書局，1974 年，第 7385～7386 頁。

據中科院藏本知，包含修補處的全書修補本版面與初刊本一致，半頁十行二十一字，白口，四周單邊，版心鐫書名「大泌山房集」，黑魚尾下鐫各目次內容、頁碼、刻工姓氏等，初刊本版心下鐫「晉陵孟純禮寫刻」。

2、《新刻楚郢大泌山人四遊集》二十二卷

《千頃堂書目》著錄《四遊集》二十二卷。《中國古籍善本書目》著錄北京大學圖書館和南京圖書館有藏，《中國古籍總目》「集20210344新刻楚郢大泌山人四遊集二十二卷」條僅著錄北大藏，漏錄南圖藏本。

先敘《四遊集》的內容價值。

李維楨僅存兩詩文別集，《四遊集》對《大泌山房集》起重要補充作用。其價值有三：

第一，史料價值。

1、對李維楨及家族情況，起重要一手文獻價值。

《四遊集》最重要是補了卷十七《嬪王孺人行狀》、《明通奉大夫廣西布政使司右布政使顯考五華李公行狀》、《先母匡孺人行狀》、卷八《甫栢臺記》，第一、四篇為《四遊集》獨有。

如，最重要的《嬪王孺人行狀》，據此篇可解決：（一）李維楨行實與仕宦心態、交遊問題。（1）行實：其一，此文明言萬曆三年（1575）出史館貶陝途中，以叔子歷元、季子南陽連夭，「余復不小忍，而遽歸」〔註16〕（本文所引皆出《四遊集》者，僅各標明卷數與篇目，不再單獨出注），是年返京山家中，再攜長妾劉入陝，此類例子屬將據他文的推斷性結論，變成確證的史料。其二，亦此文明言「無何，以所居官移守虔州，操舟東下，歷河淮江湖之險，近萬里至虔。而余病，孺人復病，頭有創甚惡。余再上書乞休，而蝎譖中起名麗，彈事者三趣。為孺人治木，不待報而歸。半道，孺人小差，而余亦荷上恩留，勿罷。至夏始聽，以病謝，而余斷一切交游」。隋開皇九年，改南康郡為虔州，南宋紹興二十二年，詔改虔州為贛州，明稱贛州府。故可知維楨萬曆十九年（1591）在贛州憂憤交加，實當年是自免而歸，至明年（1592）夏居家時乃聽罷免至，自此始杜門謝絕一切交遊的細節與心態。有他證，《四遊集》卷十三《復徐惟得使君》：「抵贛之夜即病，以直指按部，強起將迎入署。不兩旬無端死一侍兒，久病婦頸發瘍毒，正與口對，勢甚危殆。僕外強起而中乾，醫診脉

〔註16〕 明・李維楨《嬪王孺人行狀》，《新刻楚郢大泌山人四遊集》卷十七，明刻本，南京圖書館藏。

大不祥，因上章三臺乞休，蓋十日而拾遺者速其歸，天之助我順矣」。但《復徐惟得使君》仍沒言明他是先自免的細節，故《嬪王孺人行狀》改正了據《大泌山房集》「歲辛卯，余承乏大梁，助甫先生徵會南頓，信宿而別。明年余以梁事中白簡竄歸」〔註17〕等文，易將其誤記爲萬曆二十年罷免歸行實。這對維楨內心是名節自清，還是不光彩罷免，非常重要，對萬曆二十年眾多友人們或訪或箋慰籍時間節點與眞實情況，多圍繞《甫柏臺》題詠，李維楨作《甫柏臺記》深一層理解。此類例子爲訂正史料的精細處。（2）仕宦心態：其一，在張居正同榜士之京山里人欲拉攏李維楨時，王孺人驟諫他：「君與人交淺而言深，葛佚簡易，猜防絕疎，屬有所思，或廢揖讓，性不善酒而同人醉醒，俾晝作夜，寧無損事望乎？」維楨殊不置意，遂有隴右譴。其二，當維楨在陝，「自文學侍從，領吏事，恥見短」，孺人「數勞苦更諷之，曰：『……君猶未戒前車耶？行所無事可矣。』」道明他初出外吏心態的端正與轉變根源，不再如「文人才子不得志于仕宦，則往往耆聲色，縱飲博，以耗雄心而遣暇日。公自讀書，而外泊然，無所嗜好，簾閣據几，焚膏秉燭，捃摭舊聞，鑽穴故紙，古所謂老而好學者，無以逾公也」〔註18〕，務實刑名錢穀、版築甲兵，精強治理，不敢以詞垣宿素，少自暇豫，吏暇讀書，而外泊然，此內在節操與爲官方式終生不變。其三，父喪家食踰九年，此文道明「所司授牒來勸駕，率度之不應。而先姚數當封，以嫡格，孺人亦以先姚格。爲疏請，下銓曹，必除官後可給。又會有急難，迫之赴都，孺人望余：『君矢同老丘壑，何乃負朝莫人？』……余客京師三月，有大梁除。孺人與先姚受今封，已迎入梁」，知既爲急難，亦爲其母其妻請封，才再次投身羈網的不得已。爲請封而重入仕的緣由，維楨詩文二集卻無他文道出。（3）交遊：文中明言隆慶三年「游道自廣」，與周天球至遲萬曆二年已交遊，「歲甲戌，余在史館，吳周公瑕乞余海鶴頂」。《大泌山房集》僅「踰嶺至周公瑕別業，主人肅客，而入登羽玄閣、羽玄芝也」〔註19〕，周天球位列王世貞排定之「四十子」，無別集存世，詩名被書名所掩，他與維楨交遊有紀年時間最早僅見於《嬪王孺人行狀》，可正《大泌山房集·太湖兩洞庭遊

〔註17〕 明·李維楨《都察院右僉都御史張公王恭人墓志銘》，《大泌山房集》卷九十二，《四庫全書存目叢書》集152，第614頁。

〔註18〕 清·錢謙益《南京禮部尚書贈太子少保李公墓誌銘》，《牧齋初學集》卷五十一，《續修四庫全書》集1390，第125頁。

〔註19〕 明·李維楨《太湖兩洞庭游記》，《大泌山房集》卷六十，《四庫全書存目叢書》集152，第14頁。

記》交遊於萬曆十二年之易誤。

（二）李維楨子嗣與妾氏問題。此文言明：（1）王孺人丙寅（1566）舉伯子汴，三歲夭；隆慶二年（1568）舉長女順，五歲夭；三年舉次女燕；六年舉仲子孟，兩月夭；萬曆三年（1575），移陝，至保定，叔子歷元夭，至南陽，季子南陽生一日夭，時王氏舉四男一女不育，獨有仲女燕在（1582 年十三歲夭），李維楨不能忍，遽歸家。五年（1557）王孺人復有孕，苦血枯卒敗。二十二年（1594）七月去世，十月葬珠山之原，長妾劉氏附以葬，李維楨爲作《嬪王孺人行狀》、《長妾壙誌銘》。終其一生，王夫人爲維楨生四男二女一孕，無一長大成人。（2）李維楨歸京山期間，祖父與父爲其納長妾劉，攜入陝。萬曆七年王孺人爲維楨置妾黃，與來陝。十八年（1590）妾劉舉子祥符，妾江舉子鼎來，祥符明年（1591）夭，鼎來壬辰（1592）夭。十一年，妾黃氏死，王孺人爲置妾韓氏、楊氏。十二年（1584）維楨東遊，夏在杭納妾江氏，歸，王孺人爲納長妾劉氏侍兒爲媵。十五年正月十六（1587），長妾劉生女，王孺人取名且以，時家一妻五妾一媵無孕字者殆終一星，1589 年且以夭。十六年（1589）十二月十五，舉子夢蘭，結合「而淑人數舉子不育，……甫五十而沒，所爲余置宜子者，生大兒七歲，差能爲淑人持服而已」，夢蘭時七歲，知夢蘭即維楨長子李營易，字宗衍，時李維楨已四十三歲，終有能養育成人之長子。十八年（1590）妾劉氏舉子祥符，江舉子鼎來；明年（1591）祥符夭，同年，媵王氏舉女壬六；壬辰（1592）鼎來夭，同年妾楊氏生女如祖，二十一年（1593），壬六、如祖相繼夭。從《嬪王孺人行狀》可知至王孺人 1594 年葬時，李維楨一妻五妾一媵，成活之兒女極少，僅營易存活，子嗣唯艱。

《四遊集》卷十三《明通奉大夫廣西布政使司右布政使顯考五華李公行狀》、《先母匡孺人行狀》，爲王世貞《弇州續稿》卷九十七《中奉大夫廣西等處承宣布政使司右布政使致仕五華李公墓誌銘》、卷一百十七《李母匡孺人墓誌銘》所據底稿。相較墓誌銘，行狀多了不少聲情並茂細節、史實，如其父逝之前夕託夢維楨，更具體之政績仕宦資料，其母對夫之思念，敘其翁其夫之事跡，對李維楨的成長與家世根柢理解得更準確，較墓誌銘爲第一手史料。

2、書牘文學史料

《四遊集》書牘共 56 篇，占卷十三所補啓牘文獻 88.9%，見其地位重要，其中多篇書牘透露文學史料價值。以維楨予新安吳宗儒信爲例：（1）卷十三

《復吳次魯》：「元夕使者持足下兩書至，……僕行年四十有三，才得一男一女，男甫滿月，而女遂以痘夭。……即讀足下詩，忽忽不解爲何語，況能和而贊之耶？今十六日，使者索報，則爲亾女生辰，……所可報足下有急淚一副而已，……未即先狗馬塡溝壑，書疏往返，固有日也。字刻數種，附呈覽教」。因知1588年十二月十五日，維楨舉子夢蘭；1589年元夕吳宗儒使使持兩信至，時夢蘭滿月，劉妾女且以夭，十六日使者索回信，維楨心境不佳中作《復吳次魯》，附字刻數種。（2）維楨又有《復吳次魯》：「足下……且施及先君手澤常物，既圖之，又從而詠歌之，枯木朽株遂有千古之色。……太君九十考終，固是人瑞，不佞即不文，無足爲役，敢不藉手爲先君報施，敬須後命。歲且除，追責者盈門，而又有兄弟急難，支吾甚苦。」知維楨中梁事歸後，萬曆二十年（1592）吳宗儒有詩與圖詠甫栢臺慰問，兼請太君墓誌，維楨作此信。（3）維楨再作《復吳次魯》：「維楨母七十有六矣，不居子舍奉養，棄而之官，又不善其官，以貽母憂，病不聞狀，歿不侍含，鼎鑊蕭斧，誅有餘辜。次魯先生……似憐其左官之非罪，失母之無祿，……武林衣帶水，不能以輕舟訪先生，先生見過，復見左分，緣之薄亦至於此。先生垂命遺草，猥辱齒及，……先生十二詠，不作人間煙火氣，是以垂命，時寸絲不掛如楨輩者不知在何地獄。……兒種痘財愈，朝夕瞻視，爲寒氣夜侵，遂成痟首之疾，僵臥浹辰。適姪女以痘夭，強起視之，……咕奴具報，《巢雲詩》未及構思，至委爲大刻序，敬須後命。《甫栢集》，奴司鑰者他出，未及印，……近刻諛墓文兩種，詩扇六柄、伴緘扇，爲叔弟所書。」按，從「失母」、「左官之非罪」，知當繫於自浙貶虔役，尋遭陳夫人喪歸，尙未赴晉秦役之萬曆三十年（1602）妥，維楨作此信，贊吳宗儒《十二詠》，敘《巢云詩序》尙未及作，《甫栢集》因司鑰出，未及印，附寄墓誌兩種，及李維柱書詩扇六柄及此緘扇。（4）維楨又有《答吳次魯》：「程用中詩未見，據先生序爲之序。珠玉在側，覺我形穢。《巢雲軒詩序》，支吾形似之，……豈唯老而才盡，抑塵務縈心之過也，聊答先生千里下采盛意耳。屬程氏諸郎還報，卒卒不宣」，由此信，參《大泌山房集》卷九十七《程翁吳媼墓誌銘》、卷一百三十一《程用中遺詩跋》，知程子彬，字用中，其生平可鉤稽出人物小傳，以補明詩人之史料。最早於萬曆三十三年（1605）其子介吳宗儒信來，求程用中遺詩序，維楨作《程翁吳媼墓誌銘》、《程用中遺詩跋》、《答吳次魯》三篇，並附爲吳宗儒詩集作竟的《巢雲軒詩序》。《四庫全書總目》著錄吳宗儒《巢雲軒詩集》六卷《續

集》五卷《詩餘》一卷，今皆無存，但據維楨書信，可知吳宗儒請維楨序《巢雲軒詩集》在 1602 年，刊刻亦約在此後，維楨序作於 1602 至 1605 年間。

其它多篇書信，如《柬下雉守馬君》、《復李長叔》、《復朱官虞文部》、《復程雪齋》等，皆可考出為馬攀龍、李長叔、朱官虞、程敬敷作書信及親人所作壽序、墓石、譜序之繫年。

3、從為京山竟陵郡邑人物作文可考之史料

在補遺 85 篇中，為京山姻親作 14 篇，京山竟陵友人作 11 篇，里人作 1 篇，邑人作 15 篇，此 41 篇皆為《四遊集》獨有。（1）知京山人物史料。如《復熊國亮進士》「維楨竄歸之日，甫知門下高第，深為南宮得人賀」，此指維楨 1592 年以梁事中彈射歸，檢《明清進士題名碑錄索引》知辰壬榜「熊」姓進士「景陵」籍者僅熊寅一人，依《大泌山房集》卷十八《熊母壽辭敘》、《天恩錫類冊序》等可作出熊寅生平小傳。其它如《荅周仰南藩伯》，可考出周蓁號仰南，湖廣京山人等。（2）知李維楨作品繫年與文事活動。如《四遊集》卷十三《柬周明卿使君》：「去年以眉州雙流得兩相聞，猶不足解其勞結也。而頃者耿學憲見過，道兄上書謝病，不待報而出境，……會有季弟被事，憂苦不多言」，維楨蜀督木僅萬曆二十七年孟春至秋，故知此信作於萬曆二十八年，時維楨領浙憲，耿定力過訪，敘周明卿告病歸事，維楨作書慰問，順告維標被事，心中憂苦。卷十三《荅周明卿使君》：「奉訪之約積之十許年矣。乃今值仁兄在疚，而又當暑雨怨咨時，……邑中後先十七日，日或二三主人，仁兄一主，而當數客，客留五日，久近厚薄，大數迥殊，唯是好客，意深不自覺耳。……歸來畏蜀如虎，避人如鼠，……正甫兄《園記》，向失鈔，錄此後，……可目之曰《清真紀詠》，則采真餘清故也，仁兄以為若何？《紀詠序》當亦在僕。諺所謂『債多不愁，輕諾寡信』，一咲一咲。《蕭太公壽章》深愧代斲，今往與正甫兄共教之。奴拙不能更錄也」，據此文知乃周明卿蜀中告病，不報而歸，故有「畏蜀如虎，避人如鼠」，因癸卯（1603）年初維楨起家仕陝，後僑寓金陵廣陵，時間距太長，故繫維楨喪歸後第二年壬寅（1602）年夏較合，因知此年夏，維楨訪周明卿園，歸後，明卿使使來索文與詩，維楨作《荅周明卿使君》答謝，敘失陳正甫《園記》鈔本，重錄且目之為《清真紀詠》，諾將作序，附寄《蕭太公壽序》（《大泌山房集》卷三十三）與周明卿、陳正甫商榷，作一排律，自評傷詩體。還有如《柬徐惟得使君》、《荅周仰南藩伯》、《復程韋菴翁》、《與徐微休》等多篇及所涉篇目皆可繫年，瞭解其行實與文

事活動。

第二，校勘價值。

1、校改錯訛。

如：「客有以黃直翁《韻會舉要》見遺者，曠若發蒙，以為可無遺憾。而自病免歸，叔弟頗研精六書，時舉其中所脫漏相問難，余不能對。久之兒就外傳，而得永嘉方子謙。子謙語與叔弟合，余乃屬子謙校讎而附益之，十年而後竣。」〔註20〕表面看，「十年」似無問題，但如依「十年」繫年，在方日升始撰、《韻會小補》初成、請李維楨第一次作《韻會小補序》、第二次作序《又》和周士顯在建陽刊刻《韻會小補》這五個時間與作品繫年上就互矛盾。此書撰寫、刊刻經過有文敘甚詳：「而會郝仲輿領邑令，為李太史本寧先生擇有直諒多聞、工詞翰、精八法、可為外傳者乎。家從父大參公曰：『有之，東西越之士無以踰吾子謙。』仲輿為之束裝入楚，從本寧太史游。本寧太史于人間鮮所不讀書，書所受丹鉛者不知充幾棟。子謙與本寧太史語若針芥合，而太史之門有博古好奇如今建陽令周思皇者，相視而笑，莫逆于心，遂大出藏書授子謙。子謙益自發舒，門庭藩溷，皆著紙筆，而《小補》所由作也。往余貳宣城，子謙過郡齋，留越月。出眎梅禹金，禹金擊節賞歎曰：『此必傳之書，非白蝶之比也。』從臾授剞劂。子謙固辭，曰：『吾三季而就此，苟有矣，未合也，姑待吾十數季而成，未晚也。』遂別去。又五季而思皇舉高第，有事宦遊，乃謀諸本寧先生，曰：『……夫《小補》苟合矣，未完也，必待完而後布之，通國大都無乃俟河之清，請先梓，以俟諸來者，……。』於是太史、思皇庚為敘，而刻之建陽。」〔註21〕又有：「吾師李太史向在史館，雅喜黃氏《韻會舉要》，頃以參藩疏歸，得塾師方子謙，……。子謙三年而草成以上，太史躬復校定，敘其首，凡字一萬二千六百五十有二」〔註22〕。因知王序「季」皆與袁序、維楨序「年」之釋義同，且袁序記《小補》錄字12652，與維楨初序是書收字總數同，故知袁序乃是書初成之序。據王袁二序，證方日升草創「三年」，與《大泌山房集》李維楨序草創「十年而後竣」異。考周士顯進士及第在 1601 年，

〔註20〕明・李維楨《韻會小補序》，《大泌山房集》卷九，《四庫全書存目叢書》集150，第482頁。

〔註21〕明・王光薀《韻會小補題辭》，方日升《古今韻會舉要小補》卷首序二，《四庫全書存目叢書》經212，第341～342頁。

〔註22〕明・袁昌祚《韻會小補後敘》，方日升《古今韻會舉要小補》卷首序一，《四庫全書存目叢書》經212，第340頁。

由「又五年」和「三年而就此」，爲八年，故維楨授塾師方日升始草創《韻會小補》在萬曆二十四年（1594），因郝敬 1589 年三甲及第，踰年授縉雲令，考最改永嘉令，當在 1592 年，故方日升因王叔杲薦入維楨家塾，約在 1592 至 1594年間；方日升與王光蘊、梅鼎祚在宣城見在 1596 年，時《小補》歷三年初成，梅鼎祚慫惠授梓，故日升歸楚後即請維楨作《韻會小補序》，維楨一序即作於是年。《四遊集》卷三李維楨《韻會小補序》原文「予乃屬子謙校讎，而附益之，三年而後竣」，正作「三」字，整理《李維楨全集》之《大泌山房集》部分以中科院藏本爲底本，應據《四遊集》主校本，將「十」字校改爲「三」字。李維楨初序末署「萬曆丙申夏五」〔註23〕，萬曆丙申（1596），正合以上方日升草創三年，初成書 1596 年，李維楨一序亦作於是年的考證結論；李維楨二序末署「萬曆甲辰中秋日」〔註24〕，即《大泌山房集》卷九《韻會小補又》，知作於 1604 年中秋，方日升隨維楨入蜀入浙後補益修改，係周士顯刊於建陽前請李維楨所作第二序；周末署「萬曆丙午上元日雲杜周士顯書於建陽之日涉園」〔註25〕，即周序作於 1606 年上元，是年，書刊成於建陽。此類例，乃對校、他校與考據結合，考驗校勘質量高低，可見《四遊集》對《大泌山房集》有較高校勘價值。

2、異文校勘。

較顯著者，整篇異文，如《茶經序》。《四遊集》收在卷二，在黃山書社《明別集叢刊》影印全部出版前，多數讀者難以見到，故將此篇例錄：

> 唐處士陸鴻漸，邑人也，故宅井泉無恙，獨《茶經》漫滅不可讀。沔陳玉叔板之豫章，誤以《新唐書・傳》爲太史童士疇作《經》。故孟孺書甚有致，友人徐某釐正爲臨本，鍥諸梓，而不佞楨爲之序。

> 蓋茶之用舊矣。筆諸書而尊爲《經》，寔自鴻漸始。當時鄙其秋者，使與傭保襍作，不爲具賓主禮；而後之中其好者，稱引與禹稷並，此於鴻漸俱無當。獨惜其爲好名所使耳。

> 枯槁之士，往往宿名，唯券內者行乎？無名，得時而駕，並包天

〔註23〕明・李維楨《韻會小補敍》，方日升《古今韻會舉要小補》卷首序四，《四庫全書存目叢書》經 212，第 349 頁。

〔註24〕明・李維楨《韻會小補再敍》，方日升《古今韻會舉要小補》卷首序五，《四庫全書存目叢書》經 212，第 351 頁。

〔註25〕明・周士顯《韻會小補引》，方日升《古今韻會舉要小補》卷首序三，《四庫全書存目叢書》經 212，第 347 頁。

地，澤及天下，而不知其誰氏，雕刻眾形，而不爲巧；非其時，則自埋於民，自藏於畔，生無爵，死無謚，其聲銷，其志無，窮其口，雖言，其心未嘗言。狗不以善吠爲良，人不以善言爲賢，而名亦何貴之有？南伯子綦居山穴之口，田禾一覩，而齊國之眾，三賀之。子綦不悦也：「我必先之，彼固知之；我必賣之，彼固鬻之。」顏不疑，戒於巧，徂歸而師董梧，以鋤其色。色之■有，而況於名乎？

鴻漸渾跡於牧豎優伶，而不就文學太祝之拜，其中固已塵金玉，芥軒冕矣，獨不能忘名，故以其偏嗜觭長自表見於世，若痀瘻丈人之承蜩也，紀渻子之養雞也，墨翟之飛鳶也，庖丁之解牛也，市南宜僚之弄丸也，梓慶之鐻也，輪扁之斲輪也，昭文之鼓琴也，師曠之枝策，惠子之據梧也，太豆之御、伯昏無人之射也，偃師之造倡也。此其人，才氣籠蓋人羣，揮斥八極，而沾沾自喜，爲小人之事，凡以博名高耳。鴻漸不勝磊塊伎倆，至取其書，與六經相提而論，將有所執，以成名乎？

微哉，鴻漸之所托名也！有名則有愛憎，有愛憎則有是非，有是非則有雌雄。片合樹高於林，風必摧之。季卿之辱，固其宜也。嗟乎！好名之累，豈唯辱其身？紀他卞、隨瞀光、申徒狄、介子推，北人無擇廉焉而死，夷齊忠焉而死，尾生、孝己信焉而死，左伯桃、羊角哀友焉而死，荆軻、轟政俠焉而死，齊三士勇焉而死，不難。以其身殉，則何難■哉！

彼其離名輕死，甘之如飴，趨之如蟻，附羶而不知，夫至人視之，無異於流矢礫、大操飄而乞者也。羿工乎，中微而拙乎，使人無己譽；聖人工於天，而拙於人，此無他，有名無名，幾希之間而已矣。是故名不可殉，亦不可逃。

皇甫規恥不與黨，景毅不以漏籍苟安，殉者也；甚則爲杜預好異代名，韓康藥不二價，恥爲女子所知，逃者也；甚則有張韓，不願有千秋名，殉與逃有問矣。其心不能忘名一也。鴻漸逃於彼，而殉於此，舍其大，而處其小，其能免乎？名之不免辱，則何辭抑？

太史公曰：富貴而名埋滅，不可勝數，惟倜儻非常之人稱焉。鴻漸窮厄終身，而千百世後讀其書，得其遺蹟寶愛之，以爲山川邑

里，重微名胡以若是。故曰：三代而下，惟恐其不好名。二子作春
秋，或名以勸善，或名以懲惡，袞鉞一時，薰猶千載。如鴻漸者，
高山景行，廉頑立懦，胡可少也！

錄南圖本「■」處，原本皆為墨團。本文與《大泌山房集》卷十四《茶
經序》基本不同，對勘細讀，可知《四遊集》此文乃在《大泌山房集·茶經
序》基礎上修改而成，它對《茶經》校梓所述更清晰簡明，對前文所論主題
關係不密切的故實支蔓作了較多精減增補，圍繞中心論點「獨惜其為好名所
使耳」文氣更充沛，句式更整飭，邏輯與議論更凝練突顯，較《大泌山房集·
茶經序》文學成就高。整理時，當以《大泌山房集·茶經序》為正文，篇後
附錄《四遊集·茶經序》異文，以見作者在不同時期結集不同，對其文所做
的不同修改。

較《大泌山房集》底本，《四遊集》絕大多數篇目都有或多或少的異文，
皆應按校勘學規範作不同的恰當處理。簡之，《四遊集》對《大泌山房集》的
校勘價值，不言而喻。

第三，文體價值。

《四遊集》補《大泌山房集》所無之啟、牘與賦三種文體，具體見第三
章《李維楨的應用文創作》第四節《啟牘與賦》論述。

總之，《四遊集》在史料、校勘、文體三方面，對全集《大泌山房集》起
補遺作用。

本節首論《四遊集》文本的內容價值，隨即解決使用此本需明瞭的藏本
與編纂等次要問題。

第一，北京大學與南京圖書館藏本的擇別。

兩館藏本，筆者均已錄入、目驗、比勘全本。兩館藏本皆全本，卷首王
世貞《四遊集序》，南圖本序下依次四印「江蘇省立第一圖書館藏書」、「仕隱」
（朱文方印）、「石湖詩孫」（白文方印）、押角「月查藏書」，北大本序下有「燕
京大學圖書館」印。目錄一卷，正文卷首下鐫「京山翼軒李維楨本寧著，景
陵徐善生徽休父授梓，後學夏時仁長人父校訂、吳贊傳旃父參閱」，版面四周
單邊，每半頁十行，每行二十字，版心上刻「大泌山人集」，版心內刻卷數、
頁碼，單魚尾，白口，書末皆無跋。不同處有：

（1）之三《世家名壽序》目錄無此篇，正文有此篇，《大泌山房集》卷
十八有此篇。但自首行「世之義或以年三十，或以人相繼，古今所同也，史

有」20 字後，南圖本便缺頁，北大本從「世家，自漢司馬遷始」至「夫德尸居而龍見雷動而天行即」十三字起，版心刻第二十二頁，上接第二十一頁，文字與《大泌山房集》此篇同，知北大本此頁不缺，但缺接下來的「學與功緒餘耳」至全文末的第二十三頁。

（2）卷之三《孝經二家章句跋》，此篇《大泌山房集》卷一百三十二有。經比勘，南圖本因上篇缺文，而致同頁這篇標題與起首行「隸書漢最善，唐人稍變其法，而後世遞祖之，幾不知」20 字缺，下接「有漢……」起至全篇末全，北大本同，北大本「有漢」頁版心爲二十二頁，知爲刻重同卷「二十二頁」頁碼致與上篇訛誤漏簡。

（3）卷之三《程氏二譜序》，此篇《大泌山房集》卷十四有。經比勘，南圖本自「而所傳神品妙品氣趣」以下皆缺，且殘至下篇《胡仲修詩序》「聲名文物之盛耳」七字始有，脫數百字，北大本兩文俱全。

卷一《蘇使君郢中詩序》、《李少白詩序》、卷二十二《明茂才思谷方君配嚴孺人墓表》，二集皆有目無篇，其它篇，北大、南圖本皆全，但北大本少數頁邊角與中間因損毀致缺字，如卷三《渭陽永思序》左上角被損毀缺角四行，共缺五字，卷七《贈邑侯程公入計序》十六右半頁缺角致「邑」殘筆畫，卷八《遊金陵城北三山寺記》第三十一右半頁被毀致最後兩行中間缺八字等，故《四遊集》以北大藏本更全爲佳，北大本缺損處以南圖本對校補足，讀者可讀黃山書社《明別集叢刊‧四遊集》影印本。

第二，《四遊集》編纂性質與特徵。

經比對《四遊集》與《大泌山房集》篇目正文，可知《四遊集》共 340 篇文，無詩，爲《大泌山房集》共有的篇目爲 255 篇。《四遊集》獨有 85 篇列目：

> 卷一，浙中三稿序、唐癸春秋試卷序、劉再生集序 3 篇；卷三，名世文宗摘粹序、遊梁賦序 2 篇；卷六，竹亭李公七十壽序、陳公德壽序 2 篇；卷八，甫栢臺記 1 篇；卷十，凌母張太安人傳拜頌 1 篇；卷之十三：代撫院傅公賀張相公四子鄉舉、代撫院李公賀張相公四子鄉舉、代方伯張公賀張相公四子鄉舉、代同鄉賀張相公四子鄉舉、代三司賀督府部公冬至、謝年節禮啓、代三司餞巡茶羅公還、柬程令君、荅程令君、復邑中諸公、又復邑中諸公、又復邑中諸公、柬徐對川先輩、復吳次魯、復吳次魯、復吳次魯、荅吳次魯、與周

丞、與陳廣文、柬邑中諸大老、薦黃把總軍門書、與蔡督學、柬陶陶卿、復陶陶卿、柬王嘉父、荅戴夢陽、荅戴夢陽、柬周明卿使君、與周明卿、荅周明卿使君、柬下雒守馬君、與吳客郢、與程韋菴翁、復程韋菴翁、柬程韋菴翁、荅周仰南藩伯、荅周仰南藩伯、復徐惟得使君、柬徐惟得使君、復熊國亮進士、柬熊國亮進士、柬尹長吉、荅尹長吉、復尹長吉、復邵翁、復李長叔、復朱官虞文部、復汪翁、柬謝彥甫、復程雪齋、復程雪齋、柬邑中諸君、復謝彥甫、柬徐微休、復徐微休、與徐微休、柬徐微休、與徐微休、與徐微休、復徐微休、復徐微休、柬徐微休、復徐微休 63 篇；卷十四，汪元蠡小像贊、吳方伯祝辭有序綠潤亭賦 3 篇；卷十六，祭周小河、祭金闆亭陳逸白、祭吳心鑑 3 篇；卷之十七：先母匡孺人行狀、嬪王孺人行狀、陰通奉大夫廣西布政使司右布政使顯考五華李公行狀 3 篇；卷十九：明處士方鳳臺翁墓志銘 1 篇；卷二十，封承德郎工部虞衡主事孚齋陳公墓志銘、王母徐孺人墓志銘代作 2 篇；卷二十一，文林郎禮科都給事中李暘池公墓志銘 1 篇。

《四遊集》與《大泌山房集》的文體比重與選目增刪補遺〔註26〕，見《四遊集》性質。如從選目數量，為自己作集序 3 篇，遊記 2 篇，為家人作 8 篇，為京山王氏、陶氏、徐氏姻親作 40 篇，為李姓宗人作 3 篇，為京山、竟陵友人作 38 篇，為京山籍門人作 2 篇，為其它里人作 8 篇，為其它邑人作 39 篇，共 143 篇，為京山、竟陵邑人作文達全書的 42%，為其它湖廣籍人作 19 篇，共 162 篇，為湖廣作文達全書 47.6%；再加選錄在楚特別是京山邑仕宦、以商賈占籍或長年居京山者之篇目 53 篇（不包括為方日升以塾師等長年居維楨身邊者所寫篇目），達總數之 63.2%。補遺 85 篇同樣體現此特徵，為家人補 4 篇，為京山王、陶、徐氏姻親補 14 篇，為李姓宗人補 1 篇，為京山竟陵友人補 11 篇，為其它里人補 1 篇，為其它邑人補 15 篇，共 46 篇，占所補總數 54%，加為其它湖廣人補 5 篇，占所補總數 60%。綜上，可知《四遊集》性質，主要為湖廣尤其京山竟陵家人、姻親、友人、鄉賢、仕宦立傳，兼收入其它各體各文代表作品的地域性、補遺性選集，與《大泌山房集》的全集性質側重有異。

第三，《四遊集》編纂思想的前後變化與原因。

《四遊集》早年編纂初衷與結集情況，見李維楨萬曆十二年中秋（1584）

〔註26〕 參見第三章《李維楨的應用文創作》開篇的表格統計與數據分析。

請王世楨爲其所作《四遊集序》〔註27〕。

（一）《北遊》。

> 京山李本寧氏，弱冠而成進士，讀中秘書，晉領十史者，幾十
> 年間，以出入燕趙地，縱觀西山八陵，及禪林蓮勺之勝，則期集宴
> 餞紀事標志之篇十而八，覽眺之篇十而二，其編曰《北遊》。〔註28〕

知《北遊集》是李維楨從隆慶二年（1568）進士及第授予史官，到萬曆
三年（1575）出爲陝西右參議前所作，從二十二歲到二十九歲在京師爲官八
年，係青年時期作品，內容分爲宴餞紀事十八篇，登臨縱覽十二篇，一共三
十篇。

（二）《西遊》。

> 而竟以失絳灌意，出爲關中，紫微省遷副其枭，專督學事，往
> 來于三輔秦隴間，得以窮終南、二華、昆明、大液之蹟，蓋官中之
> 篇，與輶軒所采，十各得五，其編曰《西遊》。

知《西遊集》是李維楨從萬曆三年（1575）起，到萬曆九年（1581）遷
河南左參政前爲止，在陝七年所作，從二十九歲到三十五歲，係其中年時期
作品，內容分爲官中之篇與遊覽關中之跡各五篇，共十篇。

（三）《東遊》。

> 乃至移省中州，以方伯公憂，服除不仕，買輕舠而東，弔鸚鵡，
> 歌黃鶴，陟匡廬，泛彭蠡，轉入淛中，晤汪伯玉，遂宿黃山白嶽，
> 下錢塘，徜徉於三竺六橋者兩月餘，翩然而訪我東海，則眺覽之篇
> 十而六，期集贈別十而四，而官中不與焉，其編曰《東遊》。

知《東遊集》是李維楨萬曆十二年（1584）春父喪服除後，遊匡廬、彭
蠡、黃山白嶽、新安、杭州、蘇州、海陽、眞州等地數月，是爲東遊，其中
與何宇度同遊匡廬白岳，與潘景升同遊眞州，與朱多炡偕遊武林、姑蘇，避
暑兩月，八月中秋過婁江，訪王世貞、世懋兄弟，「水行三千里，去家七週月，
而訪我弇中，僅八日而別」〔註29〕、「下榻二園中浹旬，以八月十八日看潮，

〔註27〕此文見《四遊集》卷文、《弇州續稿》卷四十七、《大泌山房集》卷首（金陵
初刻本與李營室修訂本皆有王世貞序，如北大、華東師大、社科院歷史所、
中科院藏本等）。

〔註28〕明·王世貞《四遊集序》，李維楨《四遊集》卷首，南京圖書館藏，下同。

〔註29〕明·王世貞《李本寧參政》其五，《弇州續稿》卷一百九十五，文淵閣《四庫
全書》集1284，第777頁。

載酒送三十里而返，若遠公之渡虎溪焉」〔註30〕，李維楨此年八個月中已寫作有眺覽之篇十六篇，期集贈別十四篇，共三十篇，無官中之文，居王世貞、世懋二園期間，請王世貞作《四遊集序》。

（四）《南遊》。

> 本寧之訪我，盡出其三編而曰：「別子，且泛太湖，登縹緲莫釐之顛，而觀日月出沒，因轉之陽羨，探張公善、權玉女之幽奇，退而受簡，以足東遊所未備，然後歸。歸則循洞庭、升衡嶽、度大庾，而謀宿羅浮，且竟嶺右之名山水，著之篇什，則當曰《南遊》，編合之爲《四遊集》。是集也，序當以屬子。行有筆札戒，以子今序，則恐不能四，以待子異日，則恐不及，子奈何余竟得卒業焉？」

知李維楨至遲到萬曆甲申年（1584），就已有明確的北、西、東、南四遊並將其合編成《四遊集》的意旨。擬別王世貞後，足東遊歸，太湖李維楨隨即遊覽，「余雅聞太湖洞庭之勝，思寓目焉。中秋過婁江，王司寇兄弟更慫慂之，二十日返金閶，雨不果行。……晨起，元敏別去，余六人從賀九嶺至天池寺」〔註31〕。歸後擬循洞庭、衡山，大庾嶺，遊羅浮等嶺南名山水，是爲南遊，但因直到仲冬，才乘舟至金陵，「甲申仲冬，余艤舟白下」〔註32〕，東遊回到家時，已是年末，晤任城王公楚方伯於黃鵠磯（見卷九十七《鄉進士王君劉碩人墓誌銘》），其後萬曆十三年未再出遊，萬曆十四年母喪守制，萬曆十六年居家，十七年因仲弟急難以故官起河南左參政，未再出遊。直到萬曆三十七年赴仲弟急難，僑寓廣陵金陵間，多次出遊，備足東遊未到之處，有遊記。但到《小草三集自序》裡尚言「余老矣，游不得四」，此後萬曆四十四年攜家歸楚，壽七十，至天啓四五年間短暫出仕金陵數月，餘生都在京山居家隱居，未行庾嶺、羅浮之遊，故《南遊集》爲「四遊」之缺。

通過第二節，知晚年編纂之《四遊集》結集體例與篇目已大不相同。據已考出的作品繫年，可能編入早年《四遊集》的有《泛太湖遊洞庭兩山記》，晚年《四遊集》亦選入，其他早年1568年作的《兵部車駕司題名記》、《宣大武舉錄

〔註30〕 明·李維楨《汪仲淹家傳》，《大泌山房集》卷七十一，《四庫存目全書叢書》集152，第229頁。

〔註31〕 明·李維楨《太湖兩洞庭遊記》，《大泌山房集》卷六十，《四庫全書存目叢書》集152，第14頁。

〔註32〕 明·李維楨《集何主臣印跋》，《大泌山房集》卷一百三十三，《四庫全書存目叢書》集153，第727頁。

序代》皆不見入晚年定本，而入晚年定本的《分守大梁道官署記》作於 1589
年，《五臺遊記》、《聖光永明寺記》同作於 1606 年 9 月，《遊金陵城北三山寺記》
作於 1610 年後僑寓金陵期間，皆不可能是入 1584 年前《四遊集》篇目。因缺
乏更多《四遊集》早年結集材料，其入選篇目實已難考。

　　但據以上材料，已可知前後兩期《四遊集》編纂發生變化原因有三：（1）
前提基礎是「四遊」缺了最末一遊，因而缺《南遊》篇目；（2）重要原因是
《大泌山房集》的編撰體例代表了他晚年創作成就與編撰思想；（3）客觀原
因《大泌山房集》結集多丙午（1606）在陝入鄜後作品，之前作品多散佚，
如王世貞集裏提到北遊 30 篇，西遊 10 篇，東遊 30 篇，此類作品在今《四遊
集》裏實是寥寥，前三期遊記也僅《遊太湖洞庭兩山記》一篇可考出，「友人
以金陵刻工便，強余悉索舊草，僅有存者，附載此序」〔註33〕、「丙午以前，
多逸其草，易所錄，皆近作也。頃者，友人請全集授梓，歸檢篋中，尚得十
一。惟在史館時，詔、誥、表、箋、騷、賦、詩、歌，無存者；啓、牘、小
說，既不勝載；嘗撰《帝紀》諸編，則未敢示人，俟他日續成之」〔註34〕。
是故《四遊集》，一是無法遵初旨編，二是更想遵晚年體例編，三是想編成與
《大泌山房集》全集側重異的選集。因此《四遊集序》目錄一如《大泌山房
集》編撰體例，按序、記、傳碑、論說、箋銘讚頌跋、公文體例編排，補白
啓牘與賦體裁，爲湖廣尤其京山竟陵郡邑親友、鄉賢、士宦立傳的地域性爲
主導的選集兼補遺。

　　最後，結集與刊刻時間的重要問題，卻局於未見到足夠史料。只從是集
卷端題「京山翼軒李維楨本寧父著，景陵徐善生徽休父授梓，後學夏時仁長
人父校訂，吳贊傳旃父纂閱」〔註35〕，卷之五至七、九至十四、十六至二十
二卷共 16 卷首題「楚京山李維楨本寧父著，……譚元春友夏父纂閱」，按已
知人名字號題署對稱，故知徐求善，又名善生，字厚積，又字徽休，譚元春
爲《四遊集》二十二卷主要審讀人，故《四遊集》結集時間上限，當在維楨
晚年且在《大泌山房集》全集結集好的萬曆三十九年（1611）後，刊刻時間下
限當在譚元春卒年崇禎十年（1637）前或左右，因徐善生係維楨同輩友人，

〔註33〕明‧李維楨《小草三集自序》，《大泌山房集》卷首，《四庫全書存目叢書》集
　　　　150，第 270 頁。
〔註34〕明‧李營易《謹識》，《大泌山房集》卷首第四序，中國科學院藏明刻本。
〔註35〕《四遊集》卷之一、三、十四卷首皆作「徵」，卷二、四卷首皆作「微」，其
　　　　餘卷首皆作「微」，知前二者形近而訛。

乃對川公徐唐嫡長子，徐唐生年 1531，卒年 1582，年 52，考出繫年較早的《柬徐微休》在 1581 年，乃對成人書信口吻，微休為其父徐唐請墓誌在 1582 年，維楨生年 1547，卒年 1626，活 80 歲，故徐善生生年當早於後輩譚元春生年（1586）較多，卒年即使長壽亦當在元春前，至晚亦在左右，故《四遊集》乃明刻，結集與刊刻上迄 1611 年後，下至 1637 年前或左右。若日後見到具體史料，可進一步縮小時間範圍甚至準確繫年。

二、選集或單行本

1、《李本寧先生詩》七卷

《中國古籍善本書目》「集部總集類」、《中國古籍總目》集 60341948 著錄，收錄在《淵著堂選十八名家詩六集》選本性總集第一集第三種。此總集共一百三十九卷，清初佚名抄，半頁九行，每行二十字，僅雲南大學圖書館有藏，係孤本。此書與此卷，皆無序無跋，字體清秀端正，屬精抄本，有紅色圈點。

筆者閱覽抄錄《李本寧先生詩》七卷，共 87 首〔註 36〕，經校讀，知均從《大泌山房集》抄錄。刻本多存，又係清初抄本，無校勘價值。此本難以得見，全列目次，以知其貌：

《淵著堂選李本寧先生詩》一卷（3 首）：古樂府：城上歌（選《大泌山房集》其一、其二，下不再列《大泌山房集》，僅列詩題和選第幾首）、西人謠。

二卷（8 首）：四言古詩：遂絲堂詩（其一、其二、其四、其五）、怡怡者堂，為史氏賦也（其一、其二、其三、其四）。

三卷（10 首）：五言古詩：將入秦作（其二）、河上秋懷、擬西王母命田四妃答歌欿韻壽顧小侯母、淮上有感古意贈孟君（其一、其二）、贈九十四蜀周翁（其一）、夏日林中、贈白門社中諸君（其四）、答大空居士寄聲因以志懺。

四卷（1 首）：七言古詩：程遊掣謁鄒爾瞻先生索贈。〔註 37〕

五卷（30 首）：五言律詩：楚王孫士達僑寓襄陽（其一、其二）、太和雜韻（其一、其二、其四、其十一）、入河西界、汝人生祠張公及太公（其二）、

〔註 36〕抄者原作抄錄了 88 首，將一卷《城上歌》作其一、其二、其三，實「三日娶新婦，將來築城去。雖則城上人，不在城中住」與「盂杵盂杵，官來看，汝舉頭問官：『虜今何許？』」係一首。

〔註 37〕以上皆選自《大泌山房集》卷一。

晉藩春燕（其四）、贈鄭督府賜告歸（其一、其三）、九日五臺道中苦熱、戲馬臺、贈王太古（其二）、蕭生載酒甘露寺、朱孝伯以初度日禮佛（其一）、蕭宜生載酒伯氏館中作（其一、其二）、宿羅光祿館中（其四）、新春雨霽過謝少廉烏龍潭寓水竹殊勝（其三）、報恩寺塔燈（其三、其六）、送營道歸（其一）、俞仲茅園居雜詠（其一、其二、其四）、貯春別業爲少宗伯蜀范公賦（其二、其三）、周生園（其一）、晉中元夕即事（其六）。〔註38〕

六卷（33首）：七言律詩：楊元素相與經年，殊不能別，牽課四章爲贈，情之所繫，語毋論妍醜耳（其二）、春季奢延驛雪、靖安王新第春燕觀燈作（其三）、寄邢子登兵使皋蘭（其二）、贈顧所建小侯遊秦塞（其三、其四）、贈林深州（其一）、隋宮次韻（其四、其九）、寄馮元敏先生滇中（二首）〔註39〕、金陵兩兒僦舍，同客守歲次韻（其二）、呈焦弱侯太史（其二）、答潘方凱次韻（其二）、楊太來自遠問疾、金陵元夕後（其二、其四）、贈熊非伯學使（其二）、鄭季野過訪、國華王孫約諸詞人集青溪水閣，分得侵字、仲氏入淮對簿，悵然有寄（其一、其二、其三、其四）、金陵五日即事次韻（其四、其五、其六、其七、其八、其十、其十一）、爲茅生悼亡（其一、其二）〔註40〕。

七卷（2首）：五言排律：夜泊淮陰、集汪氏園亭〔註41〕。

2、《翠娛閣評選李本寧先生小品》二卷

《翠娛閣評選李本寧先生小品》二卷，（明）李維楨撰。《中國古籍善本書目》「集部總集類」、《中國叢書綜錄續編》、《中國古籍總目》集 20210345 著錄。收錄在《皇明十六名家小品》。此總集共三十二卷，依次選屠隆、董其昌、文翔鳳、虞淳熙、鍾惺、王思任、湯顯祖、徐渭、李維楨、陳仁錫、黃汝亨、曹學佺、張鼐、袁中道、陳繼儒、袁宏道十六家小品各二卷，明何偉然、丁允和選，陸雲龍評，明崇禎六年崢霄館刻本。半頁九行，每行十九字，白口，四周單邊，單魚尾，天頭有眉批評點。卷首有書丁允和《十六名家小品序》，版心上鐫「丁序」，二序爲何偉然《皇明十六家小品序》，三序爲陸雲龍《選十六名家小品序》，版心分別標有頁次，四序爲刻馮元仲《十六名家小

〔註38〕以上皆選自《大泌山房集》卷二。

〔註39〕此本收錄兩首，《四庫全書存目叢書》本無，目錄有，正文殘缺。另至此詩，皆選自《大泌山房集》卷三。

〔註40〕以上皆選自《大泌山房集》卷四。

〔註41〕《集汪氏園亭》僅抄錄到「能躪海錯腥」，未完。以上皆選自《大泌山房集》卷五。

品序》，版心上鐫「小品序」，四序文末皆有鈐印。《皇明十六名家小品》國內
甚多，有北京圖書館等十七家館藏。《四庫全書存目叢書》集 378 影印浙江圖
書館藏明崇禎六年陸雲龍刻本。

《翠娛閣評選李本寧先生小品》二卷是《皇明十六名家小品》所選第九
家，卷首有陸雲龍《李本寧太史小品敘》，所選卷一分爲「序」十三篇，「引」
兩篇，「題詞」六篇，卷二分爲「記」兩篇，「傳」兩篇，「箴」兩篇，「銘」
三篇，「贊」六篇，「疏」一篇，「題跋」五篇，「墓誌銘」一篇，「祭文」五篇，
基本可反映出李維楨短文的藝術風格與成就，所選全部出自《大泌山房集》，
無他出之文，此二卷可作參校本之他校來源。

3、《笠澤四遊記》

《中國古籍善本書目》「史部地理類二」著錄，國家圖書本有藏。《中國
古籍總目》史 71450372 著錄「笠澤遊記不分卷　明王世貞、李維楨等撰　明
萬曆間刻本　國圖（鄭振鐸跋）」。目驗此本，實名爲《笠澤四遊記》五卷，
一冊，今存卷二至卷五，明萬曆刻本。每半頁八行，每行二十字，四周單邊，
單魚尾，白口，版心有「王」、「李」、「喻」、「後序」、「曹」諸文字，下有頁
碼，天頭有各遊覽景點眉批。卷首有鄭振鐸跋：

> 予去冬遊洞庭東西山，甚得山水之趣。從龍頭寺到包山寺，
> 十里之間皆梅林也，如遇花時，一白如雪，芳馨觸鼻，必大勝鄧
> 尉之梅，東山之濱，更多荷田，荷葉田田，綿延數十里，若遇盛
> 夏，荷花大開，則其清芬遠送，必更令人心醉，惜皆未得其時。
> 讀此《笠澤遊記》五篇，似重溫舊遊一遍也。一九五六年十一月
> 五日西諦記。

是書目錄爲：《遊洞庭山記》，汪道昆；《汎太湖遊洞庭兩山記》，王世貞；《遊
太湖洞庭兩山記》，李維楨；《遊太湖記》，喻均；《汎太湖遊洞庭兩山記》，曹
學佺。正文存《汎太湖游洞庭兩山記始遊西山次遊東山》，吳郡王世貞元美著；《遊
太湖洞庭兩山記由西而東》，大泌山人李維楨本寧著；《遊太湖記由西而東》，豫
章喻均邦相著；《汎太湖遊洞庭兩山記》，閩中曹學佺。因西諦跋可知，鄭振
鐸時尚曰「讀此《笠澤遊記》五篇」，似尚睹全本，今缺卷一汪道昆文，疑極
可能是西諦之後才損闕，亦可能西諦讀時已缺卷一，但前者可能性大。缺的
汪道昆文，《太函集》卷七十一有《遊洞庭兩山記》。

在喻均文後，曹學佺文前，有篇《笠澤四遊記後序》：

　　笠澤爲揚州具區，山川錯落，精爽呼吸，居人烟火萬家，橘柚魚鱉之利，霑溉宇內。司馬汪伯玉先生以萬曆丙寅來遊，司寇王元美先生以壬申來遊，憲使李本寧先生以甲申來遊，皆有記。

　　今年憲使喻邦相先生亦來遊，亦有記。喻先生天機清妙，山水成癖，解官以來，車轍馬跡，半在天下，遊道所至，一一緣以文章，揮洒掩暎。《洞庭》一篇，雲蔚霞興，縟川藻野，即先是而遊者如皮日休、陸龜蒙、高季迪諸君子，寧渠多讓弎？同遊潘景升，創爲四君之議，欲冒不朽，喻先生遂命家季登梓，而屬余以序。

　　余惟四先生文辭妙天下，天下莫不聞，今其文具在挾煙霞之氣中，金石之響，何敢差池？第情事所遷，四先生亦有不得同焉。蓋笠澤固司馬、司寇几案間物也。聞其遊日，親串雲集，入隙窺閑，豈怕爲枳。兩憲使皆不遠數千里而來，履險覓危，移情易性，則其地得也。司馬、司寇挾有雄聲，所在供帳，塡山被谷，兩憲使葛巾野服，領畧山川，較量晴雨，都無掛礙，則其趣善也。司馬、司寇一日之功，半廢於詩筒酒籌，故毛公不記其出處，諸勝莫辨其惝恍。兩憲使餘日佚蕩，耳目所親，方志所考，有味言之，則其說詳也。司馬、司寇遊山之後，鑿悅以文，公事皆畢。而側聞李先生曾卜居江陰，喻先生方經營兩山，有考槃之志，則其興長也。

　　故曰：奇勝繫乎地，風日繫乎天，探蹟繫乎人，美令繫乎時。司馬、司寇所同者地也，天也，人也，兩憲使所獨者時也。好事者手一編，入九湖，登七十二峰，其善自持，毋令龍鳴羊趍，吁駭而不寧也弎。

萬曆辛丑季冬席林卓爾康去病父撰

　　卓爾康（1570～1644），字去病，號農山，浙杭州府仁和人，卓明卿長子。生平見錢謙益《卓去病先生墓誌銘》（《牧齋有學集》卷三二）、清張其淦《明代千遺民詩詠三編》卷五〔註42〕。據序知乃卓爾康萬曆辛丑作（1601），乃喻均辛丑遊太湖作《遊太湖記》，同遊者潘之恒提議將汪、王、李、喻四人各作的太湖遊記，輯成專集，喻均命季子授梓單行，故是集名《笠澤四遊記》，後將曹學佺《汎太湖遊洞庭兩山記》文也予收錄，疑收錄時間在卓序後，故遵

〔註42〕李時人《中國文學家大辭典》（明代卷）「卓爾康」條，未刊稿。

原書，曹文作第五文，書名依然作《笠澤四遊記》。

陳慶元《曹學佺年表》「萬曆二十五年丁酉（1597 二十四歲）」條：「春，赴京謁選。……同年范長倩招往遊太湖」〔註 43〕，但檢收錄在曹學佺文集中的同篇《汎太湖遊洞庭兩山記》，文開篇即「壬寅春日，同范東生、黃伯傳、陳惟秦、許裕甫太湖巨浸也，東西洞庭奧區也，……」〔註 44〕，知此文非丁酉作，乃壬寅（1602）遊時作，正是在卓爾康序後的刊刻入《笠澤四遊記》。

故《笠澤四遊記》乃明後期太湖遊記的專題選集，後七子派五位名作家太湖遊記的單行本，該選本的李維楨《遊太湖洞庭兩山記》，已與中科院藏《大泌山房集》底本卷六十《太湖兩洞庭遊記》對校，僅文字小異。

4、《瑄玗琪館文存》

《中國古籍總目》集 50240574 著錄「《瑄玗琪館文存》不分卷　李維楨撰　民國十九年遼寧鉛印本　遼寧」，知為現代排印，無校勘價值。此本當為選集，因只二卷，從排印與出版時間判斷，疑範圍不出兩詩文別集。此本係明末後〔註 45〕，李維楨別集首被關注被翻刻，故顯珍貴，體現民國明代文學史對李維楨評價開始返正。遼寧省圖近幾年搬新館，無法目驗古籍，待重開放借閱。

5、《遊莫愁湖記》一卷

《遊莫愁湖記》一卷，（明）李維楨撰。此文被選入勞亦安輯《古今遊記叢鈔》四十八卷，有民國十三年上海中華書局鉛印本，今日本國會東東京藏有此本，《遊莫愁湖記》在第四冊卷之十五江蘇省；國家圖書館檢索目錄顯示有中華書局有限公司 1936 年版，另有藏縮微文獻，索取號 00M059639；此本另有民國五十年臺灣中華書局排印本，今日本東大東文研藏有此本，《遊莫愁湖記》位置與民國十三年版同。因係叢鈔本，故無校勘價值，《大泌山房集》卷六十一有《游莫愁湖記》。

〔註43〕陳慶元《曹學佺年表》，《福州大學學報》2012 年第 5 期，第 76 頁

〔註44〕曹學佺《汎太湖遊洞庭兩山記》，《石倉文稿四卷》卷二，《續修四庫全書》集 1367，第 891 頁。

〔註45〕國家圖書館藏《新刻本寧先生詳訓對類四卷》題為「明刻本」、《新刻本寧李先生對類二十卷》題為「清刻本」，筆者拿後書請教過普通古籍室專家，係據經驗版本似明末清初本，而題為「清刻本」，並無依據。仍依是書與所知定為明刻為宜，詳後二書著錄。

三、評點注釋校刊本

此類是李維楨自己或爲他人集部著作進行的評點注釋校刊等文學活動。

1、《新鐫名公批評分門釋類唐詩雋》四卷

《新鐫名公批評分門釋類唐詩雋》四卷，不題撰者，（明）李維楨注。《中國古籍善本書目》「集部總集類」、《中國古籍總目》集 60343353 著錄。

此本僅上海圖書館藏，每冊一卷，四冊，善本。卷首有《唐詩雋序》，序末署「潁川陳所蘊」，下有鈐印。《唐詩雋論則》有「絕句則」、「五言絕句則」、「七言絕句則」、「律詩則」、「五言律詩近體」、「五言排律并亥韻」、「長篇古風古體」、「鍊格鍊字則」八則凡例。每冊一卷目次，每卷目錄按門類編排。《唐詩雋》卷之一，下署「本寧李維楨注釋，少渠蕭世熙依繡」，蓋「拜魁紀公齋藏閱書」「上海圖書館藏」鈐印。《唐詩雋》卷之二、三、四，皆署「本寧李維楨注輯，少渠蕭世熙依繡」，鈐印。卷末無跋印。

是書半頁九行，每行二十字，版心鐫有「唐詩雋」書名、卷次、頁數，白口，單魚尾或無魚尾。眉批每首選詩分別標以「初唐」、「盛唐」、「中唐」、「晚唐」類，評每行三字。詩中有黑色密圈，詩題下注雙行小字不等，係每詩作者人、事、時、地等類典實注釋，詩後注小字雙行十八字，係釋詩的注釋類，內容不一。每首詩末附行草評詩之言論。如卷一首兩詩，杜甫《晴望》，下注小字雙行「字子美，襄陽人，居杜陵，故稱少陵。官左拾遺，工部員外郎，又稱杜工部。」錄詩，有圈點。詩後小注雙行十八字：「周南謂空陽也。太史公留滯周南，《莊子》云：『身在江湖之上，心居魏闕之下』，天子之門兩觀，故謂魏闕。」評：「措詞若拙，構意實工。」杜甫《夜雪》，下注「子美典實已釋，此題乃《舟中夜雪有懷盧十四侍御弟》」，錄詩，有圈評。詩後無小注。草書評：「夜雪景寫得如畫，而懷情更自悠揚。」

此注釋選評本卷首有陳所蘊《唐詩雋序》：

> 六經彪炳，詩《三百篇》尤昭揭日星，李唐崇以選士寧多錄哉。治性情，占學術，隨學術，卜事業，是以少陵、長庚百名家，人文雲蒸，卓越先後。今其諸篇，俱在我皇明諸公，靡不尸祝，第汗牛充棟，即屢經博士選，竟未見彙編、題解如李本寧是錄也。
>
> 在本寧學探《二酉》，按擅不絕，每向頌詩中尚有古人，輒于南宮坐嘯時評，所謂《唐詩雋》。在上自魏漢晉堪垂不朽者，猶存什一，以正詩始從，而先初唐，次盛唐，又次中唐，而後晚唐，遡流窮源，

緣天運之遞遷，以著國運之旋轉。又如爲絕、爲律、爲排、爲仄、
爲近體古風，靡不條條有訓，題題有釋，句句有評，且門有一剖，
不一混入，彙與彙編，不一錯在，上下李唐間，瓊瑤不遺，砆砆不
採，令人一展卷，眞能了于目，並了于心。言言有活潑之趣，字字
多會通之神，誠得詩中畫，畫中詩，即謂登李唐之望遍閱其擊節詠
唱可也。于麟詩選，百谷猶是弁其隘，乃知本寧《詩雋》堪稱評中
之陽春，選裡之白雪，稍解一片宮商，在未有不人人解頤其微，直
李唐之指南，抑亦皇明之嚆矢。

穎川陳所蘊字子有

陳所蘊，字子有，上海人，生卒年 1543 至 1626。萬曆己丑（1589）進士，官
至南京太僕寺少卿，著有《竹素堂藏稿》十四卷、《竹素堂續稿》二十卷萬曆
刻本，又合刊爲《竹素堂合併全集》；今上海圖書館與北京大學圖書館有藏。
檢《四庫全書存目叢書》集部 172 冊《竹素堂藏稿》（存十一卷）無此篇序。
閱上圖藏《竹素堂藏稿十四卷竹素堂續稿二十卷》，卷首有《竹素堂稿敘》，
末署「萬曆辛卯仲寒至日瓊臺王弘誨紹傳甫敘新安汪徽書」。目驗上圖《竹素
堂合併全集□□卷》，有《竹素堂全稿序》，末署「萬曆辛卯秋日五嶽山人沔
陽陳文燭譔」，有王弘誨《竹素堂稿敘》末署「萬曆辛卯仲寒至日瓊臺王弘誨
紹傳甫敘新安汪徽書」，有《子有陳先生全稿序》，末署「萬曆乙巳中秋賜進
士出身奉議大夫工部都……」（文殘闕），是書由所蘊子庚蕃較。兩書皆無與
李維楨交遊篇目。雖目前無法考出其評釋、作序與刊刻時間，但《唐詩雋》
非易造僞坊刻本，又有陳所蘊序、蕭世熙繡，其卷首《唐詩雋論則》論各體
詩論與李維楨論詩類，此集待筆者輯出全本，依其評釋與卷首《唐詩雋論則》
觀點，比較李維楨總的詩論觀，才可得出結論。筆者傾向此集是李維楨的選
評注釋唐詩本，見其品評唐詩代表作家與唐詩鑒賞、評論，是體現他唐詩觀
重要選本的觀點。

　　《大泌山房集》卷九有爲俞安期所作《詩雋類函序》、《唐類函序》，但此
本不是俞安期《詩雋類函》一百五十卷析出的唐詩雋類部分，不是《唐類函》
二百卷。

2、《合諸名家評注三蘇文定》十八卷

　　《中國古籍善本書目》「集部總集類」著錄有兩名，一《合諸名家評注三
蘇文定》，有中國人大、青島博物館、清江、鎮江、南師大、河南省圖、眉山

三蘇文保所藏；二又名《合諸名家評注三蘇文選》十八卷，清華、復旦、石家莊、遼寧省博、安徽省博、廈大、武漢、廣東社科院藏。

目驗復旦館藏善本與普本。善本名《諸名家合評楊升菴先生原本三蘇文選》，製錦堂藏板，有「天池閣」印，有「復旦大學圖書館藏」、「震旦大學圖書館藏」印。有李維楨《序三蘇文選》，屬佚文；第二序名《宋三蘇文定》，「得其意，即為史漢、為韓柳歐王、為制義、為經濟，無之而非蘇也。不得其意，即日取其文，篇而繹焉。吾恐其面目益肖，神情益非。蓋文章功業其不朽者，亦視乎其人耳。……余竊怪近之薄挾以干時者，始附古文辭，以曹鳴于世。而既也，各專其師，則各神其見，雖蘇氏之文，祇供後人作進賢階耳。雖然文公器也，亦虛器也。苟於經，明行修之意無負焉，而氣得所主，則志有完摻議論，抒為經濟文章，發為事功，而持志養氣之學，蘇氏豈獨專美于前哉？其集經先輩論序甚詳。余初獲李本寧太史家珍《四大家全帙》，行盡授梓。因今蘇刻竣役，不可無弁言。以述其大意，是為序。時崇禎壬申歲初夏日江左楊士驤龍超氏書於金陵僧舍」〔註46〕，知楊士驤感明末習蘇之弊，梓先賢評釋蘇文，所用底本即源於李維楨家藏《四大家全帙》，其中蘇集刻竣刊行前所作序，時崇禎五年（1632）四月。正文作「合諸名家評注三蘇文選卷之一」，下有兩印「復旦大學圖書館藏」、「震旦大學圖書館丁氏文庫」，第二行署「成都楊慎用修原選、京山李維楨本寧評注、公安袁宏道中郎參閱」。是書四周單邊，上象鼻內刻「蘇文」，黑魚尾，單魚尾，版心內刻篇名、頁碼，每半頁九行，每行二十字，天頭有眉評，行內正文旁隨文有小字單行注釋，亦有夾行小字注雙行，文內有黑、朱二色空心圈點，卷十八書末無跋、無印章。

復旦另藏此書普本，在「天池閣」印左邊，有「康熙戊辰重鐫」印，下多「重倫堂」印。卷首有李維楨《序三蘇文選》，下有「復旦大學圖書館藏」，有楊士驤《序三蘇文定》、有劉次經《題三蘇文選》，末署「壬申初夏克孝劉經讀《禮》于石頭別墅」，因知此書存初刻本、康熙覆刻本。普本與善本版式不同處在：善本《三蘇考實》此行下有「委裹在琴書」印，普本無此印；普本在善本黑色評點處，重印了朱色評點，是墨朱雙色評點，另有朱色圈評；覆刻本比初刻本，墨色要清晰些，文字都相同；以《易論》為例，覆刻本比

〔註46〕楊士驤，《序三蘇文定》，《諸名家合評楊升菴先生原本三蘇文選》，製錦堂崇禎刻本，復旦大學圖書館藏。

初刻本墨色清晰；善本最末一篇《齊州閔子祠堂記》至「之不仕邦見道」，後闕；普本此文後，還有《黃州快哉亭》一篇，至篇末終，最後有「合諸名家蘇文卷之十八終」，普本後無印無跋。

善本與普本，皆以諸名家合評附每篇文末形式付梓。如《凡例》後第一篇文，《蘇氏譚藪》後，即條列宋孝宗、金履祥、羅大經、葉水心、朱元晦、元脫脫丞相、商素菴、楊東里、羅一峰、董中峰、楊升菴、焦弱侯、陳仲醇、袁中郎、茅孝若評點。第二篇《三蘇文贊》標題後，無文，直接選輯孫月峰、楊復所評論。之後是《合諸名家評注三蘇文選姓氏》，分「先朝」（朱熹、眞德秀、胡安國……楊維楨、虞集、東澗老人等十八人）、「國朝」（陶安、方孝孺、解縉、……徐昌、楊士驥、葉湑等一百二十五人）評論，見出其是宋元明三朝名家蘇文合評本。卷之一，第一篇蘇老泉《易論》，有眉批，有夾行雙行小注評點與音注，有紅色圈點，文末有楊升菴、茅鹿門、李本寧、錢豐寰四人評點。第二篇蘇老泉《禮論》，仍遵前，末有楊升菴、李本寧、湯霍林三人評點。第三篇蘇老泉《樂論》，仍遵前，末有楊升菴、吳獻臣、楊升菴評點。

楊愼輯、袁宏道評釋《嘉樂齋三蘇文苑》十八卷首一卷，宋蘇洵、宋蘇軾、蘇轍撰，明天啓二年刻本，《中國古籍總目》集 60345159 著錄，有北大、上海、南京藏。日本國會圖書館、內閣文庫、靜嘉堂文庫所藏乃此本。「嘉樂齋」本，見《四庫全書存目叢書》集 299 冊收廣西師範大學圖書館藏明天啓二年刻本，又可見線普「掃葉山房民國八年」版《百三十二名家評註三蘇文範》，如上海圖書館藏。

兩種評釋本的關係，經卷一選蘇洵文，卷六選蘇軾文，兩卷的初步比勘，知「李維楨評註本據袁宏道評釋本爲原書作僞，李維楨有袁評抄本家藏，李維楨沒有選評此本，作僞者另有他人，楊士驥作僞」的可能性較大。兩本還需全部比較，進一步撰專文辨僞，以得出較可靠全面的辨僞結論。

3、《明萬曆書舍林顯刻本重鍥鳳洲王先生文抄注釋》

《重鍥鳳洲王先生文抄注釋四卷續刻四卷》，（明）王世貞撰，李維楨注釋。《美國哈佛大學哈佛燕京圖書館中文善本書志》著錄如下：

明萬曆二十五年（1597）書舍林顯刻本，八冊。半頁九行二十字，四周單邊，白口，無魚尾。框高 18.6 厘米，寬 11.5 厘米。題「太倉鳳洲王世貞著、翰林編脩李維楨注、書舍林顯重梓」。序佚。

……

此書之內容，當從《弇州山人四部稿》中摘出。所題李維楨注，亦爲託名之作。

續刻卷四末有荷蓋蓮花牌記，刊「萬曆丁酉歲冬秋林梓行」。

《四庫全書總目》未收。《中國古籍善本書目》未著錄。日本內閣文庫有藏而無續刻。

鈐印有「芳川藏書」、「照島」。皆日人印。〔註47〕

按，《大泌山房集》只提到王士騏請李維楨爲王世貞《弇州續稿》作序事，無提到爲王世貞文注釋事。此書坊刻本，時李維楨在世，一五九七年前後正是家居期間，是否託名，還待辨僞，亦不排除係僞書的可能。該本分藏在美國哈佛大學哈佛燕京學社、日本內閣文庫等。國內無存，《中國古籍總目》集20209565條錄「重鍥鳳洲王先生文抄注釋四卷，明王世貞撰，明萬曆間刻本，日本內閣」，未錄哈佛燕京圖書館藏本。

4、《西園前稿□卷續稿□卷》

《中國古籍總目》集20210981著錄「西園前稿□卷續稿□卷　明彭堯諭撰　明刻本　國圖（存前稿卷一、續稿卷一至四）」。

彭堯諭，字君宣，號幼鄰，又號西園公子，商丘人。官南昌通判，崇禎末頗擅詩名，《千頃堂書目》著錄有詩文集《西園公子集》。王士禛《池北偶談》卷十一錄其七絕一首，王士禛記錄：「頃見某爲作傳云〔註48〕：常在京師人家席上遇竟陵鍾惺，談詩不合，欲拳毆之，鍾避去乃已」〔註49〕，陳田《明詩紀事》辛簽卷三十三錄七古《鏤金老人行》一首，古勁樸直，係後七子一派詩風。彭堯諭《西園前稿□卷》中有五古《喜陳明府重刻李于麟集成，且修其墓，寄此誌感》、《賦得李獻吉何仲默二先生二首》三詩，見對前後七子推崇倍至。

目驗國圖藏本，明刻本，四冊，封皮書簽《彭君宣全集》，內分《西園前稿》、《西園續稿》兩種。《前稿》每半頁八行，每行十八字，黑口，四周單邊，單魚尾，版心鐫有「西園前稿」與卷次、頁數，卷之一端首有「本寧李先生、

〔註47〕沈津《美國哈佛大學哈佛燕京圖書館中文善本書志》，上海辭書出版社，1999年，第726頁。

〔註48〕指周工亮《書影》（見陳田《明詩紀事》辛簽卷三十三《彭堯諭》條，第3592頁。）

〔註49〕清・王士禛《彭堯諭》，《古夫于亭雜錄》卷五，《景印文淵閣四庫全書》第870冊，第650頁。

子願邢先生、子田李先生、木庵侯太史全點評」「梁碭間人彭堯諭君宣著」，卷末有「西園前稿卷之一終」，無跋，卷內只二十二頁有一處小注雙行〔註50〕，爲人、事等注釋，卷一以後缺。《西園續稿》存四卷，卷之一集名《京路草》，下署「梁園彭堯諭君宣著，同社侯恪木庵仝，練國事君豫訂」，書中偶有彭堯諭詩題下自注。《前集》、《續集》天頭地腳行內均無評點批校，無與李維楨交遊篇目，但《續集》序四爲《彭伯子詩序》〔註51〕，題下署「大泌山人李維楨本寧父」，爲維楨佚文。序八爲彭堯諭《總集自敘》：

> 今天子萬曆丙午，諭受知邑令渤海李先生。亡何，先生量移內鄉，趨謁之。次日即獲見太史李子田先生，遂以忘年之交待予。爾時，予已有行卷詩樂府三百餘首。几經先生所竄定及所擊節者集之，得百有一篇，遂爲《百一集》。渤海先生序而梓之。丁未戊申間，予兩入京師，又得詩百有一篇，就政于太僕邢子愿先生。先生甚賞之，惠以佳序，屬予姻兄陳晉卿梓之，遂爲《後百一集》。己酉秋試，予

〔註50〕見《四庫禁燬書叢刊》集部175第683頁《槐英辭》詩題下有：「姓沈，淮之榜人女，閩中吳侍御鵬峯公之侍兒也。侍御故，即爲之殉。語詳屠赤水誄及王百谷詩中」，《四庫禁燬書叢刊》未收《西園續稿》。但按國圖藏《西園續稿》卷之一《鏒金老人行》詩題下小注雙行：「予於燕中買一婢，其父鏒金匠作也。自言先朝時，大璫進獻，用赤金明珠，累嵌入諸首餙奇玩，每一事約費萬餘金，工價稱之。今上御極一切貢獻俱罷，以故食貧，鬻女度日。予聆其言，仰主上沖睿，不受玩好，度越千古，喜見太平有日，因而感賦」，依全集體例知《槐英辭》題下小注亦是彭堯諭自注，不是四人評點性注釋。

〔註51〕《西園續集》卷首共十六序：1.《序》，文末署「癸丑陽月三日西吳友弟韓敬書於浮玉山中舟中」；2.《題彭伯子詩集》，文末署「萬曆丙午黎丘李若訥季重甫書於吏隱齋中」；3.《西園續草敘》，文末署「通家友人董其昌撰同社林質書」；4.《彭伯子詩序》，題下署「大泌山人李維楨本寧父」，文末署「新都閔父逸書」；5.《岁鄰詩集序》，文末署「萬曆己酉長至日江都陸君弼撰時年八十有三，乹嬲蔣文藻書」；6.《彭多隣涌滄樓詩草敘》，文末署「賜進士出身通奉大夫山西布政使司右布政使郭光復撰」；7.《讀彭長公諸薰》，文末署「萬曆辛亥重九日書友弟陳元素」；8.《總集自敘》，文末署「丙辰中秋萬花小隱彭堯諭自敘」；9.《西園公子集敘》，文末署「里中友人羅鴻舉并書」；10.《彭伯子詩序》，題下署「濟南臨邑邢侗子愿甫譔」；11.草書，序無題，首起「正坐松齋中，忽承翰教，高譚雄辭，……望之，望之。草復不滿，弟□父頓首。沖」12.《題彭幼鄰詩稿敘》，文末署「雲間錢龍錫」；13.草書《黍丘詩引》，文末署「太丘友弟練國事書於淮陰官署」；14.《續稿自引》，彭堯諭作；15.草書，序無題，首起明公突入空山「……十四日友弟陳繼儒頓首頓首。雪中舞鶴詩□僕玉□眞稿與新刻異同色即改刻流行乃眞愛我□帙能與牡丹同歲區望分之」；16.《西園續橐敘》，文末署「友弟陳繼儒撰，社弟林質書」。註中「□」繫無識別。

落判草二場，貼出，以前場爲懷慶司理李老師所擬本房首卷，中乙榜，而予回，憤致疴。家君時按維揚，念兒病也，且以兒向好聲律之學，不沾沾于科第，而所爲詩歌未知得當于作者否，乃收予所行前後《百一詩》，求改于太史李本寧先生。時本寧先生以急家難，寓居揚州，牢騷之際，不廢丹鉛，又不以孺臭棄也。句而讐之，字而襃之，其乖于體裁者，諄諄而誨之，而又爲之序。今藏之笥中，自庚至丙七年矣。予所著詩益眾，有《續百一詩》、《滄涌餘稿》、《勞薪草》、《春興》、《秋興》、《春梧》、《秋竹》、《焗悵》、《楊花》、《陸舫》、《環水》、《建南》、《凱歌》、《龍飛引》諸品小集。竊念子田子願兩先生皆已物故，而本寧先生以龍門寓秣陵，予溲淹滯無聞，披霧見日，何時何地？又聞先生之門，有教無類，即携《兔園冊子》以號曰『詩人』者皆遊其門，得其語，以爲鄭重，使先生之言不信于世，而予深恥之。癸丑之春，買舟南下，覽金焦之朦，見謝九子、山子兩先生，即爲予介紹，令予走謁先生，而以病，竟不得遊其門。及歸，見渤海先生，時守吾郡，迎謂予曰：『見本寧先生否？』予謝以病歸，未獲見。先生曰：『遊金焦而不見本寧先生，安見靈秀之所鍾乎？』今歲丙辰，予年三十有一矣，人生七十，予幾其半，功業無成，音律自好，意欲盡撿予稿，刪削成帙，携之南都，訪予友子素陳戶部介紹本寧先生求序梓之，以示後人，而子素溲以內艱歸，使予不淂見本寧先生也，豈非數哉？嗚呼，後世子雲又安知有予耶？又安能知予耶？詩几若干卷，千有餘首，不置體類，各自爲集，亦欲讀予詩者及予自讀之，有所考鏡云。丙辰中秋萬花小隱彭堯諭自敘。

由彭序可考出：（1）李若訥《題彭伯子詩集》序作於萬曆丙午（1606），邢侗序《後百一集》（即《彭伯子詩序》）於戊申（1608），李維楨《彭伯子詩序》作於庚戌（1610），堯諭訪後又兩次意請金陵的李維楨作序無成，故於丙辰中秋（1616）作《總集自敘》；（2）由此序亦知《西園前稿》卷之一端首有「本寧李先生、子愿邢先生、子田李先生、木庵侯太史全點評」前三人所作工作，李藎「竄之」「擊節」，「竄」，修改文字，「之」，古「定」字，安也，知對《前百一集》作了文字刪定工作；邢侗作序；李維楨「句而讐之，字而襃之，其乖于體裁者，諄諄而誨之」，知作了校定修改工作，且作序；故彭堯諭《前集》

卷之一端首署三人「點評」，從集子文本來看，亦知包括侯恪等的四人，對彭堯諭詩集的文字修改校定，都已內化成定本，付梓出來是不見四人點評的，從排名順序看，知李維楨在此修定文字中，所佔比重可能較大，或文學地位較高；（3）彭堯諭生年在萬曆十四年丙戌（1586），其父即李維楨《大泌山房集》卷十五《重修維揚書院紀事序》中的「直指使者彭公」，其名待考《大泌山房集》中詩文，或明末刻《侯太史摘選黍丘文集》三卷《詩集》六卷，《文集》收各體文一百五篇，如有家傳或其父墓誌銘，即可考出。

《中國古籍總目》集 20210980 著錄「侯太史摘選黍丘文集三卷詩六卷　明彭堯諭撰　明侯恪選　明萬曆刻本，上海」；集 20210984 著錄「西園詩集七卷　明彭堯諭撰　清順治十一年刻本　中科院」。目驗上圖藏本，明萬曆刻本，卷之一下署「梁園彭堯諭君宣著　同社侯恪若木選　太丘練國事君豫訂」，有《總集自序》、《自著樂府自序》，文字與國圖《西園續稿》二序僅文字小異。中科院本，尚待目驗。

5、《四家評唱黍丘集》十二卷

《四家評唱黍丘集》十二卷，（明）彭堯諭撰，（明）李維禎等評。《中國古籍善本書目》「集部明別集類」、《中國古籍總目》集 20210983 著錄。明末刻本。河南省圖書館藏。

筆者訪河南省圖，值古籍部因故閉館，開館日期不知何期，但得睹電腦存卷首書影一頁，正題下署「本寧李先生、子願邢先生、子田李先生、木庵侯太史全點評」。據國圖所藏《西園續稿》序八彭堯諭《總集自敘》知，本寧校定修改彭堯諭集在流寓維揚時期，後堯諭兩度下金陵欲訪本寧作序，癸丑春不得見，丙辰中秋作序言是年猶不得見，是年維楨清明後歸楚準備七十壽，之後兩人無由見面，更無由爲堯諭作序。另據《四家評唱》所錄之「全點評」人名，更是《西園續集》內反映的情況，維楨等人評點已內化入正文。至於《黍丘集》十二卷與《西園前稿□卷續稿□卷》、《西園詩集七卷》三者關係，屬與李維楨無關別題，不追述。

6、《三江遺稿》二卷

《三江遺稿》，（明）毛澄撰，孫文秉、李維楨校刊。李維楨《毛文簡公遺稿序》：「世廟初載，毛文簡公以大宗伯謝病，卒輿濟道中。既十許年，公子思州守希原，集公所爲詩文，請序于羅文莊公，名之曰《三江集》。三江，

公別號也。公久宦，無長物以遺其子，不能授剞劂。而無何思州罷，有子九人，家益落，集亡失太甚。公從曾孫侍御公蒐拾九合之，積有歲年。會按兩河，事且竣，出以視左丞孫文秉氏及某，體別句櫛，版之省中，而更名之曰《遺稿》。蓋公詩已無一存，其文存者堇堇耳，非公之全也。」〔註 52〕

毛君明，太倉人，毛澄從曾孫，進士，爲郡理官，始則盱江，繼金華，召爲侍御史，先後按貴州、山東、河南，以政聲著，擢廷尉丞。萬曆十七年（1589），維楨起河南參政時，君明以侍御臨之。維楨爲作《侍御毛公壽序》（《大泌山房集》卷二十九）、《贈廷尉丞毛公序》（卷四十五）、《毛母魏孺人壽序》（卷四十）。據《毛文簡公遺稿序》知，其從曾祖毛澄有《三江集》，子思州守毛希原集公所爲詩文請序於羅欽順，不能授剞劂，而無何思州罷，有子九人，家益落，集亡失太甚。公從曾孫毛君明侍御河南，囑左丞孫文秉與李維楨校，版之官刻，此時毛君明將《三江集》改名爲《毛文簡公遺稿》，僅存部分文，無詩。

《四庫全書總目》「別集類存目三」著錄有《毛文簡集》二卷，提要「後其從曾孫君明蒐拾鳩合，屬維楨校刊，更名曰《遺稿》，詩已無一存，文存者僅二卷耳，云云。此本題曰《毛文簡集》，與序不合，豈又經重刊歟？」又評「是集皆所作褉文」。〔註 53〕

《四庫全書存目叢書》集 46 冊，影印《三江遺稿》二卷，係中國社會科學院文學研究所藏抄本。字跡行楷，工整清秀，半頁十行，每行二十四字。卷首《三江文集舊序》，係《三江遺稿舊序》塗改成「文集」二字在右側，序末署「嘉靖十二年歲次癸巳秋九月甲子賜進士及第南京吏部尚書致仕進階榮祿大夫前經筵官國史副總裁泰和羅欽順序」；有《毛文簡公遺稿序》，下題「雲杜李維楨譔」；有《毛文簡公遺稿序》，下題「臨沮周夢暘啓明甫譔」，序末書「萬曆庚寅歲夏五之吉」；有《明史・毛澄傳》，有《明故太子太傅禮部尚書贈少保謚文簡三江毛公墓誌銘》。正文《三江遺稿》卷之上，下題「太倉毛澄著」，有「中國科學院文學研究所藏書」鈐印。卷末有《毛文簡公遺藁題後》，下題「乾隆戊申後學璜涇馮□仲意甫書」，有《文簡公遺稿跋》，署「萬曆庚寅上元日不肖從曾孫在頓首謹跋」、「按公大禮像稿爲吾里陵宋白楚珩所藏見

〔註 52〕明・李維楨《毛文簡公遺稿序》，《大泌山房集》卷十二，《四庫全書存目叢書》集 150，第 544 頁。

〔註 53〕清・四庫館臣《毛文簡集》，《欽定四庫全書總目》卷一百七十六，《景印文淵閣四庫全書》第 4 冊，第 683 頁。

馮完潭詩草中宋白之孫□吉鴻尙寶藏之附在孔隆中年也」〔註54〕。知《四庫全書總目》所疑集名不同，卷首有《明史・毛澄傳》，卷末《遺稿題後》有清乾隆五十三年戊申（1788）書，確經重刊，是用李維楨校刊之底本重刻本。李維楨校刊原本與作序時間，據周啓明序時間「萬曆庚寅歲夏五之吉」、毛君明跋時間「萬曆庚寅上元日不肖從曾孫在頓首謹跋」，應是刊刻在萬曆庚寅（1590），李維楨1591年二月作《侍御林公壽序代》：「歲庚寅，侍御林公受命來按中州，以九月六日渡河入部，既望入大梁，稽故實，布科條，訓百官，浹旬出按衛郡已」〔註55〕，知九月毛君明已不在河南任侍御史。又「某蚤歲官史局，與修世廟《實錄》。……世廟繼統，日行三百里，迎至郢。論功任子世世執金吾，力辭。而大禮之議，公五疏，執不可。會廷推公太宰，復力辭。尋以病乞骸骨，疏四上，得請公去。……今去公垂八十年，……」〔註56〕，「嘉靖二年（1523）毛澄奏議「大禮」不合，致仕歸，行至興濟，病卒於舟中」〔註57〕，即指李維楨文中之事，距今垂八十年，故校刊《三江集》在兩河事竣後的己丑（1589），畢，毛君明更名爲《毛文簡公遺稿》，庚寅上元（1590）毛君明作《毛文簡公遺跋》，周夢暘庚寅五月作《毛文簡公遺稿序》，故李維楨作序萬曆庚寅（1590）或前一年冬秋作序較宜，庚寅是集省中版行印出。

　　《中國古籍善本書目》著錄爲清抄本，國家圖書館有藏。筆者目驗此本，書名《毛文簡公遺稿》，潘道根手抄，二冊。卷首有《毛文簡公遺稿敍》，雲杜李維楨撰，下有兩印，首章無法識別，次章「潘博山藏書章」；《又序》，下署「臨沮周夢暘啓明甫……」；《又序》，末署「萬曆十八年歲舍庚寅仲夏……賜進士第都察院右僉都御史巡撫河南前……科右給事中侍經筵官瀛郡後學周世選……題後」、「《毛文簡公遺槀二卷》，萬曆中公之從曾孫侍御……所刻，蓋什百中之一二耳。予得之侍御曾孫……年七月望日後學馮偉拜譔」；《又後跋》，末署「先交誼與毛文簡公姻戚主，好以道義文章……道光二十有九年涂月……學季錫疇謹識」〔註58〕。接下來是《毛文簡公遺稿目錄》，共72篇，較存日本

〔註54〕□是無法識別之字。

〔註55〕明・李維楨《侍御林公壽序代》，《大泌山房集》卷二十九，《四庫全書存目叢書》集151，第137頁。

〔註56〕明・李維楨《毛文簡遺稿序》，《大泌山房集》卷十二，《四庫全書存目叢書》集150，第544～545頁。

〔註57〕李時人《中國文學家大辭典》（明代卷）「毛澄」條，未刊稿。

〔註58〕省略號處乃潘氏抄本損壞處，雖經補襯紙修復，但文字處爲空白，不知闕幾字，故無法用空格表示。

多 2 篇，卷之上多末尾兩篇《存耕翁輓詩序》、《石城雪樵詩卷序》，卷之下多末尾《毛冢婦陸氏墓誌銘》〔註59〕；正文著錄「毛文簡公遺槀咸豐戊午從婁東王葵借……太倉毛澄著　餘姚孫鋕編輯　京山李□楨……」〔註60〕。此抄本多用行楷抄寫，較存目本清晰好辨，且多目錄，但上冊每頁下三分之一處皆有殘損，每行末端三分之一處多損毀，雖經厚白紙貼原本修復，但文字處皆無僅白底，故上冊損毀最少三分之一文字，下冊首頁《慶醫師盛翁六十壽序》行下有三印章，「北京圖書館藏」、「潘博山藏書章」，第三章四字不識，下冊保存情況見好，每頁僅書上頭文字略有損毀，所闕文字不多，也經厚白紙貼本修復。每冊皆有少處朱筆校改，如目錄卷上《贈南京廣東道試監察御史》旁補朱筆五字「許公之任序」，正是存目本完整標題，《送錦衣千戶彭濟永還鄉》天頭補朱筆「展墓序」三字，與存目本標題《送錦衣千戶彭濟永還鄉展墓詩序》小異，等，書末署「三月廿九日午窗校過一次徐邨老農道根記」，知爲潘道根校改。

　　綜上，知存目本係校刊未刻本系統的抄寫本，潘道根係刻本系統抄寫本，分前後兩個版本系統，《三江遺稿二卷》另還存一清抄本，藏南京圖書館，待目驗。

7、《吳翼明先生存集》全四卷

　　《吳翼明先生存集》全四卷，附錄三卷，爲《制義》一卷，《玄言閣唾餘》一卷，《補遺》一卷，（明）吳懷賢撰，（明）李維楨等校，明崇禎三年序。嚴紹璗編著《日藏漢籍善本書錄》著錄。日本前田育德會館藏，刊本，六冊；內閣文庫館藏，係原楓山官庫等舊藏，共六冊。《中國古籍總目》集20212105著錄「吳翼明先生存集文一卷詩二卷制義一卷玄言閣唾餘一卷　明吳懷賢撰明崇禎間刻本　中山大學」。另中科院藏《玄言閣唾餘一卷》。

　　李維楨與吳懷賢家族多有交遊，爲作文多篇。懷賢來自徽休寧商山吳氏大族，其祖內史吳瀛，別號鳳泉，見《大泌山房集》卷五十三《崇文書院記》，汪道昆爲其園作記，名《季園記》，鳳泉公有子九人，伯繼良、仲繼俊、叔繼謨、季繼京、五繼鳴、六繼茂（字叔承）、八繼可（字幼時），余二子未考出。

〔註59〕存目本卷之上《石城雪樵詩卷序》有目無篇，下注「原缺」二字，此篇前兩篇《林文安公挽詩序》、《存耕翁挽詩序》每行中間殘缺較嚴重，可用潘道根抄本每行中間不缺之文字來補。

〔註60〕省略號處乃潘氏抄本損壞處，實「維」字損毀，只餘「楨」半個字，「維楨」不能識別，「楨」字能識別出。

伯子吳繼良，字君遂，太學，李維楨爲作《素園記》，吳懷賢即其仲子，太學生，「得君之致，澹于名利，所居種五松，日聽其聲，謖謖忘倦」〔註61〕，其兄懷保，字仁伯，待詔中書省，季懷貞，內史，直文華殿。懷賢後出仕，《嘉興府志》載其僑居嘉興，以中書舍人辦事誥敕房，中丞楊漣劾魏忠賢二十四大罪，懷賢擊節稱嘆，加以評注。工部員外吳昌期奉差督理惠王府第，糾劾侈冒，忤璫撤回，懷賢遺書稱之，有事極必返之，語詞多激烈。其僕得罪於懷賢，遂竊其所評注楊疏及遺昌期劄，密首廠衛，忠賢令校尉百餘縛懷賢及其妾邱氏、子道昇送鎮撫司，懷賢斃杖下。崇禎初，子道昇上書訟冤，贈工部主事。〔註62〕《明史・魏忠賢傳》副都御史楊漣劾忠賢二十四大罪在天啓四年，吳懷賢讀楊漣疏，擊節稱歎，奴告之，斃懷賢，籍其家〔註63〕，當在天啓四五年魏忠賢最得勢猖厥之時。

目驗中山大學藏《吳翼明先生存集》，六冊，左右雙邊，八行十八字，白口，上象鼻有「翼明先生存集」，單魚尾，版心內鐫「賦」、「記」、「序」等各文體名。有卷前有崇禎己巳年吳繼仕序玄言閣唾餘，卷末有天啓丁卯吳道昇跋。《存集目錄》依次爲「賦、記、序、頌、銘」。第一冊，卷首《吳翼明先生存集》下題「新都吳懷賢仲父著，京山李維楨本寧父訂，毘陵繆昌期當時父定」；第二冊，卷首《吳翼明先生存集》下題「新都吳懷賢仲父著，繡水項夢原希憲父訂，從弟吳明郊子野父校」；第三冊，《吳翼明先生存集目錄》詩，上卷，卷首題下「新都吳懷賢齊仲父著，雲間陳繼儒仲醇父評，會稽薛岡千仞父校」；第四冊，詩，下卷，卷首題下「新都吳懷賢齊仲父著，閩中林古度茂之父訂，繡水包衡彥平父閱」；第五冊，《吳翼明先生制義目錄》，八刻合選；第六冊，《唾餘編序》，《玄言閣唾餘》，下署「新都吳懷賢齊仲父著，長子道昇伯昭父輯」。因知李維楨僅校第一卷文，但此集中有較多與李維楨交遊的詩文記錄。

8、徐桂《徐茂吾詩集》

徐桂，王世貞列四十子之一。李維楨《徐茂吾詩序》：「徐茂吾先生，吳

〔註61〕 明・李維楨《吳太學程孺人家傳》，《大泌山房集》卷七十四，《四庫全書存目叢書》集152，第282頁。

〔註62〕 清・嵇曾筠等《吳懷賢》，《浙江通志》卷一百九十四，《景印文淵閣四庫全書》第524冊，第310頁。

〔註63〕 清・張廷玉等《明史》卷三百五《魏忠賢傳》，中華書局，1974年，第7818、7820頁。

人也，而徙家武林，舉進士，請急歸，三年奉大廷之對，除袁州李官。……
而會屠長卿祠部、馮開之祭酒先後遭讒里居，三人故同榜同臭味，倡和往來。
余時承乏領臬事，有才如三先生而遺佚，莫能振也，喟然發嘆而已。別無何，
三先生相次沒，而徐先生舍已轉齎，其子茂才餬口四方，問先生橐中所遺，
有詩八百餘篇，幸無佚散，屬友人差次之」〔註64〕，徐桂與屠隆、馮夢禎善，
李維楨在領浙憲之便，將徐桂遺集，囑友人版行。《千頃堂書目》卷二十五載
徐桂，字茂吾，餘姚人，袁州推官，有《大滌山人詩集》十三卷。《中國古籍
總目》集 20210824 著錄「大滌山人詩集十三卷　明徐桂撰　明萬曆四十二年
徐卿廮刻本　國圖（缺卷七至九）　無錫」，閱國圖藏明刻本，四單周單邊，
黑魚尾，白口，每半頁十行，每行二十字，版心內刻「徐茂吳詩集」，魚尾下
鐫卷數、頁碼，缺卷七至九。首序《徐茂吳先生詩集》，末署「萬曆甲寅新秋
日新野年家子馬之駿撰」，下有「馬之駿印」朱文方印，「仲良父」白文方印；
第二序殘，僅存末頁「京矣」二字，下有「雲中君」、「本寧父」兩白文方印。
「京矣」與《大泌山房集》卷二十一《徐茂吳詩序》末尾二字同，又有印鈐
佐證，知國圖本二序是李維楨《徐茂吳詩序》，惜缺頁甚。馬序中無提到李本
寧，但「三先生相繼淪謝，又十餘年，徐長君卿廮乃以茂吳先生集來問梓，
予得論序之日……」，與李維楨序中情況同，且集無文，有詩八百餘篇與各體
詩比例也與李序所記合，時間上自徐桂謝世至馬之駿作序時間亦較吻合，故
《大滌山人詩集》乃李維楨屬馬之駿為《徐茂吳詩集》編輯等級次序和整理
事宜，後長子徐卿廮付梓。是集卷七有《雁字》詩待輯，其他情況，待無錫
藏本數字化處理完，可看時再目驗。

9、《太函集》一百二十六卷

《太函集》一百二十六卷，（明）汪道昆撰，（明）李維楨刻本。《中國古
籍善本書目》著錄。半頁九行，每行二十字，白口，左右雙邊。館藏有吉林
大學圖書館、中國社會科學院歷史研究所圖書館藏。

目驗李維楨刻中國社科院歷史所藏本，首起《太函集自序》，但缺第一個
半頁，從第二個半頁「而身六經猥云質有父貴……」起，序末署「萬曆辛卯
十月朔」，下有兩印，「門人劉一然書　金陵徐智督刊」，四周單邊，黑魚尾，
版心有「太函集」，下有卷數、頁碼，半頁十行，每行二十字。卷一百二十至

〔註64〕明・李維楨《徐茂吾詩序》，《大泌山房集》卷二十一，《四庫全書存目叢書》
　　　　集 150，第 758 頁。

《送翁秭歸孝豐》詩「乘秋水」完，下缺「去江楓夾岸到茗溪」和《送十弟下武林八首》。書末無跋，有「中國科學院圖書館藏」印章。書中有卷數是軟體抄配。版刻與《四庫全書存目叢書》集 117、118 北京大學圖書館藏明萬曆刻本同。

《中國古籍善本書目》共著錄《太函集》四種：一是明萬曆刻本，藏韓城縣文化館、北京大學圖書館等；二，明萬曆刻本；藏中共中央黨校圖書館等，三，明萬曆刻本，清方濬師跋，藏天津圖書館；四即李維楨刻本。

《中國古籍總目》集 20209514 著錄「太函集一百二十卷目錄六卷　明汪道昆撰　明萬曆十九年金陵刻本　國圖　北大　上海　復旦　明萬曆間刻本　國圖　北大　天津（清方濬師跋）上海（目錄抄配）　明刻本　國圖　社科院歷史所（李維楨刻）」，其版本源流僅依並不統一的目錄著錄，難以辨識，新出《太函集》「（一）太函集　主要版本系統有：甲、一百二十卷本。……是集編成於萬曆十九年（一五六一）〔註 65〕，有同年自序。……前附目錄六卷，實合一百二十六卷。同年刻版於金陵。……乙、三十二卷本　題「汪伯玉先生太函集」，明天啓四年蘇文韓刻「皇明五先生文雋本」。中國人民大學圖書館等有藏。丙、李維楨刻本。版本略同金陵刻本。中國社會科學院歷史所、吉林大學圖書館等有藏」〔註 66〕，可參看。

《四庫全書總目》「別集類存目四」著錄《太函集》，《提要》「是編刻於萬曆辛卯，凡文一百六卷，詩十四卷，卷首有《自序》及目錄六卷。」〔註 67〕知是書刻於辛卯（1591）汪道昆在世時，無李維楨序。

萬曆十九年辛卯，汪道昆嘗言：「天喪斯文，弇州即世。鄙人蠶食之餘苦耳，避道傍而下無蹊，攫者猶然及之，是不若速朽之為愈也。惟公碩果，久困積薪。吾黨率以文窮，其操術左矣。顧彼之自彼，於我何加損邪？弇州集成，屬鄙人序，幸一當刮目，亟索鄙人集序之。第覆瓿所遺，荒穢不治，俟病良已，思去什七而留什三。歲月坐弛，一舉百廢，乃今籲九天，擗九地，安得弇州？聞其飾巾待期，亦嘗以此快快，惜也。獻歲，盡發故篋，屬門人輯之。無論良苦短長，裒策六十，方在校定，將授梓金陵，將就俚、俹一引

〔註 65〕萬曆十九年乃一五九一年，非一五六一年。

〔註 66〕胡益民，余國慶點校《太函集・點校前言》，黃山書社，2004 年，第 7～8 頁。

〔註 67〕清・四庫館臣《太函集》，《欽定四庫全書總目》卷一百七十七，《景印文淵閣四庫全書》第 4 冊，第 754 頁。

繩墨。今之宗匠，惟公擅場。擬遣弟子挾策中原，待命門下。」〔註 68〕王世貞在世時，汪道昆嘗爲《弇州集》作序，憾世貞萬曆十八年逝未及獲王世貞序其集，十九年歲首正月，屬門人輯其集，校定，將授金陵，至三月，作《寄李本寧》書，期維楨爲《太函集》序。萬曆二十年，又言「全稿已刻在白下，秋計可畢工，或乘便卻寄。」〔註 69〕「敝集梓之金陵，入秋竣事。」〔註 70〕二十一年（1593）四月，汪道昆逝，李維楨《太函集序》：「司馬汪伯玉先生《太函集》成而自爲之序，末所謂質成雲土者，蓋謂某也。某何知？然奉教於先生久，即論文大指具《自序》中，而後進容有異議，則某不得無言」，則是《太函集》辛卯本刊刻後，李維楨難忍汪道昆被後進異議所作序言，序中以爲「按法而無救於拙，非法之過，才不足也」〔註 71〕，爲汪道昆辯駁，李維楨又有《汪仲淹集序》，中言「汪先生以其集屬余序，序成而先生不及見」〔註 72〕，知李序《太函集序》作於汪道昆逝世的一五九三年或之後。李維楨《太函集序》被收在《太函副墨二十二卷年譜一卷》明崇禎六年汪瑤光刻本中，有北大、中科院（殘本）、江西省圖、廣東社科院，目驗北大藏本，末署「京山後學李維楨撰」，有「本寧印」、「李維楨印」二印，但無撰序時間，全文與《大泌山房集》卷十一《太函集序》在「楨」與「某」謙稱、個別文字上小異。而李維楨刊《太函集》時間、緣由，可能從《重刻太函集小序》中可考。同門師姐劉坡老師赴吉大，行程緊張中，筆者請她調閱館藏李維楨刻本，首序《重刻太函集小序》，京山李維楨撰，鮑鼎彝書，有「本寧印」、「李維楨印」二印；二序《太函集序》，京山後學李維楨撰，有「本寧印」、「李維楨印」；三序《太函集自序》，末署「萬曆辛卯十月朔」，「門人劉一然書」；後接《對閱姓氏》，目錄六卷；正文題「新都汪道昆伯玉著，京山李維楨本寧訂，宗叔汪宗文景謨校」，一百二十卷。因知《重刻太函集小序》係要輯的李維楨

〔註 68〕明·汪道昆《寄李本寧》，胡益明、余國慶點校《太函集》卷一百五，黃山書社 2004 版，第 2185 頁。
〔註 69〕明·汪道昆《黃全之》，胡益明、余國慶點校《太函集》卷一百六，黃山書社 2004 版，第 2214 頁。
〔註 70〕明·汪道昆《李本寧》，胡益明、余國慶點校《太函集》卷一百六，黃山書社 2004 版，第 2219 頁。
〔註 71〕明·李維楨《太函集序》，《大泌山房集》卷十一，《四庫全書存目叢書》集 150，第 526 頁。
〔註 72〕明·李維楨《汪仲淹集序》，《大泌山房集》卷十二，《四庫全書存目叢書》集 150，第 561 頁。

佚文，行草書寫，多不識文字，此版本還待筆者赴吉大目驗。。

第二節　經、史、子類著述

一、經類

1、《古今韻會舉要小補》三十卷

《古今韻會舉要小補》三十卷，（明）方日升撰，（明）李維楨校正。《四庫全書存目叢書》之《經部書名目錄》著錄。《中國古籍善本書目》、《中國古籍總目》著錄有三種版本：（1）明萬曆三十四年周士顯刻本，國內有北京大學圖書館等十八處。南京圖書館有（清）丁丙跋。（2）周士顯刻重修本。此本館藏有北師大圖書館等十二處。（3）清抄本（存卷一至卷六）。南京圖書館。

是書版刻見《四庫全書存目叢書》經部 212，影印北京大學圖書館藏明萬曆三十四年周士顯刻本。此乃原刻本，收藏機構甚多，有：北大、人大、首師大、上圖、華東師大、遼寧省圖、黑大、西北師大、山東省圖、南圖、蘇州、揚州、南京師大、溫州、杭大、安慶、華中師大、湖南省圖。

萬曆三十四年周士顯重修本，收藏機構亦多，有：北師大、上圖、祁縣、東北師大、浙圖、臨海博物館、福建省圖、福建師大、武漢、中山圖書館、暨大、四川省圖。

美國哈佛燕京圖書館藏重刻本，沈津敘重刻本：扉頁刻「李本寧先生輯韻會小補、本衙藏板」。又鈐有「本館重加校訂，一字不敢存訛」印。卷三十末刊「書林余彰德、余象斗同刻。」此當爲周士顯屬二余所梓行者。按《小補》之原刻及重修之別在：原刻卷一第一頁書口上有魚尾，周士顯序後有「萬曆丙午上元日雲杜周士顯書於建陽之日涉園」，而重修本卷一第一頁書口上無魚尾，周士顯序後僅有「周士顯書」，而不署年月等。〔註73〕

《日藏漢籍善本書錄》著錄此書，多館有藏，版本與收藏較複雜。

第一種版本是萬曆三十四年初刻本，名《古今韻會舉要小補三十卷》。有蓬左文庫藏等四處。第二種版本是重刻本。東大総藏，萬曆三十四年京山周士顯建陽刊後修本 15 冊。第三種版本是正保五年日刻本，據初刻本重刊。名

〔註73〕沈津《美國哈佛大學哈佛燕京圖書館中文善本書志》0177，上海辭書出版社1992 年，第 88 頁。

《古今韻會舉要小補三十卷序目一冊》有東京都立中央等九處藏。

　　另有大阪府立中之島藏《古今韻會舉要小補三十卷》，江戶時代刊本；東大東文研《古今韻會舉要小補三十卷》，明刊本 2 帙 19 冊；関大《古今韻會舉要小補三十卷即韻會小補》，明刊本 12 冊。日本行世主要以初刻本與村上平樂寺刊本為主，收藏單位眾多，說明此本在日本流傳廣泛，影響很大。

　　此書由來，緣於李維楨初入史館，學詩賦時不習韻，客有以《韻會舉要》贈他者，曠若發蒙，喜愛是書。自梁中彈射歸，時維柱秀才，鑽六書，常問詢討論，維楨常不能答，方日升入楚任維楨家塾師，與維柱、士顯論《舉要》常合，多妙解，萬曆二十二年（1594）李維楨囑塾師方日升始草創〔註74〕。王光薀云：「而會郝仲輿領邑令，為李太史本寧先生擇有直諒多聞、工詞翰、精八法、可為外傳者乎，家從父大參公曰：『有之，東西越之士無以隃吾子謙。』仲輿為之束裝入楚，從本寧太史游。本寧太史于人間鮮所不讀書，書所受丹鉛者不知充幾棟。子謙與本寧太史語若針芥合，而太史之門有博古好奇如今建陽令周思皇者，相視而笑，莫逆于心。遂大出藏書授子謙，子謙益自發舒，門庭藩溷，皆著紙筆，而《小補》所由作也。徃余貳宣城，子謙過郡齋，留越月，出眎梅禹金，禹金擊節賞歎曰：『此必傳之書，非白襆之比也。』從臾授剞劂。子謙固辭，曰：「吾三季而就此苟有矣，未合也，始待吾十數季而成，未晚也。」遂別去。又五季而思皇舉高第，有事宦遊，乃謀諸本寧先生，曰：『向者《小補》之役，子謙為政，不穀佐之，今者不穀從事簿書錢穀間，無論不暇，與子謙討竹素，且恐子謙亦將如田光先生，夫《小補》苟合矣，未完也，必待完而後布之，通國大都無乃俟河之清，請先梓以俟諸來者，亦如今日之于黃直翁焉，……。』于是太史、思皇庚為敘，而刻之建陽。」〔註75〕周士顯進士及第在 1601 年，由「又五年」、「三年而就此苟有矣」，為八年，故將《韻會小補》伊始繫 1594 年。方日升與王光薀、梅鼎祚在宣城見在 1596 年，時《小補》初成，梅鼎祚慫恿其授梓，故日升歸楚後請李維楨作《韻會小補序》，此即李維楨初序「萬曆丙申夏五」〔註76〕之緣來。周士顯授建陽令，

〔註74〕見袁昌祚《韻會小補後敘》、王光薀《韻會小補題辭》、周士顯《韻會小補引》、李維楨《韻會小補敘》諸序，方日升《古今韻會舉要小補》卷首，《四庫全書存目叢書》經 212。

〔註75〕明·王光薀《韻會小補題辭》，方日升《古今韻會舉要小補》，《四庫全書存目叢書》經 212，第 314、315 頁。

〔註76〕按李維楨《韻會小補敘》（《四庫全書存目叢書》經 212 第 347 頁）：「三季而

請授梓，三十二年李維楨爲方日升作《韻會小補再敘》，末署「萬曆甲辰中秋日」，三十四年正月十五，周士顯爲《韻會小補》作序，末署「萬曆丙午上元日雲杜周士顯書於之涉園」，後王光蘊作《韻會小補題辭》，是年書刊成於建陽，因《建陽縣志》載，周士顯萬曆三十一至三十五年在建陽令任。

重刻本囿材料有限，無法考何時再刻。重刻本鈐有「本館重加校訂，一字不敢存訛」，其版式多依初刻本，再刻本可能重在校訂初刻文字之訛，但此推斷尚需詳細比勘初刻與重刻二本。

二、史類

1、《史通》二十卷

《史通》二十卷，（唐）劉知幾撰，（明）李維楨評，（明）郭孔延評釋。《中國古籍善本書目》、《中國古籍總目》著錄三種版本系統。

（1）明刻本。國內館藏有國圖、中科院、北大、上海、南京、浙江、湖北、人大、內蒙古社科院、旅大市圖、南大、杭大、福建師大、河南、武漢市圖、四川等十六處。《中國古籍總目》史部第一冊第 457 頁史 10805287 著錄。（明）佚名刻，（清）徐承禮校正。半頁九行，每行二十字，白口，四周單邊。國家圖書館藏本有徐承禮校跋並錄陳鱣題識。

目驗國圖藏此本膠捲，善本，十冊，卷首《史通序》下三印，第一印「北京圖書館藏」，第二印「涵芬樓」、第三印「海鹽張元濟經收」；首序爲李維楨《史通序》，係佚文；二序郭孔延《史通序》；第三序《劉子玄自序》；第四序《劉子玄傳》；第五序于慎行《史通舉正論》；下起《史通總目》至書末，版刻皆與《四庫全書存目叢書》史部第 279 冊湖北省圖藏本同。不同者：目錄末頁，國圖本有徐承禮跋，對考釋《史通評釋》版本與流傳有文獻價值，錄如下：

> 《史通》之通行本以浦二田《通釋》爲佳，惟頗臆改舊文，讀者病之。友人周季貺太守有■〔註77〕臨海甯向山閣陳氏校本《通釋》，致爲精審。先何義門得馮已蒼校影宋鈔本，爲之增校，盧抱經

後竣」，參袁序「子謙三年而草成」、王序中子謙自敘「吾三季而就此苟有矣」，知《大泌山房集》卷九《韻會小補序》（《四庫全書存目叢書》集 150 第 482 頁）：「余乃屬子謙校讎，而附益之，十年而後竣」之「十」訛，當依本校、他校改爲定本「三」字。
〔註77〕墨團塗掉此字。

復得何本，臨於北平，黃氏本亦有所增。陳仲魚假抱經所藏本，以校《通釋》本，復從盧得所校《通釋》，合而訂之，即周本所从出也。余心好之，而家無是編，末得傳臨，物色有年，僅獲明郭孔延本，而訛文奪句較浦氏殆爲過之，亟假周本，用硃筆臨校一過，乃可卒讀。其浦本與此異，並浦所臆改者，陳校既不著宋本云何，今亦無从是正，則注於旁，以墨筆別之，仲魚跋語一則，亦鈔附卷末。其校語曰：「何者，義門焯也。曰：馮者，已蒼舒也。曰：盧者，抱經文紹也。曰：陳者，仲魚鱣也。周，即季貺也。」夫是書自明世已罕覯善本，此所臨者，皆諸名人之校訂■〔註 78〕，還劉氏舊觀，讀者可無遺憾矣，安得有毛季斧其人者，刊布之，以嘉惠藝林乎？吁可慨也。

光緒乙亥秋夜徐承禮鐙下校畢記之

《四庫全書存目叢書》影印湖北圖藏本，此處亦有題跋，見書，略。

徐本書中天頭與正文內，皆多有眉批與校改。

書末《史通》卷第二十下有兩印，「涵芬樓」、「北京圖書館藏」。書末封面有錄陳校《通釋》跋，現錄如下：

少喜讀《史通》，苦無善本。既得浦二田《通釋》，以爲精審，絕勝諸刻，惟厭其多綴評語，近於邨學究習氣耳。復從同郡盧弓父學士假得校本，蓋從何義門以朱文游家藏影宋寫本細校，而弓父學士手臨于北平黃氏刊本者，歎其盡善，又假學士所校《通釋》本合而訂之，始知《通釋》妄改妄刪處正復不少。嗟乎！讀書難，而校書更難，微學士之功，幾何不爲其所欺邪？至唐時，書今已大半失傳，《通釋》有未詳者，亦固其所。學士已補攷出數條，間有鄙見，亦附載諸書眉，其猶有未知者，俟續考焉。

乾隆四十九年春日陳鱣識〔註 79〕

目驗上海圖書館藏此本，善本，無書名，卷首《史通序》，下有鈐印「靜穆齋圖書館」，署「大泌山人李維禎撰」，序末有「李維楨印」、「呰窳生」、「大

〔註 78〕案：墨團塗掉此字，但又似改寫成重筆之「人」字，但按文意，似塗此墨，無字。

〔註 79〕案：下有兩字小印，不識，旁有「仲魚戴笠小像」印，因旁有此句，作兩行書寫。

宗伯」三鈐印。序二是郭孔延《史通序》。序三是《劉子玄自序》，下有鈐印。序三是「劉子玄傳」。序四是于慎行《史通舉正論》。後是《史通總目》。書內有製箋，如卷一第六頁「內篇即序末有「李維楨印」、「凿窳生」、「大宗伯」三鈐印六家第一自古帝王編述文籍」有製箋「云云以下同，一本歟式如此多出一行」，署有「上海朵雲軒製牋」。書末「史通卷第二十」。中科院藏本，有李維楨序、郭孔延序、劉子玄自序、劉子玄傳，無于慎行文，卷二十末無跋，無印章，版式與湖北圖本同。

此本日本東洋文庫、茨城大學菅文庫有藏本，名《史通評釋二十首首一卷》，東洋文庫藏此同一刊本兩部。一部原係藤田豐八等舊藏，共六冊。一部共十冊。茨城大學藏本，原人見竹洞、菅政友等舊藏，共五冊，詳見《日藏漢籍善本書錄》。

（2）明末刻本。北京大學圖書館藏本有洪葉批校。上海圖書館藏本有（清）葉景葵題跋、（民國）吳慈培題跋、（民國）鄧邦述題跋。南京圖書館亦有館藏。

在北京大學圖書館古籍部，未見有洪葉批校藏本，可能目前未對外開放此本。目驗上海圖書館藏此本，善本，卷首有葉景葵題跋，卷末「庚辰二月景葵書」，下有「葉」字鈐印。序一《史通序》有鈐印「正闇收藏」、「檢亭藏書」、「硯溪」、「吳門蔣維鈞家藏」，署「大泌山人李維禎撰」，序末有三鈐印。序二《劉子玄自序》，行內有紅黃二色校讎、圈點，天頭有評點，地腳有校改批註。第三冊冊首與冊末有葉景葵、何焯、顧廣圻批識語。末冊冊首與冊尾有何焯、吳慈培題跋語。是書行內有黃紅二色校讎圈點，天頭有評點，地腳有校改批註。現將上圖本批識、題跋錄如下：

> 墨筆記：
>
> 此校本爲何氏弟子所傳臨，且爲義門所親見，正闇偶能先後攷定。惜原本未署姓名，卷首有吳門蔣維鈞家藏印，卷尾有「家在九峯三泖間」印，「潘君博山」，疑爲蔣子遵所臨。但博山藏有子遵手校明初本《後山詩註》，字體較爲古樸，與此不類。子遵之弟楑，字子範，亦義門弟子，無從覽其遺翰，容再攷求。研溪是否惠視，溪亦未可定也。
>
> 庚辰二月景葵書〔註80〕

〔註80〕下有「葉」字印章。

　　馮評、何校均極細密，傳臨者又整理一過，合顧千里校本並觀
之，向來所蓄之疑義，皆豁然矣。

三月杪又記

　　曲筆鑒識無錯簡，陳稽亭《桂門初稿》亦有是說，与顧氏不謀
而合。

庚辰二月　景葵記〔註81〕

朱筆記：

　　蜀本第五卷、第七卷，皆有錯誤，此本於第五卷已刊正。惟此
《曲筆》篇中十一行，誤在《鑒識》篇中，賴得馮氏閱本正之，後有
重刻《史通》者可取徵也。

康熙丙戌中秋　焯識

　　後見萬曆中郭氏刊本，已正其違錯，書固須遍觀也。

癸巳冬至又識

　　《曲筆》、《鑒識》二篇，並無錯簡，馮氏閱本萬曆所刻皆誤，
而何氏跋語當失之。顏黃門云：「校定書籍，亦胡容易。」洵然。道
光癸未觀於揚州洪氏之績學并記。

六月一日思適居士顧千里

　　上三跋在沅朱，許用別嶠錄出。

庚申十月書于三冊之副葉羣碧

墨筆記：

　　何跋所稱張氏，即張鼎思，即義門手校所據之本也。又所稱郭
氏，即郭孔延，又即傳臨者所據之本也。偶能云傳臨之人親見原本，
又烏知手校之人亦親見傳臨之本耶？至澗薲駁正之語，適爲我得兩
本互觀，爲之大快。

群碧

朱筆記：

　　三跋及己丑重陽一跋，與此本皆無關繫，所以錄之者，存何校

之真也。偶能云此本有補何校之未備者數十處，是此本又善於何矣。乃不詳姓字，使後讀者茫然，豈非一憾事耶？正闇又記思適居士見何校在道光癸未，其手校《史通》亦經余收，初閱於乾隆辛丑，重閱於嘉慶甲子，先後四十三年。甲子重閱，即沈寶硯家，過校何本，所云《曲筆》、《鑒識》二篇錯簡，此指夫史之曲筆誣書云云。共一百九十九字，其說正在手校本中，乃甲子年所訂正也。澗薲在嘉慶間以勘正古籍稱於世，義門因當前賢畏後生矣。

庚申十月二十六日初雪夜窗橐碧又書

墨筆記：

此書每冊皆有硯谿小印，蓋惠氏舊藏也。惠氏三代皆精於校讎，與義門尤稔，浔一書，多過錄之。其補何所未備，則尤非何氏、惠氏不能，爲何功臣耳。

乙丑閏四月正闇

史通卷二十末頁有朱筆：

甲戌十二月歸自臨沂，整比家中舊書目，抽此帙，以消殘臈。按張氏謂曾得宋代刻本，乃譌舛正，待點勘，何欤爲？即其顯著者，雌黃數處，終者則仍闕焉。

廿又八日焯書於貞志居

觀《玉海》中所引《史通》亦有譌字脫文，乃知此書自宋時即尠善本，或不至若此甚耳。

甲申除夕重閱盡此卷，且而識之，時住八貝勒邸中。焯

唐《藝文志·柳氏釋史十卷》，柳璨所著，一作《史通析微》，今不復傳。

書末行頂格有「史通卷第二十」，天頭有朱文方印「家在九峯三泖間」，下頁有朱筆：

乙丑重陽，從錢楚毀借得屛守居士閱本，目錄其評語，其在行側者錄之。闌下議論，亦多英快，虞山學者極矜重之。僅季滄葦侍御一人當通假，亦非楚毀好我，未由見也。始誤以爲牧翁初入史館時所閱，故闌上下皆寫錢評，詳質之楚毀，乃改正云。

焯

有墨筆：

> 正閣先生初淳此本，以爲何氏手校者。今春傅沅叔年丈收得欝
> 華閣舊藏一部，卷末多右錄一跋，通部馮評。馮字皆錢字塗改，明
> 白可辨。又〔註82〕第七卷後多「何氏康熙丙戌癸巳題識」二則，及
> 顧澗薲一跋，乃審定彼本爲手校眞跡，此則傅臨之本。然彼本第七
> 卷《探賾》第二十七，分爲數卷也，校改各分爲卷。閱下黃筆，注
> 云：校誤筆跡與此本磵出一手，且此可證傅臨之人親見原本，且此
> 本有補何校所未及者數十處。第五卷因習下何改邑里引小山校語一
> 條，所補是否盡小山，雖不可知，而十九與群書拾補宋本相合，不
> 特模放何偪眞，丹黃精好，可矜貴也。余從先生猶校一過，因舉
> 所見者，還以就正焉。

壬子六月廿四日何能吳慈培識

有朱筆：

> 吳中得此書，誤以爲義門筆校，既觀沅未同年所藏，新自都中購
> 歸者，乃志此爲同時過錄之佳本。而遺其三跋，其兩跋皆言《曲筆》、
> 《鑒識》二篇之錯簡。此本與義門所據本不同，故不逐錄。其一則
> 何氏誤認馮已著評爲錢東澗，此本已一律改正，亦不必錄也。字跡
> 端道，頗能亂何之眞，去取亦極斟酌，惜其不肯直書校者姓氏，使
> 人不辨顏標非魯公耳。

壬子冬日正閣記

另在上圖發現又一種《史通評釋》，(唐) 劉知幾撰，(明) 李維禎評，(明)
郭廷年評釋，明刻善本，五冊裝禎，白口，四周單邊，單魚尾，清佚名錄，
清彭元瑞批校。卷首藏印有：「知不足齋鮑以文藏書」、「翰林供奉」、「居東海
之濱」、「梧朋法氏之印」、「劉氏喜海字燕庭藏書」、「餘耕堂顧氏藏書」、「杭
州葉氏藏書」。有序《史通序》，下刻「大泌山人李維禎撰」，序後有「李維禎
印」、「呰窳生」、「大宗伯」三印；有序《劉子玄自序》、《劉子玄傳》、《史通
總目》。書中天頭有不少朱筆眉批，書內有較多朱筆三角形、點讀校勘符號和
文字，如：第一卷第二頁第七行，「此故事」三字旁有朱筆「有脫悮」，第九
行「株故舒元所」天頭有眉批「舒元孔衍字」；第六頁第五行，「修春秋」三

〔註82〕「且」字劃掉，改「又」字。

字左旁有朱筆「孔子春秋」，第七頁第四行「法」字左旁有朱筆「昔」字；十二頁第五行「授」字，左旁有朱筆「受」等等，不再例錄。全書末頁有朱筆「丁未年南昌彭元瑞閱」。「史通卷第二十」下有「翰林供奉」、「知不足齋鮑以文藏書」兩印，無跋。《史通評釋》多館收藏，有復本，且多名家藏印、過錄、批校、題跋，見其重要。研究《史通》或明代「史通學」者，可輯成彙評彙校本。

（3）明崇禎間蛾術書屋刻本。

北京大學圖書館、上海圖書館有藏。

北大圖書館古籍部未查到此書。目驗上海圖書館此本。普本。書皮中間有「史通評釋」書名，右側有「唐劉知幾撰，明李維禎郭延年評釋」，左側有「蛾術書屋藏版」字樣。卷首《史通序》，下有鈐印「眞州吳氏有福讀書堂藏書」，署「大泌山人李維禎撰」，序末有「李維禎印」、「峚窟生」、「大宗伯」三鈐印。序二無序名，末署「錢塘後學金炳壎謹序」。序三《史通序》，下署「郭孔延」。序四《劉子玄自序》。序五《劉子玄傳》。《史通總目》。《史通卷第一》下署「唐劉子玄知幾撰」、「明李本寧維禎評」、「附郭孔延延年評釋」。半頁九行，每行二十字，白口，四周單邊，單魚尾，魚尾上有《史通》書名，版心標明卷數、頁碼。評文小字單行，每行十九字。書中有句讀、墨色圈點。六冊，二十卷。書末無跋。

按，對《史通》的評釋，是李維禎史學研究的代表性成果，與陸深《史通會要》、郭延年《史通評釋》、王維儉《史通訓詁》是明代《史通》研究的重要成就，使《史通》才眞正得以普遍重視與傳行，對明代史學產生深遠影響。對李維禎《史通評釋》本的研究，階段成果可參已有相關成果。

2、〔萬曆〕《山西通志》三十卷

《中國地方志聯合目錄》錄李維禎纂修，明萬曆間修，崇禎二年（1629）刻本，國圖（存卷 1～3，6～9，12～21，23～29，有抄配，又有膠捲）、中科院（膠捲）、南京（膠捲）、上海（存卷 1～3，6～9，12～30，有抄配，又有膠捲全）、山西博。注：記事至明萬曆四十二年，刻印時增刻祝徽序一篇。

目驗上海圖書館所藏〔萬曆〕《山西通志》三十卷，（明）李維禎纂修，明崇禎二年刻本，無書名，卷首無序，卷首《山西通志重修凡例》、《山西通志總目》、《山西通志目錄》，存二十六卷，缺卷四、五、十、十一，與國家圖書館藏所缺卷次同，其中卷六至九、卷十四至十五、卷十七至二十、卷二十

二、卷二十五至二十六、卷二十八、卷三十為刻本，卷一至三、卷十二至十三、卷十六、卷二十一、卷二十三至二十四、卷二十七、卷二十九為抄配。版本為半頁十行，每行二十字，白口，四周雙邊，單魚尾，書口有書名、卷數、頁碼，卷末無跋，全書無任何鈐印。

中國科學院圖書館選編《稀見中國地方志彙刊》（中國書店一九九二年版）第四冊收錄李維楨〔萬曆〕《山西通志》三十卷，上海圖書館藏是書。書首有提要「此志全帙今只見藏日本內閣文庫，僅存明崇禎二年（一六二九年）祝徽序，字體與正文不類。……又據《雍正山西通志・凡例》，『舊志始於明成化甲午（十年）督學僉事胡謐創修，越九十年嘉靖癸亥（四十二年）督學副使周斯盛重修。越五十九年萬曆辛亥（按年代計算有誤），按察使李維楨重修。』志中舉人題名至萬曆壬子（四十年）科，進士題名至萬曆癸丑（四十一年）科。」此書據中科院藏影印。

嚴紹璗著錄日本內閣文庫藏本〔崇禎〕《山西通志》三十卷，不著纂修者姓名，明崇禎年間刊本，共四十冊，原豐後佐伯藩主毛利高標舊藏，〔按〕前有明崇禎二年《序》，知正與上海圖書館所藏同一版本，為李維楨修，有上海圖書館藏本所缺之祝徽《序》。

萬曆三十五年初（1607），奉臺檄，設史局，修《山西通志》，歷時兩年，編撰頗艱，見《大泌山房集》卷十五《澤州志序》、《雲西志序》，《山西通志》「敦請者儒纂修《山西通志》，親加考核，當時稱為信書」〔註83〕。此書代表李維楨史學重要成就。

3、《國朝進士列卿表》二卷

《國朝進士列卿表》二卷，（明）雷禮撰，（明）李維楨續補。《中國古籍善本書目》「史部傳紀類二」著錄、《中國古籍總目》史部第三冊史 30923667 著錄。國家圖書館藏。

目驗國圖此本，明萬曆刻本二冊，四周雙邊，每半頁十行，每行二十字，小字注雙行二十字，黑魚尾，版心刻「上卷」、「下卷」字樣。卷首雷禮《國朝進士列卿表敘》、李維楨《校補進士列卿表敘》〔註84〕、李維楨《校補凡

〔註83〕清・羅石麟等《李維楨》，《山西通志》卷八十六，《景印文淵閣四庫全書》第545冊，第99頁。

〔註84〕此文又見《大泌山房集》卷十四《國朝進士列卿表序》，筆者已對校，僅文字稍異。

例》。卷上自「錄自三品以上并僉都御史少詹事祭酒學士」「洪武四年辛亥進
士二百二十人內京堂二人」起,至「弘治十八年乙丑進士三百三人內京堂五
十三人」止。下卷自「錄自三品以上并僉都少詹事祭酒學士」、「正德三年戊
辰進士三百四十九人內京堂四十五人」起,至「隆慶二年戊辰進士四百三人
內京堂」止。卷末李維楨《國朝進士列卿表跋》〔註85〕。卷末無印。

是書內容與體例,可依李維楨《校補凡例》窺知:

> 一表次第:首內閣,次尚書,次左右都御史,次侍郎,次副都,
> 次列卿,次僉都,悉依雷公舊定。今新修會典殿閣學士,居六部前,
> 故內閣不論官品。岳文肅以京秩六品,外秩四品,雷公書之。洪武
> 辛亥科袁列吳前,時大學士不與閣務,猶後之列卿也,預閣務自解
> 大紳始。其殿閣學士,先殿後閣,殿閣又各有次。國初亦不盡然,
> 惟以所居本官為序。國初入內閣者,或止兼翰學,或直以翰學,不
> 必兼殿閣學也。弇州《異典述》云:「諸殿次第。」正統時,定兼部,
> 銜次第。天順時,定有以所兼保傅為次,有以所居部分為次。今表
> 皆從保傅為次。又按《成化十七年登科錄》讀卷官太子太保咸寧伯
> 兼都察院左都御史王翱,敘于太子太保謹身殿大學士萬安,太子少
> 保文淵閣大學士劉珝、劉吉,太子太保吏部尚書尹旻之下,則勳臣
> 讓內閣、吏部,吏部讓內閣,亦體式一變也。」

> 一國初三公、三少,有不兼東宮三師、三少者,有官三品而加
> 二品宮職者,有從一品三少兼東宮三少者,有殿學兼閣學,有閣學
> 兼翰學,有翰學兼坊學者,與今制異。表中亦不能備見其人,其有
> 見者,必其有據者也。內閣於殿學不言,兼於閣學則言,兼考各登
> 科錄有之,然亦未盡然。今仍原本書,不能盡校萬曆、己丑、辛丑
> 登科錄,王太倉武英殿亦稱兼。

> 一六部自吏兵外左都御史,權力出他尚書上,而會典官階六部,
> 自居都察院前。洪武乙丑科楊靖、劉觀俱以尚書改左都御史,雷表
> 楊列尚書,劉列都御史,則改劉從楊。其侍郎改副都御史者,仍列
> 於侍郎內。副都改通政使、大理卿者,仍列於副都內,僉都御史陞
> 列卿者,附見於列卿內,亦此意也。列卿三品陞僉都者,仍列於僉

〔註85〕 此文又見《大泌山房集》卷一百二十六《國朝進士列卿表跋》,筆者已對校,
　　　　僅一字異。

都內，但附見前官，從所陞也。

一國初官皆在今南京，永樂初改燕國爲北京，有行部尚書，四年後有行在，各部尚書事權，猶在南也。十八年定都北，除行在二字，事權悉歸北，而南各署始稱南京，南北分矣。洪熙初，在南者復除南京字，仍設行部于南，在北者復稱行在。宣德、正統間，始革南行部，除北行在字，爲定制。按正統四年《登會錄》各官有行在字，至七年無。故雷公《列卿表》先國初則南北俱有之，次各部則皆北，次南京則皆南。弇州《表》以實在南京者爲南京，其國初南北直稱部。今表各部院序先北而後南，或以南吏部改北別部，仍書北別部，之後或以北部起南，仍先原部，起北即未任亦書，重北也。各部以掌部事佐部事爲重，其出外任者不書，重內也。有書外任者，以是官終也。南京兵部參贊、留守，機務權重，或多以南吏部改任，則書兩部加一品者，又不論部與南北矣。

一表內閣、尚書、都御史，俱以加一品宮保者居前，又標內一品某人貴一品也。其加東宮三少者，階仍二品，則止以部爲序，部同，則加宮銜者居前。

一國初南北侍郎，皆有左右，今南獨有右，亦間有左。國初都御史，內外皆有左右，今內皆左，外皆右，外亦間有左。左右二字，繕寫易訛，從原本書，不能盡校。或先北右而後南左，先北左而後南右，或以左管右事，或以北左管南右事，其確有可據者書之。

一國初左右都御史、左右副僉都御史在內，常滿六人。《會典》僉都當四員，今北院惟三人，南院惟兩人，諸不言事，任者皆今所謂佐院協理院事者也。原表或書或不書，或亦有係督撫，而失書者悉仍之，不能盡校。

一國初督撫，不論六卿、通政、大理，皆可以本官爲之，不必兼都御史。自後，無不兼者，兼官有無，從原本書，不能盡校。

一雷公別有《列卿表》，通理、常僕以下，少卿、順天丞、國子司業四五六品，皆載弇州《表》。無通理佐、無常僕，諸正卿有祭酒學士、有南京坐院僉都、有薊遼宣大三邊兩廣督臣，無各巡撫，今但據雷公《進士列卿表》例，不復增損。

一今恒言大小九卿，大則六部、都察院、通政司、大理寺，小則太常、順天、光祿、太僕、鴻臚、尚寶、欽天、太醫、上林也。考《會典》未見分別，而欽天以下，三署、紅鞍籠、馬杌相傳，至今未改，恒言似有據。詹事、翰林、國子爲師，儒官不在小九卿列。每國有賀慰等疏，俱不相附。雷公收之列卿，必有以也。《會典》列順天于光祿、太僕後，府尹見僉都引避，見吏部有踧禮，光僕卿不然，豈以此故耶？雷表但以三品正從爲次。《會典》列欽天以下于六科中書舍人後同，或多由別途進，故抑之耳。通政、大理、兩京兆卿，佐鴻臚，正卿，有四品者，不得入列卿數，而講讀學士以從五品，入清華之選，誠重之也，考察自陳。四品下部議覆，講讀學士，徑奉內批，體貌原不同矣。今表內五品學士二十七人，惟岳公六品，又三四五品官以卿名者，散官俱大夫尚書、都御史，二品官不以卿名者，勳則正治，上卿正治卿。國家典制，似不拘一字，同異間也。《周官》公侯伯命數不同。天子之老，二人上公也，而曰伯。雷公表括以列卿，或亦此意。

一列卿多三品，故列僉都四品前，不皆三品者，從所尊也。列卿，或俱四品，應列僉都後，檢《登科錄》少詹事、太常少卿帶學士銜者，俱列僉都前，故不易。隆慶初年，禮部議朝班，在僉都上，不分讀講。余所見惟蒲州光學士立僉都上，他講讀學士仍立僉都下，故列卿止講讀學士者列僉都後。

一詹事府、左右春坊、司經局與翰林院兼官，蓋懲漢唐博望、瀛洲私人之弊，而未必盡然。其自翰林起家，爲尚書、侍郎等官，多兼學士，而未必盡然，或久後題補，始得兼之。萬曆間，凡陞詹事、侍郎等官，則兼學士命同下矣。尚書兼光學侍郎，以下兼講讀學士，而亦未盡然。講學今少於讀學，兼官亦然，嘉靖以前則不拘講讀二字。繕寫易訛，悉從原本書，不能盡校。其南京尚書侍郎兼學士者，尤稀少事，從原本書，以俟考。學士或稱署院事，或稱掌院事，似無分別，仍原本書之。《萬曆丁未登科錄》南禮書閔如霖兼讀學，或是舊兼銜耳。

一翰林出身有官至四品卿者，如盧原質，洪武二十一年探花，

鄭環，天順四年探花，皆太常少卿；唐汝楫，嘉靖二十九年狀元，加太常少卿致仕，雷表皆不書。以後官不在翰林，或不兼講讀學士銜也。此三公俱浙人，他處當有相類者，今從雷表，不敢增入。《異典述》牛綸太常少卿兼侍讀，雷亦不書，或以非學士。故恐亦有常少或兼學士偶失考耳，以俟後校補。又《弘治十二年登科錄》李傑以太常少卿兼讀學，焦芳以太常少卿兼講學，王鏊以少詹事兼讀學，而王列李焦後，不知何故。近日則皆少詹在常少上矣，亦識此備考。

一表內加一品宮保、尚書、都御史、侍郎等官致仕者悉書，則近日加列卿銜者亦不可不書，然遺漏多矣，俟後補增。

一尚書前已總目，故本官下止云某部。侍郎及都御史前已總目，故本官下止云左右，省文也。

一凡言貫某籍者，其出身之地也。凡言某某人者，其生身之地也，而實不然。有籍是而人非者，從其上世也。有人是而籍非者，從其寄寓也，或更有他故。表或言籍不言人，言人不言籍，或以籍爲人，或以人爲籍，或先籍後人，或先人後籍，今仍之，不能盡校。其州縣陞爲府及有更名，則從新名書之。

一雷公表內有父子兄弟叔姪宗族者，止書名，不書官，以俱進士也。其有非進士者，則書官以別之。然如此類者，不能盡載。至于宗族如江西廬陵歐陽、浙江楊陶、福建林陳，亦不可勝考，即同在表中，失于互見，以俟後補。

一官俱以生前爲敘，其身後贈官雖高數品者，不論凡官已授已任即書。後有黜降削奪不書，至獲罪伏法亦俱諱之，蓋自有史筆在也。

一累朝實錄傳寫多訛，且官品應書者陞任去任不盡相承，陞任脫書者十二，去任不書者十七八，今據其可書者補正。雷表兩刻本，《弇山堂別集》坊板，俱有脫誤，不能盡校。

一《世誼錄》、近時諸任子所載《家世》可備參考。其或不言南京而泛言某部，或以贈官爲生拜，或以三少爲三太，未必盡確。又按《貢舉考》、《諡法通考》、《臣諡類鈔》、《翰苑題名》、《萬姓統譜》、各省府州縣志、歷科進士便覽、各家行狀志銘，有籍貫姓名官位贈

證與表不同者，書之，以俟參考。楊襄毅爲冢宰，當隆萬兩朝新立，表章舊臣，爲多采其奏疏，年譜增十之二三，楊公以後贈諡，多未詳，俟後增補。

李維楨識

現節錄是書舉例：隆慶二年戊辰進士四百三人內京堂一科京堂七十人以上自此始

內閣　人　內一品　人一科七人入閣自此始，一科八人一品自此始

沈一貫浙江鄞縣人少傅兼太子太傅吏部尚書兼中極殿大學士

趙志皋浙江蘭谿人探花少傅兼太子太傅吏部尚書兼建極殿大學士贈太傅諡文懿

張位江西新建人少保兼太子太保吏部尚書兼武英殿大學士

朱賡浙江山陰人少保兼太子太保吏部尚書兼文華殿大學士

陳于陛四川南充人以勤子太子太保禮部尚書兼文淵閣大士學贈少保諡文憲父子生而一品俱入閣又俱得諡自此始

王家屏山西山陰人禮部尚書兼文淵閣大學士贈少保　諡文端

于愼行山東東阿人太子少保禮部尚書兼東閣大學士贈　諡文定〔註86〕

可知是書對雷禮《進士列卿表》未詳或訛漏、或因典制變更有變化的時、地、列卿名，多有校改或補續；未有據者，多依雷表，或俟後增補、校改。可見李維楨諳識國掌國故，貯之篋笥，編諸譜牒，其以人存史、補正史缺的史學觀，在第三章論其應用文特點與成就時，將重點闡述。

所續補內容，李維楨《國朝進士列卿表序》：「豐城雷少傅爲《國朝進士列卿表》。余初官京師見之，迄於嘉靖壬辰，少傅榜也。三十年復見之武林，迄於嘉靖甲辰，歸田後續也。少傅別撰《列卿年表》，業已版行，獨此尙未傳，余爲續之，益其後七科，迄於隆慶戊辰，則余榜也。鄉貫官品贈諡世系有遺誤者，小爲訂補，或與諸家紀載不同，少傅必自有據，不敢易也。丙辰而後，尙列仕籍，未見其止，故不舉。凡戊辰而後宦業，方與公卿虛席，故不入編。」〔註87〕第一，從李序中知，雷禮《國朝列卿年表》與《國朝列卿表》是兩本書，《國朝列卿年表》業已版行，即一百三十九卷明刊本〔註88〕。

〔註86〕李維楨《國朝進士列卿表》卷下，國家圖書館藏，五十七、五十八頁。

〔註87〕明・李維楨《國朝進士列卿表序》，《大泌山房集》卷十四，《四庫全書存目叢書》集150，第608頁。

〔註88〕雷禮《國朝列卿年表》今有三種版本，一是一百三十九卷，明萬曆十一年項篤壽刻本，北大、遼寧省圖、東北師大、南京市博物館藏；二是一百三十九

第二，《國朝進士列卿表》未授梓，雷禮一直在編撰，李維楨最早於初選京師庶吉士入史館時嘗見《表》之手稿，此約一五六八年或稍後，見雷禮編到嘉靖壬辰榜（1532年），即雷禮進士及第榜；三十年復見之武林，李維楨1599年冬領浙憲，最早約1599年或稍後再見《國朝進士列卿表》，時雷禮已編撰到嘉靖甲辰榜（1544），係雷禮歸田後續。第三，李維楨惜《國朝進士列卿表》尙未傳，爲續之，增補其後七科，迄於隆慶戊辰榜，即續補了嘉靖丁未科（1547）、庚戌科（1550）、癸丑科（1553）、丙辰科（1556）、己未科（1559）、壬戌科（1562）、乙丑科（1565）、戊辰科（1568）八科進士列卿表，到萬曆三十年（1602）前已過世的由進士而及公卿者。目驗國圖本，所補正至「隆慶二年戊辰進士四百三人內京堂……僉都御史……余之禎四川內江人右巡撫甘肅」止，下接書末李維楨《國朝進士列卿跋》，遵雷表體例新撰，雷表誤或典制變更，有據則遵新制續補。李維楨所校改內容，實也有透露，即從洪武四年（1371）至嘉靖甲辰（1544）「鄉貫官品贈諡世」，係有遺誤者，小爲訂補，或與諸家紀同，不同處，因雷禮所撰有據故不易。丙辰而後，尙爲在世仕籍有列者，官職未見止，故不撰，戊辰榜後任公卿者，不撰入，細處前《校補凡例》細述甚詳。

是書續補時間及緣由：「然成弘前諸起家至公卿不皆進士，向後則公卿非進士百不一二，其選益重，其名益美，而人之求多者益甚，口誅筆伐，幾何得免。當其時，比肩事主，道德功業節義文章之士，或不在進士，則進士恥之，或不在公卿，則公卿恥之，而甚者可笑令人齒冷，可恨令人髮指，可賤令人唾噴。故進士而至公卿，猶樹高於林，風先摧耳。少傅之爲是表也，豈以自侈？夫亦史檮杌，鼎饕餮，使人凜凜有戒心乎？……余竊謂少傅閱覽博物，練習當世之故，歷仕兩朝垂四十載，復優游田間者久之而後卒，計就此編約用五十年功力。余入仕亦四十年，山林草土之蹟過半，朝事不悉睹聞，家藏書薑薑征倭之役起大司馬，以漏言故禁絕邸報，耳目益窒，鹵莽捃摭，遠遜前人。」〔註89〕按李維楨入仕亦四十年計，萬曆三十五年（1607）前後，時李維楨任山西參政，奉臺檄，設史局，修《山西通志》，歷時兩年，正是窮徵史籍方志文獻

卷，明查志隆刻本，四川省圖藏；三是一百四十五卷，明徐鎣補，明萬曆刻本，天津圖書館、南京圖書館藏。此時李維楨所見一百三十九卷，未悉是項本、查本。

〔註89〕　明‧李維楨《國朝進士列卿表序》，《大泌山房集》卷十四，《四庫全書存目叢書》集150，第609頁。

之時，與「家藏書蕫蕫征倭之役」、「以漏言故禁絕邸報，耳目益窒」不符，知入仕亦四十年是個約數。之前家居最晚至萬曆三十年（1602），時入仕三十五年，家居係萬曆二十九年由浙江按察使降右參政，謫壽春，因十一月陳夫人喪服除。萬曆三十一年初，李維楨起家任陝西提調，升晉參政，修《山西通志》，升陝西右布政使，到萬曆三十七年秋以仲弟急難僑寓金陵廣陵間，居金陵時住仲弟子別駕家〔註90〕，仲弟解急難後亦任南京國子博士，不當禁邸報，到萬曆四十四年九月前攜家歸楚，時距入仕已四十九年，不當作四十年計，故李維楨續補《國朝進士列卿表》二卷，係在萬曆三十年（1602）守陳夫人喪家居較妥當，且也與從浙憲見雷禮所撰《國朝進士列卿表》時隔很近。時家中藏書係李淑所遺藏書，多嘉靖中征倭之役書，而李維楨自己所購書不多，「余既登第，始知讀書，而不能多購書，不五六年，遂補外吏，蹉跎迄今老矣」〔註91〕，故自評續補「耳目益窒，鹵莽捃摭，遠遜前人」。

續補緣由，敘甚明，成弘前，諸起家至公卿，不皆進士，向後，則公卿非進士者百不一二，時風所尚，比肩主道德功業節義文章之士，不在進士者，則進士恥之，不在公卿，則公卿恥之，分為進士、公卿兩派，其朝廷黨爭有可笑可恨可賤之事之態，而即進士又至公卿者，則猶樹高於林風先摧折之，李維楨繼雷禮續補撰，高舉進士公卿德行功業的表率，是為懲示凶人，使姦佞有戒懼害怕之心。

《國朝進士列卿表跋》中有「表初脫草，出畀門人周思皇。思皇攜之建陽，云付書肆以行。尋起家入秦已，移晉，置簏箱中，考訂訛脫」〔註92〕，周士顯1601年進士，踰年授建陽令，知李維楨《國朝進士列卿表》初續補時間正是前所考證的萬曆三十年家居時。「顧少司馬索觀之，屬長安楊明府覆閱，余亦再三往返，有所補益，校書如掃落葉，隨掃隨有，信矣。誠愧以不急事煩人，念頗費蒐輯，不欲遽棄耳。司馬使使告殺青竟」〔註93〕，李維楨

〔註90〕 李維楨《黃典客壽序》：比仲弟官博士，主其猶子別駕家，因與翁往還，每為余言翁長者。余客金陵，亦以別駕為居停主人。（《大泌山房集》卷三十四，《四庫全書存目叢書》集151，第220頁。）

〔註91〕 明‧李維楨《韻會小補序又》，《大泌山房集》卷九，《四庫全書存目叢書》集150，第483頁。

〔註92〕 明‧李維楨《國朝進士列卿表跋》，《大泌山房集》卷一百二十六，《四庫全書存目叢書》集153，第564頁。

〔註93〕 明‧李維楨《國朝進士列卿表跋》，《大泌山房集》卷一百二十六，《四庫全書存目叢書》集153，第564～565頁。

有《顧司馬撫秦疏序》和《顧司馬家傳》，知顧少司馬爲顧養謙，李維楨有「吾楚詞賦之業，斌斌輩出，而莫盛於武陵。今長安楊明府與其父博士、子孝廉三世皆稱才子，余與明府數相聞未相識也，而先識博士虎林，久之識明府長安，見其子孝廉制義多儁語，有職競焉，不能從容揚扢。既移晉陽，而博士以書來言夫累世通家，……而長安成進士，除洛南令，察廉舉最，調長安，……博士名時芳，元配繼室皆張，贈封皆孺人，長安則元配出。長安名鶴」〔註94〕，因知「長安楊明府」名楊鶴，字修齡，其父楊時芳，字可亭，其子楊嗣昌，字文弱，係武陵楊家，鶴調長安令，爲顧養謙下屬，亦知李維楨校讎修改此書再三，補益甚繁，著撰態度嚴肅，經楊鶴審讀再三，顧養謙授梓，在長安刊刻，跋末署「戊申中秋日李維楨識」〔註95〕，時維楨八月由山西按察使升爲陝西右布政使，撫洮、岷道，是書當約出版此期。他補撰雷禮此書目的，是「夫進士臚傳人也。以彼寓言所掘，拾《詩》、《禮》糟粕而醜之若是。今位高金多，問所從來，與掘冢何殊？令遭南華時，當屬盜跖儈肝、益書舖之膳矣。國家養士，而登進之恩甚厚，人情豔慕，故勢觭重，乘厚重以自恣，流弊至此，辱莫甚焉。更題數語於後，士無論進不，各置一編座右，作懺悔文可耳」〔註96〕，撰著目的正是針貶警戒士風吏治。

雷禮流傳較廣的是《國朝列卿紀》一百六十卷與《國朝列卿年表》一百三十九卷兩種本。《國朝列卿記》，《四庫全書總目》入「史部傳記類存目」，《中國古籍善本書目》著錄，沈津著錄《國朝列卿記》版刻、解題與館藏甚詳〔註97〕，可參看。今收入《四庫全書存目叢書》史部092、093冊，採山東省圖書館藏明萬曆徐鑒刻本影印，前有顧起元序、徐鑒序、雷禮自序，凡例八則。雷禮自序云：「因查自國初啓運至嘉靖四十五年終，凡文臣歷任中書省、御史臺及殿閣部院、府司寺監各堂上官，并各處總督巡撫，循世系錄爲年表，俾居其官者，鑒已往之得失，知所以勸懲焉」〔註98〕，知雷禮撰《國朝列卿年

〔註94〕 明・李維楨《武陵楊公劉媼墓誌銘》，《大泌山房集》卷九十七，《四庫全書存目叢書》集152，第734～735頁。

〔註95〕 明・李維楨《國朝進士列卿表跋》，雷禮撰、李維楨補《國朝進士列卿表》卷下，國家圖書館藏。

〔註96〕 明・李維楨《國朝進士列卿表跋》，《大泌山房集》卷一百二十六，《四庫全書存目叢書》集153，第565頁。

〔註97〕 沈津《美國哈佛大學燕京圖書館中文善本書志》0336，上海辭書出版社，1992年，第179頁。

〔註98〕 明・雷禮《國朝列卿紀引》，《四庫全書存目叢書》史092，第434頁。

表》及《記》是爲「鑒得失，知勸懲」。顧起元序云：「隆慶而後，公謝政家居，所紀第書名目，以俟後之君子，而公亦尋逝矣。顧編摹雖究，釐校未終，就中一人一事迭見，則重複宜刪；傳信傳疑兩存，則冗蔓宜汰。以至魯魚帝虎之字，訛舛宜糾；疊床架屋之書，參伍宜備。侍御徐公，公同邑人也，視學南畿，志先景行，念此紀僅有鈔本，未普流傳，圖所以表章之者。乃刪汰正補，反復校梓行之，自是雷公之盛事，得侍御公而愈彰」〔註99〕，知雷禮隆慶後家居時按書名目續紀，未竟未釐定，俟後之君子續，而雷禮尋卒，《年表》與《記》多所訛誤錯舛。《凡例一》「是書輯自司空雷公，始於洪武初年，迄於嘉靖末年，其總自內閣及九卿，等以衙門大小爲次，其分就各署，以履歷先後爲次，列爲年表，紀爲行實，年表原書，嘉靖末年止，隆慶及萬曆初年，係其子淡瀛、孫條補入行實，原書於嘉靖末年尚在任者亦未入，今仍其舊，總俟續增」〔註100〕，檢《記》，全書是每署先《年表》後《行實》，按徐鑒係萬曆二十九年進士，以太僕寺卿致仕，崇禎初以部推詔起用，辭疾不出，此書當刊行較晚。故李維楨萬曆二十七年至二十九領浙憲武林時所見僅是業已版行之《國朝列卿年表》與尚未付梓之《國朝進士列卿表》鈔本可能性大。

《國朝列卿年表》一百三十九卷，王重民《中國善本書提要補編》有著錄：「按是表與《內閣行實》八卷，並在《列卿記》內，今惟此兩編有單刻本。因可想見其纂輯時，原各有爲編，故門人弟子，得擇其重要者，先爲付梓。其全書則直至萬曆間方梓行。此本紀事止於隆慶六年」〔註101〕，知李維楨所見乃此一百三十九卷本，《國朝列卿年表》是《國朝列卿紀》摘出《年表》先行付梓之單行本；雷禮原撰之《國朝進士列卿表》乃從《國朝列卿年表》中所選自國初至明嘉靖甲辰榜由進士至公卿者的年表，是明朝列卿中的菁華，李維楨爲之續補了自嘉靖丁未（1547）至隆慶戊辰與校訂了全書，故僅兩卷，如《國朝列卿紀》「吳伯宗江西金谿人狀元洪武十五年任武英殿大學士十六年陞國子監祭酒」〔註102〕，《國朝進士列卿表》「錄自三品以上并僉都御史少詹事祭酒學

〔註99〕明・顧起元《國朝列卿紀序》，雷禮《國朝列卿紀》，《四庫全書存目叢書》史092，第426～427頁。

〔註100〕明・雷禮《國朝列卿紀凡例》，《四庫全書存目叢書》史092，第435頁。

〔註101〕王重民《國朝列卿年表一百三十九卷》，《中國善本書提要補編》，北京圖書館出版社，1991年，第14頁。

〔註102〕明・雷禮《開國侍臣殿閣大學士年表》，《國朝列卿紀》卷七，《四庫全書存目叢書》史92冊，第499頁。

士……大學士吳伯宗名祐以字行江西金谿人狀元武英殿大學士」〔註 103〕；《國朝列卿紀》「解縉江西吉水人進士革除四年由侍讀入閣歷翰林院學士兼右春坊大學士永樂五年謫廣西右叅議改交趾叅政十五年卒詔獄」〔註 104〕，《國朝進士列卿表》「解縉江西吉水人翰林院學士兼左春坊大學士王表異典述又以坊學兼翰學」〔註 105〕，符合李維楨《校補凡例》第二條，亦可見《年表》與《表》之區別，《年表》有授職時間，《表》有考訂；《年表》有非進士入公卿者，《表》僅由進士至公卿者。《表》僅國家圖書館藏，可能刊刻數量不大，故保存數量少。雷禮《國朝進士列卿表》屬明代稀見史籍〔註 106〕，故李維楨續補有功於是書，當入《李維楨全集》整理之史部。

4、《馬將軍傳》一卷

　　《馬將軍傳》一卷，（明）李維楨撰。單刻本。《中國古籍善本書目》「史部傳記類一」著錄。明萬曆三十六年刻本。半頁九行，每行十八字，白口，四周雙邊，單魚尾，有刻工姓字。上海圖書館、清華大學藏。

　　目驗上圖藏本，一冊，一函，萬曆刻本，善本。卷首序言二，卷首《馬將軍傳序》，文「虜自土木之禍，爲國家患益熾。嘉靖間，宣大叛卒數起，……今虜欵垂四十年，不可怄也，異日且有拊髀而思馬將軍者，夫人才難易，兵柄重輕，邊計得失，朝政升降，余觀《馬將軍傳》，未嘗不三嘆息焉」，序末署「萬曆丁未夏閏六月天雄李景元書」；序二爲《馬將軍序》，序末署「萬曆戊申歲孟春月之吉魯郡任彥棻撰」。正文爲《馬將軍家傳》：「馬公名芳，字德馨，陝西靈州所人也。……子棟，官晉帥，林，官遼帥，有父風。京山李維楨撰」。即《大泌山房集》卷六十八《馬將軍家傳》，經校勘，文字僅數處尤其殺虜數目小異，當作爲中科院本《大泌山房集》之對校。卷末有《馬將軍傳跋》，末署「大梁李茂春撰」，跋書口下部有「新安徐輝刊」小字。書口下鐫有頁碼。無印。目驗清華大學圖書館藏本，一函二冊，上冊與上圖藏本同，僅卷首與跋末各多「國立清華大學圖書館藏」，下冊《馬將軍家傳》，文末署「京山李維楨撰」，無日期，僅任序末有「余鄒魯儒生耳，萬曆乙巳叨奉上命督餉三關，與長君慎

〔註 103〕明‧雷禮撰，李維楨補《國朝進士列卿表》卷上，國家圖書館藏。
〔註 104〕明‧雷禮《殿閣大學士年表》，《國朝列卿紀》卷九，《四庫全書存目叢書》史92 冊，第 521 頁。
〔註 105〕明‧雷禮撰，李維楨補《國朝進士列卿表》卷上，國家圖書館藏。
〔註 106〕錢茂偉《明代史學研究的回顧與展望》，轉引自中國社會科學院歷史研究所網站：http://ich.cass.cn/News_Show.asp?NewsID=466

齋分任兵食事共一方，所藉餘教滋多，適以公傳示之，且命之序。余自揣固陋，何足為公闡燧而揚休矧有名。公傳述盡矣，謹摭所聞，綴而為篇，且借以祝綿綿之世烈云。萬曆戊申歲孟春月之吉魯郡任彥棻撰」〔註107〕；李茂春跋末有「二丈夫子卓有父風，一帥晉，一帥遼，其威聲虜人聞之咋舌，佟此欸不欸，可無慮矣。大梁李茂春撰」〔註108〕。

《馬將軍傳序》乃李維楨《馬將軍傳序代》（《大泌山房集》卷十七）原文，僅文字稍有小異，落款萬曆丁未夏閏六月天雄李景元書，顯然序寫作於之前或此時，李維楨萬曆丙午冬至乙酉八月（1606～1609）居晉，之前丙午（1606）三月入鄜延；乙巳（1605）任彥棻入關，戊申（1608）作序晚於李維楨《馬將軍家傳》與《馬將軍傳序代》，因知此本乃馬芳兒子輩將維楨文《馬將軍家傳》請人寫序，將李維楨代人作的《馬將軍傳序》與任序、李跋收入，單行本行世，因知維楨此二文作於1606至1607年間。《明史》卷二百一十一有《馬芳傳》，即是李維楨所記嘉靖、萬曆間鎮宣府名將馬德馨。

5、《明都察院右僉都御史張公暨元配王恭人墓誌銘一卷行狀一卷》

是書（明）李維楨撰，（明）閻調羹撰。《中國古籍善本書目》「史部傳記類二」著錄，國家圖書館藏。目驗國圖此本。封面行書手寫左側「張九一字勛甫號周田懋，右側書籤刻「都御史周田張公暨王恭人合葬墓銘行狀付」，卷首直接入李維楨《明都察院右僉都御史張公暨元配王恭人墓志銘》，下有「北京圖書館藏」印，經與《大泌山房集》卷九十二《都察院右僉都御史張公王恭人墓志銘》校讀，僅文字小異，當入中科院底本之對校。此文撰寫時間為萬曆三十四年入鄜後作（1606），「乙巳多遂有河西之役。明年仲春入長安，季春入鄜，而先時以督學使兩游其地，去之殆三十年」〔註109〕，「後之兄弟使使走鄜衍申前請。憶余從先生官長安，二十六年往矣」〔註110〕，李維楨三十四年二月入長安，三月入鄜，冬轉山西參政，故繫此年。下文《巡撫寧夏都察院右僉都御史張公暨

〔註107〕明・任彥棻《馬將軍傳序》，李維楨《馬將軍家傳》，清華大學藏明刻本，第7～8頁。

〔註108〕明・李茂春《馬將軍跋》，李維楨《馬將軍家傳》，清華大學藏明刻本，第3頁。

〔註109〕明・李維楨《先事齋記》，《大泌山房集》卷五十八，《四庫全書存目叢書》集151，第758頁。

〔註110〕明・李維楨《都察院右僉都御史張公王恭人墓志銘》，《大泌山房集》卷九十二，《四庫全書存目叢書》集152，第614頁。

配王恭人行狀》，閻調羹撰。此本明萬曆刻本，佚名刻，半頁八行，每行十六字，白口，四周單邊，書末無跋，有兩印，「梁清遠無垢印」、「雕丘真隱」，兩印上下間有「問月亭進思記」，乃手寫行書體，兩行，每行三字。

6、《十二帝紀論》一卷

《十二帝紀論》一卷，（明）李維楨撰。《日藏漢籍善本書錄》著錄，館藏京大人文研東方，收入叢書《明代宮廷褻錄彙編》，吳豐培輯，北京全國圖書館文獻縮複製中心 1990 年出版，用鈔本景印，屬史鈔類，未見。目驗北京大學圖書館古籍部藏《十二帝紀論》〔註 111〕，收入《中國野史集成・明代宮廷雜錄彙編本》，吳豐培輯，《十二帝紀論》，下有「史官李維楨」，行書手寫體影印，版心有「約園抄本」，係清人趙起謙抄本，無校勘價值。《大泌山房集》卷一百二十一「史論」類收入《十二帝紀論》，係李維楨對自明太祖至穆宗十二位皇帝的史論。

7、《鎮遠侯世家》一卷

《千頃堂書目》卷十著錄《鎮遠侯世家》一卷，李維楨撰，單刻本。今檢《中國古籍善本書目》無。《大泌山房集》卷六十二有《鎮遠侯世家》，知記自鎮遠侯顧成到顧大猷九世事跡及勳臣家外紀事。

8、《韓范經略西夏紀》一卷

《明史・藝文二》著錄「李維楨《韓范經略西夏紀》一卷」〔註 112〕，此單行本已佚。《大泌山房集》卷一百二十三有全文，名《宋臣韓范經略西事始末紀》，敘韓琦、范仲淹經略西事亦未收復靈夏橫州的悲劇，實是針對明神宗朝西川之亂與征播役發出「患無任人之君」的史論。

李維楨承乏史館，嘗參與修《肅皇帝實錄》，《實錄》成，以萬曆三年升修撰，係集體撰著，不入李維楨個人著述。

三、子類

1、《黃帝祠額解》一卷

《黃帝祠額解》一卷，（明）李維楨撰，《中國善本古籍書目》、《叢書綜

〔註 111〕收入四川大學圖書館編《中國野史集成》，巴蜀書社，2000 年，第 39 冊，第三種，第 53 頁。。

〔註 112〕清・張廷玉等《藝文志二》，《明史》卷九十七，中華書局，1974 年，第 2388 頁。

錄》、《美國哈佛大學燕京圖書館中文善本書志》等有著錄。是書被收入陳繼儒所編《寶顏堂彙秘笈》，隨《秘笈》屢被翻刻影印，收入或編入不同叢書名，所據底本皆《寶顏堂彙秘笈四十二種八十六卷》。

主要有：（1）《陳眉公訂正黃帝祠額解》一卷，所屬叢書名《寶顏堂彙秘笈四十二種八十六卷》，（明）陳繼儒編，（明）佚名刻，半頁八行，每行十八字，白口，四周單邊。《中國古籍善本書目》著錄有國圖、中科院、故宮博、北京市委圖、復旦、祁縣、上虞縣圖有藏〔註113〕。國圖所藏本有（民國）傅增湘題跋，傅增湘批校。

（2）《黃帝祠額解》一卷，所屬叢書名《亦政堂鐫陳眉公家藏彙秘籍四十二種八十六卷》，（明）陳繼儒編，（明）沈氏尙白齋刻本，又稱常繡水沈氏刻本，或沈氏亦政堂刻本。明萬曆間刻。半頁八行十八字，四周單邊，白口，無魚尾或單魚尾不等。

（3）《黃帝祠額解》一卷，所屬叢書名《寶顏堂秘笈》，（明）陳繼儒編，民國十一年上海文明書局石印本〔註114〕，《黃帝祠額解》在第六冊。此本館藏機構更多，有國家圖書館等（見《中國叢書綜錄》）機構收藏。日本東北大、東大総、一橋大、東大東文研、東洋文庫藏。

（4）《黃帝祠額解》一卷，所屬叢書名《百部叢書集成》，民國五十三年至五十九年臺灣藝文印書館輯，影印本之十八為《寶顏堂秘笈彙函》，民國五十四年景繡水沈氏亦政堂刊本。日本東北大、京大人文研東方、立命館大學、一橋大藏。

此卷又被收入《集成新編》第21冊。《大泌山房集》卷一百二十二有《黃帝祠額解》全文，《四庫全書總目》：是書乃其奉詔謁黃帝陵，見舊祠取鼎湖之事，額曰龍髯。乃作是書以辨其不經，謂騎龍即乘六龍之義。其實《子華子》已有是說，無庸復贅。又舉百家所言黃帝神靈諸事，一一駁詰，詞極辨博。實亦司馬遷五帝本紀文不雅馴，薦紳難言之緒論也。〔註115〕

2、《新刻批點金罍子》四十四卷

〔註113〕沈津《美國哈佛大學燕京圖書館中文善本書志》著錄「北京圖書館、上虞縣圖書館、中國科學院圖書館」等七館有全帙。

〔註114〕此本又見《中國古籍總目》叢 10100111（4）著錄「寶顏堂祕笈二百二十八種」，李維楨《黃帝祠額解一卷》收在普集（陳眉公彙家藏祕笈）中。

〔註115〕《欽定四庫全書總目》卷一百二十八《黃帝祠額解》，《景印文淵閣四庫全書》第3冊，第754頁。

　　《中國古籍總目》子41120523著錄「新刊批點金罍子上篇二十卷中篇十二卷下篇十二卷　明陳絳撰　明李維楨批點　明泰昌元年陳志潤等刻本　清華　人大　南開　祁縣　青海民族　湖南　美國國會」。日本有東洋文庫，共十冊，原三菱財團岩崎家舊藏；有國會東京藏，江戶時代寫本十二冊。

　　目驗清華大學館藏此本，善本，保存品相良好，二函十六冊，每函八冊，四周單邊，每半頁九行，每行二十字，白口，無魚尾，版心上鐫「金罍子」，下接卷數，如「上篇卷一」、「上篇卷二」等，版心下端末刻頁碼，天頭有眉批。卷首依次有《重刻金罍子序》，天頭有一印「研理樓劉氏藏」下有二印「清華大學圖書館藏」、「再二生」，末署「萬曆庚申孟夏廣陵年家後學張京元書」；有《新刻批點金罍子序》，題下署「吳人徐待聘」，下有印「周氏珍藏」；有《金罍子序》，末署「大泌山人李維楨譔」；有《金罍子序》，末署「萬曆歲丙午賜進士及第國子監祭酒前左春坊右諭德兼翰林院侍講兼修正史撰述制誥會稽陶望齡譔」；有《金罍子序》，末署「萬曆丙午歲季秋穀旦賜進士第知紹興府上虞縣事海虞後學徐待聘撰」；有《金罍子序》，末署「賜進士第南昌後學舒曰敬書于泰興雙立軒中」。下一頁是刻書校刊人氏，每一行依次有：「巡按直隸監察御史臨印孫發刊」、「巡按直隸監察御史三河馮」、「提督河道工部員外郎琴川徐」、「整飭揚州海防兵備帶管疏理監法道事浙江布政使司右參政兼僉事汝南馬」、「兩淮都轉監運使司運使上黨孫」、「直隸揚州府知府溫陵李」、「同知雍丘侯」、「瀛洲翁」、「閩中李」、「通判太原向」、「渤海于」、「推官甬東胡」、「江都縣知縣南平余同閱」。正文卷首「新刻批點金罍子上篇卷之一」，下有二朱印「錫璋臣印」、「子元一字滋園」，下署「明上虞陳絳用揚著」、「會稽陶望齡周望編次」、「京山李維楨本寧批點」、「從孫陳志潤公雨　陳維新湯銘　仝校」，版心下象鼻末端鐫「郭文寫晏君壽刊一」。每卷下署名至「李維楨批點」以上皆同，但末行訂點者不同〔註116〕。

〔註116〕第二冊卷二「餘姚孫如游文宗訂」，卷三「會稽陶崇道路叔訂」，卷四「烏程溫體仁長卿訂」，第三冊卷五「山陰董元儒汝為訂」，卷六「烏程姚祚端正初訂」，卷七「山陰王業浩士完訂」，第四冊卷八「開化汪慶百元履訂」，卷九「餘姚姜逢元沖訒訂」，卷十「霞銅文三俊文瀛訂」，第五冊卷十一「上虞李懋芳國華訂」，卷十二「甥潘灼寧晦訂」，卷十三「上虞丁進翼如訂」，第六冊卷十四「商城熊奮渭佐文訂」，卷十五「昌樂田所賦什一訂」，卷十六「上虞周夢尹起孟訂」，第七冊卷十七「上虞徐景麟麟也訂」，卷十八「繡水李袁純元白訂」，第八冊卷十九「長洲王新政正叔訂」，卷二十「甥陶履中無頗校」，第九冊版心「中篇卷一」起，中篇卷一「江都江文朝令升校」，卷二「慈谿姚煒文

　　批點內容上，首起第二頁天頭有「詞旨曲邕」、「將順其美匡救其惡，臣道也，未聞有故爲不善以彰君之美者，此正議也，而詞更暢豁快意」眉批，第六頁天頭有「誣之天女，猶渺茫無據」眉批，第八頁有「理之定也，不能圉數之適然，故洪範第言徵應，而聖人並不言，禍福見及此也」，第九頁有二處「通篇析辨快極」、「早至七年而後禱，禱必以身，而且嬰，弟以爲犧誕妄極矣，得此可息諸喙」，第十頁有「想當如是」，第十四頁有「一轉」、「二轉」、「三轉」、「四轉」、十五至十七頁有「五轉」、「六轉」、「七轉」、「八轉」、「正議」、「九轉」、「聖人大公無我之心，暴天下萬世矣」、「引證當」、「引證當」，十八頁「未便是治岐時道殣」，二十四頁「確」，二十八頁「引例正義，自是深切」、「議論正大，辨駁嚴明，當是千秋獨照」，三十頁「樂毅不拔二城，式以爲庶幾三代，式以爲行王道之過，徐偃可無論矣，何仁義之多哉」，三十一頁「老吏斷案」，第一冊終。檢全書十六冊眉批評點，每冊二十餘條至三十四條字數多寡不等，皆李維楨批點，內容從釋詞、評文法句法到感發、多方面議論評論不等，屬隨文而發議的評釋，日後筆者將在全集整理時，全部輯出此數百條其評點，與其它數種李維楨的評點類輯成一類。

　　另《中國古籍總目》子 41120522 著錄「金罍子四十四卷　明陳絳撰　明萬曆三十四年陳昱刻本　國圖　中科院　北大　天津　上海　復旦　吉林　南京（清丁丙跋）　山東　浙江　湖北　明萬曆間刻本　南京（卷十八至十九配清抄本）　明刻本　中科院」；子 41120523 著錄「新刊批點金罍子四十四卷　明陳絳撰　明萬曆四十八年揚州刻本　臺圖」。

　　《四庫全書存目叢書》子部 084《金罍子》四十四卷影印湖北省圖書館藏明萬曆三十四年陳昱刻本。《四庫續修》第 1124 冊子部「雜家類」影印明萬曆

去文訂」，第十冊卷三「從孫陳志揚伯抑校」，卷四「孫壻陶崇義浩生校」，第十一冊卷五「孫壻徐鴻孺徐舜英校」，卷六「天長戴纓元長訂」，第十二冊卷七「繡水李培培之訂」，卷八「繡水李廷鑾孟鳴校」，卷九「上虞石元忠願良訂」，卷十「古歙方之孟養浩校」，十三冊卷十一「休寧吳明本師利校」，卷十二「祁門汪邦鉅君芒校」，此卷後有《跋》，末署「泰昌元年嘉平月穀旦從曾孫永槙熏沐百拜謹跋」，下接版心「下篇卷一」，下篇卷一「男翌　昱　產　仝校」，卷二「從孫陳仕美季醇仝校」，第十四冊卷三「孫志淩　志宸　仝校」，卷四「孫志寰　志忠　仝校」，卷五「孫志孝　志廉　仝校」，第十五冊卷六「從孫忠葵　忠益　仝校」，卷七「古歙程開禔躬倩校」，卷八「後學黃慶遠征甫校」，卷九「會稽葉道原虛舟校」，第十六冊卷十「山陰王遴董文校」，卷十一「後學周一龍神卿校」，卷十二「江都王朝宰君燮校」。

三十四年陳昱刻本，《美國哈佛大學燕京圖書館中文善本書志》有詳細著錄，可參見，陳昱刻本，北京大學圖書館、臺灣中央圖書館（三部），及美國普林斯敦大學葛思德東方圖書館、日本內閣文庫、尊經閣文庫亦有入藏。鈐印有「學質私印」。

　　初刻與重刻本的區別，以清華藏本與湖北省圖藏本爲例，初刻陶望周序、舒日敬序、徐待聘序皆行書手寫，下接《金罍子傳》（車任遠譔）與《金罍子凡例》，再進入正文，卷首「金罍子上篇卷之一」下署「明上虞陳絳用揚甫著　會稽陶望齡望周甫閱　同邑車任遠遠之甫校　男陳昱輯」，版面四周單邊，黑口，黑單魚尾，版心上象鼻刻「金罍子上篇」，魚尾下刻「卷之一」，下象上刻頁碼，每半頁九行，每行二十字，批點皆行內小字單行刻，文內夾評；重刻本陶序、徐序、舒序皆雕板刊刻，無《金罍子傳》，此三序前多行書手寫張序、徐序、李序三序，書中多陳永槙跋，版刻也有所不同，李維槙批點全以眉批在天頭，張京元序中有「然公從孫志潤博洽多聞，彬彬能世其家，乃屬本寧先生標評，重刻之江都官署」〔註117〕，知此本乃江都官刻本。

　　《四庫全書總目》：其書上篇二十卷，中篇十二卷，下篇十二卷。大抵欲傚其鄉人王充《論衡》，博引古事而加以論斷考證，然迂僻者居多。〔註118〕李維槙有《金罍子序》，敍其刊刻情況：京兆陳用揚先生家上虞之金罍山，因以爲號。先生好學，博極羣書，白首丹鉛，未嘗一日釋去，所筆記累數十帙，曰《山堂隨鈔》，蓋小說也。陶周望司成，爲易名《金罍子》，云小說列七略九流中，其傳于後，所可見者，《金樓子》、《金華子》，皆是司成稱名故當。……，公從孫宇爲上元令，惜其傳播未廣，將復授梓人。李維槙評其書：余竊謂先生書，非諸子所及也。……因情而度其理，語有默契，不必己出，意有獨裁，不必人同，而粹然一秉于正明經，爲忠臣佐史，爲直筆，剖是非，晰疑信，訂訛謬，究原委，正倫常，儲經濟，昭鑒戒，翼風化，展誦而紬繹之，較然列眉，曠然發蒙，凜然服膺，充然滿腹矣。豈夫駢于辯者，累瓦結繩，竄心遊句于堅白異同之間，而敝跬譽無用之言，抑豈拔新領異，誇多鬭捷，第爲帳中秘密，若杯酒歡謔之助而已哉！〔註119〕

〔註117〕明·張京元《重刻金罍子序》，《新刊批點金罍子》卷首，明泰昌陳志潤刻本，
　　　　　第三頁。
〔註118〕四庫館臣《金罍子》，《欽定四庫全書總目》卷一百二十四，《景印文淵閣四庫
　　　　　全書》第 3 冊，第 687 頁。
〔註119〕明·李維槙《金罍子序》，《大泌山房集》卷八，《四庫全書存目叢書》集 150，

3、《潘方凱墨評》一冊

《潘方凱墨評》一冊，（明）潘膺祉撰，李維楨等評，故宮博物院抄本，中國科學院自然科學史研究所圖書館藏。目驗中科院藏本，全本，卷首序下有「故宮博物館敬贈」、「中國科學院中國自然科學史研究室藏」朱印。依次評墨序有：（1）李維楨，卷首有《潘方凱墨評一》，下署「大泌山人李維楨本寧甫」，文末有三印「峕龕生」、「太史公牛馬走」、「溝猶瞀傅」〔註120〕；序二爲《潘方凱墨評二》，末有三印「李維楨印」、「李氏本寧」、「款啓寡婚之民」；序三爲《潘方凱墨評三》，末有三印「杜多居士」、「崎嶔歷落可笑人」、「大泌山人」，末有「社弟王之相書」和王氏二鈐印「王之相印」、「長卿氏」；此三序見《大泌山房集》卷一百二十六《潘方凱墨評》和《又》、《又》三篇，當入《大泌山房集》之他校。（2）焦竑，第四評爲《書潘方凱墨》，末署「澹園居士焦竑」，下有「弱侯」、「太史氏」二印。（3）朱之蕃，第五評爲《潘方凱墨歌》，下有「林國」印，末署「萬曆辛亥初春朱之蕃書」，下有之蕃兩鈐印〔註121〕。（4）顧起元，第六評爲《潘方凱墨序》，末署「萬曆壬午冬日江寧顧起元撰」，下有顧氏二印，下一行有「閩中洪寬書」，有洪氏二印；（5）雷㬰，第七評爲《潘方凱墨序》，下有一印，末署「豫章雷㬰元亮父題」，下有其三印。（6）祁承㸁，第八評《潘方凱墨說二則》，末署「山陰道上密士祁承㸁」，有其印，下一行有「社弟鮑士章書」，有其二印。（7）王穉登，第九評《墨說贈潘方凱》，末署「太原王穉登撰並書」，下有其二印。（8）鄭琰，第十評《玄超主人對》，末署「歲在塞陽重九日　晉安鄭琰爲方凱社兄撰」，下有鄭氏二印。（9）第十一評《墨宗敘》，末署「萬曆癸丑清明日叔之恒景升甫譔」，下有潘氏二印，下一行「社弟汪宗魯書」，有汪氏二印。（10）第十二評《如韋館直說》，末署「萬曆庚戌陬月如韋館主人潘膺祉方凱著」，下有潘氏二印，下一行有「友人閔純禮書」，下有閔氏一印。

其後諸名士爲潘氏作《開天容墨銘》等，首篇末署「舊史李維楨識」，有二印「李氏本寧」、「雲中君」。書末無跋。但有「李孝美墨譜三卷附潘膺祉墨評民國十九年一月故宮博物院圖書館印行」，知中科院是書藏本乃故宮影印抄本。

第 478～479 頁。
〔註120〕案：本書之鈐印篆文，多由范景中先生弟子孫田博士辨識，注明致謝。
〔註121〕按是書體例，每人墨評後，蓋其人印章，多有不識，不復出其印章文字。

《中國古籍總目》子 41018805 著錄「《潘膺祉墨評一卷》，明李維貞等撰 民國十九年故宮博物院圖書館景印本　大連　瀋陽魯迅美院　吉林　吉大 東北師大」有藏，實與中科院藏本係同一書，書皆為《潘方凱墨評》，李維楨 在此書中有四評。

按，潘膺祉，字方凱，為新安潘氏宗人，善詩，善墨，李維楨晚與潘膺 善（字方回）、膺祉兄弟遊。李維楨有《潘方凱》詩序（卷二十三）、《答潘方 凱次韻》（卷四）、《贈如韋館主人序》（卷四十八），為其父潘允明作《潘太學 墓誌銘》，對潘方凱的墨評有《潘方凱墨評》（三篇）（卷一百二十六）、《如韋 館墨說》（卷一百二十三）、《開天容墨銘》（《潘方凱墨評》有此銘）、《如韋館 墨銘》（卷一百二十四）。

4、《李本寧先生選註虞精集》與《新鍥官板批評註釋虞精集》

目驗國圖《李本寧先生選註虞精集》八卷，一函六冊，內封面「李本寧 先生　奎璧堂鄭思鳴綉梓　選註虞精集」，卷首序一《虞精集題辭》，下有印章 「國立北平圖書館收藏」，序末署「大泌山人李維楨本寧父撰」，下有「呰窳 生」等三印，與《新鍥官板批評註釋虞精集》序末李氏三印同。序二、序三、 序四，下卷一與卷八首尾皆與無錫市圖藏本同〔註122〕，國圖本書末多《自序》， 末署「周伯畊書於鐵僕齋」。

此本又見於《四庫全書存目叢書》子 093 冊《新鍥官板批評註釋虞精集》 八卷，（明）周伯畊撰，徐奮鵬評，周家賢註，無錫市圖書館藏明書林鄭大經 刻本，可詳參此本，卷首《錄諸名公評文書略》有「李本寧先生書」，正文「新 鍥官板批評註釋虞精集卷之一」卷首刻「郢中李維楨本寧父選」，莆田周伯畊 更生著，臨川徐奮鵬自滇評、湯開遠叔寧校，男周家賢齊甫註，書林鄭大經 道常梓。國圖藏本乃初刻本，無錫市圖藏本係再刻本，皆坊刻，較清晰說明 李維楨在此書中選目與作《序》、評文作用。

查《中國古籍總目》子 41120836「虞精集八卷　明周伯畊撰　明萬曆間 奎璧堂刻本　國圖　北大」、子 41120837「新鍥官板批評註釋虞精集八卷　明 周伯畊撰　明徐奮鵬評　明周家賢注　明書林鄭大經刻本　無錫　四川　臺 圖」，奎璧堂即鄭大經的金陵書坊名。

〔註122〕國圖本卷之四《居身篇》第五、六頁此兩頁不缺，卷之七《民情篇》篇末至 「詞麗言言中」後缺「鸒」字。

5、《新刻本寧李先生詳訓對類》

《中國古籍總目》子 51225752 著錄「新刻本寧先生詳訓對類四卷　明李本寧編　明刻本　國圖（存二卷）」。目驗此本，函一冊，書名《新刻本寧李先生詳訓對類》，封皮藍底白線，四孔線裝，封皮無書簽。書內首頁係插圖，一位老先生教導五幼童，目錄版心內鐫「春集」，下接「首卷目錄」，分別是：習對要訣、指掌訣法、四聲字譜、四聲指義、五音所屬、五聲所屬、五音字法、字母指明、辨聲要訣、字母切韻、虛實死活、幼蒙習對、幼蒙還對、習對歌訣、聲律歌對、上平十五、下平十五、上聲廿九、去聲三十、入聲十七。「春集目錄」有「天文門目錄」、「地理門目錄」、「時令門目錄」，末署「春集目錄畢」。插圖二，是一位老先生在水亭教導一幼童，目錄版心內鐫「夏集」。「夏集目錄」有：花木門目錄、鳥獸門目錄、宮室門目錄、器用門目錄。插圖三，是一位女眷在房廳，旁有四幼童嬉戲，目錄版心內鐫「秋集」。「秋集目錄」有：人物門目錄、人事門目錄、身體門目錄、衣服門目錄、珍寶門目錄。插圖四，是一位書生倚門拄杖而立，前方二幼童在籬笆外回頭望向書生。目錄版心內鐫「冬集」。「夏集目錄」有：采色門目錄、文史門目錄、飲食門目錄、數目門目錄、干支門目錄、卦名門目錄、通用門目錄、巧對門目錄，末署「目錄冬集終」。

此書黃紙本，四周單邊，粗黑線，白口，黑魚尾，版心內刻卷數、頁碼，半頁十二行，每行二十一字，小注雙行三十字。正文卷首「新刻本寧李先生詳訓對類卷之一」，下有兩印「長樂鄭振鐸西諦藏書」、「北京圖書館藏」，第二行起署「太史李本寧編」、「後學張吉所校」、「書林余敬宇梓」，此卷版心有「漂湘大備對類」、卷數、頁碼。存「新刻本寧李先生詳訓對類卷之二」，下署「愼餘齋」「余德先」梓，此卷版心有「漂湘大備對類」、卷數、頁碼，首起「山水第一　實字」目，末至「巍巍渺渺第七十　虛字」目，「地理門二卷終」，末有二印「北京圖書館藏」、「長樂鄭氏藏書之印」。此書性質係為教習蒙童作詩對偶而編撰，坊刻本，存春集（天文、地理門），非國圖在是書所作書簽存「冬集」。刊刻時間尚不得考出。

6、《新刻本寧李先生對類二十卷》

《中國古籍總目》子 51225753 著錄「新刻本寧李先生對類二十卷　明李本寧編　清刻本　國圖（存卷三至卷十八）」。

此書現存七冊，第一冊首起「反　候屆　候值　節屆　節遇　節值　……

初春早夏第八　上虛下實　平　初春　新春　方春　新秋　深春　殘春　餘春……」，版心黑魚尾內刻「時令門三卷」，頁碼標示為「三」，為第三頁左半頁起，此卷至卷末「時時日日第六十四　實字　平　時時　辰辰　朝朝　宵宵　更更　年年　仄　日日　旦旦　暮暮　夜夜　刻刻　月月　歲歲　世世代代　節節」，版心頁碼標示「二十四」，第二十四頁右半頁止，知從第三卷中第三頁開始。按現存書七冊裝幀的篇幅，第一冊缺內封面工整手寫楷體墨筆字，但書根的包角處有工整手寫楷體墨筆字「石」，無序，無印，訂「時令門三卷」（二十四頁，殘）與「花木門四卷」（五十三頁，全）〔註123〕；第二冊內封面工整手寫楷體墨筆字「絲」，訂「鳥獸門五卷」（五十三頁，全）與「宮室門六卷」（三十四頁，全）成一冊；第三冊內封面工整手寫楷體墨筆字「竹」，訂「器用門七卷」（五十二頁，全）與「人物門八卷」（五十六頁，全）成一冊；第四冊內封面工整手寫楷體墨筆字「匏」，訂「人事門九卷」（六十五頁，全）成一冊；第五冊內封面工整手寫楷體墨筆字「土」，訂「身體門十卷」（三十一頁，全）、「衣服門十一卷」（二十二頁，全）與「珍宝門十二卷」（十二頁，全）成一冊；第六冊內封面工整手寫楷體墨筆字「革」，訂「采色門十三卷」（八頁，全）與「文史門十四卷」（二十五頁，全）、「飲食門十五卷」（十七頁，全）、「數目門十六卷」（四頁，全）與「干支門十七卷」（缺第一頁，存二、三頁，至三頁終，殘）成一冊；第七冊缺內封面工整手寫楷體墨筆字，但書根的包角處有工整手寫楷體墨筆字「木」〔註124〕，訂「卦名門十八卷」（八頁，全）、「通用門十九卷」（四十頁，全）與「巧對門二十卷」（十二頁，全）成一冊，此卷末無跋，「巧對門二十卷終」下有二朱印，上「北京圖書館藏」，下「長樂鄭氏藏書之印」。因知，雖書品相紙張墨色行款都保存極好，但係殘本，缺卷一、二整卷，即少一冊或二冊〔註125〕，缺卷三前二頁和卷十七第一頁。亦因知《中國古籍總目》錄此書「存卷三至十八卷」非，應是「存卷三至二十卷」。

　　是書版式，黃紙本，四周單邊，粗黑線，白口，黑單魚尾，版心刻「漂

〔註123〕此冊末頁終印「花木門四卷終」，故能確知此卷全，下同。
〔註124〕此七冊書書根包角處，依次每冊工整手寫墨筆字「石」、「絲」、「竹」、「匏」、「土」、「革」、「木」，知為七集名。
〔註125〕從本書裝幀，可知據每卷頁碼多少訂成一冊或二三卷訂成一冊，七冊也各有厚薄不同，一般情況下，作一冊裝可能性較大，除卷一二的頁碼多，才可能分二冊裝訂。

湘大備對類」，魚尾下刻卷名，如「時令門三卷」，下刻頁碼，每半頁十二行，每行二十一字，小字注雙行三十字。卷四首行「新刻本寧李先生對類卷之四」，第二行下有「慎餘齋　余德先　梓」小字雙行，卷五、七、十二、十四、二十落款皆如此；卷六首行「新刻本寧李先生對類卷之六」，第二行下有大字單行「用九齋　梓」，卷八、九、十、十一、十三、十五、十六、十八、十九落款皆如此。

是書內容，如第二冊，「鳥獸門五卷」中「攀龍附鳳第四十八　上虛活下實」，首起「平」，「攀龍」，下注小字雙行「見後附鳳」；同行下接第二詞「登龍」，下注小字雙行「及第曰登龍」；同行下接第三詞「乘龍」，下注小字雙行「黃尙與李元礼俱爲司徒並娶太尉桓叔元女時人謂桓叔元兩女俱乘龍言得婿貴盛如龍也」；二行下接第三詞「騎龍」，下注小字雙行「黃帝採首山之銅鑄鼎荊山下鼎成龍下迎之帝騎龍昇天」；二行下接第四詞「屠龍」，下注小字雙行「朱謾評學屠龍于支離彈于金之產藝成而無所用」〔註126〕，下接「求魚」等詞。

再如「新刻本寧李先生對類七卷」，首起「平」，「車」，下注小字雙行「輅也所以任重致遠黃帝所作」；同行下接第二字「輿」，下注小字雙行「車之列名有板輿以木爲之籃輿以竹爲之」；同行下接第三字「軺」，下注小字雙行「遙○使臣小車乘馬者」，同行下接第四字「軒」，下注小字雙行「車箱有闌板曰軒」；同行下接第五字「轅」，下注小字雙行「車前橫木上鈎衡者」；二行下接第六字「輪」，下注小字雙行「兵車之輪六尺六寸田車之輪六尺三寸在輿之外」；二行下接第七字「軶」，下注小字雙行「車前橫木鈎衡者曰軶」，二行下接第八字「轞」，下注小字雙行「冲○戰車也」〔註127〕，下面是對「舟」類各字釋義。筆者細閱全書，皆如此類，不再列。

與《新刻本寧先生詳訓對類》相似，皆爲作詩對偶的釋韻釋字釋詞釋典而編撰，前者讀者對象爲成人，後者啓蒙對象爲蒙童，故前書複雜詳實，後者簡單基本。兩書細細比勘，是同一系列之不同兩書，二本皆殘，雖《詳訓對類四卷》存「春集」首二卷，但《對類二十卷》（闕卷一二）並不爲前書的接續之作。兩書都爲「漂湘大備對類」，梓者皆署「慎餘齋」「余德先」梓，

〔註126〕明·李維楨《新刻本寧李先生對類二十卷》卷五，明余德先刻本，第二冊，第二十七頁。

〔註127〕明·李維楨《新刻本寧李先生對類二十卷》卷七，明余德先刻本，第三冊，第一頁。

版本、墨色、行款、紙張〔註128〕皆同，余敬宇屬明代建陽書坊余氏興文書堂，刻《古今韻會舉要小補》的建陽書林文臺余象斗也屬建陽，疑三書都緣於周士顯任建陽令影響下所刻書籍，故定為明刻為妥。

　　李維楨有少量刊刻書籍，如集類《太函集》，皆係其文事活動，一併述錄：

　　在南京刻經類書籍《二賢言詩》。毛奇齡《詩傳詩說駁義》卷一：《詩傳》子貢作，《詩說》申培作，向來從無此書。至明嘉靖中，廬陵中丞郭相奎家忽出藏本見示，云得之黃文裕祕閣石本。……李本寧宗伯則復合刻篆文楷體于白下，且加子夏小序于其端，共刻之，名曰《二賢言詩》，而于是《詩傳詩說》一入之《百家名書》，再入之《漢魏叢書》，而二書之名遂相沿不可去矣。〔註129〕

　　入蜀刻《嘉靖丁酉湖廣序齒錄》。參《嘉靖丁酉湖廣序齒錄跋》知，繫李淑中鄉舉丁酉名錄。此錄廢久，淑與郢中同舉於鄉之曾子玉先生互相搜葺，即世，李家即失其草，而曾先生後十五年亦卒，李維楨問於其孫任子，任家藏其草。李維楨攜入蜀，會宜賓车明府，明府亦年家子，因付而授梓。李維楨版行目的是「吾先人敦世講之好，晚而猶勤搜葺，其所愛敬，不在茲乎？吾與明府、任子無忘此一念可也」〔註130〕，實際是李維楨在行先進之風。不見目錄著錄，知佚。

　　另李維楨校刪的集子有《吳汝忠集》，「汝忠善吾郢人陳玉叔，玉叔行其集，盛有所稱引。今憲使丘公汝洪者，母夫人于汝忠為出禮，稱離孫。吳有遺愛于丘，丘所以報吳，久而不忘，皆人倫懿美，超出是集之外，不佞所貴於汝忠能自為汝忠者，是亦足徵也。」〔註131〕吳汝忠即吳承恩。《射陽先生存稿》四卷，（明）吳承恩撰，有萬曆庚寅刊本，存臺北故宮，此本有民國十九年故宮博物院圖書館鉛印本。目驗上圖藏此鉛印本，有陳文燭萬曆庚寅夏日《吳射陽先生存藁敘》、李維楨《吳射陽先生集選敘》〔註132〕、書末吳國榮

〔註128〕二書內紙張皆為黃紙本，僅書封皮四卷本為藍厚紙，二十卷本為黃厚紙。

〔註129〕明・毛奇齡《詩傳詩說駁義》卷一，《景印文淵閣四庫全書》第86冊，第234頁。

〔註130〕明・李維楨《嘉靖丁酉湖廣序齒錄跋》，《大泌山房集》卷一百二十八，《四庫全書存目叢書》集153，第602頁。

〔註131〕明・李維楨《吳汝忠集序》，《大泌山房集》卷二十二，《四庫全書存目叢書》集150，第559～560頁。

〔註132〕與《大泌山房集》卷十二《吳汝忠集序》同，僅文字小異。

萬曆己丑仲春七日跋，據三序內容與書所收詩文詞，可知《吳汝忠集序》即指此本，「丘公念母而念母之舅氏，復搜集玉叔所未及錄者已，病其太繁，屬不佞校刪而爲之敘」〔註133〕。

第三節　亡佚著撰

從李維楨文集與史志目錄、私家目錄知李維楨著述不止於上述經史子集類，其亡佚甚多，本節重點「著述亡佚」〔註134〕。

一、集類

1、《小草三集》

李維楨《小草三集自序》：「復濫名啓事，起家有秦晉之役。而四方薦紳學士過聽道路言，徵文日彌眾，辭之不可。當里居時，展書討論，萬分一或可觀，家人取覆瓿且盡。三仕，宦邸不多齋書，申紙、信腕極爲鄙倍，而笥中亡去差少。會兒稍長有知，請曰：『大人每自菲薄，其文不欲傳，然業已播在四方，受彈射，顧令兒子輩不得見乎？』而余季過六十，念所綴屬，誠無當作者，然未嘗不覃心力，頭鬚爲白。兒既整齊脫誤，集以問名，名之曰《小草》。」〔註135〕

李維楨時心境與仕宦文業都漸入佳境，是繼京師任史官後第二次的眞正開始陞遷重用，仕宦與心境成熟老練，平淡而精光內斂。在北方諸省，他更是當之無愧的文壇盟主，「蓋余聞名于秦人」〔註136〕，他兩度仕梁，中州文學根基深厚，第三仕，「起家有秦晉之役。而四方薦紳學士過，聽道路言，徵文日彌眾，辭之不可」〔註137〕。他翼立言，故在萬曆三十五至三十七年主修《山

〔註133〕明・李維楨《吳射陽先生集選敘》，吳承恩《射陽先生存稿》卷首，故宮博物院圖書館，民國十九年，第2頁。

〔註134〕單篇「詩文亡佚」限於篇幅不再敘，可參見筆者《李維楨與晚明詩壇研究》第二章第三節，上海師範大學2013年博士論文。

〔註135〕明・李維楨《小草三集自序》，《大泌山房集》卷首，《四庫全書存目叢書》集150，第270頁。

〔註136〕明・李維楨《隨在集序》，《大泌山房集》卷十九，《四庫全書存目叢書》集150，第727頁。

〔註137〕明・李維楨《小草三集自序》，《大泌山房集》卷首，《四庫全書存目叢書》集150，第270頁。

西通志》有便利刊刻與財力條件下，有意讓《小草三集》付梓刊刻。但「校刻未及半，而投劾還山矣。坐急難，喦滯廣陵、金陵間，遂及三年，友人以金陵刻工便，強余悉索舊草，僅有存者，附載此序」〔註138〕，隨他三十七年秋赴仲弟急難，《小草三集》中斷。至三十九年，《大泌山房集》始結集，由曾編校《小草三集》的長子李營易再次結集，營易序云：「丙午以前，多逸其草，易所錄，皆近作也。頃者，友人請全集授梓，歸檢篋中，尚得十一，惟在史館時，詔、誥、表、箋、騷、賦、詩、歌，無存者」〔註139〕，此可證實《小草三集》篇目多佚。筆者對李維楨部分詩文作品有可考之繫年，有不少在丙午前作，但較他所作「尚得十一」，是可相信的。

2、《李本寧四六啟》

陳繼儒嘗作《李本寧四六啟敍》：

> 李本寧先生手訂《大泌山集》一百三十四卷，富有日新，代興弇州之後，允無愧色。而說部、尺牘、四六啟猶未行，學士大夫想望不可得，則竊意之，曰：「公交遊滿天下，碑炤四裔，而又性好緩急人，所至金湯，所居鐵檻，其書牘貴於陳驚坐，多於劉穆之，若之何易刻也。

> 先生十八舉于鄉，二十一讀書中秘，八十考終，宮保之里居，更歷六聖人之朝，而同翔秦、晉、豫、雒、梁、蜀、吳、越之地，見聞廣，忌諱多，說部若之，何輕刻也。獨是四六啟多襲而少鋮，巧者續人目，雋者解人頤，能使祭獺之竇儒，一變而爲雕龍吐鳳之才子，是何庸秘之帳中乎？許氏《說文》曰：「啟，傳信也。」服虔《通俗》云：「啟，官信也。」古者，上天子稱表，皇后、太子稱牋，諸王稱啟，孝景諱啟，故兩漢無稱，沿襲唐宋，以及吾明，去散文，用駢語，獨名之曰「啟」，而專行之于上衮尊行懿親新貴之間。先生嘗云：「四六啟，如官酒肆筵設席，餖飣滿前，而了無補于情實。」余笑云：「宋人以告命文爲四六，其言溫厚而和平。今人以四六啟爲告命，故其言過浮而太譽已。」聞高邑趙冢宰痛加嚴革，海內稱快。而今則踵襲如故矣，一啟見投，攢眉應

〔註138〕明·李維楨《小草三集自序》，《大泌山房集》卷首，《四庫全書存目叢書》集150，第270頁。

〔註139〕明·李營易《大泌山房集》序四，李維楨《大泌山房集》卷首，中科院藏本。

之，見者置弗讀，即讀弗竟也。若李先生啟，則不然，應物隨變，徵實翻空，取材贍而音韻調，剪綵新而志意顯，盡去平頭犯尾雙聲疊韻之訛，而極得串珠合璧之妙，上可以埒徐庾燕許，下亦不失歐蘇，其四六之當行家也。

嗟乎！使李公久在館閣，誥冊之文，可以比隆三代，代言之筆，可以遠譬四夷，而不幸爲忌者所裁，困之外吏，即四六諸啟半出，已作半爲人捉刀，稱盛德而道吉祥，幾於天上黃河，委蛇行地，猶未免千里一曲者，此豈先生磊磊落落之本願哉！故《前集》黯不示人，而身後孤行晚出，寶鏡翳塵，神鉤埋土，精彩聲光，必有發現於人世，終不得而抹摋之也。

若宗衍更以尺牘、說部附麗《續集》中，小言、大言，橫說、豎說，使海內獲見《大泌》之全書，而後覺乃無遺憾，是在門生故吏相與合力助成之，豈必待後世之子雲哉！〔註140〕

按，因知四六啟在明代，指往來於宰輔、長輩、至親、新貴間的書信，以駢體四六寫成，去散體，李維楨以多應酬之文，故生平精選其四六啟，作爲《大泌山房前集》，在其逝後由李營易結集單行本，故陳繼儒翼尚未付梓之尺牘、說部彙集成《續集》，使海內得見《大泌山房集》之全書，序末倡議維楨門生故吏合力促成此事。《李本寧四六啟》今不見目錄書著錄，是否刊刻未可考，陳序時間亦未可考，「而身後孤行晚出」知其已結集，但不論是書當時乃刻本還是稿本、清稿本，均已亡佚。

二、史類

1、《左氏內外傳同異》

李維楨《左氏讀法序》：「余童子時，讀《左氏傳》而好之，手錄其可用于舉子業者，他章句訓詁多不曉。比長，稍通其義，欲爲四讀：一以國分，備一國始終；一以人分，備一人始終；一以事分，備一事始終；一取《大全四傳》諸儒之說所未盡收者，秦漢以前諸家所載事與《左》同而文異者，《左》之章法、句法、字法，又引經與今不盡同及占夢諸事爲類附之。前三則苦于無力傭書，後一則苦于無力購書已。見學士家，若列傳，若左翼，若節文之

〔註140〕明・陳繼儒《李本寧四六啟敘》，《陳眉公先生全集六十卷年譜一卷》卷八，崇禎吳震元等刻本，上海圖書館藏本。

類，先得我心所同然，遂罷不爲。獨《國語》與《傳》同異，不滿百章，彙
爲一編而已。」〔註141〕

　　因知他自童子時便好《左傳》，長大通曉《左傳》後，嘗欲將《左傳》按
四種讀法編撰成書，一以國分，一以人分，一以事分，備一國、一人、一事
始終，一以取《大全四傳》諸儒之說所未盡收者，秦漢以前諸家所記與《左
傳》事同而文異者，及一切《左氏》章法、句法、字法等評論，及引經與《大
全四傳》不同者及占夢事，分類附之。因故未得著，見學士家已將《左傳》
按列傳、左翼、節文類分，已按類編纂，遂罷不爲。將多年治《左傳》之心
得體會借爲學士作《左傳讀法序》撰寫出來，見李維楨之嗜好《左傳》，研習
深矣。

　　但他有憾於不再撰「左傳四讀」是書，又因評釋《史通》，另撰寫了《左
氏內外傳同異》一書，將「《國語》與《傳》同異，不滿百章，彙爲一編而已」
（見《左氏讀法序》）。他有《左氏內外傳同異序》：「余因《史通》，題《左氏
內外傳》，而載其異同，凡八十篇，倣前人班馬異同云：『夫素王有素臣，亦
有亂臣。若常秩倚閣者，紛紜之議，復何怪焉』」〔註142〕，知是書共八十篇，
其序評《左氏傳》與《國語》甚詳，他主張《左氏傳》與《國語》係左丘明
所作《春秋》內外傳，本於筆削列國史所記言事以成一家言，左丘明集典雅
命辭與經相發明者爲《春秋傳》，其高論善言別爲《國語》。凡事同辭異者，
詳於《傳》而略於《語》，詳於《語》而略於《傳》，此論得之《史記》，云左
丘失明，厥有《國語》，而不及《傳》，等等，可詳參《序》。是書從《序》中
所能知僅於此，諸目錄不載，未刊刻，他不可考，亡佚。

2、《春秋四傳童習》

　　李維楨《春秋四傳童習序》：「明興，文皇帝輯《春秋大全四傳》，布在學
官，乃治舉子業者，奉胡如聖書，其事則左氏，而《公》、《穀》廢矣。今上
納儒臣言，校十三經，板之太學，《四傳》復並行，千載一時也。猶子輩出就
外傳，苦其書多不能竟，余爲刪而授之。」〔註143〕知《春秋大全四傳》量大，

〔註141〕明・李維楨《左氏讀法序》，《大泌山房集》卷七，《四庫全書存目叢書》集
　　　　150，第 445 頁。
〔註142〕明・李維楨《左氏內外傳同異序》，《大泌山房集》卷七，《四庫全書存目叢書》
　　　　集 150，第 447 頁。
〔註143〕明・李維楨《春秋四傳童習序》，《大泌山房集》卷七，《四庫全書存目叢書》
　　　　集 150，第 444 頁。

不好學，李維楨刪減其書而成《春秋四傳童習》，是書爲家塾子侄輩的啓蒙課本，未授梓，可能係寫本。

　　是書內容與義例亦可略見：「蓋《左氏》一句一字之佳，靡不錄，故存者十之八九。《公》、《穀》十之三四，胡十之五六。《左氏》所刪義例之複者與日月之無當於事者。《公》、《穀》有刪句而無刪字。胡則字句之沓拖者，並刪矣。大都以經文爲準，經出孔子，特筆及義例大者，則以《傳》附之，其無大義例與經未有者，專錄《左氏》，取其辭而已。有舍胡，而用《公》、《穀》者，取其辭而已。事後先相貫，屬經爲一傳如之，經不盡屬，盡屬左氏，取其辭而已。辭便於童子習之，故曰《童習》，必以理勝。若安國崛起，千載之下，而欲據三氏，上稱仲尼傳心弟子，所謂童而習之，白紛如也，敬謝不敏」〔註144〕，知其以《左氏》字句佳，靡不錄，存《左氏春秋傳》十之八九，《公羊傳》、《穀梁傳》存十之三四，宋胡安國《春秋傳》共三十卷，存十之五六。《左氏》刪義例之重複與無當於事者，《公》、《穀》刪句而無刪字，胡傳並刪字句沓拖者，以孔子《春秋》爲準，特筆及義例大者，以四傳附之，其無大義例與《春秋》未有者，專錄《左氏》，僅取其辭，有舍胡傳，而用《公》、《穀》者，僅取其辭。編撰宗旨是事按編年連貫，多取《左氏》盡其事其辭，必以理勝。《春秋四傳童習》雖是李維楨子侄輩家習課本，但卷帙亦不少，較明官方讀本《春秋大全四傳》卻事晰理精，體現了李維楨因史官身份，重視史家根柢與《左傳》筆法的文學思想。是書編撰時間地點卷數目次不可考，是書今目錄不載，已佚。

3、《南北史小識》十卷

　　《明史・藝文二》著錄「李維楨《南北史小識》十卷」〔註145〕，是書已佚。李維楨有《南北史小識序》：「余嘗不自揆，欲自蜀漢章武迄隋大業，爲七朝史記，而力不能。會有作《季漢書》者，用紫陽尊漢黜魏吳，頗當余心。晉亦自有成書，可不煩作。獨取李氏二史及八代書，糸考之。事多互戾，體無定裁，偶有所見，欲以就正博雅者，老病不能強記，輒書簡端已。讀吳廷珍《新唐書糾繆》，片言隻字，靡不校勘，古人史學，精密如此。簡端語，即

〔註144〕明・李維楨《春秋四傳童習序》，《大泌山房集》卷七，《四庫全書存目叢書》
　　　　集 150，第 444～445 頁。
〔註145〕清・張廷玉等《藝文志二》，《明史》卷九十七，中華書局，1974 年，第 2389
　　　　頁。

無足采，竊費研討，不忍棄之，集爲此編」〔註146〕，知李維楨嘗想作《七朝史記》，以力不逮，改作《南北史小識》，取李延壽《南史》《北史》與房玄齡《晉書》、沈約《宋書》、蕭子顯《南齊書》、姚思廉《梁書》、《陳書》、魏收《魏書》、李百藥《北齊書》、令狐德棻《周書》比較，事多互戾，體無定裁，李維楨就其所見所識正之，書成十卷，係史評類著作。

其大致內容與宗旨，《南北史小識序》：「條目凡八，……今或南北不一，或損益非宜，摘而書之，作明例。傳寫剞劂，字訛句脫，十之七八，作者失檢，十亦二三，作辯誤。史非至不肖，未敢肆爲誣，罔其有諱尊親之過，徇好惡之偏，輕信而寡，折衷仍舊，而嫌更張袞贈溢美、鈇誅含誣，直道而行，寧免後言，作雜評。二史合也，八書分也。分則宜詳，合則宜略」，「余所識，僅就國學本二史、八書校讎」〔註147〕，知凡例爲八，內容有明例，有辯誤，有雜評，《南史》、《北史》合而略，《晉書》等八書分而詳，以從宦「僻陋寡聞，無他異書可考，止以本史，自相質正」〔註148〕，此著述與評史方法，悉本於史之原書核實闡釋深刻，實針對明後期史著之「今史或詳而書略，或史有而書無，或取舍相遠，或人物各見作紀異，事理舛錯，若誤非誤，不可致辯作傳」〔註149〕的種種不良傾向。是書尚未見刊刻記載，今亡佚。

4、《庚申紀事》一卷

《明史‧藝文志二》還著錄「李維楨《庚申紀事》一卷」，《千頃堂書目》亦著錄「李維禎《庚申紀錄事》一卷」，錢謙益云「揚忠烈唱移宮之議，權倖交嫉，嘖有煩言，奮筆爲《庚申記事》，人或咻之，公曰：『吾老矣，舊待罪末史，不惜以餘年，爲國家別白此事。聖朝不以文字罪人，非所患也。』」〔註150〕移宮案，是明末三大案之一，指明萬曆四十八年光宗死於紅丸案後，爲防止魏忠賢勾結鄭貴妃、李選侍共同把持朝政，楊漣、左光斗等，逼迫李

〔註146〕明‧李維楨《南北史小識序》，《大泌山房集》卷八，《四庫全書存目叢書》集150，第465頁。

〔註147〕明‧李維楨《南北史小識序》，《大泌山房集》卷八，《四庫全書存目叢書》集150，第465頁。

〔註148〕明‧李維楨《南北史小識序》，《大泌山房集》卷八，《四庫全書存目叢書》集150，第465頁。

〔註149〕明‧李維楨《南北史小識序》，《大泌山房集》卷八，《四庫全書存目叢書》集150，第465頁。

〔註150〕清‧錢謙益《南京禮部尚書贈太子少保李公墓誌銘》，《牧齋初學集》卷五十一，《續修四庫全書》集1390，第126頁。

選侍從乾清宮移到仁壽殿噦鸞宮，庚申即萬曆四十八年（1620），楊忠烈指楊漣，庚申年神宗、光宗相繼卒，熹宗立，三代朝政更替，皇權、派系鬥爭激烈，維楨此卷內容可略知爲被讒彈之楊漣作史筆直書文章。此單行本已佚。

另史部，《津門奏草》，《千頃堂書目》卷三十著錄「李維貞《津門奏草》」，無題卷數，今不存，佚。按，古籍中多寫刻「李維楨」爲「李維貞」，如《江南通志》卷一百六十七「李維貞，字本寧，京山人，萬曆中以兵備道駐壽州，修廢舉，墜綏靖，地方大著，勞績爲時所稱。《舊通志》」，《湖廣通志》卷三十五「李維貞京山人」，卷一百十著錄《南陔館記》，署名「李維貞」，《大泌山房集》卷五十八有該記。今《中國古籍總目》子 41018805「潘曆祉墨評一卷　明李維貞等撰　民國十九年故宮博物院圖書館影印本……」，即書成「貞」（實是書卷首序下署「楨」），故《津門奏草》「貞」可能係「楨」訛，檢《千頃堂書目》、《中國古籍總目》再無其它「李維貞」和其所著書著錄。但孤證不爲定說，未有其它文獻前，僅疑其佚著爲妥。

三、經類

1、《孝經二家章句》

李維楨有《孝經二家章句序》：「此孔子與曾子燕居所論說，而子思、樂正、子春之徒筆之於《書》者也。遭秦燔書，河間人顏芝藏之屋壁，至漢，而其子貞出之，凡十有八章，長孫江翁、后倉翼奉、張禹傳之，是曰今文。及魯共王壞孔子宅，得科斗書，凡二十有二章，孔安國解之，是曰古文，劉向校讐，以十八章爲定。于是學士治今文者，《漢志》八家，《隋志》十八部，而古文左次矣。至唐，而開元帝采六家爲注，其章句悉準子政。至宋，而朱考亭氏作刊誤，裁十八章之三，以其一爲經，餘爲傳。若曰：『是古文云爾。』開元之代，古文僅安國一家。或曰：『劉炫贗作。』石臺本出，遂放失無傳。其必爲古與否，未可知也。……考亭循名責實，分經別傳，意在斯乎？不佞則謂孝根天性，孩提之童，不慮而知，不學而能，其極至於手舞足蹈，無之非是。今觀其書，醇粹簡切，非有《易》精微不可窮之理，非有《書・盤庚》諸篇詰曲不可讀之辭，非有《三禮》制度文爲繁縟綢繆不可悉之數，孔子不云乎：『吾志在《春秋》，行在《孝經》，』經之爲言常也。自天子達於庶人，無愚知賢不肖，可家喻戶曉耳。古文雖亡，即今之文，固自不害其爲經，奈何黨同伐異，呶呶然若聚訟爲哉！不佞故略《疏注》不錄，而第存兩家章句，

以俟夫學者自得焉」〔註151〕，知李維楨有《孝經二家章句》，取劉向校讎《孝經》本與朱子刊誤本二家，略其「疏注」部分不錄，僅第存兩家章句，以俟學者自得，係二家《孝經》的章句潔本。編是書，一為揚孝道，二針對當時崇古復古風氣所宥，影響到重古文經薄今文經的不良風氣，李維楨倡今文經亦不害其為經，不必聚訟討伐。

李維楨另有《詹郡守入覲序》「余里居時，覽唐石臺《孝經》本，竊病其人與秋未善也。屬友人善漢隸者更書之，授梓家塾中所親。雙流王令攜入蜀，今成都郡侯詹公見而好之，與學使郭相奎復布在學官，取朱考亭之說歸本，戰戰兢兢，臨深履，薄數言，余深自愧責，不能發明聖賢微言大義，猶說鈴也」〔註152〕，知李維楨覽司馬貞石臺本，病其人與秋未善，請友人善漢隸者更書之，刊成家塾本，後被詹公與郭子章復佈在學官，取朱子之說歸本，李維楨愧。故知李維楨編《孝經二家章句》當在家居之時。

李維楨另有《孝經二家章句跋》：「不佞因屬孟孺采鍾書，書劉氏章句，而以顏魯公書，書朱氏刊誤。」〔註153〕知友人係江西玉山人程福生，字孟孺，李維楨為其詩集作《佩蘭集序》（見卷二十四），為其父程君詩文作《夢玉堂稿序》（見卷十二），亦知李維楨所授梓的《孝經二家章句》家塾本採鍾書劉氏章句，採顏魯書書朱氏刊誤，因其章句、書寫皆善，故被成都郡侯詹郡守與學使郭相奎佈在學官。是書，諸目錄不載，未刊刻，他不可考，亦亡佚。

授梓的有醫書《全生四要》，「里有歐陽叔堅氏兄弟，皆以經術為諸生，而旁通醫，晚節醫彌精，里中人延致，日不暇給，遂謝諸生籍。……叔堅出一編書曰：『《全生四要》者，吾剟心垂五十年所得此耳。』……不佞亦為之一粲。而會起家入蜀，攜之簏箱中，授華陽張令版行之。」〔註154〕另前已敘的刊刻家塾唐石臺《孝經》本（見卷五十一《詹郡守入覲敘》）。為友人王元楨《辭林人物考》作十餘條敘，「不佞非能辭者也，竊為辭林樂有此舉，不辭

〔註151〕明・李維楨《孝經二家章句序》，《大泌山房集》卷七，《四庫全書存目叢書》集 150，第 451～452 頁。

〔註152〕明・李維楨《詹郡守入覲敘》，《大泌山房集》卷五十一，《四庫全書存目叢書》集 151，第 564 頁。

〔註153〕明・李維楨《孝經二家章句跋》，《大泌山房集》卷一百三十二，《四庫全書存目叢書》集 153，第 710 頁。

〔註154〕明・李維楨《全生四要序》，《大泌山房集》卷十四，《四庫全書存目叢書》集 150，第 590～591 頁。

授簡而爲之敘，其大凡十有某條，具在編首」〔註155〕，今佚。

另李維楨還有嘗擬撰著而未撰或未成的：經部有《六書會通》。李維楨嘗言：「自余有遺憾於《韻會》，嘗欲悉購海內金石刻與人所未見之書，輯之爲《六書會通》，首具體自籀篆而下，凡諸家書法有纖微不同者，模臨畢備，次別音，次釋義，則做《韻會》，又次紀事，則做《韻府羣玉》，唐以前不得遺，唐以後不得屬也。」〔註156〕

史部有《全陝考政》與《三衛大將傳》二書。李維楨有：「不佞昔者承乏守隴右，隴右故有《全陝邊政考》。齊石恭襄公方爲督府，檄不佞續之，《考》詳于事，而略于圖，具白石公，令諸道胥以圖來，來者無十三，書名《考政》。胥以《政》來，必大書特書，不一書而足然後快，不佞恥以口舌筆札媚人，凡五年卒不敢就。公今以《說》明《圖》，不越《圖》爲《說》，以事成《說》，不因人生事，無臨深爲高，無加少爲多，無勤無僿，無史無丘，斯爲善耳」，李維楨恥以口舌筆箚媚人，五年不敢就，後齊石恭襄公自行完成之，名《三關圖說》，「公既手爲敘，復以眎不佞，而委之申言曰：「此書不能盡三關之變，而能存三關之重」〔註157〕，即是書，囑李維楨爲作《三關圖說序》。

又有「日者虜旁，緣和議，多所抵冒將吏，割軍槀，賜以啗之，得不復費，貶損威重，脫有變，誰堪使者？余所至，每刺問威名將，輒手記而心識之。河西所部榆林、綏德、延安三衛，號將數，元戎數十百人，而榆林爲盛，其民上勇力，熟虜情，喜功敢戰，而榆林兵爲最。頗欲輯明興以來三衛大將行實爲傳傳之，顧其人與事十不具一」〔註158〕，他嘗欲輯明立國以來榆林、綏德、延安的三衛大將行實立傳，以彰忠義武臣，但因人與事十不存一無法成書，僅作《元戎張公壽序》、《馬將軍家傳》、杜日章、蕭季馨等少數武將之文。

〔註155〕明・李維楨《辭林人物考序》，《大泌山房集》卷八，《四庫全書存目叢書》集150，第472頁。

〔註156〕明・李維楨《韻會小補序》，《大泌山房集》卷九，《四庫全書存目叢書》集150，第482～483頁。

〔註157〕明・李維楨《三關圖說序》，《大泌山房集》卷十五，《四庫全書存目叢書》集150，第612頁。

〔註158〕明・李維楨《元戎張公壽序》，《大泌山房集》卷三十一，《四庫全書存目叢書》集151，第176頁。

第四節 詩文輯佚

目前已從李維楨撰著校刊著述、明人著述序跋、目錄線索、明代總集、選集、方志《藝文》、地方詩文總集選集及其行實可能的名勝詩文集中，輯得少量佚作，入第四節，以方便利用的研究者。

一、文

1、《大泌山房集》李維楨《重訂小草引》

上海圖書館藏《大泌山房集》卷一百三十四，序三有《重訂小草引》：

> 集始於壬子，訖於戊午，校者兩人物故，因以身任，心力幾殫矣。五家為政，無所勾校，紙多濫惡，印復苟簡，以致板有遺失。今卜日還楚，勢難遙制，將板盡歸俞宅，重復編次修補，紙價印工均倍于昔，有識者辨之。大泌山人識。

2、《史通序》

收錄在《四庫叢目存書》史部279《史通》卷首：

> 夫自二儀既判，垂玄象之文，萬肇化生，彰紀事之實，蒼頡沮誦。以前造物代為敷揚，山川曲為攎寫，何必人抽金匱之藏世，擅如椽之筆哉！墳典爰播，柱下斯守，而麟史以後，南董載淪，子長孟堅，組繪其彤管；蔚宗承祚，粉藻其丹鉛；伯起伯深，標長於北朝；安國休文，脫穎於江表；非不英華秀發，波拂縈洄，然皆通蔽相妨，訾譽各半。故謗書傳於後世，受金沸於羣言，參夷之刑，求米之誚，亦或不免下，此諸子又可知已。

> 子玄生於右文之世，學窮書圖，思極人文，包洪荒於天外，剖纖細於棘端，出海瓊光，熠耀靡定，走盤圓影，迴旋恐失，成案如山，斤剗理解，或有別標識鑒捄人心意者，足以生孼太華之峰，直立東溟之水，非苟効何休之駁，倣謝該之解已也。

> 余抽西穴，諷誦積年，牀版幾磨，縹囊數易，真好在心，卷不離手，豈敢伸知己於千秋，庶以揭芳美於來禩，《通》而無蔽，非子玄其孰當之？或曰：「《白虎通》、《風俗通》皆以『通』名，當與子玄為埒。」答曰：《白虎通》止於條對，而博雅未該。《風俗通》止於釋疑，而文頗不典。烏可與子玄例也？即長文擬《易》為《通玄》，

時人比之楊雄《太玄》，由今觀之，其猶在通與蔽之間也。抑余又有感焉？作史者，不犯天災，則罹人青，如班氏傷子長遇極刑，而亦不免身陷大戮。子玄數世摘華，媲美應氏，以《通》乎？史者通乎？其遇洵乎？其可尚也已。

3、《稗乘四十二種》

李維楨集，中國書店北京市中國書店 1986 年，卷首有《稗乘題辭》，下有「大泌山人李維楨本寧父撰」。

> 有集小說四十二種，分爲四類，曰史畧，曰訓詁，曰說家，曰二氏者，而孫生持以請余爲之目。余曰：「《稗乘》其可乎？漢《藝文志》小說出於稗官家，故言稗也。物四數曰乘，乘矢、乘韋、乘馬、乘鷹之類，皆是以其類有四，故言乘也。《周禮》：『葉人職之，乘其事』，乘猶計也，計事之成功。《孟子》曰：『晉之《乘》，楚之《檮杌》，魯之《春秋》，一也。』乘所能載，茲所計所載，或可與正史相參，謂之乘可耳。余嘗病以人，詩文濫惡，直當付之秦火。小說雖不盡佳，可供杯酒談諧之助。卷帙繁多，如《廣記》、《夷堅》諸書無論，其積少成多，如余幼時所見三十六者三。項日《古今逸史》、《歷代小史》、《秘笈》、《類函》、《語林》、《稗海》之類，醒人耳目，蓋蓋人意智勝於庾信所謂『犬吠驢鳴』，顏延之所謂『委巷間歌謠』矣。

> 是書編葺，不得主名，孫幼安得之，校正以傳，亦可紀也。皆萬曆戊午秋月」

4、周伯畊《新鍥官板批評註釋虞精集》卷首李維楨《虞精集題辭》

另國圖藏本亦有此序，與無錫本文字同。

> 莆田周更生所著《虞精集》正續計百餘篇。因受知其邑侯盧陵郭章發先發刻四十七篇，邑人陳駕部鳴周與臨川湯祠部義仍序行之。蓋其言俱采之古今名家，而自成一家言，竊比於信古傳述云爾。

> 余所見前代人著書，若陸賈《新語》、王符《潛夫論》、荀悅《中鑒》、徐幹《中論》、劉邵《人物志》之類，與此體相似，然或執偏見，或未關至極。是書談理精微，格物弘博，於世務籌畫審諦，而

其辭則傾瀝液，潄芳潤，奄有眾美矣。

今人詩如陽伍伴侶，文不如韓陵一片石，而戕木汗竹轉相陵，高積如丘山，使人厭憎，欲付祖龍之火。得更生編，為之快然，陳湯兩君子不欲私諸帳中，尤秇林之勝事也。

大泌山人李維楨本寧父撰〔註159〕

5、《諸名公評文書略・李本寧先生書》，無錫藏本《新鍥官板批評註釋虞精集》

國圖藏本亦有此書，文字同。

讀佳篇八卷，如得至寶，復示續集《羣玉》、《冊府》。凡夫何緣寓目，惟駭嘆黃鐘毀棄，瓦釜雷鳴，從古已然。深為更生一慨，題詞請教，面晤不一。

6、周嘉胄撰《香乘》，卷首收錄有李維楨《序》〔註160〕

吾友周江左為《香乘》，所載天文、地理、人事、物產，囊括古今殆盡矣，余無復可措一辭。

葉石林《燕語》述章子厚自嶺表還，言神仙昇舉，形滯難脫，臨行須焚名香百餘觔以佐之。廬山有道人積香數斛，一日盡發，命弟子焚於五老峰下，默坐其旁，烟盛不相辯，忽躍起在峰頂。言出子厚與所謂返魂香之說，皆未可深信。然《詩》、《禮》所稱，燔柴事天，蕭焫供祭，蒸享苾芬，升香椒馨，達神明，通幽隱，其來久遠矣。佛有眾香國，而養生煉形者，亦必焚香，言豈盡誣哉？

古人香臭字通，謂之臭，故《大學》言「如惡惡臭」，而孟子以鼻之於臭為性，性之所欲不得，而安於命。余老矣，薄命不能得致奇香，展讀此《乘》，芳菲菲兮襲。余計人性有同好者，案頭各置一冊，作如是鼻觀否？夫以香草比君子，屈宋諸君騷賦累累不絕書，則好香故。

余楚俗，周君，維揚人，實楚產，兩人譬之草木，吾臭味也。

〔註159〕《四庫全書存目叢書》子93冊第164～165頁為此序。下則《李本寧先生書》在第172頁。

〔註160〕李維楨《序》，周嘉胄《香乘》，《叢書集成三編》第30冊，第261頁。此文庫本《香乘》亦有序，但闕序末撰寫時間。

萬曆戊午中秋前二日大泌山人李維楨本寧父譔。

7、四庫全書《山西通志》卷二百二十七《旱魃解》

繁峙女恠，或以爲旱魃，非也。《雲漢之雅》曰：「旱魃爲虐，傳旱神也。」《箋》：「旱氣生魃，而害益甚。」《疏》引《神異經》曰：「南方有人，長二三尺，袒身而目，在頂上走，行如風，名曰魃，所見之國，赤地千里，一名旱母，遇者得之，投溷中即死，旱災消。」此言旱神，蓋是鬼魅之物，不必生於南方，可以爲人所執獲也。韋曜《毛詩問》曰：「旱魃。」《傳》曰：「天旱鬼。」《箋》曰：「旱氣生魃，天有常神，人死爲鬼。不審旱氣，生魃奈何？」答曰：「魃鬼人形，眼在頂上，天生此物，則將旱。天欲爲災，何所不生，而云有常神耶？」《藝文類聚》引《神異經》語，又云：「一名狢。」檢韻書《說文》曰：「旱鬼也。」《周禮》有赤魃氏，或作「妭」。《文字指歸》云：「女妭秃無髮，所居之處天不雨。」《周禮》赤魃一作「叐」。按此，則旱魃神鬼之屬，不產於人，今女乃人產，不合也。魃目必在頂，俗謂天恐雨下，傷其目，故旱，今目不在頂，不合也。馬端臨《文獻通考》：「齊後主時，死魃面頂各二目，列之人痾中正，以其非魃，有二目在面耳，魃已異矣，似魃非魃，異之異者也。」《前漢書‧五行志》：「皇之不極，是謂不建厥咎眊，厥罰恒陰，時則有下人，伐上之痾。」《後漢書‧五行志》同，而引：「雒陽上西門外女子生兒，兩頭異肩共胸」，又引「劉倉妻生男，兩頭共身」，以前一事爲董卓之應魃，主旱。而《兩漢‧志》主恒陰，其不合愈較然矣。《前漢書‧傳》又言：「凡草木之類謂之妖」，妖猶夭胎，言「尚微蟲豸之類，謂之孽」，孽則牙孽矣，及六畜，謂之「旤」，言其著也，及人，謂之「痾」，痾病貌，言寖深也，故此女恠謂之人痾其災異在山東牛恠上。

8、《欽定四書文‧隆萬四書文》（庫本）卷六收李維楨《有布縷之征緩其二》，係佚文

國有常征，君子用之以時焉。夫國以民爲本也，賦其財，役其力，而皆以時行之，君子之仁民如此哉！孟子之意。

若曰：「人情莫不欲富，亦莫不欲安，而在上者每過用之，以富

強其國，蓋未聞君子之道也。君子嘗教民以蠶桑而不自織，是故布縷必征諸民焉。嘗授民以恒產而不並耕，是故粟米必征諸民焉。嘗勞心以治人，而不勞力，是故力役必征諸民焉。以下奉上，謂之大義，以上用下，謂之定制，自帝王經國以來未之有改者也。義所當征，即並征，孰敢不從？」

君子則曰：「三者，民所資以生也，不能無取於民矣，而可以多取乎？」

「制所當用，即兼用，未為不可。」

君子則曰：「三者，非一時所辦也，能不失時，足矣，而可以違時乎？故時至則用之，用者特其一耳。事有不容已，取給於今，而力有不得兼，徐待於後，其心惟恐用之，或驟也，非時則緩之。緩者，凡有二焉。酌國之經，費事不繁，興而養民之財力，求為可繼，其心若以為緩，為未足也。用不後期，緩不陵節，民方以緩為恩，而不以用為屬。一常在官，二常在民，民歡樂以從其一，而從容以供其二。夫是以國無廢事，民有餘力，而上下交相為助也，斯其為君子之道乎？」

9、湯道衡撰《禮記纂注》卷首收有李維楨《禮記纂注新義序》

《四庫全書總目》卷二十四《禮記纂注》三十卷著錄：「而李維禎、胡士容二《序》皆稱曰《禮記纂注新義》，……獨是刊書之時，道衡尚在，不應不一視維禎、士容之《序》，遽授之梓。」《四庫全書存目叢書》經部093《禮記纂注》三十卷，係影印北京大學圖書館藏明刻本，李序在卷首：

《四庫全書存目叢書》經部093《禮記纂注》三十卷，係影印北京大學圖書館藏明刻本，李序在卷首：

儒者言三禮當以《儀禮》、《周禮》為經，以《禮記》為傳，竊不謂然。古帝王聖賢精義微言，如《大學》、《中庸》兩篇，非《儀禮》、《周禮》所有，以並四經，設科取士，最為正大。然而，禮儀三百，威儀三千，為數不終其物，故會禮之家號稱聚訟。

今《禮記大全》雖頒在學宮，士呻其佔畢，惟宋陳氏《集說》耳，于制禮本意不無附會穿鑿之病。吳江徐氏折衷諸家，為注甚善，亦為《大全》束之高閣未聞，以是治舉子業知。丹陽湯平子得其父

傳，取陳、徐兩家注纂之，又爲《新義》，以便治舉子業者禽於此經，深好其文，即未必書之三代，定非秦漢以下人手筆所能作，乃求義於訓詁注之，方枘圓鑿不相入。得湯氏書，易則易知，簡則易從，曠然若發蒙矣。平子之友盛茂卿使余序，余管窺蠡測，安能贊一辭。竊觀古人學禮者，二戴、二鄭，不皆父子，獨《大戴》授琅琊徐良，爲博士州牧郡守，《小戴》授橋仁，爲大鴻臚。徐橋皆家世傳業而名不著，得無于專門有未至耶？經學家學之難如此。

《禮》曰：父沒而不能讀父之書，手澤存焉。《周禮》，天下後世公共之物也，不忍於見手澤而毋以置之，俾其父繼往開來之學抑而不宣，茲人子之禮乎？平子少篤志，有大度，晝夜研精，沈吟專思，寢則懷抱筆札，行則誦習文書，當其念至，忘所之適。與曹叔通相業繼志述事，不沒父生平。所欲論著，上以裨益切令，下以嘉惠後進，世由此知尊人鴻生鉅儒，聲施無窮，是顯親揚名，不匱之孝，而禮之所爲，反其所自，始得其報，則樂也。湯氏深於《禮》，父子間所授，更寧道在章句文字已哉？余故推本言之，俟後之傳儒林者尚友焉。

大泌山人李維楨本寧父

10、庫本《御定歷代賦彙》收錄李維楨賦二篇

卷三《日方升賦》：

維此曜靈，實涵陽德。代玉鑑以相摩，運璇穹而罔息；夕韜光於蒙汜，晷委照於扶桑。其爲狀也，曈曈分曨曨，蒼蒼分涼涼；況彼鳧飛，方奮翎於碧沼；類茲驥步，才騁足於康莊；吐溟渤之洪濤，游鱗駭以深潛；臨岱宗之巍觀，宿鳥驚而爭驚。

遠而望之，紅葩燦爛，玉井蓮花之初發。迫而察之，朱盤的皪，楚江萍實之半渡，斂積霧於千峯；文騰赤鳥，映朝霞之五采；象出金烏，覺曙天雞，遞訏音於翠落；欣暘威鳳，唪清吭於蒼梧。重輪表瑞，駕羲驂而容與；兩珥呈祥，緩仙佩以翩翻。蚌甲新分，目炫火齊之色；蜃樓肇啓，枝懸若木之暾。葵傾心而待景，叟攘臂以迎暄。羣蒙漸晰，萬物含輝，影未遍於八紘；虛聞杖逐，次始行於三舍，豈借戈揮。星啓明以前導，雪見晛而咸消；夜旦齊山，罷飯牛之浩歎。曦迴蜀郡，聞林犬之爭嘷，望長安而尚遠，離蓬島以非遙。

待漏求衣，宸極寢未央之間；耕田鑿井，康衢播出作之謠。

學士清嚴，甄未過於倍四；幽人曠逸，竿甫見於函三。童子何知，聚車輪而構辨；宣尼非聖，攬去轡以增懟。於時杓藏珠斗，浪卷銀河；北闕流丹，收曉箭之沉沉；東方生白，集委佩之磋磋；雞鳴而起，太史獻三號之戒；蟲飛如薨，賢妃進再告之規。測土圭而未至，徹庭燎以何施；上舳稜而棲神爵，抱鼙革而蕩罘罳。彩絢黃金之牓，晴曛赤羽之旗，燭龍兮漸轉，白馬兮如馳。

乃有穆穆皇皇，濟濟鏗鏗，法乾之健，秉日之精服，三光之袞抗，二曜之旌撫。大寶御瑤，京始出震，而四方炳煜繼向離，而萬國昭明，周宗式燕，露晞杞棘，漢殿宏開，掌動金莖。家抱就堯之幸，人懷愛趙之情。覆盆者藹藹而承耀，晞髮者陶陶以向榮。蓋聞陽道貴長，天心忌盈，是以易晉。君子之德，惟云出地，詩誦明王之福，取譬如升書。若四時首，寅賓於暘谷；禮將百順，報鞠子於初。晨當質明，而事始際，旭旦而雁鳴朝歌；迴墨子之轍，大采暢敬姜之名。儻寸陰之靡惜，願莫繫於長繩。

卷五十二《經筵賦》：

天子即位之三載，闡坤珍，握乾符；狹三王之趦起，軼五帝以長驅；輝烈炳曠，延及八區；蓋遐往之眇觀，載籍未易書也。然猶退然，若蒙沖然；若虛訪廣成於至道，問大隗之幽居。多聞畢求，大道是循；陶化染學，菲言厚行；孕虞育夏，陶周甄殷；仰瞻帝序，月惟仲春，煥明詔則，玄旻涓吉，日協靈辰。

命有司，其展物，將納誨於儒臣，啟文華之秘殿，飾儀節之繽紛。爾乃觀其結構，巍巍奕奕，殖殖洋洋；錯棽橑以相接，抗應龍之虹梁；列髹彤之繡桷，垂琬琰之文璫；琳珉清熒而爛彩縠，組颯纚而流光炗乎；若崇山岸嶺以嶮巇煥乎，若華蟲舒翯以高翔。其中則有黻筵丹辰，瑣席畫純，細莏綺幄，寶几文茵。其上則有金版玉匱，緗帙縹囊，牙籤雕篆，竹素芸香。其下則有薰爐石獸，青氣煙熅，委灰郁烈，蕙馥蘭芬。

於是天子方開閶闔，運衡鈞，受四海之冊錄，膺萬國之貢琛。藹藹軒冕，濟濟搢紳，會同有繹，夙夜惟寅。既究皇儀，既展帝容，

臚卿致告，朝禮攸終。乃駕鸞輅，時乘六龍，翳靈芝之旖旎，揭鳳蓋之巃嵸。金根炯晃以映日，九斿裶𧝓其從風，控飛黃以前導，鳴和鸞之雝雝。八座之彥，兩階之僚；後先陪從，肅肅陶陶；期門禁卒，陛戟百重；懸䵄植鍛，魚甲騂弓；清塵警蹕，翊護王躬；儚僋留霍，夫孰得而窮也。

於是遵大路，歷皇衢，涉雲橋，步玉除，趨瑤闕，駐仙輿，黼座孔，安垂袞，璜琚平平，左右趨進。翼如畫省列卿，黃閣三公，拖朱紆紫，佩印圍琮。赫赫臣鄰，鷺序其東；勳戚世冑，祚土分圭。金吾郎將，秉鉞揚鞞；蹻蹻虎臣，羽衛其西。栢府烏臺之史，絳衣青瑣之賢，珥筆持橐，鵠峙於前。永巷掖庭之職，銀璫左貂之秀，擁劍擎戈，蟬聯於後。亦有賁育之倫，膂力方剛，如熊如羆，萬夫莫當，朱戚長干，山立其傍。

於斯時也，日華承露之掌，風動萬年之枝；龍顏豫而香煙裊，綵雲捧而雉尾移；奎壁燦西崑之岫，文章燁太一之司；儼九天之寥廓，隔塵宇之喧卑；論思啓沃，玆惟其時。迺有金馬玉堂之士，麟閣雲臺之英；手方冊以拂拭，退跼蹐而屏營；然後講臣就列，獻曝將芹；披往牒，誦遺文；元元本本，殫見擴聞；義兼諷諭，辭極揄揚；冰釋泉湧，玉振金相；陳典謨於二帝，稽述作於素王；繹丘索則，天人之蘊；悉論禮樂，則中和之道；張談訓誥，則政事之體；備咏雅頌，則性情之德彰；剖析毫釐，擘肌分理；摧前藻而等采，沛詞源而未已。至於編年之籍，紀事之書；列世代之終始，著理亂之徵符；罔不宣其奧要，漱其芳腴。六經既索，百氏旁通；鉤深致遠，考衷度中；下者徹黃泉，高者極蒼穹；大者括宇宙，細者比蟻封；匪陳言之捃摭，冀少裨於君聰；再拜稽首，踧踖復位。

天子於是穆然思，默然識，因文見道，覃精洫治。嘉侍從之，勤勞洽需；雲之燕惠，班玉觴列；金卮炙炰，彯清酤敹。皇仁溥洪，德施旋軫；乾清葆，攝元眞；藏用無爲，顯仁翌明。招忠直之士，開公正之路；捐不急之官，省非作之務；絕流遁之繁，禮歸民情於太素。覆露蒼赤，褆福羣生；晷緯昭應，山瀆効靈；露甘泉醴，麟遊鳳鳴。器車呈於嶽麓，朱草豐於中庭；武義烜赫於有截，仁聞駁沓乎無疆。豈夫翺翔章句之府，容與翰墨之場；侈賓寮之聚會，飭

儀衛於張皇；可與並日而談，度廣而絜長者哉！

　　頌曰：明明我后，作之君師；茂緒光昭，三載於斯。皇情眷眷，不敢怠遑；緝熙宥密，日就月將。秩秩經帷，啟自禁垣；帝庸戾止，集彼羣賢。以資忠益，以新峻德；允迪前徽，潤色鴻業。燭幽開泰，協極陵風；薄海安瀾，比屋可封。猗與醇粹，聿懷多福；用告來禩，茲焉式穀。

11、《續修京山縣志》（光緒八年版），上海圖書館藏，普本，卷二十《藝文‧記》，第五十、五十一頁收李維楨《觀音巖大士金像前萬年子孫燈記天啟四年》佚文

　　邑東十五里，巖中有石宛然，大士像也，因以名其巖。爲好事者遷去，易以土木，里人邵林鄧輩範金爲之，又置田三石有奇，付道人張明玉供焚，修而勒名，屬余記其事。巖上泉如瀑布，古樹亭亭如蓋，游者題詠甚眾。其旁則使客所置頓，處以故亭，館金碧，視昔有加，而獨於大士無所崇奉，乃今得之，里人彼法所謂緣也。

　　夫大士起於無始劫觀音佛而現於釋迦，固男子耳。後人以三十二應中應，以女人身得度者，即現女身說法，而遂爲女像沿襲已久，華夏蠻貊凡有血氣莫不尊親。驟而語之，以觀不取色，音不受聽，其誰能解？姑就所習聞習見，使之瞻嚮，皈依罄我，願力去貪嗔癡，發菩提心，其倡導順，而變化易，亦彼法所謂權也。醍醐酥酪皆乳，釵釧杯盂皆金，則以俟其人矣。

　　按觀音岩爲縣東奇觀，白谷洞亦城北幽境。近時土人妄稱山主，招僧逐僧，任意騷擾，故兩寺均漸零落，慨可歎耳。

12、《綸灣文集》原序，湖南省常德市圖書館暨鼎城區圖書館藏《綸灣文集》卷首，龍膺撰《龍膺集》，梁頌成、劉夢初校點

　　南華言：河伯當秋水時，至百川灌河，兩涯不辨牛馬，自喜盡天下之美。至於北海若東面而視，不見水端，始望洋而歎：吾嘗見笑於大方之家！余嘗持是說以論文，而求所謂大方家者，代不數人也。高廷禮品彙唐詩，有名家、大家之目，或謂大家可以兼名，名家不可以兼大，良然。第就詩一端論耳，未足盡文，當今之世，乃有武陵龍君御云。

君御父兄皆作者，師承自正。性敏而好學，博聞強記，自經史子集四部，與夫稗官小說，古今載籍，汗牛充棟，經生窮年畢世所不盡睹，而一覽輒成誦，無不淹洽。唐宋迄於勝國，文章諸體，無不備具。其所論撰，因物肖形，窮態極變，縱橫遊戲，無不曲當。至其折衷經史，探頤索隱，微顯闡幽，考論朝章世故，謀王斷國，舉而措之，綽有餘裕。旁及元宗梵策，綜貫精嚴，文人所未遑也。彼膚見腴，聞不足道。陸澄著作罕傳，空號書櫥。任昉、江淹、丘靈鞠，才盡晚退，自古已難。

矧於叔季，君御以浩瀚之學，成秀藻之章，馳驅藝苑四十許年，未究所止。蓋上資天授，無乏才，無竭思；下極人功，無偏嗜，無限格。為漢為唐為宋，傾瀝液，漱芳潤，取而不窮，用而常新。按之古人，不即不離，不可以畛域分，不可以階級辨。欲揭一家而名之不可得，非大方家，其孰能與於斯？生平吟詠記述，或在一時、或隸一事者，凡數十種，恨未睹其大全。全集行而始見其富有四海，不啻北海一隅矣！曹丘生謂季布：「僕楚人，足下亦楚人，遊揚足下之名於天下。」余與君御同楚人，椎魯不中下陳，幸有大家以張吾楚，布之四方，傳之後世，識者自所珍重，豈俟余遊揚？劉勰不云乎：「思表纖旨，文外曲致。」「至精而後闡其妙，至變而後通其數。伊摯不能言鼎，輪扁不能語斤。」況余未窺涯涘，寧測淺深？聊借河伯自解嘲爾。

大泌山人李維楨本寧父撰

13、《合諸名家評注三蘇文定》十八卷，卷首李維楨《序三蘇文選》，復旦大學圖書館藏本姑偽且繫之，待辦

余有言：真六朝難，假秦漢易。蓋比詞屬事，中聲協律，非學之久，讀書之多者不能，豈如散漫之言，可以率意而疾書者也。三蘇祖孟子、南華，浸淫于戰國，放浪于秦漢。其為文也，直而迂徐，淵博而明近，無艱儉難苦之狀，大為文章家宗尚，謂其與人不甚遠而可以易幾也。子瞻病楊子雲以艱深之詞文淺易之說，然則淺易者遂稱極致乎？每教誡子弟：凡割裂之文，彙集之本，悉不令讀，懼其聞見淺狹，不獲大觀，治一經應科目耳。教之讀書未嘗欲其治一經也，何獨取一家之言，父子兄弟之文章而攻之。雖然，讀蘇氏之

書，則繁者省，晦者舒，晦者以明，滯者以敏達，譬之六經五穀也，子史騷賦珍錯也。梁肉亦能致病，三蘇藥也，藥非參苓，理氣疏滯之劑也，又何可少哉！

大泌山人李維楨本寧父撰

14、國家圖書館藏彭堯諭《西園續稿》卷首有十六序，序四《彭伯子詩序》係維楨佚文

詩自唐以後無如本朝，本朝盛於詩無如德靖間，而繼往開來歸功李何。李由北地，家大梁，多北方之音，以氣骨稱雄。何家申陽，近江漢，多南方之音，以才情致懷，天之所授，雖兩先生有所不能兼，其晚年持論故不相下。兩先生並驅中原，而中原言詩者輩出，要皆得其性之所近，爲李則李，爲何則何而已矣。

余所見宋城彭幼鄰詩，華而若歛，沖而若致，清新綺麗，醇雅和平，方之中陽爲最近，而高張急郎之聲，長駕遠御之才，蒼然古色，巋然定力，即遇北地無多讓。蓋昔之爲兩先生者，類邯鄲之步。而今之爲兩先生者，類黎丘之鬼。詩道陵遲，於斯爲甚，幼鄰隻字片語，匠心獨鈔，而神識風韻默與兩先生合。兩先生復古於前，幼鄰反正於後，君子無憂詩亡矣，可不謂中原盛事乎？

幼鄰春秋方富，俛焉。學曰：有摯摯至不憚，命駕千里。求師之益，雖以馳騖古今可也，何論兩先生哉！

新都閔父逸書

二、詩

1、彭堯諭《西園續稿》卷十六《宮鸎京山李本寧先生首唱論和次韻》〔註161〕，明刻本，國家圖書館藏，只摘錄李維楨首唱佚詩

〔註161〕彭堯諭此詩末《宮鸎唱和跋》「丁巳歲抄。本寧先生致札家君並柬小子，以所著鸎燕詩見示，體裁七律，篇各十首，洽博雕鏤，人極天錯，讀之心賞，遂有見獵之喜。然久不拈詠，體物微事皆所不諳，篝燈一宿，勉足《鸎唱》，家君戒止。然徃有《白燕》二首，刻《百一集》中已，蒙先生所收，可無饒舌也。」知維楨有「詠燕」詩十首，箋柬各一封，今詩不見《大泌山房集》，箋、柬不見《四遊集》，俱佚。彭堯諭《白燕》二首，李維楨選入《百一集》，故雲。

—159—

十首，堯諭和作不引

其一：天門詄蕩日朝明，春滿宜春百囀鶯。熠燿晴曛金殿影，縣蠻節北玉鑾聲。一鳴齒國條桑舉，再集周原治葛成。屬耳嚶嚶求好友，願言神德福和平。

其二：青陽太廟法天行，月令倉庚應候鳴。九五衣新從薦鞠，十三簧小間吹笙。風清俗耳囂塵色，日奏詩腸皷吹聲。桑扈交交成項領，文章亦忝有鶯名。

其三：斗柄東旋淑氣催，芳塵物色正徘徊。曲原無定梅前落，語自成吟竹裏來。命曉幾廻迎帝輦，喧春百過奉仙杯。黃離雷象知元吉，鶴禁笙歌宴賞陪。

其四：上林全樹氣籠宵，不羨人間木有喬。睍睆好音知奏曲，俄翠色是含嬌。桃夭風動鸝成匹，花妥香雷蝶就捎。率土王臣齊附主，趨時應節奏清朝。

其五：長楊春色曉絪縕，黃鳥于飛入五雲。恰恰宮懸聲屬和，瑲瑲玉珮步相聞。菊裳鵁並池邊立，金采烏從日裏分。莫奏丘阿知止雅，微軀幸致聖明君。

其六：日日銜花繞殿行，不隨南陌又東城。喚將曉色千門啟，飛度春光萬樹生。絕塞羌兒新弄笛，深宮秦女學彈箏。官家久罷遼西戍，思婦閨中夢不驚。

其七：日臨金掌露初融，碧樹繁鶯亂曉空。星鳥春同殷仲月，天雞時與弄和風。啼來帝女柔桑上，歌入仙人繫籍中。文苑虛傳曹氏賦，華堂何取託幽籠。

其八：綠璈青鋪御柳齊，流鶯顧慕此高樓。相追並坐丁寧語，不受驚弦自在啼。城上曙烏紛止屋，梁間春燕費啣泥。誰能禁禦通來往，長日瞻天尺五低。

其九：彈丸不墮瓦鴛鴦，長戴君恩樂未央。千里銅烏風並起，雙棲金爵日相望。宮生種秬身搏黍，郊戴筐鈎首止桑。歲歲黃袍克貢篚，坤裳元吉壽無疆。

其十：魚貫承恩妬不生，莫愁爲膳比梟羹。雌雄鳳吹林端奏，

儔侶鵷班仗外行。士德舊蒙皇大號，金衣新賜朕嘉名。萬年枝上教春住，愛護頻啼三兩聲。

2、沈德符《萬曆野獲編》錄一首

獨步平康數十春，徽州何必強尋人。多應白嶽尊神厭，惹得黃山老嫗嗔。背上揮來拳似鐵，鬢邊撏去髮如銀。出門好訕連連叫，羞殺當年馬守眞。〔註162〕

3、庫本《山西通志》輯佚詩二首

其一，卷二百二十三《秋夜從饒侍御登明遠樓》：

黯淡千山暮，憑欄首重回。虹爭汾水上，雲擁太行來。漸老驚元達，多艱急異才。今宵遲月色，須爲繡衣開。

其二，卷二百二十四《登晉陽南城樓》：

高城飛閣頻扆顏，陡絕丹梯手自攀。四塞西開秦道路，百盤中吐晉河山。雲邊兩觀扶鴟尾，天末諸峰出鴈關。能賦望鄉俱莫問，清尊好趁羽書閒。

4、明謝肇淛《北河紀餘》（庫本）卷一錄「京山李維楨《新河紀績》十二首」，係佚詩

其一：何年玄武赤符開，砥柱中流萬壑迴。莫訝禹功今可續，司空原是濟川才。

其二：一自澄潭鎭石犀，翠屏紅樹擁金隄。榮光萬里通淮泗，流向仙陵作彩霓。

其三：錦纜牙檣百萬艘，波光一望接天高。黃熊爲解崇侯憤，白馬翻憐漢使勞。

其四：千山月色浸平沙，岸芷汀蘭簇晚花。銀漢迴瞻天北極，仙郎從此泛仙槎。

其五：匣裏寒光躍太阿，蛟龍無數匿深波。只今津吏逢迎處，夜聽鳴舷鼓枻歌。

其六：宛委山頭駕使車，玄夷親授石函書。河清欲待千年後，

〔註162〕明・沈德符《萬曆野獲編》卷二十六《太函雲杜二謔詩》，中華書局，1959年，第672頁。

不似功成二載餘。

其七：千尋竹箭排雲下，萬疊桃花蔽日飛。却憶當年王刺史，乘隄猶賜漢金歸。

其八：問俗三齊撫畫熊，羔羊名節遠相同。神河似解朝宗意，一夜驚濤向海東。

其九：狂瀾豈借蘆灰塞，洪水翻嗟息壤堙。不是司空疏鑿遍，何緣貢賦接天垠。

其十：懷襄復抱儆予憂，淼淼東秦十二州。一向淇園輸竹梃，萬家煙火傍清流。

其十一：一沉白璧通神貺，遂有玄圭錫帝恩。聞道黃河今似帶，好從西北望崑崙。

其十二：三門九曲勢如狂，此日安流一葦航。應笑河渠書太史，負薪卻愧自宣房。

5、庫本明汪砢玉撰《珊瑚網》卷十八中有佚詩一首

《似愛荊詞丈》：

霜月居然勝，開軒面曲池。團團青桂樹，歷歷白榆枝。好我如加膝，何人不解頤。坐來寒漏徹，猶道酒行遲。

6、《楚風補》中佚詩五首

《四庫全書存目叢書》集403收清廖元度《楚風補》卷二十三「李維楨」條錄詩十五首，其中《大泌山房集》無的佚詩有：

第三首《玉泉寺》：

策馬不能去，徘徊雙樹間。地偏芳草合，天迥白雲閒。開徑惟聞鳥，閉門猶見山。長松挂明月，一鶴夜深還。

第九首《文昌祠晚眺》：

振錫岧嶤俯大荒，垂簷列宿見文昌。雙流江漢含春水，萬井烟花媚夕陽。楚客行吟蘭芷圻，湘靈鼓瑟水雲鄉。從知絕調無人和，且醉登樓酒一觴。

第十首《廬山》：

芙蓉三十六峰齊，駘蕩春光夜不迷。劍氣平臨南斗外，潮聲廻

卻大江西。樹成瓔珞風霜古，山吐鑪烟日月低。在昔圖經稱佐命，
銷沉何處問金泥。

第十一首《遊玉泉寺僧談征調供億之苦》：

> 徑曲泉能遶，山廻寺忽逢。舟誰藏大壑，玉自削羣峰。翠壁蒼
> 苔淨，丹崖紫氣重。登高窮下界，選勝擬南宗。梵宇隋唐搆，伊蒲
> 楚蜀供。嵐沉不辨墻，風定一聞鐘。樹古曾栖鶴，溪深向臥龍。殿
> 陰寒薜荔，簷際墮芙蓉。薊剝生金碼，藤牽化石松。天花春巳樹，
> 雲碓夜猶舂。藻井纏蟲網，珠林過虎蹤。傳燈遙乞火，伐木近支筇。
> 問道無開士，耘深亦老農。飯牛依磬缽，牧豕辨租庸。酥酪清齋少，
> 袈裟俗禮恭。歲當飢饉後，地扼往來衝。上客頻傳食，空王豈素封。
> 攢眉今夕酒，蓮社暫相容。

第十四首《李留守挹漢亭》：

> 石城城下漢江流，雙槳遲遲送莫愁。鼓吹盡翻新樂府，當筵醉
> 殺冠軍侯。〔註163〕

7、（清）熊士鵬《竟陵詩選》，上海圖書館有藏，道光癸未年鑴，鵠山小隱藏板，普本。佚詩六首

第五卷第七頁，第二首《滴水巖》：

> 蠟屐東郊外，行行未覺遙。聽泉初得路，墮石遂成橋。洞口雷
> 殘照，松毛入野樵。孤僧烹茗罷，月巳在山椒。

第三首《李囧守挹漢亭》：

> 榮戟高臨漢上城，戈船閒作酒船行。烟波故是天河水，輾向中
> 原洗甲兵。〔註164〕

第十四卷第二頁，第十二至十五首《郢中四首》：

> 舳艫金爵日華中，鄢郢天開赤帝宮。信是龍蛇生大澤，不煩雞
> 犬徙新豐。方城漢水寰區勝，白雪陽春絕代工。雨露恩施湯沐地，

〔註163〕《楚風補》卷二十三「李維楨」，《四庫全書存目叢書》集403，第286～287
　　　頁。熊士鵬《竟陵詩選》第五卷第七頁第三首《李留守挹漢亭》：「榮戟高臨
　　　漢上城，戈船閒作酒船行。煙波故是天河水，輾向中原洗甲兵。石城城下漢
　　　江流，雙槳遲遲送莫愁。鼓吹盡翻新樂府，當筵醉殺冠軍侯。」文字小異，
　　　亦為全帙，故錄。
〔註164〕王德鏡主編《竟陵歷代詩選》其十八、十九首《李留守挹漢亭》作二首，知
　　　《楚風補》錄其二，《竟陵詩選》錄全帙。

輕肥裘馬五陵同。

河山九點畫齊州，江漢滔滔此上流。分野帝星曾翼軫，園陵王氣在松楸。朱旗臥護三千隊，黃屋平臨十二樓。風起雲飛同沛澤，人中龍虎聖朝收。

六龍飛處五雲生，邸第臺樓蟲太清。寶鼎三分天作府，金陵雙峙石為城。蠲租詔使尋常下，奉酹祠官絡繹行。聞道翠華南狩日，瞻依不盡故鄉情。

天步多艱自武皇，神堯十六起陶唐。觀風廣漢知王化，望氣春陵是帝鄉。原廟銀鐺鉤質令，周廬紈綺羽林郎。三朝父老枌榆社，伏臘頻呼萬歲觴。

8、《續修京山縣志》（光緒八年版），上海圖書館藏，普本，佚詩九首〔註165〕

卷二十一第十四、十五頁《白谷洞春遊雜詠五首》：

削玉抱諸峰，丹梯躡霧重。鳥來分樹色，鹿下破苔封。木末開山閣，溪灣置水舂。不知城市遠，風定但聞鐘。

群峰天上下，雙瀑澗東西。翠竹迎春細，青霞壓樹低。徑深人不到，山靜鳥偏啼。莫是華陽洞，龍珠忽已迷。

徑仄才通鳥，山空只嘯猿。朱橋緣曲岸，蒼岫掛飛軒。雨足春畦漲，溪深曉霧昏。遙看桑柘影，白板幾家村。

欲知山近遠，瀑布半空聞。洗耳消塵慮，沾襟解宿醺。高寒飛作雪，積翠漾成雲。乞取峰頭石，吹笙臥紫氛。

摩空初得路，飛石忽成樓。日月初虧蔽，雲霞任去留。好遊雙蠟屐，問訊一漁舟。且趁春光醉，深山易素秋。

卷二十一第十五頁《遊如意寺三首》：

山色行相引，秋光靜自便。新秔黃覆壟，遠樹翠黏天。路掛雲峰仄，泉奔石蟀穿。上方鐘磬杳，風度午炊煙。

山靈知選佛，面面供芙蓉。日午僧方定，雲深谷自封。行窺潭

〔註165〕《京山古今》，京山縣地名辦公室1982年5月內部發行，第119～120頁，輯錄《白谷洞春遊雜詠五首》前三首和《觀音岩》。

影亂，坐拂樹陰重。蕭寺兼秋色，躊躇意獨濃。

　　地僻晝常陰，流泉韻客吟。樹將金作粟，寺以石爲林。山月參禪靜，松風入夢深。無緣超俗累，空此羨登臨。

卷二十一第二十二、二十三頁《觀音巖》：

　　翠壁摩空鳥道微，齋鐘隱隱出山扉。到門流水清塵鞅，對酒桃花點客衣。石洞經春龍自蟄，松巢將暝鶴初歸。最憐明月窺人意，早向疏林透夕暉。

三、曲

1、謝伯陽《全明散曲》（齊魯書社 1994 年版）第三冊第 3183～3185 頁李維楨套數《春日思情》

　　〔南仙呂八聲甘州〕相思難守。正深沉庭院。鳥啼春晝。韶光明媚。却在紅杏枝頭。人人對景皆去遊。偏我心懷別樣愁。玉樓。怎不見鳳偶鸞儔。

　　〔前腔〕悶來憑欄凝翠眸。見野花如繡。綠遍汀洲。王孫仕女。金勒玉鞍馳驟。銀箏象板相勸酬。不管醉臥斜陽芳草丘。〔合前〕

　　〔不是路〕斜倚翠圍屏。只見烟霧飄飄。隔斷雲山千萬重。奴何幸。才郎相見話分明。訴離情。罵得他默默無言應。半晌低頭只自省。恨流鶯。將奴殘夢來驚醒。教奴越添愁悶。越添愁悶。

　　〔解三酲犯〕瘦形骸懶臨粧鏡。界粉面紅淚雙淋。嘆青鸞獨舞成孤影。尋芳徑消閒興。却羨他雙雙蝴蝶輕。怕只怕昏朝無伴影。奴孤另，奴孤另。與誰携手看佳景。

　　〔前腔〕燕子歸來還入咱門境。結壘在雕梁語惺惺。那多才未審何故無憑準。杜宇叫鷓鴣鳴。聽絮絮叨叨吹殘無限春。心多悶，心多悶。傷情的又怕傷春。

　　〔黃龍滾犯〕滿晴空飛絮滾。滿晴空飛絮滾。只見風攘柔絲撲面輕。晝長朱户靜。只見簷前蛛網結。添我愁腸。倩誰來整。

　　〔前腔〕桃花碧柳絲青。桃花碧柳絲青。愁緒千條教奴織未成。可惜海棠眠未穩。海棠眠未穩。只見尤雲殢雨。濕透胭脂數點。兀的不月落殘雲。

〔四犯黃龍滾〕欲理瑤琴。香消金鼎。怕彈出昭君宮怨。離鸞別鶴。梅月雙清。嘩叶高山流水聲誰聽。懶把疎弦再整。這恨有誰管領。這恨有誰管領。

〔前腔〕難消情興。閒弄棋枰。欲待敲殘燈影。無人對局定輸贏。無人對局定輸贏。柯爛仙郎知他歸未成。這恨有誰管領。這恨有誰管領。

〔前腔〕鱗鴻無信。欲寫幽情。辜負鸞箋兔穎。謾誇鳥跡製蒼生。謾誇鳥跡製蒼生。兩字相思教奴寫未成。這恨有誰管領。這恨有誰管領。

〔前腔〕文房寂靜。欲寫丹青。描出鴛鴦交頸。才郎一去負恩盟。才郎一去負恩盟。哽咽傷情教奴描未成。這恨有誰管領。這恨有誰管領。

〔鵝鴨滿渡船〕千山列翠屏。萬點紅成陣。露苔痕弓鞋印。羅襪香塵冷。只見鞦韆院落夜沉沉。月淡梨花褪。離恨皆因春色引。緣何春去留殘恨。

〔尾聲〕韶華滿眼成一瞬。千思萬想總勞神。焉能罷却相思恨。

（樂府先春）

按：樂府爭奇無題，昔昔鹽作「春日思情」，俱不注撰人，樂府先春無題，注李本寧作，茲據以輯之。題從昔昔鹽。

《樂府先春》是陳繼儒所輯，《春日思情》署李本寧名，繼儒與維楨交游甚好，依名繫之。

以上爲李維楨著述、結集、刊刻、版本、館藏、亡佚情況的全面稽考，可知李維楨著述整理研究，可分兩步：1．遵人民文學出版社《明清別集叢刊》體例，只收著述文字，李維楨與他人合編，或他所獨編之書，如《新刻本寧先生詳訓對類》、《新刻本寧李先生對類》，不屬於著述，故均不收。《李維楨全集》列目：前言、編校說明、大泌山房集（一百三十四卷目錄二卷）、新刻楚郢大泌山人四遊集（二卷〔註166〕）、國朝進士列卿表（二卷）、佚文（一卷

〔註166〕獨有 85 篇，約 5 萬 8 千字，依《大泌山房集》文體編纂次序，統計《大泌山房集》卷七至卷九，每卷在 2 至 3 萬字左右，故析爲兩卷。

〔註167〕）、評釋補輯（一卷〔註168〕）、附錄。〔萬曆〕山西通志（三十卷），屬方志，作爲其重要史學著作，當收入《全集》，但爲避免體例不善，是否收入，還待整理時，依是書性質與全叢書體例，討論後確定，或不入《全集》，整理成單行本。整理方法如下：以中科院《大泌山房集》爲底本，以金陵初刻本爲主校本，參以上述明刊善本《笠澤遊記》、《翠娛閣評選李本寧先生小品》、《馬將軍傳》、《明都察院右僉都御史張公暨元配王恭人墓誌銘》、《黃帝祠額解》對校，檢閱明人四部撰著中維楨序與跋作他校，點校好其集類、史類、子類，輯好大量佚文與評釋卷，附錄三部分，包括有關李維楨的歷史資料，作品集之序及各個合集之序、諸家評論及投贈詩、哀悼詩，李維楨世系表，李維楨傳記。編纂體例遵《明清別集叢刊》。2·《李維楨研究》、《李維楨年譜》、《李維楨文學交遊與晚明詩歌演變》將陸續推出，可與《李維楨全集》配合使用。總之，《全集》的整理出版，將較大推動明代《史通》學、譜牒、文學等研究，是明代重要作家基礎研究，也是明後期政治與文學史料文獻。

　　至此，李維楨撰著情況已基本清晰，其選、評、釋、校、刊等文事活動，本章尚未考述殆盡，單篇詩文輯佚亦尚有餘地，將在後續的整理與研究中持續補充。在本章修改與《年譜》編纂中，筆者深感李維楨有兩個特徵：一、眞如錢氏所評「公自讀書而外，泊然無所嗜好，簾閣據几，焚膏秉燭，捃摭舊聞，鑽穴故紙，古所謂『老而好學者』，無以逾公也」（《李公墓誌銘》）；二、請他作題草集序之人甚多，正因他無書不讀，學識淵博，經、史、子、集、琴、棋、書、畫、墨、刻等各種集序題草無所不作，雖不一定是其它門類的專家內行，但被稱名公耆宿，他所參與明後期的文事活動甚多，交遊甚巨，實爲隆萬間藝文領袖之一，影響較大。下章研究應用文的寫作與成就。

〔註167〕已輯佚文 15 篇，詩 46 首，散曲 1 套數，圖 1，約 1 萬餘字，還有大量佚文散見於明人著述中需翻檢。佚文亦需辨僞確認是李維楨著撰後方可收入。

〔註168〕評釋卷不錄原書，只輯出李維楨評釋，有：《合諸名家評注三蘇文定十八卷》、《重鍥鳳洲王先生文抄注釋四卷續刻四卷》、《新鐫名公批評分門釋類唐詩雋四卷》、《新刻批點金臺子四十四卷》、《史通評釋二十卷》。（此五種皆需辨僞確認是李維楨評點後方可收入）

第三章　李維楨的應用文創作

李維楨《大泌山房集》詩六卷，文一百二十八卷；《四遊集》文二十二卷。

兩詩文別集各類文體內容、篇目統計表

文體	類別	《大泌》卷數	篇數	《四遊》卷數	篇數
詩	詩	1～6	1367		
序	集序	7～24、26	509	1～3	73
	譜、乘序	17	24		
	科舉序	25	16		
	壽序	27～43	302	4～6	55
	贈序	44～52	160	7	11
記	碑石記	53～56、59、111	118	8、12、15	17
	園室記	57～58	35	8	3
	遊記	60～61	9	8	3
傳碑	世家	62	1		
	家傳、傳	63～76	176	10～11	14
	墓石	77～112	368	12、18～22	37
	行狀	113～114	10	17	5
	祭文	115～120	228	15～16	37
公文	公移	134	7	14	1
	呈文	134	3	14	4
啓	啓文			13	7
	書牘			13	56

文體	類別	《大泌》卷數	篇數	《四遊》卷數	篇數
論說	策	121	1		
	論	121	5		
	解	122	2		
	議	122	6		
	說	123	10	12	2
	紀	123	1		
	述	123	1		
箴銘贊頌跋	銘	124	22	14	6
	頌	124	3		
	箴	124	3		
	誄	124	1		
	偈	124	3		
	七	124	1		
	帳詞	124	3		
	象贊	125	127	14	2
	題草	126～133	440	14	6
賦				14	1

文體比重

	詩	序	記	傳碑	論說	箴銘讚頌跋	公文	啓牘	賦	文總數
大泌	1367	1011	162	783	26	603	10			2595
四遊		139	23	93	2	14	5	63	1	340
大泌文%		38.96	6.24	27.57	1	23.24	0.39			100
四遊文%		40.88	6.77	27.35	0.59	4.12	1.47	18.53	0.29	100

選目增刪與補遺統計表

	序			記	傳碑			小品			文總數
	集序	壽序	贈序	碑石記	墓石	祭文	家傳、傳	題草	象讚	啟牘	
大泌	509	302	160	118	368	228	176	440	127		2428
四遊	73	55	11	17	37	37	14	6	2	63	315
大泌文%	21	12.43	6.6	4.86	15.16	9.4	7.25	18.1	5.2		100
四遊文%	23.17	17.46	3.5	5.4	11.75	11.75	4.44	1.9	0.63	20	100

據三表，可知：①《大泌山房集》文六類，序、傳碑、銘讚頌跋三類爲主，總數 2397 篇，占 92.24%，加上記 162 篇，占 98.61%；《四遊集》依然一遵前書分六類，序、傳碑、啓牘三類文體總數 86.76%，加上記 21 篇，占 92.16%，題跋象讚下降較大，因要均出篇幅給新增 63 篇啓牘類。②兩集最主要三大類文，《大泌》序 38.96%，傳碑 27.57%，小品 23.3%，碑石記 4.86%，《四遊》序 44.13%，傳碑 27.94%，小品 22.53%，碑石記 5.4%，可見《四遊》在選目比重上，遵循《大泌》三大類文各自比重；但小類有調整，《四遊》新補 5 篇集序、2 篇壽序，故集序、壽序比重加大，序類較前書比重加大，反映收錄予各地官員贈序減少較多；傳碑大類較前書減少，墓石、傳皆減少較多，但祭文卻大大選入，且補了前書無的 3 篇祭文，與墓石文相當，反映出李維楨祭文文學成就高而多選；小品類題草選錄 6 篇皆硯銘，非序跋，象讚選 1 篇，補 1 篇，反映出題草與象讚大大減少，把篇幅留出單補書牘類文體，使《四遊集》呈現選和補性質，成就高、影響大、代表作的集序、壽序、祭文多選

多補，記比重相當，記補 1 篇，傳補 1 篇，行狀補 3 篇，墓石補 4 篇，加上祭文補 3 篇，重在補傳碑文、集序文與新增文體書牘特點。顯示出從《大泌山房集》到《四遊集》，李維楨編撰由史學性到文學性、私人性稍有側重點的不同，根源在《大泌山房集》是其詩文正集與全集，《四遊集》係詩文選本與補遺性質，但用極豐富的人物與文學史料，以記錄明後期人物行跡功業與文學學術撰著評價的史料性仍是兩集貫徹的編撰本旨。

　　《四遊集》書信有文獻價值，但每封事跡瑣細多件，需注釋知頭尾，文體特徵爲書信體；李維楨爲自己與其家所撰的文，《新刻楚郢大泌山人四遊集》中有《先母匡孺人行狀》、《嬪王孺人行狀》、《明通奉大夫廣西布政使司右布政使顯考五華李公行狀》、《甫栢臺記》等，《大泌山房集》中如《榮壽祿後語》、《乞言》、《急難》、《恩綸特錫後語》、《先事齋記》、《分守大梁道官署記》等數篇，在兩千多篇文中比重極小，故李維楨文卷部分一個鮮明特徵基本係應請託爲他人而作，具有鮮明的應酬交際性，從文體的文學性質言，屬卷帙浩繁的應用文的結集，故本章李維楨應用文分析，將以序、傳碑、記、書牘爲主，其中集序、壽序、傳碑、祭文、題跋、題記遊記將作爲較高成就的文體重點分析。

第一節　傳記文

　　《欽定四庫全書總目》「別集類存目六」《大泌山房集》：「是集詩六卷，雜文一百二十八卷；而一百二十八卷之中，世家、傳誌、碑表、行狀、金石之文，獨居六十卷，記載之富，無逾於是，然率率之作過多，不特文格卑冗，並事實亦未可徵信。《明史・文苑傳》稱，維楨爲人樂易闊達，賓客雜進。其文章宏肆有才氣，海內請求者無虛日，能屈曲以副所望，碑版之文，照耀四裔。門下士招富人大賈受取金錢，代爲請乞，亦應之無倦。然文多率意應酬，品格不能高也。……今核是集，知非故爲詆毀矣。」〔註1〕對其文特點評價較全面，一、人物傳記「記載之富，無逾於是」，二、文章宏肆有才氣，碑版之文，照耀四裔；三、海內請求者無虛日，文多率意應酬，品格不能高。此三點都可指其傳記之文。

〔註 1〕清・四庫館臣《大泌山房集》，《欽定四庫全書總目》卷一百七十九，《景印文淵閣四庫全書》第 4 冊，第 788 頁。

本節所論傳記文，主要指他墓碑表狀傳祭、像贊、壽序爲題的人物傳記，以及具有傳記性質的贈序、考績、入覲、致政膺薦序等。這些人物傳記，無論是內容，還是藝術手法均具特色，爲我國古代傳記文學的發展作出了貢獻。

一、李維楨的史傳文學觀

李維楨學識宏瞻博通，年輕時即爲史官，「出入四朝，囊括百代，且與諸臣同朝同世，習見習聞」〔註2〕，故朝中典故人事諳熟，且他「皆能貯之篋笥，編諸譜牒，且又老于文學，諳識吏事，誠非新進少年所可幾及」〔註3〕，史官素養使他在外藩任與居家時期亦進行著幾方面儲備，「而人率謂：史臣，必能文。或取其銜登、卷軸、碑板爲美，于是授簡代言，時所不免。流俗好諛，少涉忌諱，屬余再三更易不厭，性多可鮮否」〔註4〕，求文者多執其家親事跡行狀請託拜謁，李維楨必要經過擇取與撰寫。他將其國故、譜牒、文學、吏事等多方面功底，融入其文的選材與創作中，創作各類題材體裁大量傳記文，不僅有豐富的創作經驗，亦有多年的心得體會，有自己的傳記文學觀。

李維楨的傳記文學觀，源於他的史學思想和文學思想，實是史傳文學觀。他的史學成就，已有《史通》與譜序等研究，由於李維楨的史臣經歷與學術根柢，其史學思想對文學思想影響甚深，成爲決定他詩文創作目的與藝術特徵的重要原因之一。李維楨的文學思想之一：

> 王仲淹曰：「仲尼述史者三焉，《書》、《詩》、《春秋》是也」。

> 學士大夫有史才者，或不得爲史，而稍以其時事形于詩，後人目之爲詩史。

> 《騷》非屈氏之詩，而楚之史也。史必具三長，屈氏博聞彊志，明於治亂，嫺於辭令，可不謂有良史才哉？其職不爲史，即爲史亦不能無掩於諱尊諱親之義，而獨發之於騷，創千古未有之調，以與三百篇提衡，此善用其長者也。

> 諷刺褒美，文質相劑，語莊而氣和，情深而義立，吏治之臧否，

〔註2〕 清・孫承澤《董其昌》，《春明夢餘錄》卷三十二，《景印文淵閣四庫全書》第868冊，第416頁。

〔註3〕 清・錢謙益《南京禮部尚書贈太子少保李公墓誌銘》，《牧齋初學集》卷五十一，《續修四庫全書》集1390，第124～125頁

〔註4〕 明・李維楨《小草三集自序》，《大泌山房集》卷首，《四庫全書存目叢書》集150，第269頁。

物情之變異，間可約畧而得之。美命殆以史爲詩者耶？史與詩同用
而異情，史主直，詩主婉，直者易見，而婉者難工。誦美命詩，而
可以興，可以羣，必其爲良史矣。有能紹明仲尼屈氏之業，俾天下
後世信仲淹之言，《詩》與《書》、《春秋》爲史一也，則美命其人哉。
〔註5〕

他同意王仲淹《書》、《詩》、《春秋》皆孔子所述之史觀點，認爲三者，
爲史一也。史與詩的關係：不得爲史，稍以時事形於詩，爲詩史；屈原有史
才，其職不爲史，即爲史亦要爲尊者諱爲親者諱爲君者諱，故發於《騷》與
《三百篇》並驅，是善用史之三才者；史與詩同用而異情，史主直，詩主婉，
直者易見，婉者難工。

他對《書》也有表述：

余儉楚所駭聽，竊謂此經聖作明述，閱千百年不容妄置喙。諸
說經者，如王公，故不易得。學人能雅言是，足矣。〔註6〕

《書》經主要涉及的是辨僞問題，明梅鷟《尙書考異》力排僞孔，但到
明代尙未成定論，直到清閻若璩《古文尙書疏證》、惠棟《古文尙書考》才以
確鑿證據證明孔書爲僞，丁晏《尙書餘論》則考定作僞者爲王肅，才坐實。
李維楨指出「文多淺陋，必非商周作」，認爲即使爲僞書，也是「聖作明述，
閱千百年不容妄置喙」，故《尙書》與文學思想、史學思想關聯都不大。

他對《春秋》及《左傳》表述最多。

第一，他認爲《左傳》是以史事所傳的舊史，最符合孔子書《春秋》之
意。

《春秋》，魯史也，孔子目擊時事，心憂且懼之，難於直陳，借
魯史，隸括成文，以寓是非，特二百餘年大綱要領耳。條目原委，
具在舊史，觀舊史，則聖意可知。

他認爲《春秋》是孔子目擊周王室的漸衰，禮崩樂壞，心憂懼又難以直
陳，借魯史，隱括成文，用微言大義，以寓褒貶是非，故《春秋》，是史也，
是春秋二百餘年國事的大綱要領。尤要注意的是，他主張觀舊史，來知聖意，

〔註5〕明·李維楨《據梧草序》，《大泌山房集》卷十九，《四庫全書存目叢書》集150，
　　　　第722頁。
〔註6〕明·李維楨《尙書日記序》，《大泌山房集》卷七，《四庫全書存目叢書》集150，
　　　　第440頁。

因爲：

> 春秋之事，當從史。《左氏》，史也。《公羊》、《穀梁》，皆意也。孔子作《春秋》，事亦略矣，非以爲史也，有待乎史而後足也。以意傳《春秋》，而不信史，失孔子之意矣。
>
> 孔子據舊史，左氏亦據舊史，其解經者無幾，其凡例不盡經所書，間出己見，筆削褒刺，不必盡當於孔子，而事則與孔子所據史略同，柰何舍事而以意求之，意可穿鑿，事不可強造也。

故他批評後世以「意」注釋《春秋》，是悖離孔子本旨，而以事解是宗經。

> 舊史不傳，而學人以意揣摩，如射覆，如鉤距，如法家深文，豈不悖哉？

讚揚蘇轍「以史事論《左氏》」爲當，讚揚《紫陽語錄》「左氏史學，事詳而理差」，胡文定「事莫備於左氏」，葉少蘊「《左氏傳》，事不傳，義詳於史，而事未必實」等與重以事傳史之宋儒。此體現出李維楨一個重要史學思想，即以直書史事爲本，重述事。

> 子由之前，有孫明復氏，不信史，後有胡安國氏，憤南宋不復，譬以《春秋》進，規意愈高而愈遠，愈嚴而愈偏。然後知子由解以事，不解以意之爲當也。〔註7〕
>
> 左丘明之傳春秋也，詳於事，事或失誣，然而聖人之指無傷也。胡安國之傳《春秋》也，詳於理，理或失鑿，而學者執以求之，畔聖人之指彌遠矣。〔註8〕
>
> 孔子經文簡而意隱，綱也，猶爰書之律例也。《左氏》文詳而意顯，目也，猶對簿之供招也。非覽《左氏》事，則不知孔子義云何，而顧欲以其簡而隱者，斷其詳而顯者，安從知之？況左氏所據之史，未必與孔子所據之史一也。〔註9〕

他通過論《左傳》與《春秋》的綱目關係，把事於史之性質闡發得甚明，「詳

〔註7〕明・李維楨《春秋集解序》，《大泌山房集》卷七，《四庫全書存目叢書》集150，第441～442頁。

〔註8〕明・李維楨《春秋四傳童習序》，《大泌山房集》卷七，《四庫全書存目叢書》集150，第444頁。

〔註9〕明・李維楨《春秋左傳合鯖序》，《大泌山房集》卷七，《四庫全書存目叢書》集150，第444頁。

於事」，可把難於直陳之「心憂且懼」時事，隱括成文，寓是非，書一朝或數朝大綱之要領，故即使「事或失誣」，然於借史針砭諷刺、以史爲鑒之旨無傷。至此，我們就不難瞭解，他作那麼多記人的墓碑表狀傳祭、壽序贈序、考績、入覲、致政、膺薦序等，其內容多以敘事爲主，重在平實記事以傳其人，而且在強調事核徵信的基礎上，哪怕被譏爲「事實亦未可徵信」（《四庫全書總目提要·大泌山房集》），此亦非李維楨所最重視的落腳點，他修史最終還是爲了如孔子著《春秋》、《詩》、《書》，匡正世道，挽救教化的經世致用目的。

他曾盡剖著史於人心之教化：

> 曹子建云：「見三皇五帝，莫不仰戴。見三季暴主，莫不悲惋。見篡臣賊嗣，莫不切齒。見高節妙士，莫不忘食。見忠憤死難，莫不抗首。見放臣逐子，莫不嘆息。見淫夫妬婦，莫不側目。其成教化，助人倫，功尚矣。」〔註10〕

他曾秉筆直書明後期帝王與世道、學術之變：

> 世宗有天下四十五年，穆宗嗣服，凡諸大禮，倉卒具辦，漸與舊儀不相合，況其它乎！〔註11〕

> 今天子沖年，賤祚恭己，以聽執政，廣厦細游，相臣詞臣坐論勸講，寒暑不輟于時，相臣猶懼其退而有軼志也，而《帝鑑圖說》興焉。……而皆爲之道其始末善敗之故，使了然心目，儼然敬服，瞿然戒懼，是以辛壬而前，主無失德，國無秕政，斧藻琢磨，此圖未爲無助。相臣以驂乘芒刺種禍，而繼之者禮貌事權，不能與江陵伍。癸甲而後，朝講稀御，宮府睽隔……。比年，與亂同道，橫政日出，蓋臣哲士直言極諫，唇燥舌敝，若罔聞知，而于《圖》何有？
> 〔註12〕

> 近日有儒而陰用釋教，又顯然自髡爲釋弟子者，而詈道學不置口，讕浪呵斥，連篇累牘，瞑目扼擊而指本心，奮鬐切齒而談端緒。孔子所謂：其居處足以撮徒成黨，其談說足以飾褒熒眾，其強禦足

〔註10〕明·李維楨《帝鑑圖說序》，《大泌山房集》卷八，《四庫全書存目叢書》集150，第460頁。

〔註11〕明·李維楨《史料序》，《大泌山房集》卷八，《四庫全書存目叢書》集150，第467頁。

〔註12〕明·李維楨《帝鑑圖說序》，《大泌山房集》卷八，《四庫全書存目叢書》集150，第460頁。

以返是獨立。天下嚮慕其人，喜誦其書，以爲眞道學在是，而其爲道學害，乃甚於宋之禁錮放流。〔註13〕

余復竊嘆宋人議論多，而成功少，國因不振。今議論煩囂，殆甚於宋。然宋猶能使《正史》、《編年》成功。頃詔脩國史，築舍道旁，三年不成。宋能以議論成其議論，而本朝議論亦付之亡是烏有。〔註14〕

他對明後期嘉靖帝之不尊儀制，萬曆帝之不理朝政朝臣、搉礦採稅等橫政日出，世風中之狂禪激進、清議煩囂等史鑒亂相憂心忡忡，希望能從自己所擅長的史學、文學及其地位竭盡所能來匡救。

第二，他對明朝無史頗多評議，評漢以來史學三體，皆出《左傳》一家。

他評本朝無史，只有實錄，但實錄與史似是而非：

前朝，史與《實錄》猶並行。本朝無史，而遂以《實錄》爲史。

不佞傖楚，嘗承乏具員史官，讀累朝《實錄》，可據者十六七，非國家有大鼎革，不得發視，史官力不給繕寫，繕寫多訛缺。〔註15〕

明興，禮樂文章遠過前代，而史獨廢缺，僅有《實錄》，于臣下，事不詳載，筆或非端，士死難者謂其乞哀，戡亂者謂其助逆，清議病之。〔註16〕

本朝無史，但有列聖《實錄》，與史不同體。頃修《國史》，中道而輟，天子命之宰執主之，一時文學侍從之臣分曹載筆，尚損數年功緒。〔註17〕

上敘明朝修史中輟，無史，而實錄不能代替正史，且實錄有不得發視與多訛缺不足，更爲重要是，明實錄於「臣下」，即列傳部分，事不詳載，筆或

〔註13〕 明・李維楨《道學列傳序》，《大泌山房集》卷八，《四庫全書存目叢書》集150，第461頁。

〔註14〕 明・李維楨《皇明琬琰錄序》，《大泌山房集》卷八，《四庫全書存目叢書》集150，第469頁。

〔註15〕 明・李維楨《史料序》，《大泌山房集》卷八，《四庫全書存目叢書》集150，第466、467頁。

〔註16〕 明・李維楨《皇明琬琰錄序》，《大泌山房集》卷八，《四庫全書存目叢書》集150，第469頁。

〔註17〕 明・李維楨《明政統宗序》，《大泌山房集》卷八，《四庫全書存目叢書》集150，第469～470頁。

歪曲。

因為缺國史，實錄又不得觀覽，故野史存在很多流弊：

> 本朝史職廢，列聖《實錄》於臣下事不詳，而野史雜出。韋布
> 之士，不盡諳朝章，薦紳之倫，不盡負史才。信耳者，不審于時勢；
> 見小者，不關於大體；修詞者，不當于故實。甚乃苛責深文，恣臆
> 冥決，所好生羽毛，所憎成創痏。古人多聞闕疑，與人不求備之意，
> 泯滅漸盡矣。〔註18〕

> 而士大夫各識所聞見，為小說最繁，其流凌誶刻核，膚淺乖謬。
> 好異愛奇者，徃徃采為談柄，使人反疑正史。如《碧雲騢》、《建隆遺
> 事》、孔氏林氏野史之類，錯亂是非，報復恩怨，弊斯極矣。〔註19〕

> 此其失在近代為國史者少，而為野史者多。國史，非一人手，
> 容有忌憚；野史，則可憑恣臆臆矣。其失在縉紳者少，而在韋布者
> 多。縉紳聞見猶廣，歷練差深；韋布則因陋就寡，自用自專，弊所
> 不免。〔註20〕

如《瑣綴錄》、《皇明通紀》、《九朝野記》、《永昭二陵編》等野史，橫議
恣行，其結果是混淆正聽，史學傳統與規範盡喪，甚至衍為說部，錯亂是非，
格調不高。野史與小說流佈甚廣，而國史不得修。李維楨大量的傳記文，即
針對此不足而作，以補正史之不修，實錄之訛缺、歪曲與一般不得睹，野史
小說之粗俗戲誕。他評王世貞《皇明琬琰錄》所取史材鉅細精粗，講究全備，
是資史氏之用的史料：

> 上自王侯將相，下逮四民、女婦、狀表、志傳、家乘、地志、
> 叢談、雜記及實錄，所收巨細精粗，揖撝囊括，以備史氏之用。

> 是錄也，不必董狐之筆，南史之簡，或有所為而增餙，或有所諱
> 而竄削。蓋後進之于先輩，子孫之于祖父，義當如是。其間，發潛德
> 之光，誅遺奸之隱，快公論明，國是固時有之，未可少也。〔註21〕

〔註18〕明・李維楨《續藏書序》，《大泌山房集》卷八，《四庫全書存目叢書》集150，
　　　　第468頁。
〔註19〕明・李維楨《皇明琬琰錄序》，《大泌山房集》卷八，《四庫全書存目叢書》集
　　　　150，第469頁。
〔註20〕明・李維楨《明政統宗序》，《大泌山房集》卷八，《四庫全書存目叢書》集150，
　　　　第469頁。
〔註21〕明・李維楨《皇明琬琰錄序》，《大泌山房集》卷八，《四庫全書存目叢書》集

修史要才、學、識三才，有學無才，猶愚賈操金，不能貨殖；有才無學，猶巧匠無梗柄斧斤，弗能成。李維楨說劉勰論史：「記編之文，同時多詭，述遠既易，誣矯紀近，又涉回邪。析理居正，其惟素心。」〔註22〕《皇明琬琰錄》即爲史學之資，需要有史才有素心者，取而擇取繞彙，與實錄及名家所作《吾學編》、《大政記》、《憲章錄》、《昭代典則》等典章政事參互考證，即爲國史、編年，是司馬遷所修《史記》等也。

而紀傳、編年二體，其源皆出《左傳》。他評漢以來史學三體，皆出《左傳》一家，而《左傳》以一人一事始末爲一篇，發君子語的議論爲斷案：

> 漢以來稱良史者，體有三，司馬子長《史記》、司馬君實《通鑑》、朱元晦《綱目》也，三家體皆出《左氏》。《左氏傳》或先經以首事，或後經以終義，發明孔子書法。若以《春秋》經爲綱，而以其內、外傳爲目，則朱子實倣之。然《左氏》本初不若是，經傳別行，後漢之末，始相附耳。
>
> 《左氏傳》，或以一人一事始末爲一篇，或引君子語爲斷案。則兩司馬實倣之。《史記》有《紀》、有《表》、有《書》，有《世家》，有《列傳》，自朝逮野，鉅細備載，《通鑑》義專資治理，《綱目》義專明正統，示褒貶，故臣民行事尚未得半。繼子長者，班、范《兩漢書》，一代文獻燦然可征。

他推崇《左傳》之體，重以一人一事始末爲一篇，以議爲斷案，實是針對後來史之三體，如《史記》鉅細備載，《通鑑》義專資治理，《綱目》義專明正統，示褒貶，故臣民行事尚未得半的空缺而言，而此既是對明代因無史，《實錄》僅記帝王，大批臣民事跡未錄將佚，先要補修史之史料史資顯得尤爲重要。他評到明代史學之現象與他主張的去取標準：

> 今史或詳而書略，或史有而書無，或取舍相遠，或人物各見，作紀異，事理舛錯，若誤非誤，不可致辯作傳。〔註23〕
>
> 野史因是紛然錯出。或失于寡聞，或失于好異，或失于偏信，

〔註22〕明·李維楨《皇明琬琰錄序》，《大泌山房集》卷八，《四庫全書存目叢書》集150，第469頁。

〔註23〕明·李維楨《南北史小識序》，《大泌山房集》卷八，《四庫全書存目叢書》集150，第464～465頁。

甚者以讒口修卻至于今。處士橫議，朝臣聚訟，愈不可質問。故老雕喪，雖三十年來，是非芬然殽亂，向誰辨正？〔註24〕

　先生出入三朝，勤學好問，博古通今，所師友正人君子，故其甄別去取，若奇而正，若嚴而恕，若踈而數，若朴而藻，可謂良史。〔註25〕

即在記錄擇取史料、史資時要重史之征實徵信，避免舛錯誤亂，記錄史料與敘述文風要博綜雅醇、中和宗經。

　董江都《春秋繁露》其七十七章……謂《春秋》爲中和之理，可謂善言經者。中庸以喜怒哀樂未發爲中，發而中節爲和。夫以意觀《春秋》者之所親愛賤惡、畏敬哀矜、傲惰而僻焉，不中不和，而曾是可以明聖經乎？

　而蘇氏解，賴諸君子表章，則經傳廢興，亦若有造物定數焉。眾言殽亂，有所折衷。余因以知國家文運大興，士大夫問學，博綜雅醇，非漢晉以下諸儒所及也。〔註26〕

這些都影響到他對史學文風與文學文風的評價：

　近日修文之士，爲莊屈十三，而好左馬十七，宗左者尤盛。〔註27〕

　左丘明集典雅命辭，與經相發明者，爲《春秋傳》，其高論善言，別爲《國語》。〔註28〕

　著書立言，述舊易，作古難。《六藝》之後，惟左丘明《春秋傳》、莊生《南華》、屈大夫《離騷》、司馬子長《史記》，四人特創體裁，其書遂與聖經並重。千古文章家雖知巧輩出，卒莫踰其範圍。〔註29〕

〔註24〕明・李維楨《史料序》，《大泌山房集》卷八，《四庫全書存目叢書》集150，第466頁。

〔註25〕明・李維楨《續藏書序》，《大泌山房集》卷八，《四庫全書存目叢書》集150，第468頁。

〔註26〕明・李維楨《春秋集解序》，《大泌山房集》卷七，《四庫全書存目叢書》集150，第441、442頁。

〔註27〕明・李維楨《左芝序》，《大泌山房集》卷七，《四庫全書存目叢書》集150，第445頁。

〔註28〕明・李維楨《左氏內外傳同異序》，《大泌山房集》卷七，《四庫全書存目叢書》集150，第447頁。

〔註29〕明・李維楨《史抄序》，《大泌山房集》卷八，《四庫全書存目叢書》集150，第462頁。

　　以上，基本是他的史傳文學思想，當他有史之才與不得爲史官、吏事
繁忙，不得修史著述時，平時登門拜謁或郵路請託的墓碑表狀傳祭、各種
爲官員士民寫作的壽序、贈序、考績、入覲、致政膺薦序裏，他是以敘事
來傳人，以補臣民事跡未錄之史料史資之不足；其記人，上自王侯將相，
下逮四民、女婦、狀表、志傳、家乘、象贊、所記世細精粗，咸並囊括，
以備史氏之用，重在記事，不重在闡意，有潛德之光、誅遺奸之隱，快公
論明，能成教化、助人倫，功尚矣；其記錄擇取史料、史資時要重史之征
實徵信，避免舛錯誤亂，記錄史料與敘述文風要博綜雅醇、中和宗經；他
認爲千古文章家莫出《左傳》、《莊子》、《離騷》、《史記》樊籬。讀了李維
楨的文，再瞭解了李維楨的史傳文學思想，就豁然開朗，便能瞭解他寫作
的帶人物傳記性質的各類文體中，爲何重敘事，在敘事中顯人物功業性格
形象，而儒學祠堂題名等記中，爲何重敘事與考證山川人事名物的來龍去
脈，其實都源於他作史料史資的修史用途，重教化人倫宗旨，有明顯的宗
經宗聖思想；而他又受《左傳》文風影響深，故其文在博綜雅醇的中和文
風內，又時常見《左傳》的筆法與文風。

　　艾南英評李維楨：「文腐則古之《客難》、《解嘲》、《賓戲》、《七啓》、《七
發》之類，而今時尤眾。每笑謂友人京山李本寧爲人作詩序，輒就其人姓氏
起首，使此公作我姓艾人詩序，必當筆窘矣，凡此眞文腐也。」〔註30〕從文
學藝術性來講，李維楨的確主要文體有一定格式化、套數化的不足，這固然
與他作文過多故變化較難有關，但也與他作文重在作史傳的思想有關，兩人
落足點與側重點皆有不同。李維楨是以補史料之資用，重在宗經教化，在符
合此範圍內他善抓寫作對象的鮮明特點，在寫的那麼多文裏，盡了力所能及
的變化，講究文學性。如他寫作的眾多詩序集序，除了評論其文學觀點，一
般起首皆有姓氏出身籍里仕第履歷、與他交遊的淵源、敘對其文學功業與文
學的評價，其實帶有爲文苑立傳所作的傳記性質，文風以博綜雅醇的中和文
風有關。而在象贊、題跋等小品文裏，便起筆自然，行文活潑靈動，更見其
性情。

二、傳記文的思想內容與藝術特色

〔註30〕明・艾南英《再與周介生論文書》，賀復微編《文章辨體彙選》卷二百四十八，
　　　《景印文淵閣四庫全書》第 1405 冊，第 172 頁。

　　因是爲臣民作傳，以補史料、史資之用，他的傳記文按作傳對象，其思想內容有較明確指向性。

　　第一，記錄了明中後期大量公卿宗侯官員士紳的事跡生平，在立傳中對朝政變遷發表評議，讚揚維護儒家正統秩序的美德懿行。

　　公卿宗侯，是李維楨撰寫墓誌銘、家傳的主要對象。如在《朱恭僖家傳》中，記錄了成國公朱輔的英雄事跡，朱輔祖父平陰王以土木堡難死，忠義聞於天下，到朱輔時以國家承平，不獲以功業顯，被服道術，兢兢於當時之禁。而到正德丙子（1516），俺答入白羊口，京師震恐，諸將皆紈綺子弟，不習兵，不敢接詔領兵，朱輔獨毅然請往以行，聞虜退罷還，人始稍知公可備緩急。丁丑（1517），守備南京，寧庶人謀反。朱輔與司馬喬公日夜運籌守策，寧賊知有備，不敢犯，未幾就禽。李維楨評：正德時，內外虛耗，群盜四起，北有強虜，南有逆臣，而皇帝只知巡遊戲樂，如果不是內地有朱輔等國家棟樑之材在，國危矣。李維楨緊接著爲全文作評：

　　　　論曰：余蓋有《營制疏》，云高皇帝監前代強臣握兵之害，以內外兵分隸五府，府有正有佐三人。文皇帝北伐旋師，結營圈，操以三千神機，二營附之，號三大營，實皆五府兵耳，故有五軍營之名。正統變爲十營，弘治加十二，又增東西官廳，然舊營中尚有老家軍之籍，五營名自在，五府意猶存也。府各設將，事權不偏，營各統兵，分數易明，將將，將兵，計莫善於此。自仇鸞貴幸，分宜阿邑，請特設戎政廳，內外兵悉授於鸞，而二祖分營分府之制漸盡矣。賴天幸鸞蚤夗，不則國家之禍寧在虜哉！繼鸞者多避忌而不敢練，以一人掌十萬兵而不能練，眞同兒戲矣。誠如舊爲五營，以五將練之，仍以文臣衆之，兵練者舉，不者斥免，賢不肖，強弱易見，互相奮屬，兵必可用。有警，然後揮大將佩印出師，事竟則將歸於朝，卒歸於伍，此二祖良法美意也。當事者於禮節等威處置失宜，浮言肆起，卒從寢罷。夫功臣後裔，生有師保之尊，沒有贈諡之典，累世皆然。惟成國一家，恭僖易名，義取敬順事上，小心恭慎，令當今戎政能復毅然，請往如鄉日意氣耶？余爲公傳，竊拊膺三太息焉。〔註31〕

〔註31〕明・李維楨《朱恭僖家傳代》，《大泌山房集》卷六十三，《四庫全書存目叢書》集152，第69頁。

他在論中歷舉了國家兵制的祖制沿革，與變亂之始，點出兵制在嘉靖帝時期的始怠不規，用成國一家以「恭僖」易名，義取敬順事皇帝的小心恭謹，令當今軍政朝風能恢復剛強堅韌，果敢意氣，對比今昔，深為歎息。此種思想，他在《馬將軍傳》中詳敘了這位嘉靖間名將「不五年官一品，又五年為大將，身經九十餘戰被十餘創，最斬首虜八千，馬五萬，他物不可勝計，俺答父子梟雄，不減冒頓，彼眾我寡，卒未嘗挫，以功名終，真男子哉」〔註32〕梟勇智謀的英雄事跡，又在《馬將軍傳序》中詳論到：

> 而武臣，若馬將軍其人者，上自別用耳目得之，……鸞敗，上知武臣不可偏任，彌責成文臣，而武臣寵絕，無望鸞萬一。馬將軍功名自庚戌始，以彼受特達知，積累戰功，不得侯，無乃有所懲耶？抑馬將軍恥為債帥，行媚權貴致然耶？……時命在天，人主如其臣何？馬將軍雖不侯，其所摧敗業，足暴於天下矣。今虜歘垂四十年，不可怙也，異日且有拊髀而思馬將軍者。夫人才難易，兵柄重輕，邊計得失，朝政升降，余觀《馬將軍傳》，未嘗不三嘆息焉。〔註33〕

嘉靖以仇鸞等督撫行賄嚴嵩父子以微其罪行，而另行起用馬芳，但馬芳亦因仇鸞敗，武臣寵絕，而不得封侯，居安微危，李維楨優異日邊禍再起，國家內憂外患，讀《馬將軍傳》，未嘗不三歎息。

嘉靖、隆慶、萬曆相權之變，對朝政、士人、世風的危害，讚揚堅持操行的正人君子，亦是李維楨重要的評議內容。

如《大泌山房集》卷六十三《何太宰家傳》中，記錄了恪公職守的太宰何寬。可這位勤政愛民的好官，先後在高拱、張居正的相權之爭中罷免，又在張居正的奪情事件中，自請免官。這樣的相權之爭，對吏治危害很大，每換首輔，大批正直精敏官員以其黨被黜去職，到神宗時不報不回，官員自免去位歸隱治學治文是常態，官職缺員非常嚴重：

> 余束髮歷三朝，見為相有權力者，若分宜、華亭、新鄭、江陵，去位則同時大臣多以黨人見斥，不復可辦，……公自免在江陵先，是亦足謝眾口矣。余深悲其意，而具論之。〔註34〕

〔註32〕明・李維楨《馬將軍傳》，萬曆刻本，上海圖書館藏。
〔註33〕明・李維楨《馬將軍傳序代》，《大泌山房集》卷十七，《四庫全書存目叢書》集150，第682～683頁。
〔註34〕明・李維楨《何太宰家傳》，《大泌山房集》卷六十三，《四庫全書存目叢書》集152，第79頁。

　　這樣的相權更迭傾軋，歷經了嚴嵩、徐階、高拱、張居正四相，從嘉靖一直延續到萬曆朝數十年，造成吏治、世俗敗壞、士風無行，點破明衰亂之重要原因：

　　　　舊史氏曰：昔者鄭楚之構也，舉國若狂，使鄭不可得親易，使楚不可得疎難。余入仕四十年，所見俗之移人約有四端：理學則貴虛無，騰口說；廉介則崇矯激，夷等威；讜正則多建白，競攻擊；敏達則事繳繞，擅紛更。〔註35〕

　　　　舊史氏曰：嘉靖慶曆間，相臣之變几三，好佞而黷貨，好清議而寡實用，好綜覈而遇苛繞，士大夫追趨逐嗜，波流草偃。〔註36〕

　　故他在為公卿宗侯官吏士紳立傳中，讚揚他們在紛繁亂相中，維護儒家正統秩序的美德懿行。如他為「勞而不伐，數辭爵賞，累遭讒，不觖望，救時應變，卒然臨之而不驚，中懷輸寫，不逆詐，不億不信，于家于國，言無隱情，從容語次，折衝千里，沉幾先物，深畧緯文」〔註37〕可謂國家柱臣的顧養謙作傳；如歲戊子（1588）前數年，河南大饑，「河間周公新以御史中丞之節來開府，既下車，則布令無聽訟，俾民歸田野，貧不得耕者，官為予耕具，諸庸調不可，但已括府藏金給之，無徵民。上垂意元元，出內帑賑饑，吾曹奈何坐視，倉有粒粟，悉發無所靳」〔註38〕的官員群吏；為理學、氣節、政績、武功、文苑五者俱無得而有名，被瞿睿夫、焦竑、耿定向贊為「目訥如愚，朴如田父，守如處女，醇如嬰兒」〔註39〕的躬行君子朱袗作傳；為「學以從政，臨事不惑，身遠與寡，厄窮無怨，白首耆艾，魁壘之士也。諸子道術通明，贍于文辭典幹，撫民以惠利為績，又皆有節槩，知去就之分」〔註40〕

〔註35〕明・李維楨《張司徒家傳》，《大泌山房集》卷六十三，《四庫全書存目叢書》集 152，第 83 頁。

〔註36〕明・李維楨《王司徒家傳》，《大泌山房集》卷六十三，《四庫全書存目叢書》集 152，第 84 頁。

〔註37〕明・李維楨《顧司馬家傳》，《大泌山房集》卷六十五，《四庫全書存目叢書》集 152，第 112 頁。

〔註38〕明・李維楨《中丞周公壽序》，《大泌山房集》卷二十九，《四庫全書存目叢書》集 151，第 122 頁。

〔註39〕明・李維楨《朱方伯家傳》，《大泌山房集》卷六十四，《四庫全書存目叢書集》152，第 95 頁。

〔註40〕明・李維楨《馮氏家傳》，《大泌山房集》卷六十五，《四庫全書存目叢書集》152，第 116 頁。

的山東馮裕立傳；等等。

值得注意的是，他對吏隱或退隱仕宦，或不得及第士人，在野從事治文治學，抒以「世衰道微，人鮮全德，天鮮全福，而文人爲甚」感慨，對明末士人的眾生百相與行藏進退作了描繪與思索：

> 如弇州所談，十命幾何得免，要未可盡委於天之未定也，約有三蔽焉。

> 激昂慷慨，負材使氣，凌屬狎侮，風止詭越，不概中庸，或管窺一斑，揚揚滿志，若曰靈均以來，此秘未覩，所至傲倪，旁若無人，倚酒爲狂，檀袖罵坐，雅俗共厭，誨妬囮謗，此爲一。

> 附羶逐臭之夫，行卷克贄，上書誦德，揣摩結驩，以倚門之態，供掃門之役，造請關說，冒于貨賄，或乃舞知唇舌筆札之間，雌黃流品，指刺得失，南箕貝錦，禱張爲幻，白簡抨彈，爰書坐率，爲世大僇，此爲一。

> 坎壈落寠，貧賤無聊，六親見擯，鄉里揶揄，鬱而成愁，蓄而成恨，激而成躁，牛衣鮒轍，涕泣時有，或乃恣情伐性之斧，寄命腐腸之藥，欲以解憂，憂來無方，欲以達生，生理轉蹙，此爲一。

> 命可長也，人何弗爲？有如之三者，豈所以養壽命之元，遠患難之笶哉！〔註41〕

此文作於萬曆四十一年（1613），爲汪道會七十壽作祝辭，是年汪道會遊嶺南返。維楨提出了士人命運連蹇，不可以盡委於天命，與其自身的爲人處事與心情善於排解開闊有關。他對士人在世衰道微中種種不正確言行心態，指出「命可長，人何弗爲」，提出「養壽命，遠患難」的主張。亦可看出他對如何正確爲人處事與生活的看法，這在他所作壽序、贈序中常可見到的評議。李維楨在亂世難爲與不可爲中，一方面選擇搖旗吶喊，提出立德正雅等匡救主張，而對自己選擇樹立寬厚長者的德行、養壽固元的人生態度。這無疑是正確的。

第二，記錄了大量官員士紳家庭中的延續儒家美德、教養子嗣的尊長、貞婦烈女。

〔註41〕明·李維楨《汪仲公壽序》，《大泌山房集》卷三十五，《四庫全書存目叢書》集151，第236頁。

　　如《周太公家傳》中為周冠作傳，記錄了他年十六，為養王父母等九人，棄學從商，對子教之嚴格，五歲品授書，夜燭寒燃薪，必竟業乃罷，屬文必問明師友，安家闤闠，室必反鎖，不得窺外戶等事跡，其子成進士，李維楨評：「余與文伯遊，朝暮見一出言而不忘父母已。讀祠部公行實，文伯學優仕憂，率秉於貽穀，非此父不生此子，善則稱親宜矣」〔註42〕，其子即為天啟末年反閹黨名臣周繼昌。

　　如《倪太公壽序》中，通過一件典型事例：「而播寇起，聲犯渝州，渝州震恐，其巨室故與寇識面者愈益恐，先去，以為民望。倪太公笑曰：『吾不以兒仕宦意氣加于昔，此懸罄室，開門延寇，寇不入矣。且吾布衣，以兒徼一命封，即不任助公家討賊，敢先避乎？』城中人稍定，而寇卒不能以一矢相加遺」〔註43〕，盛讚倪太公的高誼與勑教公賢。

　　李維楨為婦女立傳，側重女性的侍尊養孤、勤儉持家，賢淑節烈等德行。如《丘節孝家傳》、《程烈婦傳》、《王母魏淑人墓志銘》、《唐顏節壽壽序》、《張母秦孺人壽序》、《潘母何孺人壽序》等等，她們或在夫死或夫在外期間，支撐起內外家政，是家庭運轉延續的實際操持者。李維楨並不贊成殉夫之舉，「夫虧體辱親為不孝，毀不勝喪亦為不孝。天下慕毀之名而不愛其親之遺體，豈所以為訓」〔註44〕，但對既已逝的烈女，有對其生命的付出予以社會性評論的反饋與倡導美德的意旨。

　　第三，記錄了一批儒商義賈、孝子。

　　李維楨因與新安地區汪、方、潘、程、吳氏幾大世家多有交遊，故作有一批以歙縣、休寧、祁門、績溪等地為主體的商賈傳記。他著重刻畫了新安商賈的修儒業文一面。如《汪元蠡家傳》中塑造了一個以儒德立行的巨富汪元蠡：

> 則入貲為太學，學唐人詩，而是時廣陵客部子价、華亭朱司成
> 象玄、金閶皇甫觀察子循、里中陳處士達甫並以善古文辭重于世，
> 本湖遊諸公間，為師友，詩益工，諸公高其評目，于是縉紳冠帶之
> 屬爭托交焉。本湖居十九真州，舟車孔道，客恒滿坐，刺肥擊鮮，

〔註42〕明‧李維楨《周太公家傳》，《大泌山房集》卷七十，《四庫全書存目叢書》集152，第210頁。

〔註43〕明‧李維楨《倪太公壽序》，《大泌山房集》卷三十三，《四庫全書存目叢書》集151，第200頁。

〔註44〕明‧李維楨《書姚仲基事後》，《大泌山房集》卷一百二十六，《四庫全書存目叢書》集153，第556頁。

食前方丈，連日夕不休，而又特好聲伎，所值柔曼，傾意至垂橐與

之，歲入不足，以更費不爲衰止也。事母用力用勞，守令高其行，

造門爲壽，顏堂之楣曰「孝養」。〔註45〕

　　而當他因友人受牽連發配太原三年而返時，其行太原「鮮衣怒馬，敦琢
其旅，若以賈行如往日」，是歸，母始悉所以；當其困阨時，故所結納貴人無
爲盡力者，而貧，無復餘貲，遂謝客，構繡佛齋臥其中，奉母寢膳，外人罕
睹其面；皇甫汸亟稱本湖太原詩溫厚爾雅，絕無殷憂觖望之語，而自署小閣
曰「金雞」，以識不忘本湖，其所爲墨若籛最精良，諸子多傳其業，辭翰有父
風。李維楨評：「詩三百篇，大抵聖賢發憤之所爲作也。獨孤臣孽子，勞而不
怨，哀而不傷者，鮮矣。……汪君爲人覆沒，流離瑣尾，怨懟不形乎辭，至
匿迹以安母，故足術也」〔註46〕，見其德行君子。徽州地處山地，徽商靠鹽
筴賈淮南，或坐賈行商貨殖，富即督促家族子弟修儒中第，走科舉仕宦道路，
其家族亦商亦官，有修儒治文與商賈貨殖並行，以商存活養家，以儒致身顯
親揚名的傳統。李維楨出生的竟陵，即新安商賈多居其地，明末商業氛圍甚
濃，李維楨讚揚商賈據其財力行仁俠義與修文問學的善舉。如《方仲公家傳》
中，他記錄方仲公事跡：

　　　公嘗憐鄉人病涉者，爲石梁，人目爲方氏橋，過者輒籲天：「願
　　方氏多男子。」又焚券已，責餔莝，掩道殣，鄉人誦德不忘。……
　　三黨有卻，必爲解媾後已，有厄必拯，有貸必施。淮北歲凶，餒者
　　病者爲溝中瘠者以百千計，仲公予糜粥，予藥餌，予殮具，亦千百
　　計，然不以其德上人，不立聲跡，口悛悛如不能言，即言第舉其長，
　　不及人過。

他評到：

　　　舊史氏曰：聞之王克：『楊子雲作《法言》，富人賣錢千萬，願
　　載於書，子雲不聽。』夫富無仁義之行，圈鹿而已，安得妄載？如
　　方仲公者，可謂有仁義矣。不然，何以見友於三君子，三君子今之
　　所謂仁義人也。

〔註45〕　明・李維楨《汪元蠢家傳》，《大泌山房集》卷七十一，《四庫全書存目叢書》
　　　　　集152，第225～226頁。

〔註46〕　明・李維楨《汪元蠢家傳》，《大泌山房集》卷七十一，《四庫全書存目叢書》
　　　　　集150，第226頁。

故學人君子願爲其立傳，有鮮明的以備史錄之資，來表彰德行、正世風意識：

> 比部謝日可先生，以忠讜名天下，其文章復獨步一時，如景星慶雲，士爭先睹之爲快。……先生以學周來見曰：「是家父子，吾所習，吾爲述行事，而子傳之。」余遜謝：「有先生在，何敢嘗試？」先生曰：「夫有前茅，何難爲後？以子舊史，或可藏副焉耳。」作《方仲公家傳》。〔註47〕

如《王孝子家傳》中，就記錄了王原千里尋父事跡，他的孝心感動了上天，得類有道者拄杖老父解夢當南行，必求諸佛寺中，後果在輝縣之山寺中憑文安口音尋得其父。非常之舉，君子爲其作傳，以行其事，朝廷詔旌其門，大孝之舉，其對里閭鄉縣，起到的教化作用，不言而喻。李維楨不單是傳奇，更是美父慈子善的人倫教化，其評：

> 舊史氏曰：原匹夫徒步之人，非誦習詩書之業者也。父失而行求之，險阻艱難，蓋備嘗矣，卒無怨悔，以臻厥成此。夫良知良能，不待學與慮者哉！其夢匪霤匪思，遘會迹甚奇。要以精誠之極，神明可通，亡足異也。《漢史》言霍去病爲車騎將軍，遣迎父仲孺，仲孺扶服叩頭，去病爲大買田宅奴婢而去，比於珣原何如？《法林》所稱引：呂子回差近。然其勤苦不逮原遠矣。〔註48〕

聯繫到明末某些不好的士風、民風，實是感慨深沉的針貶現實之議。

故他所作傳記文的藝術特徵，第一，表現在爲史傳性、爲備史料之資而作，不爲文學性而作。以紀事傳人爲本，其文多宗《左傳》筆法，以一人一事始末爲一篇，如壽序、贈序、考績入覲膺薦等序，家傳、墓碑表狀傳祭文等，多屬此類；紀其家幾世或幾人合傳的，不多，僅世家、譜序類有些篇目。故其傳記文，有一定的格式，多首敘其人姓氏籍里、仕第行實、尾或首多作李維楨的交遊或淵源，末有李維楨對其德行、功業的論贊，結構帶有程序化；其傳記對象，則上自王侯將相，下逮四民女婦，無人不寫，而爲臣民立傳是其主體，所記世細精粗，咸並囊括，以成教化、助人倫、表彰儒家德行爲宗旨。

〔註47〕　明‧李維楨《方仲公家傳》，《大泌山房集》卷七十二，《四庫全書存目叢書》集152，第247～248頁。

〔註48〕　明‧李維楨《王孝子家傳》，《大泌山房集》卷七十二，《四庫全書存目叢書》集152，第239頁。

第二，對事跡的敘事以求實徵信爲旨歸，文風中和平實、博綜雅醇。

因是備史料之資，李維楨爲他人作傳記，強調求實徵信，如「余與共事，悉之其言，足徵也」〔註49〕、「乞余志，余以叔弟知其言不誣親也」〔註50〕、「余稔知君長者，不誣其親，爲之表」〔註51〕，甚至他還會向熟知墓主傳主情況的鄉人核實，「核其言非誣，采而志之，使後人傳耆舊者考鏡焉」〔註52〕、「余按其婚姻、汪明府狀，質諸鄉人，所道平仲事合，爲之志」〔註53〕。因爲「古之爲碑銘者，李邕義取，韓愈諛墓，不免爲杜甫、劉乂所諷刺，而蕭俛之於王承宗，韋貫之之於裴均，或以窮餓時，或以天子詔却而不顧，豈不毅然大丈夫哉」〔註54〕，他自不願背諛墓之名，更要爲臣立傳寫心，故「藉其所善孫五仲，余嘗爲之象贊，稱仲公事與少廉合，余信兩人言不謬，可藉手免于李韓之誚矣」〔註55〕、「三代直道，爲公以子稱父，信如四時，後人虛美近誣，必易子而稱，碑碣表志傳贊狀誄由此其選也。……二三君子不以穉登故，諛朽骨先人，庶無以穉登故，蒙疑後代，是在史氏」〔註56〕，故強調事質而約，不僅要實錄，還在一舉筆而肖，能傳其神。

如臨終前大呼「海內知己，惟李本寧一人」的邢侗，李維楨記子願「有三重囚當行戮，抗章乞宥，駁者謂市恩，奪奉三月，子愿喜：『吾以三月奉，全三人命，所得多矣』」〔註57〕，在平實的敘事中，邢侗的宅心仁厚躍然紙上。

〔註49〕 明・李維楨《太學程孟明墓志銘》，《大泌山房集》卷八十八，《四庫全書存目叢書》集152，第548頁。

〔註50〕 明・李維楨《文學時仲公墓志銘》，《大泌山房集》卷八十八，《四庫全書存目叢書》集152，第551頁。

〔註51〕 明・李維楨《贈奉直大夫張公墓表》，《大泌山房集》卷一百六，《四庫全書存目叢書》集153，第147頁。

〔註52〕 明・李維楨《鄉祭酒吳翁墓志銘》，《大泌山房集》卷八十七，《四庫全書存目叢書》集152，第534頁。

〔註53〕 明・李維楨《太學程平仲墓志銘》，《大泌山房集》卷八十八，《四庫全書存目叢書》集152，第546頁。

〔註54〕 明・李維楨《程仲公墓志銘》，《大泌山房集》卷八十八，《四庫全書存目叢書》集152，第555頁。

〔註55〕 明・李維楨《程仲公墓志銘》，《大泌山房集》卷八十八，《四庫全書存目叢書》集152，第556～557頁。

〔註56〕 明・李維楨《王處士墓碑》，《大泌山房集》卷一百十二，《四庫全書存目叢書》集153，第285頁。

〔註57〕 明・李維楨《陝西行太僕寺少卿邢公墓志銘》，《大泌山房集》卷七十九，《四庫全書存目叢書》集152，第373頁。

再如敘馮仲好之父馮友的好學「家貧無所得書，乞諸其隣，手錄之，口誦心，唯有不解，至忘寢食，羸縢履屬，負笈擔囊，辨正於師友而後已」，其孝「父卒，慟父之不待養也，號哭不欲生，嚼菽飲水，面深墨，杖而後起」〔註58〕，要達到「爲先生銘甚具，不識其父，視其子，不識其人，視其友，文獻莫徵于斯，敬采摭行事，而爲之表」〔註59〕的紀實徵信地步。

第三，在實而肖的基礎上，他亦常在首尾兩端，加入少量文學性、情感性的描述，達到深入所議所感的效果。

如他在《贈湖廣參議周公序又》先是加上一段故事：昔者先大夫歷藩臬八政，垂三十年，不佞歷十政，踰三十年，習見諸同官藩臬者，在同治會城中，多不過十許人，朝夕最親，徵逐最密，慶弔最相關切，而歲未嘗無遷官，于其行也，必有贈言，情見乎辭，永以爲好。比入晉，兩改歲，而督學使者周公遷吾楚藩參議。以行，不佞謬長臬事，問贈言於吏，吏視故牘無有也。不佞喟然而嘆：「蓋時事之變，與舊迥殊矣。上垂拱穆清，不復臨御，臣民君門邃遠，奚啻萬里，槐棘之位，半虛府寺，鞠爲茂草」，其後評到「遷者倖得之，不以爲榮，不遷者忮之，不以爲賀，行者唯恐不速，畱者承攝，去來無所主辦，而贈言之禮遂廢，豈一朝夕之故哉？」並且，「既書以贈公，授吏藏其副，用備晉故實云」〔註60〕。

如他在藩伯劉公所作墓表中，有「四十年離合悲喜，都成蕉鹿之夢，幸而後死，且知公深，按冢宰所爲狀表」〔註61〕，「余竊嘆人情世道之日非也，取其行事著于篇，他日如歙過茂承墓，其酹酒以是言告之」〔註62〕等感喟，這本不是敘事所需，但強烈的感慨與評議，無疑增加了全文的情感深度。

甚至，他不用議論或抒情性的文字，純用描繪性文字，如《汪士能壽敘》：

汪伯玉先生以文名天下，其母弟仲淹，從弟仲嘉肩隨之，而又

〔註58〕明‧李維楨《保定郡丞馮公墓表》，《大泌山房集》卷一百四，《四庫全書存目叢書》集153，第109頁。

〔註59〕明‧李維楨《贈翰林檢討朱公墓表》，《大泌山房集》卷一百五，《四庫全書存目叢書》集153，第121頁。

〔註60〕明‧李維楨《贈湖廣參議周公序又》，《大泌山房集》卷四十六，《四庫全書存目叢書》集151，第480～481頁。

〔註61〕明‧李維楨《陝西布政使司右參議劉公墓表》，《大泌山房集》卷一百三，《四庫全書存目叢書》集153，第95頁。

〔註62〕明‧李維楨《贈吳惟用序》，《大泌山房集》卷四十八，《四庫全書存目叢書》集151，第516頁。

有從弟士能分鼎足焉。士能工於詩，豪于酒，而好任俠，已然諾。
喜客，客遊于三兄所，或時不給，則士能具供張，積日累月無倦，
當筵授簡，與客賡和。客皆驚嘆，夫髯也，以爲雄于眥耳，而多文
爲富若是。士能益自喜，新尊潔之奉客，而酌大斗自壽轟飲，或至
石餘。又善爲吳越新聲，含嚼姿態，分刌節度，窮極幼眇，諸善歌
者莫之屬和。客復驚嘆，夫髯也，以爲奮厲猛起丈夫耳，而嫵媚若
是。四方之客聞其名，思附離之者日進，資用稍詘已。

仲淹卒，司馬繼之，獨仲嘉相依，而萬斛之舟覆于江，萬石之
貨蕩于汝，後先所喪凡數千金。晚幸舉子子桓，美秀而文，篤志於
學，摩挲愉快耳。而仲嘉復卒，每言及三兄，潸然沾襟，復酌酒自
寬，客召之飲，不醉無歸。婦若小婦復卒，旁絕媵侍，外無他幸。
醉即引枕而臥，醒則沉吟爲詩，風調骨格，無減於昔。其族眾數萬
人，貴者富者有爭閱，雖官府法令莫能屈折，而恒聽士能之一言，
排難解紛，終不任德受謝。僮僕或以絕糧告，取鷫鸘裘付之而已。
故所知交爲達官，不通名謁，間有過存，謝不見。余承乏秦晉，越
蜀江北河南，無一牘加遺。比年流寓金陵廣陵，而早暮相慰藉也。
〔註63〕

汪士能命運軌跡與待人應世之變化，李維楨深沉的人生感喟與情感傾向
寓於筆端，不著一字論議，讀者自能領略。如《汪子山墓碑》，汪宗尼「子山
隱居，放言鮮能抗拒，翹身仰首，意制甚多，見者驚異。獨弇州愛其酒態，
每延致左坐，比之張思光。此人風止詭越，不可無一，不可有二已」〔註64〕，
李維楨對其描繪性的敘述文字，刻畫出宗尼的鮮明性情，人物畫像栩栩如生，
末尾之銘是小品文，可以想像其風神：

銘曰：名爾以才士，名爾以隱士，名爾以狂士，未爲不知爾，
未爲深知爾。余以爾名編于古三子，題其墓曰「酒徒汪君神道」，志
其坎曰「青山白雲人」也。以醉死其側，陶家百歲後，化土取爲酒
壺，獲爾心矣。〔註65〕

〔註63〕明·李維楨《汪士能壽敘》，《大泌山房集》卷三十四，《四庫全書存目叢書》
　　　　集151，第232～233頁。
〔註64〕明·李維楨《汪子山墓碑》，《大泌山房集》卷一百十二，《四庫全書存目叢書》
　　　　集153，第286頁。
〔註65〕明·李維楨《汪子山墓碑》，《大泌山房集》卷一百十二，《四庫全書存目叢書》

第四，在傳記文中，最具文學色彩的，無疑是祭文與像贊兩類文體，具較高的文學成就與價值。

兩詩文集中，李維楨寫作的不重複祭文達231篇，所作多而好，「即昌黎亦恐瞪目」〔註66〕。如《祭沈太史》：

> 嗚呼！沈君遽止斯耶！吾黨與君遊最久，知君最深，君論文喜司馬子長，而所著作在宋南豐、臨川與近代昆陵三公之間，詩稱大曆以前，而尤好陶彭澤、王右丞、孟襄陽、韋蘇州、柳柳州五君子者之撰。君與人揖讓，詘要傴旅，若不勝衣，而未嘗失節於顯者。見顯者，不樂言事，即言亦期期不能出口，退而與所善者語，則詼諧滑稽不可勝，窮理不必天地有，而事不必古今道者，亦往往肆出而無諱。蓋世有恢儻環瑋之士，建功伐而流聲名者，眾議不以屬君。至夫一丘一壑，杯酒咏歌，以玩世而窮年，則君固自負，以為人莫已若也。

> 嗚呼！吳人懷詐諼，少情實，而君無論識與不識，輒握手出肝膈相示，久之如一日。南方之學得其精華，作為文辭，往往工色澤，取觀美。而君雅有醞藉，誦之冷然，若清籟之適於耳。菇蘆中得士如君，意其功用，方興未艾，不者亦得老死牖下，而年不過四十，秩財徵仕郎，其死也，又以悍卒之手，詎不悲夫！

> 人或謂君貌寢不宜壽，然君一舉而冠南畿，再舉而魁南宮，晉而讀中秘書，修國史，稱文學侍從之臣，數非不偶矣，乃終不得其死，豈昔人所謂相法當封侯，而竟以餓死者乎？亦異矣！比年以來，漕卒暴甚，中流無與方舟者，一語不遜，遂鼓譟圍奪，有司莫敢誰何，天子以君故，戮其鴟張者於市，少戢矣！豈天藉君以甚諸悍卒之惡，而明國家之法，貽徐沛行旅之利耶？豈句吳偃豬地力薄，不能勝君之才耶？何其不死吳，而死徐也！死有重於泰山，有輕於鴻毛，君死誠輕！顧昔之賢者死，或以水火，或以丘刃，或以寇讎，要視其所緣死何如耳？君之死，不猶愈於馮生作甋，陷當世之文囿者哉？

集153，第286頁。

〔註66〕師李時人《中國文學家大辭典》（明代卷）「李維楨」條，未刊稿。

追憶向者，與君聯鑣接席，上下其議論。君日怡然謹笑，無疾首蹙額之容，謂君爲達者。今死矣，其將順而嬉耶？抑將憤恨鬱紆，而視不瞑耶？君有一子諸孫，能守其家，脱有它故，當爲君周旋之。君遺文稍散佚，當爲裒而傳之，可無憾於九原矣。雖然君不能保其身，又何暇計乎身後之事耶？吾黨三十三人，獨君早死，死且逾年，始爲文以祭。葢傷君不幸，其情有蘊結，不忍言者耳。東向再拜，設位而哭君無它，深交必垂聽於吾黨之言矣。〔註67〕

沈位（1529～1572），字道立，號虹臺，嘉謨長子。隆慶二年進士，選庶吉士。五年以副使冊封肅王入秦，次年（1572）返京返中，在邳州爲漕卒所傷而亡，年四十四歲。此文作於萬曆元年（1573）。

又如《祭邢子願》：

己酉秋，余因急難解官，問舟東下，迂路而謁公里第，三日夜始別，公餞之中道，風霜襲袂，村雞啼曙，依依不忍去。昔公少年姣好，至是肌革豐盈，鬚髯尺許，如拂馬肝石，而嘆余已龍鍾，謂當先作泉臺主人。既羈旅白門，書疏往返以十數。舊年，公喪伯子，覺不勝哀。今年公書來謂：「某公品題詞場，以邢生與李君並，煩足下墓志中入此論，死有餘榮。」私怪言何不祥，而詎意其爲永訣語耶？

……

公病四十日，恃其壯，庸醫以利下藥治，遂革，大呼「海内知己，惟李本寧一人」。嗟乎！知則知矣，何補公生前，何益公身後！悲憤之極，爲文祭公，涕泗哽噎，如可贖兮。人百其身，民今方殆視天夢，夢爲此詩者，先得我心。公事可遠，有服勤至死之義，地下周旋，定不苦寂寂耳。〔註68〕

再如《祭周太學》：

……相遇晚，相知深，相失驟……。

余病疽兩月，患與公同，幸而後死，瑣尾流離，憂懼攻中，伏

〔註67〕 明・李維楨《祭沈太史》，《大泌山房集》卷一百十五，《四庫全書存目叢書》集153，第344～345頁。

〔註68〕 明・李維楨《祭邢子愿》，《大泌山房集》卷一百十六，《四庫全書存目叢書》集153，第355、356頁。

　　枕口占，授兒書之，走一力告公几筵，意滿咽塞，公靈有知，其垂聽焉。〔註69〕

　　李維楨的祭文，情感力量充斥深摯，反覆低回，悽愴悱惻，敘事、抒情、議論、寫景、排比、對比、反問、設問、細節描寫、對話，各種文學手法，無所不用其極，揮灑自如，人物性情事跡，多栩栩如生，語言流暢優美，是其傳記文中，最具感情的一類文體，亦是祭文寫作的一位名家，代表著他文的最高成就，可作專門研究，為中國古代祭文創作做出貢獻。

　　李維楨所作象贊，不重複共 128 篇，是為人物畫像的小品文，文學性較強。但他文風亦平實古樸，筆法不一，時見風韻飄逸。

　　在象和贊前加上其人的出身仕宦才學德行等敘述，還是可見為人物立傳的史傳色彩，如《楊襄毅公象贊》、《陳司空象贊》、《歐陽光祿象贊》等。他有一篇論象贊的文字：

　　　　《文選》有贊，有史述贊，俱四言韻語，所載班孟堅《漢書述》、《二帝紀》、《五臣傳》三贊，今本目稱敘傳。孟堅云述《漢書》為《春秋考》、《紀》、《表》、《志》、《傳》，凡百篇，其序曰云云，顏籀謂自皇矣，漢祖以下諸序皆自論撰。《漢書》意，依放《史記》序目耳。《史》云為某事作某本紀作某傳，班氏謙改言述，學者不曉，因謂此文追述漢書事，呼為《漢書述》。摯虞尚有此惑，餘何足論怪。然則《文選》謂史述贊，亦非也，實敘也。且《漢書》各紀傳後自有贊曰，皆散文敘傳，不應復贊，贊不必韻語，明矣。友人吳次魯屬余贊象，余因以班書體為贊。昔人評名士容止，則飄如游雲，矯如驚龍，蕭蕭如松下風，閃閃如巖下電，德性則如登山臨水，幽然深遠，如瑤林瓊樹，自是風塵表物，如入宗廟，但見禮樂，器如渾金璞玉，皆欽其寶，才藻則爛如披錦，無處不善，如初發芙蓉，自然可愛，如流風迴雪，婉轉清便，如落花依草，點綴映媚，以目次魯，無媿辭矣。〔註70〕

　　贊，以頌揚人物為主的一種文體，譬如像贊，即指為人物畫像或人的相

〔註69〕明・李維楨《祭周太學》，《大泌山房集》卷一百十八，《四庫全書存目叢書》集 153，第 392、393 頁。

〔註70〕明・李維楨《吳次魯象贊》，《大泌山房集》卷一百二十五，《四庫全書存目叢書》集 153，第 533 頁。

貌所作的贊辭。史述贊，在《文選》前較少提及，《文選》在「史述贊」下收錄班固《述高紀第一》、《述成紀第十》、《述韓英彭盧吳傳第四》，史書中的論贊皆以散體行文，重在評論說明，「辯疑，釋疑滯」（劉知幾《史通・論贊》）；劉知幾還考察了「史述贊」源流：

> 馬遷《自序傳》後，歷寫諸篇，各敘其意。既而班固變爲詩體，號之曰述。范曄改彼述名，呼之爲贊。尋述贊爲例，篇有一章，事多者則約之使少，理寡者則張之令大，名實多爽，詳略不同。且欲觀人之善惡，史之褒貶，蓋無假於此也。然固之總述，合在一篇，使其條貫有序，歷然可閱。蔚宗《後書》，實同班氏，乃各附本事，書於卷末，篇目相離，斷絕失次。而後生作者，不悟其非，如蕭、李《南》、《北齊史》，大唐新修《晉史》，皆依范《書》誤本，篇終有贊。夫每卷立論，其煩已多，而嗣論以贊，爲黷彌甚。亦猶文士製碑，序終而續以銘曰；釋氏演法，義盡而宣以偈言。苟撰史若斯，難以議夫簡要者矣。〔註71〕

此述「史述贊」由來，劉知幾認爲是班固仿司馬遷《太史公自序》撰《敘傳》，其中「歷寫諸篇，各敘其意」的文字由司馬氏的散體變爲詩體，並名之爲述，隨後范曄《後漢書》又改「述」爲贊，並「各附本事，書於卷末」。其後「述贊爲例，篇有一章」。二是「史述贊」內容特點，本爲敘寫各篇大意，後變爲約事彰理，「名實多爽」。故「史述贊」初見於史書「自序」，後漸分散附於各篇，內容概述大意，或評論褒貶；形式四言韻文，多四句、八句或十句、十二句，篇幅多者亦有十四、十六、二十乃至三十句者；押韻，兩句一韻，多通篇一韻到底，或每四句抑或每六句一換韻。〔註72〕

李維楨嘗作《史通評釋》，對劉知幾之觀點當較熟悉，故上文他指出《漢書》各紀傳後之贊非「史述贊」，乃論贊，且是敘的方法，是散文敘傳，贊不必韻語，故李維楨以班書體爲贊。讀李維楨之象贊，知其以散體爲主，間雜韻體，如敘象主之生平等即多散體，象與贊則運散入駢，以敘的方式來作象贊。如《陳司空象贊》：

> 司空陳洛南先生，南海人也。舉進士爲戶部郎，久之爲湖廣按

〔註71〕清・浦起龍《史通通釋》，上海古籍出版社 1978 年，第 83 頁。
〔註72〕高明峰《〈文選〉「史論」「史述贊」二體發微》，《廣西師範大學學報》2013年 6 期，第 77～78 頁。

察副使，以故曹事註誤，謫同知泉州，尋守南昌，擢副使，歷藩臬
閩粵滇間，爲大京兆、奉常、南少司寇、北少司徒、南司空致其仕
歸，卒年七十有六。伯子弘采以任爲民部郎，仲子弘乘以明經典南
國子簿，爲善化尹，尹四子，其三登鄉書，而熙昌領解。先生官少
司徒時，楨在史館，得侍同朝，所謂大臣之度長者之風，先生有焉。
去之四十餘年，熙昌視余先生像，慨然慕之。贊曰：……。舊史作
贊，以副汗青。〔註73〕

贊前之語，係序，亦可見出李維楨以像贊爲人物立傳的史傳思想，但在
象贊這種文體中，他更多是將爲人物立傳思想化爲深蘊的內核，融於濃鬱的
文學性表象下來刻畫，而且講究史筆之神肖。如他實質是爲人物立傳，而純
化爲文學性出之，較好的是《吳明卿先生象贊》：

澤而腴，皙而揚，且齒如編貝，目如懸珠，腹如栖棬，豐頤曼
胡，鬈鬈者鬚。三十侍中居，稍遷二千石，卒爲中大夫，亦有五
丈夫。文似相如，會盟于華陽，左啓右肱，中權後勁前茅，慮無
片撰，陛堂相視而笑，三百跞跑，浮太白，呌呼盧，炙手可熱。
丞相金吾，見之藐然，譃浪傲悔，讒言孔昌，所至齟齬。柳下三
黜，澤畔三閭，屈柔從俗，玩世自娛，側有袒揚，裸裎不受。其
汙抑憂愁，幽思而作《離騷》、《招魂》、《歸來乎》，情事欲絕，涕
泣嗟吁，人莫知其故，目爲狂，目爲愚。五十知非，畫地而趨，
不以一日，使其躬儤焉。如不終日，砥礪廉隅，自耆迨老，與天
爲徒，我寧作我，吾忘故吾，其虛其邪，以佃以漁，攬化人之袪，
御風而行，造彼華胥，發帝策府，萬玉灌輸，文則漆簡竹書、科
斗盤盂，聲則折揚黃葵、肆夏繁遏。渠，吾不知誰氏之子？維楚
有材，其人季子，其氏曰吳。〔註74〕

如果熟悉吳國倫生平行實，讀過其詩文集年譜，諳知後七子在京師聲聳
天下，爲楊繼盛哭襝喪事，遭嚴嵩恨之入骨，至此屢貶沉鬱，以河南左參政
中白簡免官，隱居北園。王世貞有一事記之，「余爲比部郎，嘗與蔡子木桌

〔註73〕明・李維楨《陳司空象贊有序》，《大泌山房集》卷125，《四庫全書存目叢書》
　　　　集153，第526頁。
〔註74〕明・李維楨《吳明卿先生象贊》，《大泌山房集》卷125，《四庫全書存目叢書》
　　　　集153，第526～527頁。

副、徐子與主事、吳明卿舍人、謝茂秦布衣飲。謝時再遊京師，詩漸落，子木數侵之。已被酒，高歌其夔州諸詠，亦平平耳。甫發歌，明卿輒鼾寢，鼾聲與歌相低昂，歌竟，鼾亦止，爲若初醒者。子木面色如土，雖予輩亦私過之」〔註75〕。即可想見其青年時性情，亦知李維楨筆此象贊，敘吳國倫一生畫像有多肖似。

但李維楨象贊，實文學筆法靈活，以「舉篇見字，傳神肖貌」爲藝術特徵。

如他有傳統象贊筆法：

> 其神凝然，若㮌株拘，其色溫然，若飲醍醐，其中烔然，容貌若愚，其文斐然，質直若渝。三思而行，三命而趨。謙謙貞吉，抑抑德隅。穆生枚叟，異代同符。〔註76〕

可與《大泌山房集》卷一百十六《祭周紀善》相參佐。

如他開篇即用方子謙自敘其身世與家庭，來刻畫子謙形象：

> 方子謙以其寫照示余，而飲淚言曰：「余骨相之屯也，寧虞有今日。蓋先人以遺腹生，年未三十而沒，余財六齡，余弟亦以遺腹生，藐焉二孤，方氏不絕如髮，此一危也。……」〔註77〕

此是在《韻會小補序》、《奕正序》等文中難以見到的方子謙的自剖內心世界。

如他多用形容修飾語，甚至用疊詞加強其音韻感：

> 此故文學汪道川先生之象也。冠頍然，進然；布衣方領，答然，褒然，深深然；規矩繩權衡，秩秩然，繪結依依然，履便然，几几然，其服也。顙頯然，眉信然，眸子瞭然，下豐然，神氣澄然，澹然，儼然，壯然，祺然，韡然，昭昭然，蕩蕩然，其容也。夫服，衷之旗也，容，德之符也，君子服其服，則文以君子之容，君子人與君子人也。〔註78〕

〔註75〕明・王世貞《藝苑卮言》卷七，陸潔棟、周明初批註，鳳凰出版社，2009年，第114頁。

〔註76〕明・李維楨《周紀善象贊》，《大泌山房集》卷一百二十五，《四庫全書存目叢書》集153，第528～529頁。

〔註77〕明・李維楨《方子謙象贊有序》，《大泌山房集》卷一百二十五，《四庫全書存目叢書》集153，第529頁。

〔註78〕明・李維楨《汪文學象贊》，《大泌山房集》卷一百二十五，《四庫全書存目叢書》集153，第530頁。

其多個疊詞與語氣助詞「然」，使其篇誦讀起來，流轉如珠，富有音樂之美。

如他多用排比整飭句式，來增加修飾感與文勢之流暢感：

> 豐豪而不過麗珍，吾以爲袁隗馬倫。耕織相將，吾以爲員期耀孟光。才情雙映，吾以爲王凝之謝道韞。動有禮檢，吾以爲王渾鍾琰，教子不義者不食之，吾以爲羊舌子叔姬。婚姻無取屬晏，吾以爲杜有道、辛憲，其子文佳、文暉。拱而以告：「是吾二人。」傳神肖貌也。〔註79〕

> 肥白如瓠若張蒼，身體鴻大若王商，眉目疎朗若崔琰，土木形骸若稽康。善鼓琴，工繪事，能文章。左娭童，右名倡，酒無量，樂未央。牛儈狗屠，材官蹶張，逸民羽士，徹倜諸王。何所不入，久要無忘，何用不臧。非儒非俠，非介非狂，斯其爲萬夫之望。〔註80〕

俱是雅俗相宜中帶戲謔之象贊。

他最好的象贊，是開門見山，不用任何修飾語與筆法，直抒己見，語言質樸自然：

> 異哉！道人知貴不如賤，富不如貧，故能忘名。知生不如死，故能忘生。有詩有畫，三昧遊戲，如櫟社樹。彼亦直寄，遺象在焉。事之無替，知爾所保，與眾異也。將以爲不知己者詬屬也。夫無名，名之至也，無生，生之至也，猶之逃雨，無之非是，此之謂人間世也。〔註81〕

> 爲人弟子五十餘年，爲人師財五年，十一上京兆不第，六十九明經入燕，七十二始仕。座客寒無氈，王門可曳長裾，胡遽委焉。八十五考終命，其迹若游仙，其悟若安禪，其文成編，其行周愨，是則公生平傳神者所不盡傳。〔註82〕

〔註79〕 明・李維楨《金仲子孫孺人象贊》，《大泌山房集》卷一百二十五，《四庫全書存目叢書》集153，第536頁。

〔註80〕 明・李維楨《邵生象贊》，《大泌山房集》卷一百二十五，《四庫全書存目叢書》集153，第535～536頁。

〔註81〕 明・李維楨《雪坡道人象贊》，《大泌山房集》卷一百二十五，《四庫全書存目叢書》集153，第542頁。

〔註82〕 明・李維楨《陳廣文象贊》，《大泌山房集》卷一百二十五，《四庫全書存目叢書》集153，第542頁。

此兩篇皆是構築在對人間世雪洞般透徹體味，才能凝煉人物到如此高度的神韻，純用白描敘述手法，將人物刻畫得個性鮮明，形象欲出，思想深刻，藝術性強。

第二節　集序題草

　　兩詩文集中，李維楨爲他人所作集序，不重複者共 514 篇，《大泌山房集》從卷 7 至 24、26，共 19 卷，《四遊集》從卷一至三補 5 篇；爲他人所作題草題跋共 440 篇，《大泌山房集》從卷 126 至 133，共 7 卷，《四遊集》無新補。其內容豐富，有記其人生平事跡、記其集結集版行經過、李維楨對其集與撰者或行者的評述等，是其文學思想的集中反映，具有豐富的文學思想內容。集序係較正式的文，題草係筆法靈活、文學性強的小品文，兩者的思想內容與藝術特色側重有差別，故分開論述。

一、集序的思想內容與藝術特色

　　李維楨所作集序，主要可分爲經部、史部、子部、集部著作作序，按四類不同性質的內容，他的集序寫作內容也有不同，體現了他對四部文學思想的不同側重。

　　第一，經部類集序。

　　李維楨經部類集序，所作類別主要有五經總義類，如《五經翼序》、《六經圖序》；四書類，如《合刻四書蒙引存疑序》、《四書淺說序》、《四書傳旨序》；詩經類，如《毛詩本義序》；書經類，如《尙書日記序》；禮類《孔廟禮樂考序》，易類，如《古易彙編序》、《周易象通序》；孝經類，如《孝經二家章句序》；小學韻書類，如《韻會小補序》等。

　　有關五經總義類的思想，李維楨在《五經翼序》中論到：不佞則謂理無二岐，而事變無窮；理精微難窺，而事條緒易見。談理之文，上者爲經，次者爲子，經何事不該，何文不工？子之理遜經，或失則迂，或失則鑿，或失則妄，而文因之。紀事之文是爲諸史，無論其理若何，而文往往成章。《周書》與紀年、紀事者也，略其理，而論其事，其文十不失一。《大戴禮》就事而談理者也，其文十不得五，鑿度無經之理，而僞爲經者也，文最下。四家皆以經形其短，惟《騷》出三百篇後，理不必經與子，事不必史，而自爲文一體，前無襲，後無加焉。漢儒尊爲經，而宋儒黜之，宋之文可知己。伯華曰：「子

之推騷也，楚人相爲游揚耳，非余所以翼經意也。」雖然，論文而以談理紀事，差次高下，則誠辨矣。〔註83〕楚督學使者蔡伯華取《乾坤鑿度》、《竹書紀年》、《汲冢周書》、《離騷》、《大戴禮》校彙，命名《五經翼》，李維楨對五經評述，體現了對談理之文宗經，紀事之文重論事略理，以《詩》《騷》爲經的思想。

　　有關四書類的思想，李維楨重點評論明後期學術之變：「故今日訓詁之爲聖學害也，視前代更烈。君子興民，惟在反經，以崇聖功，惟正蒙養講求」〔註84〕，提出返經崇聖思想，這是因爲在明末「比年，世道人心奇衺澆漓，或陰竄二氏於儒之中，或明抑儒於二氏之下，朱子傳注不勝詆毀」〔註85〕，「蓋以得孔子之旨者，莫朱子若也。德行、政事、言語、文學，胥此焉出。而厭常喜新者，以爲不奇則不新，鄙宿儒所共聞，急爲幽眇之說，而傲天下，以所不知，又以爲不乖常，而戾經則不奇。左六經，右貝典，略正史，信稗官，其於孔子猶或陰叛之，至朱子輒訕言無所忌憚矣。朱子嘗言近世學者求道太迫，立論太高，嗜簡易，而憚精詳，樂渾全，而畏剖析，不見天理本然，各隨一偏私。見方今學術害，實坐此，知言知人，俟諸後世而不惑，信乎！朱子爲孔子之徒也，奉之如蓍蔡，用之如布帛菽粟，胡可一日廢」〔註86〕，對明末興起的個性解放思潮，要求擺脫禮教束縛、肯定人的自然欲望、重視表現眞實情感等進步思想，在某些方面表現得狂禪乖張、有害淳樸世風學風士風是有微辭的，對其過激多具破壞性少建設性的損經害道結果，更是有本質分歧。他在這場新舊不同思想的摩擦鬥爭中，其實吸收對儒家聖道無損有益、合乎人性人情人理的一部分新思想，但反對破壞士人存身立命穩定社會國家的傳統儒家倫理綱常，是其間「好古正學，扶微興壞」的衛道之士，竭力宣傳「信如四時，堅如金石，以成孔子春秋大一統之治。學不倍師，仕不倍上，正人心，端士習，功非淺矣」、「稽古司徒，教以人倫，敬敷在寬，人倫日用常行，何人不有，寬則何人不樂從。敬則何敢以曲學奸正道，此與行《淺說》，

〔註83〕明‧李維楨《五經翼序》，《大泌山房集》卷七，《四庫全書存目叢書》集150，第436頁。
〔註84〕明‧李維楨《合刻四書蒙引存疑序》，《大泌山房集》卷七，《四庫全書存目叢書》集150，第449頁。
〔註85〕明‧李維楨《四書淺說序》，《大泌山房集》卷七，《四庫全書存目叢書》集150，第449頁。
〔註86〕明‧李維楨《四書傳旨序》，《大泌山房集》卷七，《四庫全書存目叢書》集150，第450頁。

事異而理相通」、「余嘗見其教諸子製秋，無以鑿累質，無以巧乖理，無以綺紈醲鮮，而厭布帛菽粟，以是教家，因以是教天下，其庶幾古司徒設官之義哉」〔註87〕、「余嘗見錫山陳志行尊信朱子，力攻新說，特疏於朝。竊嘆慕之，以爲世自有正人正學。今希之發明朱子之蘊，若車指南，矢赴的，無少偏弍陳之意，嚴於袪邪。而薛之意，專於就正，其揆一也。人有眞心，道有眞傳。知朱子之學，即孔子之學。賢知者俯而就之，愚不肖者企而及之，中庸自不可能，何爲借外道以示奇？豈惟有功孔子、朱子，抑亦高帝之忠臣矣」〔註88〕，對儒教堅決維護。

有關《詩》經類思想，李維楨有《毛詩本義序》「聲音之道與政通，道有汙隆，詩有正變，爲世次」、「學詩者，知詩人之意，則得聖人之志，詩之本也。太師之職、經師之訓，末也。得其本而通其末，斯爲盡善。得其本而不通其末，闕疑可耳」、「竊觀古書無無序者，每繫篇末。詩所美刺，自商及晚周五百餘年。先王之政，外國之事，不見其序，莫識其篇中意之所主」、「余少治詩，章句之學，舉子業之文，未有當也，安問本義」〔註89〕，體現了李維楨宗經徵聖、以毛詩序繫各詩之旨、求本義等思想。

有關書經類、禮樂類、易經類思想，李維楨有《尙書日記序》「竊謂此經聖作明述，閱千百年不容妄置喙」〔註90〕，《孔廟禮樂考述》「傳之後世，必有爲孔子徒者，任其責矣」〔註91〕，《古易彙編序》「明《易》學大興，與漢興田何同，稱儒林首功矣」〔註92〕，孝經類、小學韻書類，不贅述。

第二，史部類集序。

李維楨史部類集序，所作類別主要有：

編年類，如春秋《左莢序》、《左氏讀法序》、《左氏內外傳同異序》、《竹

〔註87〕 明・李維楨《四書淺說序》，《大泌山房集》卷七，《四庫全書存目叢書》集 150，第 450 頁。

〔註88〕 明・李維楨《四書傳旨序》，《大泌山房集》卷七，《四庫全書存目叢書》集 150，第 450～451 頁。

〔註89〕 明・李維楨《毛詩本義序》，《大泌山房集》卷七，《四庫全書存目叢書》集 150，第 440～441 頁。

〔註90〕 明・李維楨《尚書日記序》，《大泌山房集》卷七，《四庫全書存目叢書》集 150，第 440 頁。

〔註91〕 明・李維楨《孔廟禮樂考述》，《大泌山房集》卷九，《四庫全書存目叢書》集 150，第 482 頁。

〔註92〕 明・李維楨《古易彙編序》，《大泌山房集》卷七，《四庫全書存目叢書》集 150，第 438 頁。

書紀年注序》、《明政統宗序》等，以論《左氏傳》的集序爲主；

別史類，如《季漢書序》、《兩晉南北史合纂序》等；

雜史類：如《路史序》等；

詔令奏議類，《萬曆疏抄序》、《高文端奏議序》、《戶部疏草序》、《蹇司馬奏議序》、《石督府奏議序》、《勿欺草序》、《顧司馬撫秦疏序》、《曾中丞奏議序》、《撫晉疏稿序代》、《言事紀畧序》、《周中丞疏草序》、《邢公按陝奏議序》、《四疏摘稿序》、《效愚草後序》、《留垣奏議序》、《兩曹疏稿序》、《水部起草序》、《陳情草序》、《留臺疏稿序》、《林罔卿疏要序》、《留臺疏草序》；

傳記類，《續藏書序》、《繫世輿言序》、《史料序》、《鹽梅志序》、《皇明琬琰錄序》、《辭林人物考序》、《國朝進士列卿表序》、《道學列傳序》、《馬將軍傳序代》、《李氏家乘序》、《高氏家乘畧序》、《馬乘序》、《李家乘後序》等，以聖賢、名人、總錄、儒學爲主；

譜牒類，《高淳孔氏族譜序》、《昭陽李氏家譜序》、《新建張氏族譜序》、《汪氏族譜序》、《太康王氏族譜序》、《山原羅氏族譜序》、《宴氏族譜序》、《史氏繼修家譜序》、《萬橋黃氏族譜序》、《靜海杜氏族譜序》、《西埜程氏族譜序》、《孫氏支譜序》、《潘氏重修世譜序》、《楊襄毅年譜序》、《沈青霞先生年譜序》、《蕭少傅年譜序》、《方少司徒年譜序》、《鄭憲使年譜序》、《固始李大行族譜序》，以族譜、家譜、年譜爲主；

史鈔類，《史抄序》、《南北史小識序》；

地理類，《帝鑑圖說序》、《九邊輯畧序》、《方輿勝畧序》、《方輿盛覽序》、《三關圖說序》、《雲西志序》、《承天府志序》、《西陵十紀序》、《澤州志序》、《江夏縣志序》、《雲夢縣志序》、《陽曲縣志序》、《韓城縣志序》、《高平縣志序》、《鄘志序》、《新安文獻續志序》、《籌邊移稿序》、《西嶽華山志序》等，以邊防、山川、郡縣、圖經爲主。

職官類，《南京行人司志序》；

史評類，《續史疑序》。

此是《大泌山房集》所作史部類集序，可知集中在詔令奏疏、傳記、地理三類最多。詔令奏疏，係對明中後期大臣所奏疏朝政作出的序評，如《萬曆疏抄序》：

> 某俗吏淺聞，不能究宣，然四十年乘空乏之間，充位具官，耳目私所睹記，大都有三變焉。嘉靖末，執政墨，而善阿邑固寵，羣

蟻附羶,濁亂天下,自壬戌至萬曆凡十年而歷三朝矣。代者,或尚清靜獎恬,退貴名理,而空談廢實;或輕喜怒急紛,更重意氣,而太剛易折,於是執政綜核名實,繩下如束濕薪,其知深而勇沉,偵睅者不得要領,吠影射聲,株連蔓衍,其訑訑言貌,距人千里之外,其極慘礉少恩。此一變也。

言路之塞,塞在驕倨而專恣。上益習國事,不欲倒授人太阿柄,執政無一介不取。三公不易之節,以厭眾望而懲,駸乘前車都俞,多吁咈鮮。上既無所逆於心,見以為馴謹,而時詘言者以狗之內不沾洽,而外示包容,強笑語相下,中外章滿公車,謹謝之觸聞罷而已。此一變也。

言路之塞,塞在泄沓而靆靡。上久廢郊廟朝講,厭薄大小臣,不即除,諸署鞫為茂草奏入,不答常十九。而舞知御人者因以為利,曰默足容也,諫愈磯也。遇主於巷可耳,靆翹不急為,而靜正伏言何在。人不適政,不間而格,非心何日,橫政橫民,悖出悖入,怨歸於上,而下逃其責。此一變也。

言路之塞,塞在眠涎而巧匿。人心世道,譬諸質正獲之,問於監,市屨狶也,每下愈況。不遡其源,則頹波不可挽,不緣其督,則藥物不可投。四十年中情僞微曖,事勢鼎革,按是抄而約署得之。〔註93〕

李維楨認為「于以轉移人心,袪詖淫邪遁之害,綱維世道,歸平康正直之路,良有藉賴矣」〔註94〕,可看成他為疏奏類著撰作序的主要思想。傳記類、地理山川類的集序評議,皆以為國家備史料之資與褒獎儒德善行以正視聽兩方面思想,不贅述。但史部類集序對其文學思想影響最深的,在為《左傳》所作集序中,參前詳述。

第三,子部類集序。

子部最為駁雜,李維楨子部類集序,所作類別按《四庫全書總目》分類主要有:

〔註93〕 明・李維楨《萬曆疏抄序》,《大泌山房集》卷十六,《四庫全書存目叢書》集150,第634~635頁。

〔註94〕 明・李維楨《萬曆疏抄序》,《大泌山房集》卷十六,《四庫全書存目叢書》集150,第635頁。

儒家類，《劉子前序》、《劉子後序》等；

醫家類，《合刻二種醫書序》、《全生四要序》、《太素脉要序》、《痘疹要訣序》等；

天文算法類，《古今律曆考序》、《律呂正聲序》等；

術數類，《儒數類函序》、《人子須知序》、《法象大觀序》、《三命名家序》等；

藝術類，《談天碣石編序》、《茶經序》、《高山流水冊序》、《秦漢印統序》、《金一甫印譜序》、《印雋序》、《程氏二譜序》、《方于魯墨譜序》、《墨苑序》、《墨史序》、《奕微序》、《奕正序》等；

雜家類，《治本書序》、《勸戒格言彙編序》、《千一疏序》、《山林經濟集序》、《竹與山房雜部序》、《沈氏弋說序》等；

類書類，《鴻書序》、《詩宿序》、《唐類函序》、《唐詩類苑序》、《詩雋類函序》等；

小說家類，《金罍子序》、《五雜組序》、《宋詵雋序》、《玉壺冰序》、《廣滑稽序》、《耳談序》、《青箱餘序》、《天都載題辭》、《笑資題辭》、《益部談資跋》、《題募刻黃海卷》、佚文《稗乘題辭》，共 12 篇；

釋道類：《文昌化書序》、《生生錄序》、《道德經序》、《老子合易解序》等；

以藝術、雜家與小說家三類為主，子部因其類別差異較大，集序評述的內容差別較大，李維楨的子部集序思想，主要論與文學關係緊密的小說家類思想。

他認為小說創作主要目的為正經佐史，多次闡釋此核心觀點：

> 先生自五經、諸子、二十一史、百家遺文，千古上下，六合內外，靡不薈蕞參伍，據事而察其情，因情而度其理，語有默契，不必己出，意有獨裁，不必人同。而粹然一秉于正明經，為忠臣佐史，為直筆，剖是非，晰疑信，訂訛謬，究原委，正倫常，儲經濟，昭鑒戒，翼風化，展誦而紬繹之，較然列眉，曠然發蒙，凜然服膺，充然滿腹矣。豈夫駢于辯者，累瓦結繩，竄心游句于堅白異同之間，而敝跬譽無用之言，抑豈拔新領異，誇多鬪捷，第為帳中秘密，若杯酒歡謔之助而已哉！〔註95〕

當把小說提到這樣的高度，便具有與經、史一樣的功能，自不同於佐酒

〔註95〕明‧李維楨《金罍子序》，《大泌山房集》卷八，《四庫全書存目叢書》集 150，第 478～479 頁。

娛閒、誇新鬥奇,不必輕視。故他不認同班固黜小說的觀點,而認為:

> 班言可觀者九家,意在黜小說。後代小說極盛,其中無所不有,則小說與雜相似。在杭此編,總九流而出之,言天下之至賾而不可惡也,即目之雜家可矣。……余嘗見書有《五色線》者,小言詹詹耳,世且傳誦,孰與在杭廣大悉備,發人蒙覆,益人意智哉![註96]

> 陳公窮經之餘,游戲翰墨有自來矣。……則滑稽故載之於經,亦聖哲所通行。……陳公博物洽聞,可本原太史公之意而更廣之乎?王充《論衡》,蔡邕秘帳中引為談助,貽哲公之人人,其規模宏遠矣。[註97]

可見,他推崇的小說,內容是可正經佐史的雜家類的事與言,與現代小說觀不盡相同,格調是博物洽聞、廣大悉備,功用是發蒙益智,這實把班固小說內容與風格進行了儒家的規正。同時也把承《詩經》而來的周、漢采詩之風,在小說起源時功用上進行了強化:

> 「蓋小說出古稗官家,與典籍並存,亦詢芻蕘,風聽臚言之義。後之作者荒唐悠謬,使人眩惑流蕩,或詡揚幽昧,勸諷淫僻,大傷雅道,斯當付祖龍火耳」[註98],他認為不寫這些違聖門之戒、為名教所不容的低俗內容,也可以將小說創作好,「元槙此編廣見洽聞,驚心奪目,而其理不詭于正,可以明經術,可以佐史評,可以通世故,可以析物理,……切近精實,經綸政理出之裕如,乃其餘緒復雋永,以資談助,錯綜以輔名教,真不愧青箱家學矣。」[註99]見其小說觀以「理正不詭」為主,要寫得「切近精實」,以「經綸政理」為創作本旨,「雋永談助」為次要創作目標,與經史同裨益名教。

故他認為小說亦是智者所著,起源於正常的人情物理,亦為其服務:

> 太史公遭禍,無有談言微中為之解紛者,鬱結不通,而寄思于滑稽,夫亦傳《貨殖》、《游俠》之微指也。……游戲翰墨有自來矣。

〔註96〕明・李維楨《五雜俎序》,《大泌山房集》卷九,《四庫全書存目叢書》集150,第503～504頁。

〔註97〕明・李維楨《廣滑稽序》,《大泌山房集》卷十四,《四庫全書存目叢書》集150,第605頁。

〔註98〕明・李維楨《青箱餘序》,《大泌山房集》卷十四,《四庫全書存目叢書》集150,第608頁。

〔註99〕明・李維楨《青箱餘序》,《大泌山房集》卷十四,《四庫全書存目叢書》集150,第608頁。

昔衛武公稱睿聖，詩人頌其德，曰：「善戲謔兮，不爲虐兮。」而莊公有謔浪笑傲之刺。孔子聞武城絃歌，莞爾而笑曰：「割雞焉用牛刀。」子游以學道之說進曰：「前言戲之耳。」則滑稽故載之於經，亦聖哲所通行。春秋戰國時，聘問之使，游說之徒，酬往數言，肆而隱，曲而中，使人驚心動魄，解頤捧腹，老德不盡記。〔註100〕

世有能言之士，上不得坐而論道，謀王斷國，下不得總覽人物，囊括古今，修詞賦之業，而第猥雜街談巷語，以資杯酒諧謔之用，其言可謂不遇矣。蘇長公直道不容于朝，小人摘其文字，附致其罪，竄逐禁錮，備嘗險阻，于是使座客爲悠謬之談，鼓掌捧腹，以耗磨雄心，而延永日，今日所傳《艾子》是已。〔註101〕

此兩段指出生活中戲謔所記與士抒鬱結不遇，都可產生小說的素材或小說，上至孔子，司馬遷、蘇軾等有才之士，下至普通士子，小說既有解頤諧謔，又有寄寓刺世的作用。

因此宋後黜小說源於崇理學與小說自身原因，他認爲小說有益於學術、教化、娛樂。

蓋古者，九流之學，稗官小說不廢，自理學諸儒出而一切捐汰，以爲玩物喪志。然孔子不曰多聞多見多識鳥獸草木之名乎？……別其性質，究其體用，博物之學，聖人所同，第不欲以是逐末忘本，滅質溺心耳。……余因具論之，以告夫溝猶瞀儒，毋藉口非聖之書以自文也。〔註102〕

至理學諸儒語錄，其名極尊，足關眾口，而或掇拾陳腐，標榜門戶，浸淫入西來之指，小說如此，無惑乎？〔註103〕

理學諸儒認爲小說玩物喪志，滅質溺心，且理學語錄輕視小說，部分小說大傷雅道，這些都是使小說受到影響的原因。但現實情況是，理學無法阻

〔註100〕明・李維楨《廣滑稽序》，《大泌山房集》卷十四，《四庫全書存目叢書》集150，第605頁。
〔註101〕明・李維楨《耳談序》，《大泌山房集》卷十四，《四庫全書存目叢書》集150，第608頁。
〔註102〕明・李維楨《宋說雋序》，《大泌山房集》卷十四，《四庫全書存目叢書》集150，第604頁。
〔註103〕明・李維楨《金罍子序》，《大泌山房集》卷八，《四庫全書存目叢書》集150，第478頁。

擋小說在明代，包括學識淵博的士大夫群體，也大受歡迎的狀況：

> 焦先生于書，少而學之，如祖塋灰中藏火，衣被塞窗，老而
> 好之；如沈麟士，八十手寫細書，滿數十篋，貧而好之；如袁峻，
> 從人假借，自課日鈔五十紙，貴而好之；如張華，家無餘財，文
> 史溢案，勤誦之；如寧越，人休不休，人臥不臥，審問之；如皇
> 甫謐，遭人而問，少有寧日，精思之；如賀琛，臥方臥，不盡其
> 義，終不食。〔註104〕

> 王元楨小說有《湖海搜奇》、《揮塵新談》、《白醉瑣言》、《說圃識
> 餘》、《漱石閒談》、《烏衣佳語》，金陵人梓行之，肆紙爲貴矣。〔註105〕

小說在明代後期廣受皇帝官宦市井百姓的歡迎，喜愛小說固然緣於小說
文本的傳奇諧趣與通俗輕鬆有關，也與發人蒙覆，益人意智，在人間世事感
喟中予人啓迪有關。李維楨所作的小說集序，分兩種觀點，一是對雜俎類小
說，「後代小說極盛，其中無所不有，則小說與雜相似。……即目之雜家可矣」
〔註106〕，如《五雜俎序》、《青箱餘序》、《玉壺冰序》、《宋說雋序》、《益部談
資跋》、《題募刻黃海卷》等，強調「不亂疏通，知遠而不誣，有德有言，斯
亦足徵也已」〔註107〕、「訂其訛誤，補其闕遺，或議政事，或評藝文，或于
一事一物，疏分美惡，審諦終始，皆足以豁疑難，發意知，何可廢也」〔註108〕；
一類是不必徵實，可虛構，「故事不必盡覈，理不必盡合，而文亦不必盡諱」、
「筆其可喜可愕可勸可誡之事」（《耳談序》）、「談言微中，可以解紛，故事有
極重，人有大惑，情所不能通，理所不能論，勢禁形格所不能得，而朱儒懷
獲，諧臣頓官，抵掌掉舌，譴浪恢諧，片言冷語，忽然開悟，翻然轉移功力，
或出法家拂士之上，此在萬乘之主且然，而況下者乎」〔註109〕的小說，如《耳

〔註104〕明・李維楨《宋說雋序》，《大泌山房集》卷十四，《四庫全書存目叢書》集
150，第 604 頁。

〔註105〕明・李維楨《青箱餘序》，《大泌山房集》卷十四，《四庫全書存目叢書》集
150，第 608 頁。

〔註106〕明・李維楨《五雜俎序》，《大泌山房集》卷九，《四庫全書存目叢書》集 150，
第 503 頁。

〔註107〕明・李維楨《金罍子序》，《大泌山房集》卷八，《四庫全書存目叢書》集 150，
第 479 頁。

〔註108〕明・李維楨《宋說雋序》，《大泌山房集》卷十四，《四庫全書存目叢書》集
150，第 604 頁。

〔註109〕明・李維楨《笑資題辭》，《大泌山房集》卷一百二十六，《四庫全書存目叢書》

談序》《廣滑稽序》、《笑資題辭》等諧謔類小說的集序，但詆斥「才士游戲筆端，浮詭不根，如郭憲、王嘉、《梁四公》諸記，無毫髮益人，至于《周秦行紀》、《牛羊日曆》、《碧雲睱》、《白猿傳》之屬，逞私憾枉，公是不顧，人非鬼責，又仲履所深戒」。總之，小說具「其美者，可以勸善；其辨者，可以解惑；其博者，可以游藝；其精者，可以貞教而隱惡，闕疑不輕持論，敦厚溫柔之意，盎然楮素間」〔註110〕，或「可供杯酒談諧之助，……醒人耳目，蓋人意智勝於庾信所謂『犬吠驢鳴』，顏延之所謂『委巷間歌謠』矣」〔註111〕高低兩個層次。

　　李維楨的小說觀，應一分爲二看，他以正經佐史作爲小說創作與評判的

集 153，第 566 頁。

〔註110〕明・李維楨《天都載題辭》，《大泌山房集》卷一百二十六，《四庫全書存目叢書》集 153，第 565 頁。

〔註111〕明・李維楨《稗乘題辭》，《稗乘四十二種》，北京：中國書店 1986 年。《稗乘四十二種》《四庫總目提要》「雜家類存目三」著錄《稗乘》四卷：「不著編輯者名氏。萬曆戊午，孫幼安得其本，爲校正刊行。其類凡四，曰史畧，曰訓詁，曰說家，曰二氏。凡採用書四十二種，然多所刪削，不載全文。中間如陶九成《元氏披庭偏政》一篇，考孫作爲《九成集序》，備列其所著之書，並無此名。蓋即摘《輟耕錄》中數條，別爲新名。餘亦多隨意抄撮，無可採錄。」《叢書綜錄》第一冊《總目》第 759 頁右著錄《稗乘》署名「（明）黃昌齡輯、明萬曆中黃氏刊本」，所著錄四十二種種類次序一如筆者所錄中國書店影印《稗乘四十二種》本，知《叢書綜錄・總目》誤，繫以黃昌齡刊行而誤題爲輯者；其館藏表著錄有國家圖書館和中科院圖書館兩處館藏。《中國古籍總目》叢書部第一冊第 205 頁「叢 10100134」著錄《稗乘四十二種》「明□□」編，「明萬曆間孫幼安刻黃昌齡印本國圖清榮光樓抄本中科院」，知《中國古籍總目》已不題是黃昌齡輯，國圖藏印本，中科院藏抄本。中國書店本乃刻本，知乃據傅增湘曾校讀《稗乘》本影印，檢《藏園群書經眼錄》目錄，無著錄。國圖未檢索到此明刻本，故未能目驗，中科院不能借閱抄本。僅據李維楨「有集小說四十二種，分爲四類，曰史畧，曰訓詁，曰說家，曰二氏者，而孫生持以請余爲之目。……是書編葺，不得主名，孫幼安得之，校正以傳，亦可紀也。」「目」義爲是書命名，知孫幼安得此小說集，校正後持集，請李維楨題目作序，亦證明此書不爲維楨編。在沒有更多材料佐證下，僅此文，無法判斷何人所編纂，姑且存疑。陳繼儒《李本寧四六啓敍》：「李本寧先生手訂《大泌山集》一百三十四卷，富有日新，代興弇州之後，允無愧色。而說部、尺牘、四六啓猶未行，學士大夫想望不可得，……見聞廣，忌諱多，說部若之，何輕刻也。……若宗衍更以尺牘、說部附麗《續集》中，小言、大言，橫說、豎說，使海內獲見《大泌》之全書，而後覺乃無遺恨」，因知維楨有其說部，但不見於明清目錄，其名亦未可知，已佚，待遍檢晚明人別集，看有無線索可稽。

主要標準，提高了小說的歷史地位與藝術品格，而不視作末道小技，這是進步的；但此標尺亦狹窄了小說創作的主題、內容、風格，對中國古代小說發展的描述也不盡然符合史實，緣於受他政教小說觀局限；但他也作了某些融通，譬如，對小說的傳奇、諧趣、虛構、通俗等特徵，與經、史不必盡同進行肯定，承認小說的文學性、在明代受眾的廣泛與多階層，只要在有益教化、意智與較高尚的藝術品位上，顯示了晚明時期小說蓬勃生命力予正統文人的影響。

第四，集部類集序。

二詩文集不重複集序與題草共 954 篇，主要分詩文集序、詩集序、文序、各類雜卷子題辭，因以集部類集序占絕大比重，又因思想內容正從本章論文與第五章詩歌批評角度重點論述，此節以論其集部類藝術爲主。

李維楨集序的藝術風格存在差別，由於經、史、子部類集序涉及到多論學術內容，文風以平實爲主，而由題入手，平實敘述撰著的寫作者行實、出版經過，尤其抓住著作名稱與性質，引經據典，引入到撰著性質、特點、學術價值，評議其貢獻，是其三部類集序的主要特徵。如較通俗短小的小說類集序《玉壺冰序》：

> 蕭征西季馨取都太僕玄敬所爲《玉壺冰》版行之，幕府或言：「此幽人野客清事雅語耳。支郎愛馬不韻，征西得無似之耶？」余曰：「不然，是義也。吾家柱下史屢宣之曰：以正治國，以奇用兵，以無事，取天下。曰：慈故能勇，儉故能廣，不敢爲天下先，故能成器長。曰：兵不得已而用之，恬淡爲上。曰：善攝生者，陸行不遇兕虎，入軍不被甲兵，兕無所投其角，虎無所措其爪，兵無所容其刃，夫何故以其無死地焉？彼清淨若是，而能馳騁天下之至堅，何也？《詩》言文王無畔援歆羨，不大聲色，不長夏革，一怒而安天下之民。孔子問：諸子如或知爾？則何以哉？曾晳成春服，偕童冠，浴沂風，舞雩詠歸，此與知者以者何與，而孔子亟與之，又何也？誅萊夷，歸侵疆，墮三都，陽虎桓魋，莫如之何，夫非往日飯蔬飲水、曲肱枕臥之匹夫耶？獨老氏將取，姑與聖人順事無情，微有辨耳。是編也，征西比于刀劍之銘可也。執而求之，必買山而隱，好而過之，必棄瓢而去。又不然者，沈忠武游履田園，有人與馬成三，無人與馬成二。其語自超脫可喜，然身不免禍，是不足望老氏之藩，況於

文孔。征西必服膺余言矣。」〔註112〕

此文即抓住「清事雅語」四字，多徵典實，將都穆《玉壺冰》小說的特點，聯繫到蕭季馨用兵以恬淡為上，以正治國，以奇用兵，以無事取天下，清淨若是，而能馳騁天下之至堅，通過蕭季馨必服膺其言，《玉壺冰》「語超脫可喜」藝術特點、思想內容「不足望老氏，況於孔子」的定位都給點明，其所著書不入老氏樊籬，與都穆身不免禍，不排除蕭季馨同樣有此體會或認識，而版行《玉壺冰》。在短短數百字間，就將著者、行者、著作特點與價值都給一一闡明。此法是李維楨寫作經、史、子三部集序的基本方法。第二章著作考述和本章史傳文一節多引用其它集序，可參看。

集部類集序，李維楨為文具《左傳》風，雄肆博洽、情感充沛、縱橫捭闔特點縱覽無遺，才氣亦盡其中，代表集序類文的成就。因具為文苑立傳的性質，行文揮灑自如，筆法開闊雄肆，所記皆為此作家的個性、際遇、文學建樹、風格、成就、地位服務，立求飽滿鮮明，符合徵信。首先，此點在他為後七子派前輩立傳最為顯著，以文學批評思想與情感為底蘊，文勢開闊，氣韻雄肆。《大泌山房集》對後七子派所作集序編排，首起王世貞：

　　《語》曰：「文章關乎世運」，信然哉！唐虞而降諸閏位，竊據若短祚不論，其以正統得天下者，前後有兩三代，前為夏殷周，而享國之永無如周。後為漢唐宋，而享國之永無如漢。夏忠商質，至周而文盛，始之以周公，終之以孔子，盡抉天地之秘，而無可復益，而漢承之，遂以雄視，唐宋漢之盛，因周之餘也。周後為秦，秦無幾而漢興，故其文去周不遠。漢之東都，已遜西京，而更為三國，為六朝，為唐，為五代，為宋，為元風，斯下矣。故其文去漢彌遠，則世運盛衰，漸積之使然也。

　　兼周漢者，是在我明矣。高皇帝用夏變夷，宇宙煥若一新。身創之，身守之，綢繆其文章，繁縟其禮樂，二百餘年，罩牢天下而制之。若制子孫，周官法度，蔑以加已，故宜似周。不階尺土，提三尺，著戎衣，而有天下，故宜似漢。

　　吾以文章徵之，其體極備，其用極繁，其指盡泄，而無所復益，故若周若其，無可益也。周監於二代，郁郁乎文哉！明監於後先者

〔註112〕明·李維楨《玉壺冰序》，《大泌山房集》卷十四，《四庫全書存目叢書》集150，第604～605頁。

六代，可法可戒，從違由人，故若周若其，無不監也。前三代之文體，不過數則，漢不過數十，而今且以百計，其體沿各代而要皆以周漢語傳之。周十之二，而漢十之八，故若漢若其不遠於周也。

吾以王元美先生徵之。先生之爲騷若賦也，不若周之有屈原、宋玉，漢之有司馬相如、揚雄乎？其爲風雅、樂府、五言古詩也，不若漢之有韋孟、玄成、蘇李、枚乘、唐山夫人之屬乎？其爲《左》、《逸》、《短長》，爲《箚札記》、《內外篇》也，不若周之有荀卿、左丘明，漢之有淮南《鴻烈》、子雲《法言》乎？其爲策論、封事也，不若漢之有董仲舒、賈誼、鼂錯、劉向乎？其爲序、傳、表、志也，不若漢之有司馬遷乎？其爲七言古，爲五六七言近體絕句，爲詩餘，爲《秇苑巵言》，爲《宛委遺編》，爲《弇州別集》，囊括千古，研窮二氏，練解朝章，博綜名物，令人耳目不暇應接，則奄有唐宋以來作者之美，而周漢諸君子或缺焉。

此非周漢諸君子才不逮先生也。當其時，二氏之學未出，百家之體未備耳。先生能以周漢諸君子之才，精其學，而窮其變，文章家所應有者，無一不有，搴華咀腴，臻極妙境，上下三千年，縱橫一萬里，寧有二乎？嗚乎！盛矣！欲觀明世運之隆，不必啓金匱石室之藏，問海晏河清之瑞，誦先生集而知兩三代有明，明有先生，非偶然也。

先生家三世爲九卿八座，鉅富而斥之供客，及置圖史山園殆盡，衣表裏恒差池不一。以彼其才，凌厲一世，人人固甘之，而嘉善矜，不能獎掖提挈，不惜手足齒煩之煩勞。登第四十餘年，位至尚書。然數起數躓，所歷三朝，諸政府有相知者，有猜嫌者，有陽浮慕者，有最親昵者，卒無所染。壯年遭家禍毒酷，既艾而師眞人，聞大道。子多賢且貴，其遘合皆甚奇，天地間人物事理，悉以先生口筆爲袞鉞。故忌才吠聲之口，時所不免，而終不能涅緇其純素。

先生於唐好白樂天，於宋好蘇子瞻，儒雅醞藉，風流標致。二公蓋有合者，而文品則大勝之矣。余故以先生爲周漢間人也，余故以先生而信明世運之隆，合周漢爲一也。〔註113〕

〔註113〕明‧李維楨《弇州集序》，《大泌山房集》卷十一，《四庫全書存目叢書》集

　　此文雖體現了李維楨中年時期復古尚存格調法度的局限（如「其體沿各代而要皆以周漢語傳之。周十之二，而漢十之八，故若漢，若其不遠於周也」），雖李維楨一生對後七子派的文學批評在自我修正，但從明代世運之隆而出王世貞之集大成，是符合明文學客觀情況的〔註114〕。其從周漢唐之盛世高度孕育出周漢唐之盛世文學，而周漢唐之文學又反過來襯托出三代禮樂文明之盛世角度，論王世貞代表著後七子派成就的頂峰，亦代表著明代文化的高度。「文章關乎世運」既是後七子派的文學核心觀念，是他們爲彰顯明代盛世文學所爲之努力的高度，亦是李維楨文學思想與詩學批評所持的高度。此文在文章上的雄肆渾闊之風，是以思想情感打底，行之於文的較高層面的文學評論。

　　他給汪道昆作集序：

　　　　司馬汪伯玉先生《太函集》成而自爲之序，末所謂質成雲土者，蓋謂某也。某何知？然奉教於先生久，即論文大指具自序中，而後進容有異議，則某不得無言。

　　　　……

　　　　先生又嘗言：「文章關乎世運，恒視其創業之主爲盛衰。」周以前無論，漢高帝起，徒步闊達，大度直質，豪壯有三代遺意。唐文皇故是詞人，風華妍美。宋藝祖用術取天下於孤弱，以寬忍濡下自保，而氣實薾然，故文章之業，漢爲盛，唐不如漢，宋不如唐。雖以濂洛關閩諸儒之學，歐蘇曾王諸公之才，無超漢唐而上者。高皇帝驅胡元沙漠，還中華千古帝王相傳之統，精神氣象，榮鏡宇宙，是以一代文章之士，與漢唐比隆垂二百年。北地、歷下、婁江間出，而先生四之，發爲文章，生氣飛動，若雲興霞蔚，不暇應接；星采劍光，不可正視；瑟希尚有餘音，羽沒尚有餘勁；是非世運昌熾之符，而才人獨鍾靈者與。或曰：「先生文則然，詩則何若？」樂府五言古，用選法也，他

150，第 525～526 頁。

〔註114〕筆者認爲王世貞代表著明代文化集大成的最高成就，2012 年 6 月，國家社科基金重大項目第三批招標選題指南公佈，《〈王世貞全集〉整理與研究》入列，顯示國家將蘇軾後明代最重要的文化巨匠王世貞的基礎文獻正式提上研究日程。筆者隨即爲作的小文《孫衛國〈王世貞史學研究‧王世貞著作目錄表〉補正》已刊在《圖書館理論與實踐》2013 年 7 期，《20 世紀以來王世貞研究述評》（《湖南第一師範學院學報》2012 年第 2 期）可作參考。

體用少陵法也。集爲先生所自校。總之，詩不當文，十二析之，近體
數倍古體，七言倍五言，先生權衡審矣。〔註115〕

雖對汪道昆的文學成就不乏褒溢之辭，但他論後七子派的文學思想與爲
之作文學傳論的筆法是一以貫之的，其後的《張司馬集序》、《張中丞集序》、
《甌甄洞續稿序》皆如此，一筆呵成，李維楨以承續後七子派衣缽爲己任的
志意情感亦貫穿其間。

第二，用對舉來見作家特徵、成就，是其集序文常用手法，形成開闔文
風。

李維楨在集部類序文裏，喜用對舉法，類比、正比、反比，皆用之，在縱
橫比較、反覆比較中，突現作家的特點與成就。如爲其生死知交邢侗所作集序，
《邢子愿小集序》中，在述了北史稱邢邵爲北間第一才士後，緊隨其來「今代
有臨邑子愿氏，與子才同姓，又北間第一才士也」，在比較了子才與子愿文「余
按子才文不傳，度不能超六朝而上，子愿文體沿六朝，而精鑿整潔，新奇充滿，
出入秦漢，無六朝人強造不根、誇多傷煩之病。詩自建安以至大曆，撮諸名家
勝場，非子才比也」〔註116〕之後，即來「余所見子愿詩文不止此，以兩邢相
挈，子才之同於子愿者有三，子愿之賢於子才者有三」，全文圍繞「善政、慈
睦、素樸」三同，子愿「減產奉客、與民休息、書品教子」三賢展開，最後以
「余第取子才相方，子愿當不受也」作結，此文與邢子才處處對舉，一言子才，
一即言子愿，邢侗在爲文之外的性情生活，通過李維楨此文可知。

《邢子愿全集》著重評邢侗詩文，起筆即指出當時文壇不良風氣「今所
在文章之士，皆高談兩京，薄視六朝，而不知六朝故不易爲也」，指出邢侗詩
文「出周秦漢晉諸家，殊非六朝所能盡」後，又重點評「目子愿爲六朝，亦
吾丘壽王，所謂天下少雙、海內寡二者也」邢侗與六朝文學的關係，隨即拿
《文心雕龍》理論來評析「六朝人論文，莫如《文心雕龍》，雖有作者，莫之
能易。試取子愿詩文，參以彥和之論」〔註117〕，他從「統其凡而言之」、「分
其品而按之」、「就其人而擬之」比較，得出「爲眞六朝難，眞能爲六朝如子

〔註115〕明・李維楨《太函集序》，《大泌山房集》卷十一，《四庫全書存目叢書》集
　　　　150，第 526～527 頁。
〔註116〕明・李維楨《邢子愿小集序》，《大泌山房集》卷十一，《四庫全書存目叢書》
　　　　集 150，第 531、532 頁。
〔註117〕明・李維楨《邢子愿全集序》，《大泌山房集》卷十一，《四庫全書存目叢書》
　　　　集 150，第 532～533 頁。

愿，豈不難哉」，點明「嘗以邢子才比子愿，特取其同姓耳」的對舉意識。

　　比較法，是他集序中顯著常用方法，如《米仲詔詩序》將米仲詔與左思進行多方面比較；《張體敬二集序》將明八股舉士與唐詩取士對比，提高時文地位與體敬的成就；《蔣公鳴二集序》從子與詩二者對比，來論蔣公鳴成就；《先憂堂稿序》將盧元明之憂國與范仲淹對舉，論其文品；《南中集序》將鄧渼按滇之興文教，與司馬相如為中郎將使蜀定西南夷、司馬遷以郎中奉使西征巴蜀以南功業並論。比較法，可以充分打開李維楨的寫作時空與內容，將其為作的集序作家性情、際遇、功業、風格等立體化，大大增加內容的密度與深度，是其為文開闊渾厚的重要手法之一。

　　第三，充沛的文章氣勢與跌宕迴環的情感力量，亦是其文雄肆深沉的重要特徵。

　　李維楨集序文喜用排比段落與句式，層層進遞，步步推進，邏輯嚴密，使文章極具左傳縱橫捭闔之風。如《董元仲集序》中句之排比「蓋本朝人文極盛，成弘而上，不暇遠引，百年內外，約有三變，當其衰也，幾不知有古。德靖間二三子反之，而化裁未盡。嘉隆間二三子廣之，而模擬逐繁，萬曆間二三子厭之，而雅俗雜糅，一變再變，騎于師古，二變騎于師心。元仲折其衷而矯其偏，不拘攣以為格，不奔放以為雄，不儇薄以為逸，不摭拾以為富，不杜撰以為新，不險絕以為奇，不穿鑿以為巧，不隱僻以為深，不豔冶以為色，不妖浮以為聲，其書破萬卷而約其言若一家，其體該眾作而適其宜無兩傷。無論三代二京六朝三唐，即宋與近代名家，未嘗不輻湊並進，而操縱在手，曲暢旁通，如郢之斤，僚之九，梓慶之鐻，輪扁之斲，師古可以從心，師心可以作古，臭腐為神奇，而嬉笑怒罵悉成章矣」〔註118〕，句如行雲流水，文氣長虹貫注，奔湧而來。句的排比騰挪有《錢簡棲集序》、《杜日章集序》、《許伯彥集序》、《方于魯墨譜序》、《潘方凱詩序》等多篇，文的整飭進遞、段的排比跌宕篇目也不少，有《何无咎詩序》、《陸無從集序》、《四六雕蟲編序》、《曾中丞奏議序》等多篇，排比佈局，脈絡清晰。

　　第四，精心謀篇佈局，循循善誘，娓娓道來，寄寓深沉感慨，亦是其集序文的重要特徵。

　　如《汪仲淹集序》，首敘大司寇王元美先生、左司馬汪伯玉先生俱有母弟，

〔註118〕明・李維楨《董元仲集序》，《大泌山房集》卷十一，《四庫全書存目叢書》集
　　　　150，第537頁。

同請爲其作序，序成而兩先生俱不及見，四人俱下世，李維楨已爲三人作集序，仲淹之子象輿以其父集屬余序，敘其軼事中，汪道貫性情爲人與李維楨的懷念之情顯隱其中，「余幸而後死，每開卷讀，不任鄰笛人琴之感，情生於文，固不得爲綺語也」〔註119〕。李維楨有「公文生於情，余情生於文，卒之，文不逮情也」〔註120〕，敘張位是因情而作文，而己是情涵於文中，文不達情。李維楨詩歌中亦有「雪」與「情」詩語，他確是情深之人，爲朋友們所作之各類應用文，多含爲國憂患對友憶念的山陽舊笛之悲，不當純作應酬文字視之。如《落花詩序》，開篇即用了許多飄逸優美的落花之典，將全文營構在花瓣落絮紛飛的憂傷詩意中，再敘章嘉禎之宦海沉浮、緣何以「落花」名集：「公在吏部，以推閣臣忤君相意，有詔詰責，又以諫臣論救削籍。閣臣白公非罪，甫從外謫，兩擬善地，不報，最後投荒得羅定寇穴官。守言責之，臣株連去位者接踵，省署一空，衣冠道盡。斯時也，若名花爲牛羊所蹂踐，斧斤所戕賊，烈風淫雨所耗斁，使人喪氣失色。公賦落花，其稱名小，其取類大，此之謂乎？……不以新間舊，不以短擯長，不以禮虛拘，不以格偏重，特于落花三致意焉。彼品題草木，流連光景，句琢字劌，誇妍鬭巧，若諸詩人所尚淺之乎？窺公矣。友人陳山甫曰：『吾今乃知公之深于詩也。遠之事君，授之以政而達，蓋有自來。使君以意逆志，是爲得之，請書以弁其端』」〔註121〕，即含對明末時局與士人出處的深沉悲傷，其抒情寫意也宛如起首之落花繽紛詩境。

其它如出經入史，鎔古鑄今，博徵典故名實聖語，論議點染，乃李維楨應用文廣泛使用手法，前論其它藝術手法時，多文已展現此特徵，再有，細處如用《史記》之互見法入集序與墓誌等諸多具體文學手法，便不再詳述。

二、題草的思想內容與藝術特色

題草，是李維楨小品文篇目最多的文體，量較大，基本可反映李維楨小品文的特徵與成就。

〔註119〕明・李維楨《汪仲淹集序》，《大泌山房集》卷十二，《四庫全書存目叢書》集 150，第 561 頁。

〔註120〕明・李維楨《封一品夫人少保張公元配曹氏神道碑》，《大泌山房集》卷一百十，《四庫全書存目叢書》集 153，第 240 頁。

〔註121〕明・李維楨《落花詩序》，《大泌山房集》卷二十，《四庫全書存目叢書》集 150，第 732～733 頁。

　　相較於集序類正式文體，李維楨的題跋題材寬泛，寫作內容較細較雜：有爲各種政治疏草而作，如爲京兆汪公疏草增加南京省鄉試解額《請增科額疏跋》、爲侍御吳公疏草論風節綱紀之移對國家危害的《吳侍御疏跋》、爲王公東征事始末後附論播事補充蜀事本末的《書東征紀略後》等；有爲其家其親而作，如爲其父李淑舉於鄉之世講錄名冊而作的《嘉靖丁酉湖廣序齒錄跋》、爲其母匡孺人受封而作的《恩綸特錫後語》、爲其父李淑將王父母受封製詞慶賀詠詩梓藏家塾中而作的《榮壽錄後語》、爲其弟維極急難所作的求助辭文《急難》等；有爲各種修繕佛堂、乞米、經卷、僧人而作的題草，如《多寶寺修大雄殿疏》、《虎丘僧募修塔疏》、《題惠敏乞修寺冊子》、《題羅漢卷》、《題僧悟知造經冊子》、《題眞上人冊子》、《題榮上人卷》、《長覺庵乞米疏》、《題僧募修浮橋疏》、《破山寺碑跋代》、《孟蘭盆經跋》等；有爲他人請辭而作的各種壽草題詞，如《題介姑壽言》、《題百年樹人冊》、《題穆如清風冊》、《遊梁贈言跋》、《題謝孺人旌節辭》、《書屈朗陵去思碑後》、《題興人之誦》等；爲友人而作的小傳或其妻軼事，如《江偉長飲酒歌跋》、《王爾耳宮詞跋》、《跋汪士能悼小婦詩》、《書陶姬傳後》等；最多的還是集中在各種藝術類題草，如書品、畫品、墨品、圖卷、印刻，與爲各種詩卷、制義而作的題跋。

　　李維楨的題跋仍有如集序文敘其人來歷事跡、與他的淵源交遊、詳徵典章故實、評敘其卷特點成就等內容，體現爲其作傳與考訂山川名物的特點，但因要在短小的篇幅內體現其人其卷最大化的個性特徵，所以題跋寫得疏朗直接，敘事抒情議論都非常精鍊明晰，平實而內蘊情感興寄。

　　他常開門見山，集中某一兩點，作集序未敘的補充或深化。如他在《金陵城北三寺游記》檻泉僅敘「初爲閣時，下山取水道遠，工作病之，忽右趾石間有泉可濫觴，眾斟之不盡，飲之清美，寺僧於今賴焉。太史屬余命名，余取《詩·小雅》『檻泉』」〔註122〕，而在《嘉善寺泉題名》中就詳敘了題名的經過、典實、題名的時間與同遊者：

　　　　嘉善寺有蒼雲巖、一綫天，皆以石勝，太史焦弱侯先生相其左
　　方當山之領，石若負辰，爲閣踞之，命曰「嘉石」，工人苦水道遠，
　　閣右趾石鏬中，忽有泉出焉，不溢不涸，而味甚甘，至今用汲，並
　　受其福。先生攜余遊，語之，故因屬以名：「按『采菽之雅，觱沸檻

泉』，檻者，正出也。石削成而四方亦類檻然，請名『檻泉』可乎？」
先生曰：「可。」同遊者，黃安耿克明、江都顧所建，時萬曆辛亥三
月十有三日京山李維楨本寧父識。翼日永嘉方子謙、莆田陳山甫與
兩兒續遊，子謙書而勒之石。弱侯名鉉，克明名某某，所建名大猷，
子謙名日升，山甫名歙，大兒名營易，字宗衍，小兒名營室，字宗
定。〔註123〕

　　本題名記詳敘了檻泉周遭的景色，檻泉的神異處，李維楨題名經過，事
後友與兒續遊將「檻泉」二字勒石，兩次遊的人名，圍繞題泉一事詳敘，將
此泉所新形成的名物故實這一點集中敘述得準確清晰，見其作史資的思想仍
一脈相承在題跋裏。

　　如在其題跋最大一類詩文題草中，有篇《題夢古齋藁畧後》：

　　　　曹子桓云：孔融體氣高妙，不能持論，理不勝辭。梁鍾嶸品
　　詩言：建安曹氏父子篤好斯文，彬彬之盛，大備於時。永興以來，
　　篇什理過其辭，淡乎寡味，爰及江表，孫許相庚諸公皆平典，似
　　道德論，建安風力盡矣。不佞謂天地凝嚴之氣，盛於西北，溫柔
　　之氣，盛於東南。建安諸子多西北人，故有風力，江表東南，故
　　宜不類。仲佩王孫居趙，建安遺迹具在，讀其薰與江表諸公不殊，
　　豈地氣自南而北耶？夫江表建安並行天地間，胡可廢也？仲佩以
　　「夢古」命齋，直欲超建安而上之，不佞卑之，無高論，誠得齋
　　名江表，是亦足矣。〔註124〕

　　此題草集中筆力在評地域與詩風相符之關係，來突出趙國宗藩朱載埄詩
風類江左道德平典風格，在北方建安風力中獨樹一幟。其作題草而不爲集序
的形式，兼李維楨以鍾嶸品建安江左詩相方來評，使朱載埄派使送書信來商
榷，李維楨在專爲又作的《夢古齋稿畧序》中評述了他作集序經過與仲佩的
不同意見：

　　　　文苑儒林，前史列爲二傳，蓋道之岐也久矣。往代毋論，國
　　朝薛胡譚道術，李何摛文賦，雖云各持，尚未相姍。逮李于鱗、

〔註123〕明・李維楨《嘉善寺泉題名》，《大泌山房集》卷一百二十八，《四庫全書存目
　　　　叢書》集153，第619～620頁。
〔註124〕明・李維楨《題夢古齋藁畧後》，《大泌山房集》卷一百二十九，《四庫全書存
　　　　目叢書》集153，第620～621頁。

王元美二子者出，始有重文輕儒之成心。于鱗之言有云：「憚於脩詞，理勝相掩」，元美《卮言》以爲然。不肖曩與吳明卿面譚，下一轉語云：「憚於脩詞，理勝相掩，固失矣。而憚於窮理，詞勝相掩者，亦豈爲得乎？」明卿大噱。世道日趨於下，昔人謂一解不如一解。宋文誠萎陋然，什一擇之，精醇或在，即如西銘定性，簡古近經，斯可盡杜絕之乎？鍾嶸《詩品》非文學上乘，而江左清譚，非道德正宗，不肖姑舍是文，雖不盡準諸漢而亦不規規於宋，學雖不盡棄乎宋而亦不屑屑於宋，不量其力之不足，思欲通古今，貫文道而一之，不知人世有漢唐宋，人表有文苑儒林，惟門下作儒生觀，毋作詞人觀耳。〔註125〕

此信中將朱載堉及《夢古齋稿略》中的文學思想和盤托出，認爲在世道日下的末世，儒林文苑應融合爲一，不管爲文爲道皆應通古今，貫文道，用道德正宗來挽救世道國家，故他不同意僅將其作江左文詞來看。李維楨「讀其書而爽然自失」，對此發表評論：

夫漢儒林已非古之儒矣，而況文苑？仲佩夢寐古人，即漢且不足慕尚，而況建安、江左？古與今一也。今之修詞者不能加於古人之上，今之窮理者，抑能出於古人之外耶？詞與理一也。有其詞而無其理者，無理有餘而詞不足者，語有之，三代無文人，非無人也，夫人而能爲文也，六經無文法，非無法也，夫文而皆法也。《孔》、《思》、《曾》、《孟》四書，豈不平居師弟子之常談哉，以爲筆之於書不可苟而已，必脩其詞，無一非理，無一非文。而自近代語錄出，一切不修飭，遂欲與四子書并行，而苛責夫《法言》中說比於吳楚僭王之誅，其無乃失均乎？仲尼有言「述而不作，信而好古」，其述六經，何辭無理，何理無辭，範圍萬世，莫之能過，故曰：「修詞直誠以居業。」又曰：「辭達而已矣。」辭不修，則不達，惡名爲理。仲佩文不盡準漢，而學不盡規宋，通古今，貫文道，所挾持者甚大，非余所能知。是稿以略名，故不足盡仲佩，乃其所爲夢占意，具是矣。〔註126〕

〔註125〕明·李維楨《夢古齋稿略序》，《大泌山房集》卷十二，《四庫全書存目叢書》
　　　　集150，第543、544頁。
〔註126〕明·李維楨《夢古齋稿略序》，《大泌山房集》卷十二，《四庫全書存目叢書》

－217－

　　維楨在仲佩基礎上進一步闡述，漢儒林與文苑皆不足慕尚，且古今一也，詞理一也，不需刻意今古，宗經徵聖，修詞直誠，爲文述而不作、信而好古，辭達即可。與朱載埠觀點有同有異，同的是皆從道德挽世道學術文風，通古今、貫文道，異的是從人情物理來說，古與今同也，詞與理同也。對朱載埠所言理勝修詞或詞勝掩理，李維楨提出孔子「述而不作，信而好古」之法，其述六經，辭理皆在其中，修詞直誠、辭達即可的創作方法與評判尺度。從兩篇文的對比中，可知李維楨集序所爲多全局性的總的思想與批評，所敘前後經過也詳細，屬正式的「大文章」，題草則多屬某一觀點某個片斷的相對較集中的敘述，屬非正式的「小文章」，帶有記略或題略性質。

　　因屬記略或題略性質的小文，屬小品文體，李維楨或批評或論議或敘事或抒情都相對灑脫，筆法自由舒如，更簡潔明瞭展示其詩學思想與藝術批評。如：

> 今詩之弊，約有二端。師古者，排而獻笑，涕而無從，甚則學步效顰矣。師心者，冶金自躍，要駕自騁，甚則驅市人野，戰必敗矣。程長文詩不求之今，求之古，不以古役我，以古爲我役，篇有全錦，句有碎金，字有明珠，合先民程度，而自成一家，言詩人之巨擘也。長文有友吳師利，振之清脩，不受世氛，力學不靳人知，相觀而善，謂之摩矣。〔註127〕

　　此跋針對明末師心與師古兩大陣營末流的種種可笑情況，突出程長文之詩法度，與其友吳師利之操持，是謂君子人交君子人，在末世群魔亂舞中可謂出污泥而不染。而他的自我形象與情感心緒，更多流敞在題跋中，如：

> 南羽視余詩，涉獵讀之，喜而爲作序。秋雨稍涼，取其集，卒業中間。古選歌行，煉辭琢字，頡頑古人，使楚儉畢世不能得一語，方覺前序未盡厥美，老憊何敢爲任沈家賊，惟屏白香山詩不見可耳。〔註128〕

> 少師申公大魁天下，不出都門而登政府，位極人臣，致其事歸，優游林壑，已終二星，享年八十，子孫顯庸名位，福壽近代

集150，第544頁。

〔註127〕明·李維楨《書程長文詩後》，《大泌山房集》卷一百三十一，《四庫全書存目叢書》集153，第675頁。

〔註128〕明·李維楨《書丁南羽詩後》，《大泌山房集》卷一百三十一，《四庫全書存目叢書》集153，第675頁。

無雙。而接引里中後進，忘年忘勞，所與林茂才若撫尺牘及倡和詩數十章，率出手筆，意甚款洽。公卒，若撫不勝知己之感，裝潢成卷，可想見其下士風度。乃知名位福壽，天不輕畀人，必有所承藉之者矣。〔註129〕

　　第一篇詩草，起首通過少量描述性字詞烘託「涉獵」、「喜」、「秋雨稍涼」、「卒業中間」，暗透睹丁南羽詩後的心理變化過程，後半段筆法漸恣狂態，在詞簡語深中盡現老而彌精的狂狷氣性。申時行是萬曆帝的老師，張居正的次輔，因立嗣私書辨白遭彈劾而請致仕歸，李維楨曾代友人起草申時行八十歲壽序《少師申公壽序》兩篇，曾作《申文定集序》、《申文定公墓碑》，對這位臺臣首輔事跡稔知，此書跋中隱含的萬曆末季世道人心的今昔對比，對前朝先世與重臣權輔道德儀行之淳樸端方風範的追憶懷念，不勝噓唏慨歎之感。

　　他有一篇《跋七夕詩卷》，頗能道明晚年心境狀態：

　　　　織女不成報章，牽牛不以服箱，詩人寓言耳。雙星靈匹之說，後來紛紛矣。蒼梧王使揚武，候之不得，遂至見弒。四君七夕，喜會白苧，家牽與相比。鄧孝廉以不與會為憾，老傖笑言啞啞：「喜會，非也，憾不會，非也，言會與不會之非，亦非也。」舉似雙星，雙星了無答。〔註130〕

　　這是一種老年人心澈洞明而又一切歸於渾沌寧靜的狀態，他說「謝靈運擬《鄴中集》詩，謂公子不及世事，但美遨遊，然頗有優生之嗟。余謂子建惟及世事，是以有憂，如其不及，憂何從來？世界缺陷事，不如意十常八九，余願元峻以虛舟飄瓦視之，尚友千古，惟如所謂詩是吾家事者，充然自樂，雖軼子建，而上可也」〔註131〕，不及世事，豁達缺憾，虛舟飄瓦，尚友千古，自會充然自樂，這不僅是為詩為文的心態，亦是李維楨老年日常生活中為人處世的心境，但他於國家於士之德性修養於文學儒學則是堅定的純儒衛道者，其根本性立場與實踐修行不容絲毫改變。

　　他狀人題跋的代表性作品是《憨話題辭》：

〔註129〕明・李維楨《申少師手跡跋》，《大泌山房集》卷一百三十，《四庫全書存目叢書》集153，第655頁。

〔註130〕明・李維楨《跋七夕詩卷》，《大泌山房集》卷一百三十三，《四庫全書存目叢書》集153，第719頁。

〔註131〕明・李維楨《元峻王孫詩題辭》，《大泌山房集》卷一百三十二，《四庫全書存目叢書》集153，第709頁。

　　章晦叔書其所自得與古人遺言會心者為一編，名曰《憨話》。余讀之爽然：「此吾家柱下史指也。其言若樸若濁，若昏若遺，若昧若辱，若偷若渝，若缺若屈，若拙若訥，大似不肖，悶悶頑且鄙，不一而足，皆憨法也，豈惟老氏虞舜野人尼父無知，顏愚曾魯，非憨而何？惟其能憨，是以不憨。晦叔落落穆穆，不可得親疎，不可得貴賤，不可得利害。其人憨，故其話憨耳。高以下為基，侯王自稱孤寡不穀，晦叔布衣，非憨何稱？夫憨者，眼如耳，耳如鼻，鼻如口，一以巳為牛，一以巳為馬，呼牛呼馬，何所不應，晦叔而真憨也。余且呼為章憨，必承響而應矣，奚論話哉！」〔註132〕

他題草總的壓卷之作《清明會詩題辭》〔註133〕：

　　清明蓋八風之一也，而二十四候獨季春以此名。自余有知，所見西北地高寒，其時光景不負此名，東南地下而暖，其時率多陰雨。今年李小侯邀詞人為會於瓜圃，寒食尚苦雨，詰朝開霽矣。圃中亭館踞石城上，風日恬和，江山佳麗，宮闕園陵，雲物繁華，盈胸溢目，飛花送酒，好鳥荅歌，令人心神爽豁，號為清明，不虛耳。座客取唐韻平聲，限體各成一章，以紀四美，二難之勝。蘇子瞻詩「梨花澹白柳深青，柳絮飛時花滿城。惆悵東闌一株雪，人生看得幾清明。」余七十老翁，幸附英游殊暢，復不勝年運時徃之感，計小侯同此懷也。是用集而傳之，為侯家子孫作談柄。〔註134〕

陸雲龍曾評點李維楨小品的藝術特徵，可作參考：

　　學不累人也，人自累學耳。善將兵者，五花八陣，唯我軸轉，能令人如將意，則宮妾皆兵，況隸戲下者，備吳越之飲、飛燕韓之技擊乎？故空拳冒刃，非必勝之圖，驅寡擊眾，亦非萬全之策，率百萬眾

〔註132〕明・李維楨《憨話題辭》，《大泌山房集》卷一百三十二，《四庫全書存目叢書》集153，第708頁。

〔註133〕本文作於萬曆四十四年（1616）清明，維楨以七十壽即將返楚，李宗城（字汝藩，臨淮侯李言恭子）小侯瓜圃餞送，因俞安期《翏翏閣全集》卷三十三有《李本寧太史攜家還楚，李汝藩故侯移席瓜圃，邀諸同社餞之，分得遲字》（第317頁）：「玉壺春酒悵監岐，歌曲同聲餞所知。瓜圃故庤移席早，花津榜婦持帆遲。別逢垂老能無痛，會想重來未有期。七十野夫恩獨厚，望君嗚咽更西悲。」

〔註134〕明・李維楨《清明會詩題辭》，《大泌山房集》卷一百三十二，《四庫全書存目叢書》集153，第708頁。

鼓行而前条以奇兵突騎，或爲天，或爲地，或爲風雲，龍虎蛇鳥一合
擊，則天覆地載，風揚雲垂，鳥翔蛇蟠，龍飛虎翼，倏奇倏正，可合
可分，無堅敵矣。京山本寧太史富于學而善用，其所著述爲卷百許，
皆出經入史，鎔古鑄今，自記、敘、論、說及銘、志、贊、跋，種不
一篇，篇不一格，即寸瀾尺泬，其論議點染，莫不羅今古，極奇奧，
在才可奪五花簟者，亦輸其博，至集莊集老集經集騷，更有指揮如意，
無驁不用命者，則散錢得索子，自繩貫絲聯，今而知學不懼博矣。試
就所選讀之，當亦有會。錢塘陸雲龍題。〔註135〕

　　陸雲龍所選小品不僅題跋，而是《大泌山房集》所有篇幅短小之文的選
篇，有「序」十三篇，「引」一篇，「題詞」六篇，卷二分爲「記」兩篇，「傳」
兩篇，「箋」兩篇，「銘」三篇，「贊」六篇，「疏」一篇，「題跋」五篇，「墓
誌銘」一篇，「祭文」五篇，題跋在其中係五篇，除博學善用特點，還有平實
述事紀人批評辭達特點，既爲史料之資所作，又爲其觀點、思緒、情感、史
料某一片斷或某一點的側重性隨筆或題辭。

第三節　題記遊記

　　李維楨第三類主要文體是記，按內容性質，《大泌山房集》可分碑石、園
室，統稱爲題記，統計共 153 篇，另有遊記 9 篇，《四集遊》題記 20 篇，遊
記 3 篇，此兩類記不重複篇目共計 163 篇，數量雖不少，其思想內容與藝術
特徵相對傳記文與集序題草兩大類卻要簡單清晰很多，故較簡論述。

一、書院園室之作

　　李維楨的題記，除《分守大梁道官署記》、《先事齋記》、《甫梔臺記》三
篇外，多爲應他人請而作，係應酬褒諛文字，如《中和橋記》便記錄了祁門
縣善和里程氏宗人程豹、程周兩家，舉私人之財力，三世六十餘年，爲上中
下三村修石橋之艱難義舉，程周之孫程大中將橋命名爲「中和橋」，請李維楨
作記，李維楨爲作《中和橋記》。如他對涇縣令李邦華用其月奉與贖鍰之羨購
置學田學倉的讚揚「宗人用闇爲涇令，他善政以次第施行，所最急在養士，
養士有學田，而法最可久，在置學倉。……有養士之任者，非直一，令能甘

〔註135〕明・陸雲龍《李本寧太史小品敘》，《皇明十六名家小品》第九家，《四庫全書
　　　　存目叢書》集 378，第 449～450 頁。

－221－

爲俗吏乎？何不觀於涇縣，至若玩鼎頤之象，師孔孟之學，距楊墨之言，守孝弟之道，承往開來，以無負上人，養士德意，則涇士優爲之矣」〔註136〕，爲其作《涇縣學田學倉記》，等等。

　　此類題記，多是修繕儒學書院、建學倉義田、建橋築堤、建祠勒碑等鄉邦大事記，功成，「里人飲其德，頌聲載路」〔註137〕，士紳名流和善舉者之後人囑李維楨作記，甚至「博士弟子員林生良棟如干人不遠三千里，走使請記其事」〔註138〕、「則伐石樹義學中，垂示久遠，而使使千里請記于余」〔註139〕，極重視。李維楨亦知「乃礱石書其名，以志不朽，而請余記其事」〔註140〕、「雅意在名也，第以名論君子，疾沒世，而名不稱。人有榮名，若揭日月而行天，沒且不朽。故名者，士之所勤思馳騖，而上之所籍爲風勸者也。三代而下，惟恐人不好名。今之從政者，所以成名，則有分矣」〔註141〕、「舊史氏則惟采聽書，列以風示四境之民，父老死且不朽」〔註142〕，故內容多爲讚揚退隱官員或鄉居士賈的儒德善行。寫作亦有一定的程序，首敘鄉邦之地書院或儒學垣毀，或無橋等的不便，或敘其地文治教化之情況，或徵引聖人語論文教之重要性，是爲行善舉的緣由，再敘某某父老仕紳行善舉之經過，或備艱難，或所作實務，所耗金，所修屋宇情況皆一一詳錄，有關故實淵源皆一一詳敘，最後再錄某某請他作記，他對此事的評議。如《三聖光天閣記》，首便敘平陽府堯廟之緣來，其畝其楹其宮之情況，再敘明正統中擴以舜殿、禹殿爲三聖，地靈人傑，士弦誦相，萬曆甲午後，四民之業，寢不如昔，魏人李子思爲守，重修繕一新，李維楨作記，詳徵閣何以名「光天」之典章聖意，冀能「生今

〔註136〕明・李維楨《涇縣學田學倉記》，《大泌山房集》卷五十三，《四庫全書存目叢書》集151，第626頁。

〔註137〕明・李維楨《吳內史義田記》，《大泌山房集》卷五十六，《四庫全書存目叢書》集151，第710頁。

〔註138〕明・李維楨《溫州府儒學記》，《大泌山房集》卷五十三，《四庫全書存目叢書》集151，第604頁。

〔註139〕明・李維楨《官建義學記》，《大泌山房集》卷五十三，《四庫全書存目叢書》集151，第625頁。

〔註140〕明・李維楨《鴈塔題名記代》，《大泌山房集》卷五十四下，《四庫全書存目叢書》集151，第661頁。

〔註141〕明・李維楨《巫山縣題名記》，《大泌山房集》卷五十四下，《四庫全書存目叢書》集151，第660頁。

〔註142〕明・李維楨《黃石橋記》，《大泌山房集》卷五十四下，《四庫全書存目叢書》集151，第670頁。

之世，反古之道」、「樹以風聲，紀以文物，引以表儀，肄以禮樂」，「落成之
釁也，以祓不祥云」，最後「其名氏不可一二詳，別記諸石之陰」〔註143〕。

　　在此類題記中，李維楨主要思想是「慨然而有感於古今治道汙隆之異也」
〔註144〕、「表忠藎，辨神號，明謚法，訂俗誤，各有當也，并書而考諸石」
〔註145〕，「尤救時急務也」〔註146〕。他對造成今不如昔的時風之變，集中
批判肇始之源學術弊壞：

　　　　蓋去先生三十餘年，而學術益敝矣。虞廷之危，微精一孔門之
　　博約克復，且以為事障理障而去之。希心妙悟，合契自然，當體便
　　是動用。即乖桎梏倫常，蒭狗名物，互標法門，爭誇證聖，其說洸
　　洋，傲之以所不知，而莫得其端其趣，操苟簡自便。愚不肖者易合，
　　而莫覺其非。其名尊美，使人豔悅，而莫摘其瑕游。談作而周衰，
　　清言兢而晉亡，今學術不幸似之。以此為文學，則廢經史之大義，
　　黜傳注之成說，離章句之本指，五尺童子拾二氏唾餘以自奇，師心
　　用智，跆藉前人而出其上。以此為言語，則博名託於劾忠，修怨附
　　於嫉惡，冥冥決事，而或以事外之人，掣肘勿勿逐聲，而或以忌成
　　之口譁眾。以此為政事，則上下相蒙，利害相仗，毀譽相錯，名實
　　相詭，膠序未聞揖讓，而賢豪舉郡縣，不問疾苦而尚擊斷，新進喜
　　凌屬，而老成務優容，長吏失操柄，而下官逞胸臆，區黨橫分，體
　　統衡決，蓋學術不尚行，而馳騖於空談虛聲，生心害政，流禍若斯
　　之烈也。〔註147〕

　　學術之轉向，黜儒尊二氏，造成士風互標法門，誇名證聖，空疏空談。
以此為文學，則黜經史傳注章句之大義本旨，博名譁眾。以此為政事，則上
下相蒙，區黨橫分，害政尤烈。而他批二氏，實不批道家，只指釋氏，專批

〔註143〕明・李維楨《三聖光天閣記》，《大泌山房集》卷五十三，《四庫全書存目叢書》
　　　　集151，第603～604頁。

〔註144〕明・李維楨《尹氏義倉記》，《大泌山房集》卷五十六，《四庫全書存目叢書》
　　　　集151，第707頁。

〔註145〕明・李維楨《山西按察司關侯祠記》，《大泌山房集》卷之五十四上，《四庫全
　　　　書存目叢書》集151，第636頁。

〔註146〕明・李維楨《蕭宗四義記》，《大泌山房集》卷之五十六，《四庫全書存目叢書》
　　　　集151，第706頁。

〔註147〕明・李維楨《尚行書院記》，《大泌山房集》卷五十三，《四庫全書存目叢書》
　　　　集151，第621頁。

心學後期狂禪派對儒教的破壞：

> 而今之教者，舍下學而言上達，鄙博文而崇約禮甚，乃陰取二氏之指，以附吾道，而士之喜新索怪者，靡然從之。夫列聖所表章六經諸史、國典朝章與其功令程式咸正罔缺，而弁髦棄之，度閣置之，何也？〔註 148〕

> 慶曆以來，學士大夫好竺乾家言甚，乃自髡充弟子，而一時緇流，僅以梵唄末教，受人天供奉，恩禮富貴僭侈極矣。物窮則變，而頃遂有不免於篋輿鉗釱掠立瘐死者。眞山之爲是舉也，將中有所憤激以傲世法而勝之乎？〔註 149〕

他甚至直接點破其人，李維楨文集中直接點破的只有兩人，於學術是李贄〔註 150〕，於文學是徐渭，都是他嚴厲批評破壞天下儒教之魁首：

> 余惟今天下言學術者，無不趨于釋。賢士大夫好奇之，過毀衣冠而緇髡，愚不肖者靡然從之，以恣其猖狂無檢之行，撮徒成黨，爲姦利藪，其垢穢殆不可言。蓋蘄之隣國，不幸有之。天子奮然下明昭逮捕，入其人，火其書，以反經正民，歸之大道。觀察公不專以釋，而以儒道參也。〔註 151〕

> 其郡人徐文長才時已坐大辟，錮獄中，沔人蕭君適爲比部郎，卹刑兩浙，屬余解之。三君誦其四六書疏及二三詩篇，率有致。後全集出，殊不然。而袁中郎晚好之，盛爲題品，天下方宗鄉中郎，翕然推許。大雅之士謂中郎逐臭嗜痂，不可爲訓。夫詩文自有正法，自有至境，情理事物，孰有不經古人道者，而取古人所不屑道，高自標識，多見其不知量也。昔顏延年薄湯惠休詩委巷間歌謠耳，方當誤後生。如文長集中疵句累字，誤人不小。〔註 152〕

〔註 148〕明·李維楨《溫州府儒學記》，《大泌山房集》卷五十三，《四庫全書存目叢書》集 151，第 605 頁。

〔註 149〕明·李維楨《翠微庵記》，《大泌山房集》卷五十四上，《四庫全書存目叢書》集 151，第 647 頁。

〔註 150〕李維楨作有《續藏書序》，評李贄史學成就，本章集序一節有注釋引用，此正是《史記》「互見法」。

〔註 151〕明·李維楨《函三閣記》，《大泌山房集》卷五十四上，《四庫全書存目叢書》集 151，第 646 頁。

〔註 152〕明·李維楨《徐文長詩選題辭》，《大泌山房集》卷一百三十二，《四庫全書存目叢書》集 153，第 694 頁。

他指出二人學術源於「謂象山餘姚之學優於紫陽，浸淫趨奉梵教，縉紳大夫自髠，列弟子籍，淫辭邪說，惑世誣民，將有楊墨無君無父之禍」〔註153〕，是對「見禮知政，聞樂知德」儒教統治秩序破壞，造成人人多從自我私欲出發，聲色狗馬，享樂縱慾，敗壞仁義禮智信的基本人倫事理，他在諸多題記文中對儒釋二家進行反覆比較論說：

> 蓋吾儒所重君臣父子，夫婦兄弟，朋友五倫；而釋氏無之，然其立教，先令服勞，以孝父母，祝壽而報君……。吾儒所謂大丈夫者，富貴不淫，貧賤不移，威武不屈耳；釋迦入道，淨飯留之不住，耶須挽之不戀，宮嬪誘之不惑，外道嬲之不移，雪山苦之不悔……。吾儒以天地萬物爲一體，不獨善其身；辟支獨覺，自脩自證爲小乘禪……。吾儒禮樂刑政並用，不以姑息；釋氏有地獄輪迴、因果報應，使人凜然戒懼……。吾儒教多術，百慮一致，殊塗同歸；而學佛者亦各以所見入三摩地……。吾儒所病釋氏不忍于蚊蝨之細，餍其嘬血，而土木金錢，傷耗不貲，然而謂事佛在恭儉，慈忍爲惡不悛者。可無罰乎？第無濫耳。道在心不在法，……〔註154〕

> 佛說法四十餘年，無法可說，乃至無言語文字。其教已遠，于是有燒木佛，呵佛罵祖，爲報恩而恣睢者託焉，固不若梵唄禮拜，朝莫功課之爲愈耳。是說也，余聞之眞西山安禪之徒，身心漫無，依據誦經，持律循行，規矩中猶不至大謬。〔註155〕

> 「不佞聞釋氏家言：以空諸所有爲宗，即有功德，不可思議。而木石瓦墁之工，焚修梵唄之業，皆家戶所有者耳，且盛自稱引，欲垂諸不朽。禪以不立文字，直下見性，而入於佛。其視貴賤賢愚，平等一相，無親疎彼此閡隔也。浩則以爲非文不足以信，後而必託於顯者之名，以爲重得無與釋氏之學，大謬不然乎？」劉君曰：「……有先生之言，在庶幾早夜繹思，無敢失墜，亦將以杜夫蠶食外侮者，乃若前所云『千載而下，旦莫遇之者也』，柰何欲責人於顏面間乎？」

〔註153〕明・李維楨《崇文書院記》，《大泌山房集》卷五十三，《四庫全書存目叢書》集151，第623頁。

〔註154〕明・李維楨《接待庵記》，《大泌山房集》卷五十四上，《四庫全書存目叢書》集151，第648頁。

〔註155〕明・李維楨《滴水寺造經像記》，《大泌山房集》卷五十四上，《四庫全書存目叢書》集151，第655頁。

不佞無以應，因采始記者之辭，而并次兩人語於其後，以授浩令礱
石書之。〔註156〕

雖然如此，但他並不反對千年釋氏之學，他反對的是明末狂禪借釋氏而
鼓縱的完全人性解放無約束之規對儒教的破壞，尤其心學末流打著狂禪旗幟
極端空疏妄爲縱慾等種種百弊無益的亂相流弊。他曾提出自己對儒釋二家關
係明確觀點：

> 二氏之寓言，吾道之實際也。吾儒之道大矣，無所不有，奚嘗
> 二氏，即二氏無不可爲用。小二氏者，小吾道者也。〔註157〕

> 孔子時，二氏名未立，而術已具。迨其後，二氏名立，而吾儒
> 乃始與之有勝負。未有二氏勝吾儒，而天下國家不亂者，則吾儒與
> 有過焉。厭其常而喜其新，不知此可以該彼，而欲借彼以益此，其
> 視儒也小矣，其涉儒也淺矣。〔註158〕

> 余不能儒，安知二氏，然竊懼夫儒之徒不得于一，而妄以爲得
> 三，言僞而辨，行僞而堅，如孔子所誅少正卯者，即二氏且弃之，
> 何足以辱吾儒唇吻，令釋弟子舍所學而從我，殆非易事。〔註159〕

他以儒學爲國家之正道根本，不輕視釋道，可爲儒用，但在當時僞言僞行
遍流情況下，令天下士大夫捨其崇尚佛老之風，亦非易事，故對「今學術偏頗，
趨於釋氏，將有楊墨之禍。尙賴二三理學之儒，維持世道，而小人以儒爲詬
病，將有黨錮之禍。公深憂之，汲汲爲是舉也，所望於士非小矣。道莫大於
仁義，倫莫大於君臣父子，與天地俱不毀。士處其不毀之實，不授人以可毀
之名，藏焉，修焉，息焉，遊焉，勿飽食終日無所用心，勿言不及義好行小
慧，勿令惑溺釋氏者得乘吾間，口實橫議者得潰吾防，居仁安宅，由義正路，
孝子以事其親，忠臣以事其君，退則獨善其身，進則兼善天下」〔註160〕等士

〔註156〕明‧李維楨《淨居寺記》，《大泌山房集》卷五十四上，《四庫全書存目叢書》
集151，第649頁。

〔註157〕明‧李維楨《海內名山園記》，《大泌山房集》卷五十七，《四庫全書存目叢書》
集151，第725頁。

〔註158〕明‧李維楨《函三閣記》，《大泌山房集》卷五十四上，《四庫全書存目叢書》
集151，第646頁。

〔註159〕明‧李維楨《函三閣記》，《大泌山房集》卷五十四上，《四庫全書存目叢書》
集151，第646～647頁。

〔註160〕明‧李維楨《維揚書院記》，《大泌山房集》卷五十三，《四庫全書存目叢書》
集151，第624頁。

夫君子的各種儒行善舉，在寫作的各題名記中，大力搖旗吶喊，「特推原其大致，以諗夫願學孔子者」〔註161〕。我們說，古代統治走到明末，政經二體與意識形態的確大有要修正之處，明末人性解放思潮在士子與市井中自然生長，鬆動了儒教倫常禮樂的牆角，但在沒有根本沖決構築起新的政經二體情況下，明末人性解放思潮本身即存在缺乏建設的先天不足，故會出現《金瓶梅》等社會人性黑暗不見出路的小說，也會出現清初「天下之治亂，不在一姓之興亡，而在萬民之憂樂」（黃宗羲《明夷待訪錄・原臣》）、「保天下者，匹夫之賤，與有責焉耳矣」（顧炎武《日知錄・正始》）等啓蒙思想。在難以建立起商業契約與法律思想的土壤根基下，儒家思想符合中國上層仕宦與下層百姓間鬆散的結構關係，意識形態更是直到若干年後都難以解決的問題。李維楨這批正統衛道純儒，只能在不傷大雅層面吸收新思潮的某些個點，而絕難改換陣營投其懷抱，在有所感受的改朝換代變動前夕，其憂國憂君憂民之心可傷可憫，相較當時的時代弄潮兒宛若隔世前代也勢在必然。

李維楨《大泌山房集》有卷五十七、五十八兩卷為園林、堂室記，係為退隱鄉居官宦或富賈士子請託所作，有些為他所遊歷過，有些為按圖按述而作。亦有一定程序，多簡敘宦仕政聲，其治園室經過，詳敘園室佈局與景色，再徵聖語典實文學，將該園室之旨陳敘本末，微顯闡幽，以園室來彰顯主人的心性氣貌。

如：他評陳文燭其園之五嶽名，而舉以盡海內之大觀，寓言也，「玉叔以其身所不得久有者，付之園，以園所不得久有者，付之名山，以名山所不得久有者，付之海內，以海內所不得久有者，付之造化，斯善用大者也」〔註162〕，他其實是要解答在明末時世釋道中，士人進退行藏的出處問題，這在園室記中，非常明顯。如為同年李熹（字若臨）作《瀧門隱居記》：

> 傍廬之山，植松杉萬餘株，四時鬱然，地稍夷曠，植桐植梓植
> 茶植橘柚植蔬，可以具樵蘇，可以供器用，客至可以啜清茗，可以
> 食嘉果，可以薦旨蓄，而隱居之樂事畢矣。余嘗讀左太沖詩：「杖策
> 招隱士，荒塗橫古今」，其指與唐人「江湖滿地一漁翁，林下何曾見

〔註161〕明・李維楨《溫州府儒學記》，《大泌山房集》卷五十三，《四庫全書存目叢書》集151，第605頁。
〔註162〕明・李維楨《海內名山園記》，《大泌山房集》卷五十七，《四庫全書存目叢書》集151，第725頁。

一人」同，而所醞藉溫醇深遠矣。出處何常，惟時之適。出無禆于
世，而藉口行義，以濟患得之私，處不安于野，而竊附高隱，以爲
趨捷之徑，斯足羞已。若臨當盛年，不孟晉而迨羣，當晚歲不倒行
而逆施，廉正自將，所如不合，而即安于瀧門之居，爲德其鄉甚尠，
所居因高于山，因下于水，因材于土之所宜，無一鉅麗奇詭之觀，
素位而行君子哉。〔註163〕

他倡導要做進則兼濟天下，退則獨善其身的眞君子，而非走終南捷徑或
倒行逆施的假隱士。他在園室記中裨倫常風教之旨意亦也明顯，如：

晚世道缺法圯，日趨於文，而新安善賈，有宛財以囂庶靡麗，
相矜奢于臺榭，淫于苑囿，五官伎樂不解于時，亢意而不節，自滿
而無極，太素之質，斲削澆漓盡矣。習俗易人，賢者不免。吳公素
封侯也，外貨而內正，自極于醶桔之中。其爲園獨尚雅素，高不過
望雲，物大不過容宴豆，無雕幾彤鏤之器，無土木文錦之美，無狗
馬聲色之奉。有素心，故有素履，有素履，故有素園。此玄聖素王
所不可，幾于挽近世者也。〔註164〕

再如：

仲類復因文部，俾不佞爲之記。不佞觀今之爲別業者，所居則
文繡土木、雕鏤金石，所樂則曲房隱間、歌舞俳諧，淫酣號呶，有
能軣泉石，結烟霞，蔭花竹，而翫禽魚，稱清流雅士已矣。仲類山
房樸不陋，華不靡，不逆天時，不失地宜，不違人情物理，其出於
奉先者三，出於務學者五，上不忘父與兄，而下不違諸子弟，入其
闒，踐其位，顧名思義，油然生孝悌心，以爲堂構，以爲舟艫，以
爲庠序之教，以爲牖戶之銘藏，而脩息，而遊靜，而聖動，而王無
爲，而尊樸素，而天下莫能與之爭美，其斯以爲氷玉也與哉！仲類
蹵然而起，負牆而立，曰：「此父兄之教也，非小子所及也。先生幸
而詔之，周徹不敏，奉以周旋，吳氏萬子孫其服之無斁。」〔註165〕

〔註163〕明・李維楨《瀧門隱居記》，《大泌山房集》卷五十七，《四庫全書存目叢書》
集151，第726頁。

〔註164〕明・李維楨《素園記》，《大泌山房集》卷五十七，《四庫全書存目叢書》集
151，第733～734頁。

〔註165〕明・李維楨《氷玉山房記》，《大泌山房集》卷五十七，《四庫全書存目叢書》
集151，第734～735頁。

在藝術特徵方面，園室記一是注重通過對隱逸所居園林的描寫，來突顯主人的氣質與心性：

> 歙西靈山之陽，有月潭焉，其峯秀如削玉，夭矯如游龍，迴複如施步障，其水清淺，僅容舴艋，色如碧，縈如帶，白石磷磷，如珠璣之，出方圓，折其土如膏，茂林脩竹，青原綠野，如錯繡六虛，吳君別業在其中。……朝旭始出，夕陽欲墜，山嵐林藹，與波光上下，風雨成聲，烟月成色，令人耳目宣朗。夏時芰荷，香襲衣裾，長堤環之，多木芙蓉，豔色柜霜，楊柳杉檜樫欅之屬，喬幹摩霄，密葉垂蔭，坐而忘暑。堤外有泉清瑩，甘洌其上，竹林不減箟簹。谷古松數株，作海潮音，好鳥遞鳴，類一部清商。中有亭，布榻支枕，時成陶隱居。松風之夢，亭畔梅花軒，間以夭桃，冬夏之際，宛然登大庾嶺，入武陵溪，總而名之，曰「鹿柴」。……「夫鹿，純善之獸也……夫鹿，又能壽之獸也。……鹿有五色光輝，王者行孝道則至，承先法度，無所遺失，則白鹿至，賢士大夫以孝致鹿祥，徃徃有之。此君之子所以顧名思義，而成養志之孝也。」不佞備聞斯語，曠然發矇，稱名小，取類大，一至此乎？無可置辭矣。〔註166〕

此記鹿柴自然與園林山水之幽趣致有鹿來遊，而引出行孝道與承先法度則鹿至，故以鹿柴命名的緣由，而吳氏之庭訓門風也自不待言了。他也有用人文名物之景來刻畫：

> 家藏書，四部九流，大都畧備，不必二酉、汲冢、宛委、嫏嬛之神奇也。法書、名畫、敦卮、鼎鎬、琴劍，多古物，無贗物，位置宜賞鑒毄，筆研精良，人生一樂，不必顧廚米船、好事家之侈也。以釣以牧，以耕以稼，以薪以蒸，以筏遡沿，以徒杠輿，梁津濟，以籃輿乘，以蠟屐藜杖步，以髹几憑，以胡床坐，以素榻眠，以如意麈尾談，以茗飲，以香薰，以召密戚勝友，以集田庚三老，以訓令子哲孫，以論文說詩，以壺矢、碁局、擊磬、彈琴、奏笛、弄簫為歡，穀取之稟，酒取之釀，鮮取之池，食品取所樹畜，無幻人蘭子之戲，無聲色狗馬之娛，無市井、猥鄙、邪贏、蚩眩之務，無淫朋、比德、沉湎、號呶之過，無敖辟、喬志、

〔註166〕明‧李維楨《鹿柴別業記》，《大泌山房集》卷五十七，《四庫全書存目叢書》集151，第736～737頁。

飛鳶、墮鼠之患也。〔註167〕

如詩意般愜意清雅的園林起居生活，將海陽商山吳繼可（字幼時）家率治經術、美秀而文的卓犖不群盡數描繪出來，是爲《雅園記》。明末士大夫，皆如此修行立德，進退兼宜，何患士風、學風、政風敗弊呢？所以，園室記的第二個藝術特徵，是即使按圖按述作園室記，對其園佈局與景色、故實盡數詳述，在景物詩意描繪之後的類似實錄，含有對園林主人憶念或人去園非的興寄悲感其中，如：

> 其景入秋爲勝，北有榭宜觀雪，摘謝朓詩名之，曰「珠霙」。左爲亭，多海棠，摘唐人詩名之，曰「花仙」。更左一亭有梅數株，以曾端伯十友名之，曰「清友」。右有池，芙蕖千莖，倚朱檻臨觀，名之曰「澤芝」。檻西有樓，多梨花，「梨花一枝春帶雨」，謝少廉下一轉語，名之曰「洗粧」，而記之唐，餘錄洛陽故實，香山詩注疏也。循池而南，耕農胥會升穀，名之曰「登豐場」。循場而東有堂，名之曰「玉脂」，芝嘗產其中。有室，名之曰「清酣」，河汾所謂醉六經也。有庫，名之曰「嫏嬛」，圖史充棟，張壯武遇，秘書不富於此矣。場前上爲閣，下爲巷，紆曲迤麗，若舫浮于水，名之曰「銀漢槎」。又若虹爲梁，余名之曰「駢鬐駕」，以爲駢鬐四黿之駕，江文通《赤虹賦》中句也。其北植橼橙柑橘，春秋運斗樞，云璇樞星散，而爲橘，四物譬之草木，吾臭味也。有亭居之，名之曰「四璇」。又南爲閣，北則黃山三十六峯，矯矯如軒后乘龍御天，東則石耳，南則錫山，西則某山，如諸小臣攀髯瞠若乎？後漸江皎鏡，洞徹喬樹，游鱗與磷磷白石相映，如帝臺之漿，名之曰「見思」。乃其指不在山水，蓋長公構荊園拮据，三十餘年，一木一卉，一榱一桷，一石一覽，手澤存焉，而是閣無不見之，思其居處，思其笑語，思其志意，思其所嗜所樂，優然有見乎？其位肅然有問乎？其容聲愾然有聞乎？其嘆息之聲，此孝子之極思也。〔註168〕

> 余嘗讀昔人名園記，什伯蓰倍，民部者何限失，在私所有，而又

〔註167〕明・李維楨《雅園記》，《大泌山房集》卷五十七，《四庫全書存目叢書》集151，第732～733頁。

〔註168〕明・李維楨《奕園記》，《大泌山房集》卷五十七，《四庫全書存目叢書》集151，第730頁。

欲久私之，其能久者幾何？叔操園故爲王肅敏物，而屬之觀察公，觀
察公不及有，而叔操有之，叔操不自有而本于肅敏第，曰：「是逆旅
蘧廬，姑寄跡耳。」晏子不云乎：「以其迭處之，迭去之，至于君也。」
達者之言哉。……園之名古勝也，後之視今，猶今之視古。因叔操知
有子衡，亦因子衡知有叔操，所不待園而存，不與園俱徙，是何物哉？
余故識之以曉。夫通人之蔽，若文饒之，爲平泉者。〔註169〕

李維楨是豁達的，但他亦是傷感的，在當時士人驅釋如狂時風下，不管
於政事、國事、民風、士風、文風，如李維楨這樣處在文壇高端的後七子派
首腦人物，竭力衛道不畏時俗，是艱難不易，亦是寂寞孤獨的，愛護者有之，
批評者有之，他是反對派攻擊的靶子，而他政不在高位，文在高位，晚年流
寓江南數載，高處不勝寒。在作園室記時，他嘗言「余則以漢高帝英主、荊
公名臣，而君子有遺議焉。病在不達，惟達觀，而後知仲某名園之指。屬辭
比事，非強造，非假借，非附贅也」〔註170〕，但其友人君子的音容笑貌，昔
日軼事與秉遊，歷歷在目，他作園室記流露出此似達似傷的情懷，是可能的。
他的園室記，多記園載諸邑之名勝故實，與今之松石並傳，有爲其人其園其
地作傳之深意其間，亦有這種情愫在其間。如果不瞭解這種情感緣由，就無
法瞭解他所作寫景記遊之作的風格特徵與原因。

二、寫景記遊之作

《大泌山房集》中此類九篇，屬遊記，《四遊集》收遊記三篇《遊太湖洞
庭兩山記》、《遊金陵城北三山寺記》、《五臺遊記》，均已收在《大泌山房集》
中。從萬曆甲申（1584）東遊時作《太湖兩洞庭遊記》，到萬曆己酉（1609）
赴陝西右布政使任前作《五臺遊記》，進而到辛亥（1611）金陵僑居寫作的《金
陵城北三寺遊記》、《華山遊記》、《攝山遊記》，甲寅（1614）作《牛首遊記》
等作，從中年到晚年，他遊記的風格與寫作手法基本未變。

李維楨極愛遊歷，但讀李維楨的遊記，會有異樣感覺，既不如柳宗元《小
石潭記》爲代表的「永州八記」那種，融強烈的個人痛苦與政治抑鬱其間，
其清峭孤峭幽峭得骨峻神寒、迥絕塵囂，寫景占相當篇幅，是一種心緒人格

〔註169〕明·李維楨《古勝園記》，《大泌山房集》卷五十七，《四庫全書存目叢書》集
　　　　151，第 728 頁。
〔註170〕明·李維楨《仲園記》，《大泌山房集》卷五十七，《四庫全書存目叢書》集
　　　　151，第 744 頁。

的外化，是高於生活實景的藝術境界。也不像蘇軾《石鍾山記》或王安石《遊褒禪山記》那種寫景與議論俱占篇幅，借遊記來抒發事理。李維楨的遊記，類似楊衒之《洛陽伽藍記》，感念廢興，捃拾舊聞，委曲詳盡，多與史傳故實文苑相參證。四庫館臣評《洛陽伽藍記》「穠麗秀逸，煩而不厭」、「採摭繁富，亦足以廣異聞」，比較李維楨的遊記，後者有之，前者則是平鋪直敘，細碎繁瑣，不是為文學性、藝術性而作的遊記。

他的遊記，其出遊緣由、時間、地點、人物、所遇之人、之物、之事、山川景物，名勝故實，吃飯住宿，天氣變化、人員變動等各種大小細巨，按其出遊過程與遊蹤，無所不記，如：

> 汪子建、毛豹孫兩山人來，諸君力言風橫，宜先往石湖。便乃度采春橋，訪故高士王履吉居，復度兩橋，至治平寺，寺故履吉讀書處，左有井，陸鴻漸所品第四泉也。……子建、豹孫旋別去。明日午，至木瀆關，關吏具衣冠來謁余，笑謂：「諸君是賢於霸陵尉矣。」無何，一舴艋附舟，則蔡孝廉士良，傅明府所屬為洞庭地主者也。〔註171〕

> 太史屬余命名，余取《詩‧小雅》「檻泉」云。下而飯，殿後軒軒，左右牡丹各一，高大各數尺，花各累百，香氣菲菲襲人，克明賞以「大白」，余三人不勝杯酌，凭欄嘖嘖而已。飯罷，至幕府寺，……方不受，母與兄弟不可，因以為修寺費，而所善三檀越復禪之，故不丐貸。而寺工舉鄰僧怪且忌，昌言方掘地得金若干，盜操戈入室，凶何有也，撲殺。方太史傷之，不忍入寺，寺復廢。……太史、克明止精舍中，獨中涓從余與所建行四百五十步，而至達磨洞，延袤可五六丈許，高三之一，云折蘆渡江時嘗憩此，有『喬莊簡』小篆三字。洞下臨江，烟波莽蒼，變態非一，盪胷裂眥，憶古人語『大江如索帶，舟船如鳧鴈。遙看野樹短，遠望樵人細』，信然矣。〔註172〕

且諸要素無明顯詳略，皆作簡記，其遊記是遊程全實錄，對各亭臺殿閣

〔註171〕明‧李維楨《太湖兩洞庭遊記》，《大泌山房集》卷六十，《四庫全書存目叢書》集152，第14頁。
〔註172〕明‧李維楨《金陵城北三寺游記》，《大泌山房集》卷六十，《四庫全書存目叢書》集152，第23頁。

各景點與故實、所高所寬所遠尤其徵實，如：

> 余生平交游其人，又見其游此山有記者，婁江王司寇、雲間馮
> 觀察、武林黃工部，不三十年而所見與記不盡合，方丈禪堂之互易
> 也。明月臺、疊浪岩、污西凹、試茶亭之兩有也。虎洞、虎穴，或
> 在寺門山，或在圓通庵也。其廢者，唐咸通、南唐太保二石幢，宋
> 陳氏繡佛，幽居庵，默坐軒，白乳泉也。其過譽者，五色土也。其
> 不可知者，自鳴鐘也。其地而名非者，宴坐臺之爲定慧庵，太盧亭
> 之爲凌盧室也，鹿野堂之爲法堂也。翠微庵之磊砢閣，又爲紫峰也。
> 遇日中貴人建置紛紜，益難質究矣。〔註173〕

且他「憶游踪已不盡記，因訊諸同行者，述其大槩，藏之篋中」〔註174〕，
他「以口舌作山水觀」是自覺的創作意識，是終生貫穿的創作理念，他爲作
實錄而記。如「志又曰：秦沐源二，一出句容華山，一出溧水東盧山，合流
入方山埭，自通濟門，入都城天井，諸泉當即秦淮水源也。梁武帝問：『華山
何如？』蔣山高薛對曰：『華山高九里，似與蔣山等，泉水倍多。』兩言是山
實錄矣」〔註175〕，俱要徵實。如「二十二日昧爽，與陳山甫出通濟門，沿堤
而東，秋水方澄，斜月猶懸，一兩點露如雨，三五個星在天，令人蕭爽。晨光
漸起，廬落比屬，烟樹鬱葱，稻未刈者十九，雜以鳧茈、菱芡、芋疇、蔬畦、
田地」〔註176〕這樣疏朗優美而較詳細的寫景；如《遊莫愁湖記》這樣寫得較
疏的考究「莫愁屬郢之明徵」故實都是較少的。李維楨遊記的總體風格特徵
是繁瑣細密，平鋪直敘。

爲何他會如此寫作？他言得很明白：

> 余惟金陵饒佳山水文物之盛，昉于六朝，東渡者爲帝正統，
> 西來者爲禪初祖，皆肇基此間。爾時巨麗之觀，瑰奇之迹，滅沒
> 茀廢，徒寄虛名，大千世界，成住壞空，人王梵王，將若之何？
> 太史家世金陵，宅心域外，觀三寺興替數矣，里居十有四年，此

〔註173〕明·李維楨《攝山游記》，《大泌山房集》卷六十，《四庫全書存目叢書》集
152，第30頁。

〔註174〕明·李維楨《太湖兩洞庭游記》，《大泌山房集》卷六十，《四庫全書存目叢書》
集152，第17頁。

〔註175〕明·李維楨《華山游記》，《大泌山房集》卷六十，《四庫全書存目叢書》集
152，第27頁。

〔註176〕明·李維楨《茅山游記》，《大泌山房集》卷六十一，《四庫全書存目叢書》集
152，第39～40頁。

> 籬落間物，尚不能日月至。吾輩寄耳目於人，取須臾之歇，討求
> 往蹟，如按圖索駿，又欲勒姓名，垂不朽，如杜武庫沉碑計，直
> 是有情癡耳！〔註177〕

　　他是在為明末山川名物名勝作史傳文章，或更準確說是作史料史資文章，以文字作「按圖索駿」，「以口舌作山水觀」，徵引故實，亦是為考證清楚此名勝名物之正確典故，將遊記文章作成了實錄性質的情癡文章。

第四節　啓牘與賦

一、書牘與啓文

　　《四遊集》補《大泌山房集》所無之啓牘與賦兩種文體，其中書牘56篇，是所補文體最大一類，屬作予私人性文體，故見維楨書信特色。如《柬徐微休》三：

> ……唐明府喪祖，而其父奔喪甚迫。暑雨中力疾作祭文，其
> 苦甚於慟哭數十匝也。肆中絹素騰踊，而文字與餒魚敗肉同委溝
> 壑，刺繡紋不如倚市門，信然。其草寄兄讀之，并此謔，總可發
> 一粲耳。〔註178〕

　　此信結合「先帝初臨軒策士，余忝附公榜末，同本榜凡四百人，今三十年矣。」〔註179〕可知此信作於萬曆二十六年（1598）夏家居時，是年夏同榜進士唐可封逝，維楨力疾作《祭唐憲副》及《又》八篇祭文，讓其子攜文奔喪，作文苦楚，隨即與摯友徐微休信中敞露無遺，很見維楨簡明直接特色，此係明人書牘短箚之通則。

　　最能代表其書牘成就的是《柬徐微休》三：

> 人來言足下貧，得足下書，自言貧，可念也。乃李生歷仕三十
> 四年，官三品，不薄矣，而貧自此始。所負人二千三百金，內五百
> 金，收責急如星火，然非李生所急也，家有不腆之田可轉鬻以償。

〔註177〕明・李維楨《金陵城北三寺游記》，《大泌山房集》卷六十，《四庫全書存目叢書》集152，第24頁。
〔註178〕明・李維楨《與徐微休》，《新刻楚郢大泌山人四遊集》卷十三，明刻本，南京圖書館藏。
〔註179〕明・李維楨《祭唐憲副》，《大泌山房集》卷一百十六，《四庫全書存目叢書》集153，第350頁。

獨奈何以負責之人，而冒貪名，奪我官一等，二十年叅政復還舊物，
所嘲我『古董千斤符』諸語，遂爲讖兆，然非李生所急也。八歲次
兒甚慧而甚馴謹，正月三日坐痘夭死，其兄與弟又安足恃？則傷心
莫此爲甚矣！隱忍就讁，不遽言歸，李生無恥至此，非人哉！有託
而逃，可與知者道也。臨洮守行，方哭兒，哀挍淚裁荅。……。兩
郎君想大長進也。〔註180〕

　　李維楨任浙按察使期間，剿清浙妖人趙一平、陳天寵等爲亂，有功，進
京入計，反被彈劾，幸得馮琦等多方維護，最後以「浮躁」降官一等，貶壽
春叅政。自1568年進士及第，入仕三十四年，是1601年，自1581年任河南
左叅政至1601年貶壽春右叅政，正是二十年，是年正月初三其次兒夭不得歸，
含悲忍辱就貶地，「有託而逃」指十一月陳夫人卒，以守制得脫羈網，「臨洮
守行」指王似塘離家出仕，「太君」指徐微休母，「薄有饔飧之助」指徐微休
言貧，維楨予金周濟，故已歸家，因知此信萬曆二十九年末歸家後作。微休，
生平見《大泌山房集》卷八十五《江山丞徐公墓志銘》，名徐求善，字厚積，
微休是其字或號不得知，秀才，京山邑人，是維楨仲弟維極岳父徐唐的嫡長
子，屬姻親，李維楨隨李淑雅遊徐氏兩父子間幾十年，情誼極親密。故維楨
在此信中盡剖仕宦悲憤心曲，連用家貧「然非李生所急也」、二十年叅政「古
董千斤符」讖語「然非李生所急也」、次兒死「其兄與弟又安足恃，則傷心莫
此爲甚矣」三重連沓排比，「隱**忍**就讁，不遽言歸，李生無恥至此，非人哉」、
「有託而逃，可與知者道」、「兩郎君想大長進也」等進遞反比，見其書牘在
短箚中頗具他大文之縱橫捭闔、文氣排闥、情感沛充特點，具強烈感染力。

　　其它所補，啓7篇。「啓」指書信或官方文件，陳繼儒《李本寧四六啓敘》
「古者，上天子稱表，皇后、太子稱牋，諸王稱啓，孝景諱啓，故兩漢無稱，
沿襲唐宋，以及吾明，去散文，用駢語，獨名之曰『啓』，而專行之于上袞尊
行懿親新貴之間」〔註181〕，因知四六啓在明代，指往來於宰輔、長輩、至親、
新貴間的書箚、奏記或官方文件，以駢體四六寫成，去散體，李維楨以多應
酬之文，故生平精選其四六啓，作爲《大泌山房前集》，在其逝後由長子營易
結集單行本。由於《李本寧四六啓》今已佚，《大泌山房集》僅有呈文，無啓

<hr>

〔註180〕明・李維楨《與徐微休》，《新刻楚郢大泌山人四遊集》卷十三，明刻本，南
　　　　京圖書館藏。
〔註181〕明・陳繼儒《李本寧四六啓敘》，《陳眉公先生全集六十卷年譜一卷》卷八，
　　　　崇禎吳震元等刻本，上海圖書館藏。

文，呈文相對啓文，不同在專指政府間下對上公文，係正式或非正式文件與
聲明，《四遊集》所收 7 篇啓文，皆官署之文，可窺其啓文文體。維楨啓文風
格，公文色彩較濃，如：

> 相門有種，勝謝氏之鳳毛。公姓多賢，步周家之麟趾。河山動
> 色，圖史增輝。恭惟命世，儒宗中興。王佐天未陰，而徹土如且弼。
> 周歲大旱，以作霖若商得傅。惟匡扶明主，擅人間罕有之功。斯啓
> 佐多男，備海內難兼之福。已種燕山之五桂，先開太室之三花。昔
> 歲，金昆雙鴻序進。今秋，玉季一鶚高騫。不襲介冑之綺紈，總受
> 真宗之衣鉢。天上張公子，信愈出而愈奇。宮中漢德星，實並賢而
> 並貴。父子兄弟，同登翰苑。既吾楚之稀聞，而橋梓壎篪，繼踐台
> 垣，又聖朝之缺典。美哉！熙事行會萃於一門，蔚矣芳聲，真驅馳
> 乎四表。某等夙荷桑梓之廛，更分花萼之榮，快君家七葉金貂，已
> 歷千秋，而還舊物。祝仙府三山銀闕，寧惟一品，而見玄孫。〔註182〕

四文皆作於萬曆七年（1579），代撫院官署、方伯、楚籍官宦賀張居正子
中舉，故端重典雅，難見李維楨個性與真實情感。

二、賦

《四遊集》賦 1 篇，卷十四《綠潤亭賦》，為宗人荊門竹溪老人李化仲子
李世達秀才作。李世達十二為州諸生，數舉不第罷，家有園十畝，植萬竹，
號「李氏竹林」，構亭其中，維楨額「綠潤」，依其圖卷作《綠潤亭賦》，好事
者聞其名而慕之，過從者日益眾。世達卒於萬曆癸卯（1603）七月十二日（生
平見《大泌山房集》卷八十九《文學李君墓志銘》），此賦下限在世達卒年之
前，具體時間無可考，開篇維楨曰「更為之賦，始則鼓噦隱語，終則餖飣無
致，不堪賦家重臺耳」，見自評賦體成就不高。如：

> 有亭翼如荊門之麓，其植伊何？萬條寒玉。其色伊何？招搖異
> 木。夏醉雨鞭，臘裁辰斸，上嶜看成，西鄰延屬，庚說坐地，張鷹
> 結屋。貞榦凌冬，輕陰謝燠，高致虛懷，罕節疎目，洒若清風徐來，
> 天籟通續，合為鼓吹，析為嶰谷。相如之綺，繁瘠廉肉，多露厭浥，
> 甘霖優渥，瓊液可餐，蘭湯新沐。季倫之珠，百琲三斛，漠漠生煙，

〔註182〕明・李維楨《代同鄉賀張相公四子鄉舉》，《新刻楚郢大泌山人四遊集》卷十
三，明刻本，南京圖書館藏。

籠綃曳縠，晻靄鬱翁，芒乎無幅，九嶷萼華，躡雲徵逐。

　　明月初升，金波穆穆，文采璘珸，顧盼燏煜，隋宮螺黛，展鏡粧束爾。其亙平林，環別墅，掩蘼蕪，覆芳杜松桂，魄奪芷蘋顔沮。陰橫塘，依枉渚，釀鄮漻波南浦，漢水鴨頭，錢塘鸚鵡，翩翩么鳳，于焉振羽，迫而視之，忽不知處。滑酒宜城，嘯歌其下，飄颻萍浮，晃漾蟻聚，亦披汗簡，就而博古，河馬洛龜，圖書再睹。

　　於是主人開三徑，御七賢，揖處士於夢寐，奉此君以周旋。……通辭千載，荒忽六合，支離聖所，不論神莫致思，未若吾亭物土之宜，封千户，貫四時，取無禁，用無罄，終朝采綠，掬不盈一日。無竹俗不醫，念茲在茲繹，茲在茲重，曰狷佳人之嬋娟兮，糅芳澤以雜陳，擢杼首與秀頸兮，理膩致而孚尹，既婗爐於幽靜兮，亦和光而同塵，內不盈而用盅兮，橫軼態其若新，舞交竿之阿那兮，何機迅而體輕，珮琳琅之纏纏兮，翩珊珊其響臻，彼峭蒨青葱之澶漫兮，疇能得夫天真，紛獨有此婍修兮，美檀欒以便人，嗟白頭兮若新，願與子兮相親，矢無諼兮比鄰，長熙熙兮如春。

但實際是抒情小賦，借萬條寒玉抒主人內在芳美，句式四言爲主，偶驅散入駢，雜散體、三言、六言，文詞清綺柔媚，韻律疊沓錯落，不同於從《四庫全書》中《御定歷代賦彙》卷三中輯其佚文《日方升賦》、《經筵賦》大賦之雍容端重，典雅平和。

　　至此，可以總結他應用文創作的基本情況了。《大泌山房集》文的結集，按寫作數量與成就地位，可分爲傳記文、集序題草、題記遊記三類主要文體。

　　李維楨的文，受史學思想，尤其是《左傳》以直書史事重敘事影響，在寫作墓碑表狀傳祭、壽序、贈序、考績、入覲、致政膺薦序等帶人物傳記性質的各類文體中，重敘事，在敘事中顯人物功業性格形象；在集序題草中，或以較正規之大文，或以筆法靈活之小文，爲文苑立傳；在儒學祠堂園室題名等記與遊記中，重敘事、記遊與考證山川人事名物文苑之來龍去脈，其實都源於他在不同文體中作史料史資的補正史之缺、實錄之不足的修史用途，故其爲文強調求實徵信，避免舛錯誤亂，記錄史料與敘述文風博綜雅醇、中和宗經。這是李維楨文的第一個大的特徵。

　　李維楨又是情深之人，《大泌山房集》除極少數寫給其家其親的文章，絕大部分爲他人而作，爲應酬文字而作，體現了李維楨係明後期一位出色的文

壇活動家、社交家的文字結集性質，他所寫作的各類文體屬應用文性質。但如果僅評到此，甚至因應酬不嚴肅嚴謹之嫌疑來損毀李維楨，是不公平不客觀的，他有超出應酬性的一面。他所爲各類文體，大多具有一定格式化套路，從藝術層面來說是不高的，主要緣於他落足點在作史資文章的史學性出發，並不主要從文學性藝術性出發，而且其文所作兩千多篇，要大多數皆出新不同實有難度。但這不是我們要論的重點。李維楨的文，不同於他的詩，除了各類事跡人物的記錄外，他在文裏大量展現了明末社會多方面的眞實情況，尤其是他本人對國事、時局、政治、吏治、學術、士風、世風的憂患與批判，他將根源歸結於上是萬曆帝之宮府隔絕與橫政暴出、四朝相權之疊變，下是心學狂禪末流對儒教倫用綱常的破壞，在文裏極強地展現了一個關心社會現實的衛道純儒面目，借各種渠道爲儒學正統搖旗吶喊，在多種文體中都展現出痛非昔今、山陽舊笛、將有楊墨無君無父之禍的深沉悲感，亦在多層面、多節點上展現出他「情生於文」、「文不逮情」〔註183〕、情深情癡的性格特點，一如其詩展現的情懷深處。這是李維楨文的第二個大的特徵。總起來說，「情直質，意深長，事核具，文綢繆」〔註184〕才是他文的根本特點。

李維楨兩千多篇文，具有較高的明後期人物與文學史料價值，是其文第三個大的特徵。其弘肆才氣，亦淹於其間。他應當得起明後期文的大家。

〔註183〕明・李維楨《封一品夫人少保張公元配曹氏神道碑》，《大泌山房集》卷一百十，《四庫全書存目叢書》集153，第240頁。

〔註184〕明・李維楨《聖祖靈蹟記》，《大泌山房集》卷五十四上，《四庫全書存目叢書》集151，第631頁。